21世纪高等院校电子信息
与电气学科系列规划教材

电路理论

基础

蒋榴英 孙金秋 傅忠云 编著

机械工业出版社
China Machine Press

本书主要内容包括：电路模型和电路定律、电阻电路分析、电路定理、正弦稳态电路的分析、线性动态电路的复频域分析、含互感电路的分析、非正弦周期电流电路的稳态分析、线性动态电路的时域分析，网络方程的矩阵形式与双口网络，分布参数电路简介。

本书注重基本概念和基本理论，重点突出。通过举例说明电路理论在实际中的应用，通过习题巩固和加深学生对电路理论的理解和掌握。书末附有大部分习题的参考答案，电子信息工程、通信工程等电类专业的本科生教材，也可作为其他非电类专业学生或相关工程技术人员的参考书。

本书可作为高等院校电气工程与自动化、测控技术与仪器。

图书在版编目（CIP）数据

电路理论基础 / 蒋樾英，孙金秋，傅忠云编著. 一北京：机械工业出版社，2010.6
（21世纪高等院校电子信息与电气学科系列规划教材）

ISBN 978-7-111-30618-4

Ⅰ. 电… Ⅱ. ①蒋… ②孙… ③傅… Ⅲ. 电路理论—高等学校—教材 Ⅳ. TM13

中国版本图书馆 CIP 数据核字（2010）第 085036 号

机械工业出版社（北京市西城区百万庄大街 22 号 邮政编码 100037）
责任编辑：张少波
北京诚信伟业印刷有限公司印刷
2010 年 9 月第 1 版第 1 次印刷
184mm×260mm · 16.25 印张
标准书号：ISBN 978-7-111-30618-4
定价：29.80 元

PUBLICATION BACKGROUND 出版说明

　　随着信息技术的迅猛发展，培养"适应 21 世纪时代需求的、有创新能力的复合型人才"已成为当前高等院校教育工作的重点。新型的人才培养模式应以基础扎实，拓宽专业口径为着眼点，突出培养学生的科学研究能力和工程设计能力。"编写精品教材，创建精品课程"是实现新型培养模式的基本保证。为进一步配合全国高校提高教育教学质量，共享优质教学资源，推动电子电气类精品课程的建设工作，机械工业出版社华章公司将与"教育部高等学校电子信息与电气学科教学指导委员会委员、教学名师和知名教授"一起建设"高等院校电子信息与电气学科系列规划教材"，从高校的教学改革出发，在对电子电气类课程的课程体系和教学内容深入研讨的基础上，建设具有先进性、创新性、实用性的精品教材和教学资源体系，使该系列教材成为"立足专业规范，面向新需求，成就高质量"的精品。

　　该系列教材的出版以新的教改精神和人才培养模式作为指导，这样不仅能够保证教材质量，而且有利于促进学科的发展。根据教育部高等学校电子信息与电气学科教学指导委员会制定的"专业规范和基本要求、学科发展和人才培养的目标"，确定教材特色如下：

- 教材的编写要以教育部高等学校电子信息与电气学科教学指导委员会制定的"专业规范和基本要求"为依据，以培养满足国家和社会发展需要的高素质人才为目标，系统整合教学改革成果，使教材结构体系具有渐进性，体现教学规律和学生的认识规律，使教材的结构完整，内容具有系统性、科学性和准确性，理论阐述严谨、正确。
- 教材的知识体系和内容结构具有较强的逻辑性，利于培养学生的科学思维能力；根据教学内容、学时、教学大纲的要求，优化知识结构，充分体现新知识、新技术、新工艺、新成果；既要加强基础理论，也要强化实践内容；理论的阐述、实验内容和习题的选取都应紧密联系实际，使学生做到运用理论处理实际问题，培养学生分析问题和解决问题的能力。

　　为做好该系列教材的出版工作，我们聘请了东南大学王志功教授为编审委员会顾问，天津大学孙雨耕教授为编审委员会主任，以及清华大学、北京大学、浙江大学、上海交通大学、电子科技大学、华中科技大学、西安电子科技大学、北京邮电大学、吉林大学等国内重点大学的教授为编审委员会副主任委员和委员，从根本上保证了教材的质量。我们将在今后的出版工作中广泛征询和听取一线教师的反馈意见和建议，逐步改进和完善该系列教材，积极推动高等院校教学改革和教材建设。

机械工业出版社华章公司

"21 世纪高等院校电子信息与电气学科系列规划教材"
编审委员会

FOREWORD

前 言

 应用型本科教育是在我国经济建设现代化和高等教育大众化推动下产生的一种新类型本科教育，本书以应用型本科层次的学生为主要阅读对象，内容在符合教育部高等学校教学指导委员会制定的"电路理论基础"课程教学基本要求的前提下，注重在应用型教学中的实用性。

 本书为应用型本科院校的电气工程与自动化、测控技术与仪器、电子信息工程、通信工程等电类专业及其他相近专业的本科生而编写，也可作为其他非电类专业学生或相关工程技术人员的参考书。本书的编写以"实用、适用、够用"为基本原则，在保证结构体系完整，并满足教育部高等学校教学指导委员会制定的"电路理论基础"课程教学基本要求的前提下，注重基本概念和基本理论，追求过程简明、清晰和准确，重在原理，压缩或避免繁琐的理论推导，不追求理论的深度和内容的广度，尽量做到重点突出、易教易学。书中通过举例说明电路理论在实际中的应用，通过习题巩固和加深学生对电路理论的理解和掌握，从而为学生学习后续课程打好基础。为方便教学人员根据教学内容安排教学时间，书中附有教学建议；为了方便学生做习题后自己检测对错，书末附有大部分习题的参考答案。

 全书共分 10 章。

 第 1 章：电路模型和电路定律。主要介绍电路中的基本物理量、电路元件的伏安特性、欧姆定律和基尔霍夫定律。

 第 2 章：电阻电路分析。主要介绍线性元件与非线性元件、等效、端口等概念，以及电阻及电源的串并联电路简化、无源线性二端网络输入电阻的求解方法、实际电压源与实际电流源之间的等效转换、支路分析法、回路分析法和节点分析法。

 第 3 章：电路定理。主要介绍叠加定理、替代定理、戴维南定理和诺顿定理、互易定理以及最大功率传输定理，并着重介绍利用这些定理分析电路的方法。

 第 4 章：正弦稳态电路的分析。主要介绍正弦量的相量表示、相量图、电路元件伏安关系的相量形式、阻抗和导纳、有功功率和无功功率、视在功率、复功率、功率因数等概念，以及基尔霍夫定律、电路方程、电路定理的相量形式，并着重介绍用相量分析正弦电路稳态响应的方法，同时对谐振电路、三相电路的工作特点进行分析。

 第 5 章：含互感电路的分析。主要介绍互感、同名端等概念，互感线圈几种接法的去耦等效方法和含互感正弦电路的一般分析方法，以及理想变压器的电压、电流及阻抗变换作用，同时对空心变压器的电压-电流方程和等效电路也进行简单介绍。

 第 6 章：非正弦周期电流电路的稳态分析。主要介绍非正弦周期电压、电流及其有效值的概念，非正弦周期电流电路平均功率的计算方法，以及非正弦周期电流电路的一般分析方法。

 第 7 章：线性动态电路的时域分析。主要介绍动态电路的时域分析、初始状态和初始条件、时间常数、零输入响应和零状态响应、全响应、自由分量和强制分量、稳态响应和暂态响应等概念，以及一阶电路微分方程的建立方法及直流电源作用下一阶电路响应的求解方法，也对二阶动态电路微分方程的建立方法以及二阶电路响应的特性与电路参数的关系作了简单介绍。同时，还介绍了阶跃函数和冲激函数，以及一阶动态电路阶跃响应和冲激响应的求解方法。另外，电路的状态、状态变量的概念，以及状态方程的定义、直观法列写状态方程等内容也在这一章中介绍。

第 8 章：线性动态电路的复频域分析。主要介绍复频域的概念、拉普拉斯变换与反变换，以及拉普拉斯变换的性质、常用信号的拉普拉斯变换、展开法求拉普拉斯反变换的方法、基尔霍夫定律与无源元件伏安关系的复频域形式，并介绍线性动态电路复频域分析法的一般步骤以及几种常用的网络函数，对网络函数极点与零点的概念以及网络函数与系统特性的关系只作简单介绍。

第 9 章：网络方程的矩阵形式与双口网络。主要介绍图论的基础知识，节点、复合支路、支路关联矩阵的概念，以及基尔霍夫定律和节点方程的矩阵形式。同时介绍双端口网络及其 Z、Y、H 参数方程，对双端口网络的等效电路以及几种常用连接方法只作简单介绍。

第 10 章：分布参数电路简介。主要介绍分布参数电路、均匀传输线、特性阻抗、传播常数、入射波与反射波、匹配等概念，以及均匀传输线的方程及其正弦稳态解和无损耗传输线方程的正弦稳态解。

本书由三江学院蒋榴英老师主编，第 1、2、3、5、10 章由蒋榴英编写，第 4、6 章由南京航空航天大学金城学院傅忠云老师编写，第 7、8、9 章由南京航空航天大学金城学院孙金秋老师编写。

由于作者水平有限，书中疏漏或错误之处难免，欢迎广大师生和读者批评指正。

编　者

教学建议

教学内容	学习要点及教学要求	课 时 安 排	
		全部讲授	部分选讲
第 1 章 电路模型和电路定律	• 理解电路基本物理量的意义及单位，理解电流、电压参考方向与实际方向的区别与联系 • 掌握电流、电压与功率之间的关系 • 掌握电阻的特性与欧姆定律，掌握电感和电容的伏安特性 • 理解独立电压源、电流源及受控源的特性 • 掌握基尔霍夫电流定律（KCL）与基尔霍夫电压定律（KVL）	6～8	6
第 2 章 电阻电路分析	• 理解线性元件、非线性元件、等效、端口等概念 • 掌握电阻串、并联电路的分析方法，以及无源线性二端网络输入电阻的求解方法 • 了解电阻星形联结与三角形联结的等效变换 • 掌握电源串、并联的简化，以及实际电压源与实际电流源之间的等效转换 • 掌握电路的支路分析法、回路分析法和节点分析法	8～10	8
第 3 章 电路定理	• 掌握叠加定理、戴维宁定理和最大功率传输定理，能够利用这些定理分析电路 • 理解诺顿定理、替代定理和互易定理	6～8	4
第 4 章 正弦稳态电路的分析	• 掌握正弦量的相量表示、相量图及其画法 • 掌握电路元件伏安关系的相量形式，理解无源二端网络阻抗和导纳的意义，了解阻抗与导纳的等效互换方法 • 掌握用相量分析正弦电路稳态响应的方法 • 理解基尔霍夫定律、电路方程、电路定理的相量形式 • 理解正弦电流电路的有功功率、无功功率、视在功率、复功率、功率因数等概念 • 理解串联谐振和并联谐振的特征，掌握谐振频率的计算方法 • 理解三相电源及负载的Y接法与△接法的工作特点 • 掌握对称三相电路的分析方法，了解不对称三相电路的概念	12～14	12
第 5 章 含互感电路的分析	• 理解自感与互感的含义 • 理解同名端标志的规定，能够根据耦合电感的同名端写出互感电压表达式 • 掌握互感线圈串联的简化方法，理解互感线圈三端接法的去耦等效方法 • 了解含互感的正弦电路的一般分析方法 • 理解理想变压器的电压、电流及阻抗变换作用，掌握含理想变压器电路的分析方法 • 了解空心变压器的电压、电流方程和等效电路	6～8	6

（续）

教学内容	学习要点及教学要求	课时安排	
		全部讲授	部分选讲
第6章 非正弦周期电流 电路的稳态分析	• 理解非正弦周期电压、电流及其有效值的概念 • 掌握非正弦周期电流电路平均功率的计算方法，能够分析计算简单的非正弦周期电流电路	2～3	2
第7章 线性动态电路的 时域分析	• 理解动态电路的时域分析、初始状态、初始条件、时间常数、零输入响应、零状态响应、全响应、自由分量、强制分量、稳态响应、暂态响应等概念 • 掌握一阶电路微分方程的建立方法 • 掌握一阶电路的初始条件、时间常数的求解方法 • 掌握三要素法 • 理解阶跃函数的特性，了解一阶动态电路阶跃响应的求解方法 • 了解冲激函数的特性及一阶动态电路冲激响应的求解方法 • 了解二阶动态电路微分方程的建立方法以及二阶电路的响应特性与电路参数的关系 • 理解状态、状态变量的概念，掌握状态方程的定义，能够用直观法列写状态方程	12～14	12
第8章 线性动态电路的 复频域分析	• 理解复频域的概念、拉普拉斯变换与反变换以及拉普拉斯变换的性质 • 掌握常用信号的拉普拉斯变换以及用展开法求拉普拉斯反变换的方法 • 理解基尔霍夫定律及无源元件伏安关系的复频域形式 • 了解线性动态电路复频域分析法的一般步骤 • 理解几种常用网络函数的含义 • 了解网络函数极点与零点的概念以及网络函数与系统特性的关系	4～5	4
第9章 网络方程的矩 阵形式与双口 网络	• 了解图论的基础知识 • 理解节点、复合支路、支路关联矩阵的概念以及基尔霍夫定律和节点方程的矩阵形式 • 理解双端口网络及其 Z、Y、H 参数方程，能够计算简单双端口网络的 Z、Y、H 参数 • 了解双端口网络的等效电路以及几种常用连接方法的特点	4～5	4
第10章 分布参数电路 简介	• 理解分布参数、均匀传输线、特性阻抗、传播常数、入射波与反射波、匹配等概念 • 了解均匀传输线方程及其正弦稳态解 • 了解无损耗传输线方程的正弦稳态解	2～3	2
教学总学时建议		64～80	64

说明：1. 本教材为电气及电子信息学科本科专业"电路理论基础"或"电路分析基础"课程教材，理论授课学时数为64～80学时（相关配套实验另行单独安排）。不同专业根据不同的教学要求和计划教学时数可酌情对教材内容进行适当取舍，例如，电气工程与自动化、测控技术与仪器等专业，教材内容可全讲；其他专业，可酌情对教材内容进行适当删减。

　　　　2. 本教材理论授课学时包含习题课、课堂讨论等必要的课内教学环节。

CONTENTS 目 录

第 1 章

电路模型和电路定律

1.1 实际电路和电路模型

1.1.1 实际电路

在现代工农业生产、科学研究和日常生活中，人们经常使用到各种电气和电子设备，这些设备都是由各种电路器件按一定的方式连接起来的，并能按特定要求和规定工作，如图 1-1 所示的手电筒。

构成实际电路的器件通常有电阻器、电容器、线圈、晶体管、电力变压器、电源等，如图 1-2 所示。

图 1-1 手电筒

实际电路的种类很多，但不管它们是简单还是复杂，都由电源、负载以及连接部分这三部分组成。电源是提供电能或电信号的电路器件，其作用是向电路中的其他器件提供电压、电流，如手电筒中的电池；负载是消耗电能的器件，其作用是将电源提供的电能转换为其他形式的能量，如手电筒中的灯泡（或其他发光器件）；连接部分通常由金属导线组成，其作用是将电源与负载连接起来，使电路完成一定的功能。

a）电阻器

b）电容器

c）线圈

d）晶体管

e）电力变压器

f）电源

图 1-2 常见电路器件

实际电路的功能很多，但归纳起来主要体现在两个方面：一是实现电能的产生、传输与分配，如电力系统；二是实现电信号的传递与处理，如广播、电视等通信系统。

1.1.2 理想电路元件

实际电气（或电子）设备和器件的种类繁多，工作时的物理过程也很复杂，对它们一一分析很不方便。比如，常见的白炽灯泡，它除了有消耗电能的性质之外，电流通过时还会产生磁场。为便于分析实际电路的主要特性，需要对组成它的电路器件进行科学抽象，找出其主要的电磁特性，忽略其次要的电磁特性（比如，对白炽灯泡而言，可以忽略它产生磁场的性质）。经过科学抽象后的电路器件称为理想电路元件。

电路理论中常用的理想无源电路元件（简称无源元件）主要有以下三种：

① 电阻元件：反映电能损耗的电路元件；

② 电容元件：储存电场能量的电路元件；

③ 电感元件：储存磁场能量的电路元件。

如果一个实际电路器件不能抽象为一种理想电路元件，则可以抽象为一些理想电路元件的组合。例如，当线圈的能量损耗不可忽略时，可以将它抽象为电感元件与电阻元件的串联组合。

1.1.3 电路模型

将实际电路中的各个电路器件用对应的理想电路元件（或理想电路元件的组合）替代，这种由理想元件连接成的电路称为电路模型，简称电路。也可以说，电路模型是反映实际电路电气特性的数学模型。电路理论讨论和分析的对象是电路模型，而不是实际电路。

例如，手电筒的电路模型如图 1-3 所示，其中 S 表示开关，电阻 R 表示灯泡（或其他发光器件）的电磁特性，电压源 U_s 与电阻 R_s 的串联组合表示电池的电磁特性。

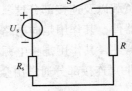

图 1-3 手电筒的电路模型

1.2 电路的基本变量

电路理论中涉及的变量较多，但最基本的是电流、电压、功率和能量。所谓电路分析，一般就是计算给定电路中的某些电流、电压和功率。

1.2.1 电流

本小节讨论与电流有关的基础知识。

1. 电流的实际方向及计量单位

电荷有规则的定向运动就会形成电流，电流的实际方向规定为正电荷运动的方向（也就是负电荷运动的反方向）。电流的大小用电流强度衡量，定义为单位时间内通过导体横截面的电荷量，简称电流，常用字母 i 表示，即

$$i = \frac{\mathrm{d}q(t)}{\mathrm{d}t}$$

（1-1）

若电流的方向和大小始终不变，则称为直流电流，可用大写字母 I 表示。

在国际单位制中，电流的单位是安培（A），简称安。如果 1 秒钟内通过导体横截面的电荷量为 1 库仑，则电流的大小为 1 安（A）。计量微小电流时，可用毫安（mA）或微安（μA）为单位，它们的关系是：$1mA = 10^{-3}A$，$1\mu A = 10^{-6}A$。

2. 电流的参考方向

在分析较为复杂的电路时，往往难于事先判断某个电流的实际方向，为了便于分析，可以任意选定一个方向作为电流的参考方向（凡是一看便知实际方向的，一般选择参考方向与实际方向一致），并用箭头标在电路图上（也可用双下标表示，如 i_{ab}），如图 1-4 中实线所示。一旦选定了电流的参考方向，相关方程必须以之为据。

图 1-4 电流的实际方向与参考方向

电流的参考方向与实际方向是两个不同的概念，电流的实际方向可以根据选定的参考方向和由此计算出的电流的正负来确定。若计算出的电流为正值，则说明该电流的实际方向与其参考方向一致；若计算出的电流为负值，则说明该电流的实际方向与其参考方向相反。例如，在如图 1-4 所示的电路中，如果 $i_1 = 2A$、$i_2 = -3A$，则说明通过元件 1 的电流大小为 2A，实际方向与参考方向相同；通过元件 2 的电流大小为 3A，实际方向与参考方向相反。图 1-4 中虚线表示电流的实际方向。

需要指出的是，电流的正负只有在选定了参考方向后才有意义。

1.2.2 电压

本小节讨论与电压有关的基础知识。

1. 电压的实际方向及计量单位

电路中两点之间的电压定义为将单位正电荷从一点移动到另一点时，电场力所做的功，常用字母 u 表示，即

$$u = \frac{dw(t)}{dq} \tag{1-2}$$

电压通常表示为两点之间的电位差，电压的实际方向规定为电位真正降低的方向（即由高电位点指向低电位点）。如果电压的大小和方向始终保持不变，则称为直流电压，可用大写字母 U 表示，例如干电池两端的电压。

在国际单位制中，电压的单位是伏特（V），简称伏。在计量微小的电压时，可用毫伏（mV）或微伏（μV）为单位；计量高电压时，则可用千伏（kV）为单位。它们的关系是：$1mV = 10^{-3}V$，$1\mu V = 10^{-6}V$，$1kV = 10^{3}V$。

2. 电压的参考方向（极性）

分析电路时，同样先要为电路中未知的某两点间的电压设定参考方向，并在电路中用"+"

表示假定的正极性端（高电位点），用"-"表示负极性端（低电位点）。若无特殊说明，电路图中的"+"、"-"标号一般都是电压的参考极性。另外，电压的参考方向也可以用带下脚标的字母表示，如电压 u_{ab} 表示该电压的参考方向是假定 a 点为正极性端，b 点为负极性端，如图1-5 所示。

选定了参考方向以后，电压的实际方向由其参考方向和数值的正负共同决定。例如，在如图 1-6 所示的电路中，如果已计算出 $U_1=3V$，$U_2=-2V$，则说明元件 1 两端电压的大小为 3V，实际方向与参考方向相同，即为左高右低；元件 2 两端电压的大小为 2V，实际方向与参考方向相反，即为左低右高。

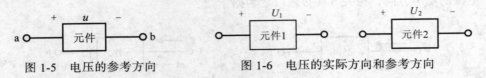

图 1-5　电压的参考方向　　　　图 1-6　电压的实际方向和参考方向

同样需要指出的是，电压的正负只有在选定了参考方向后才有意义。

3. 关联参考方向

在分析电路时，电路中电流和电压的参考方向都是可以任意选定的，两者互相独立，但为了分析方便，对于同一元件或同一段电路，时常采用关联参考方向。

所谓关联参考方向是指电流的参考方向与电压参考方向中"+"极至"-"极的方向一致，又称一致参考方向。如图 1-7 所示电路中的电压 u 和电流 i 是关联参考方向。

图 1-7　关联参考方向

1.2.3　电功率和电能量

正电荷从电压的"+"极经电路元件移动到"-"极，是电场力对电荷做功的结果，这时，正电荷经过的电路元件吸收电能量；相反地，正电荷从电压的"-"极经电路元件移动到"+"极，是非电场力对电荷做功的结果，即正电荷经过的电路元件向电路提供能量。因此，只要在电路中同时存在电流和电压，就存在能量的转换。

1. 电功率

电功率是指电场力做功的速率，简称功率，常用 p 表示，直流功率可用大写字母 P 表示。因此，一般所说的功率是指电路吸收的功率。如果某个元件（或某段电路）吸收的功率为负值，说明该元件（或该段电路）实际上提供功率。实际电路中，有的元件始终吸收功率（比如电阻），而有的元件有时吸收功率，有时提供功率（比如可充电电池）。

在国际单位制中，功率的单位是瓦特（W），简称瓦。1 瓦是指每秒钟做功 1 焦耳，即 1W=1J/s。计量微小的功率时，可用毫瓦（mW）为单位；计量大功率时，则可用千瓦（kW）为单位。它们的关系是：$1mW = 10^{-3} W$，$1kW = 10^3 W$。

分析电路时，人们通常关注的是电功率与电流、电压之间的关系，下面根据电流、电压及功率的定义来推导它们之间的关系。

根据电压的定义，在 dt 时间内，电场力将电荷 dq 由 a 点移动到 b 点所做的功为

$$dw(t) = u(t)dq$$

若电流 i 和电压 u 的参考方向关联（如图 1-7 所示），则该瞬间电场力做功的速率（即功

率）为

$$p(t) = \frac{\mathrm{d}w(t)}{\mathrm{d}t} = u(t)\frac{\mathrm{d}q}{\mathrm{d}t} = u(t) \cdot i(t) \tag{1-3}$$

若电流和电压的参考方向非关联，则

$$p(t) = -u(t) \cdot i(t) \tag{1-4}$$

对一个完整的电路来说，其中所有元件所吸收的功率之和为 0。或者说，整个电路产生的功率总与它消耗的功率相等，这称为功率平衡原理。这一点通过能量守恒原理很容易理解。

2. 电能量

电功率的积分就是电能量，在关联参考方向下，电路元件在 t_0 到 t 时间内吸收的能量为

$$w(t_0, t) = \int_{t_0}^{t} p(\xi)\mathrm{d}\xi = \int_{t_0}^{t} u(\xi)i(\xi)\mathrm{d}\xi$$

在国际单位制中，能量的单位是焦耳（J），简称焦。在日常用电及工程上，常用千瓦·时（kW·h）为电能量的单位，生活中称 1 千瓦·时为"1 度电"。

例 1-1　在图 1-8 中，各元件电压、电流的参考方向均已给出，若已知 $U_1 = 3\mathrm{V}$、$I_1 = 2\mathrm{A}$，$U_2 = 5\mathrm{V}$、$I_2 = -3\mathrm{mA}$，$U_3 = -2\mathrm{V}$、$I_3 = 5\mathrm{A}$。试求各元件的功率，并指出哪些元件实际吸收功率，哪些元件实际上提供功率。

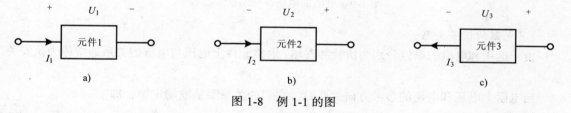

图 1-8　例 1-1 的图

解　图 1-8a、c 中，电压、电流的参考方向关联，因此，

$$P_1 = U_1 \cdot I_1 = 3 \times 2 = 6(\mathrm{W})$$
$$P_3 = U_3 \cdot I_3 = -2 \times 5 = -10(\mathrm{W})$$

图 1-8 b 中，电压、电流的参考方向非关联，因此，

$$P_2 = -U_2 \cdot I_2 = -5 \times (-3 \times 10^{-3}) = 15 \times 10^{-3}(\mathrm{W}) = 15(\mathrm{mW})$$

因为元件 1、2 的功率为正值，所以它们实际吸收功率；而元件 3 的功率为负值，所以它实际上提供功率。

1.3　三种基本无源电路元件

本书主要讨论集总参数电路，集总参数电路是指由集总参数元件组成的电路。根据集总参数元件的定义，对于二端元件，任何时刻流入一个端子的电流一定等于流出另一个端子的电流，同时两个端子之间的电压为单值。如果实际电路的尺寸远小于其工作电磁波长，就可以用集总参数电路模型描述。本书第 10 章将简单介绍分布参数电路。

1.3.1　电阻元件

电阻元件在电路中起阻碍电流流动的作用，简称电阻。电阻值（也简称电阻）是表征电阻元件对电流呈现阻力的一种参数。

在国际单位制中，电阻的单位是欧姆（Ω），简称欧。当电阻两端的电压为 1V，通过的电流为 1A 时，其阻值为 1Ω。计量高阻值电阻时，可以千欧（kΩ）或兆欧（MΩ）为单位。$1k\Omega = 10^3\Omega$，$1M\Omega = 10^6\Omega$。

电阻有线性与非线性、时变与非时变之分。电阻值不随电阻上电流或电压数值的变化而变化的电阻称为线性电阻，否则称为非线性电阻；电阻值随时间变化的电阻称为时变电阻，否则称为非时变电阻。线性非时变电阻是理想化的电阻，以后若没有特别说明，所涉及的"电阻"均指线性非时变电阻。电阻的电路符号如图 1-9a 所示。

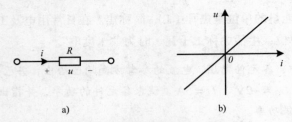

a)　　　　　　　　　　b)

图 1-9　电阻的电路符号与伏安特性

1. 电阻的伏安关系

由于电压和电流的单位分别为伏特和安培，电路元件上电压与电流的关系通常称为伏安关系。

当电阻上电压和电流的参考方向关联时，它们的关系服从欧姆定律，即

$$u = Ri \tag{1-5}$$

式中，R 称为电阻元件的电阻值。

线性电阻的伏安特性曲线是一条通过原点的直线，直线的斜率等于电阻的阻值 R，如图 1-9b 所示。

当电阻上电压和电流的参考方向非关联时，伏安关系式中就有个负号，即

$$u = -Ri \tag{1-6}$$

有时，我们还会用到欧姆定律的另一种形式，即

$$i = \frac{u}{R} = Gu \quad (\text{或 } i = -\frac{u}{R} = -Gu) \tag{1-7}$$

式中，$G = 1/R$，称为电阻元件的电导，单位为西门子（S）。

2. 电阻吸收的功率

若电阻上的电压和电流采用关联参考方向，则其消耗的功率为

$$p = ui = Ri^2 = \frac{u^2}{R} = Gu^2 = \frac{i^2}{G} \tag{1-8}$$

由于电阻 R、电导 G 是正实数，因此上式中的功率 p 始终大于等于 0。这说明：任何时候，

电阻元件都不可能发出电能，所以电阻元件是一种无源元件。尽管式（1-8）是在假设电阻上电压和电流参考方向相关联的条件下推出的，但若两者的参考方向不相关联，仍然可以推出相同结果。读者有兴趣可以自行推导，这里不再赘述。

需要注意的是，实用电阻器件实际消耗的功率和额定功率是两个概念，实际消耗的功率是由加在器件上的电流（或电压）决定的，而额定功率是由制造厂家给出的，是安全使用条件下的最大允许功率，如果某器件的实际消耗功率大于额定功率，则该器件就有损坏的可能。例如，一只标明 220V、20W 的灯泡，说明这只灯泡接 220V 电压时消耗的功率为 20W，如果所接电压低于 220V，则灯泡消耗的功率将低于 20W，发光比正常情况下暗；如果所接电压高于 220V，则灯泡消耗的功率将高于 20W，灯泡就有可能烧坏。实际的电阻元件也有额定功率指标，实际运用于电路时，要保证它们实际消耗的功率不超过额定功率，否则有损坏的可能。

1.3.2　电感元件

1. 电感的韦安特性

电感元件是实际线圈的理想化模型，简称电感。假设线圈由无电阻的金属导线绕制而成，其中通过电流 i 时，将产生磁通 Φ_L，若磁通 Φ_L 与线圈的 N 匝都交链（如图 1-10 所示），则磁通链为

$$\psi_L = N\Phi_L \tag{1-9}$$

由于 Φ_L 和 ψ_L 是由线圈本身的电流产生的，因此叫做自感磁通和自感磁通链。在规定磁通 Φ_L 和磁通链 ψ_L 的参考方向与电流参考方向满足右手螺旋关系的情况下，任何时刻线性电感元件的自感磁通链 ψ_L 与电流 i 成正比关系，即

$$\psi_L = L \cdot i \tag{1-10}$$

式中，L 称为电感元件的自感系数，简称电感，是一个正实常数。在国际单位制中，磁通和磁通链的单位为韦伯(Wb)，电感的单位为亨利（H），简称亨。线圈的电感值与其尺寸、匝数以及附近介质的导磁性能有关。

线性电感的电路符号如图 1-11a 所示，其韦安特性（自感磁通链与电流之间的关系）是一条通过坐标原点的直线，如图 1-11b 所示。

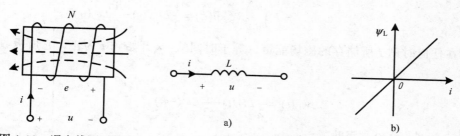

图 1-10　通电线圈示意图　　　　图 1-11　电感的电路符号与韦安特性

2. 电感的伏安关系

当电感上电压 u 和电流 i 的参考方向关联时，u 的参考方向与 ψ_L 的参考方向之间也为右手螺旋关系。由法拉第电磁感应定律知，电感两端的感应电压为

$$u = \frac{\mathrm{d}\psi_L}{\mathrm{d}t} = L \cdot \frac{\mathrm{d}i}{\mathrm{d}t} \tag{1-11}$$

上式表明,任何时刻电感上的电压与电流的变化率成正比。当通过电感元件的电流为恒定值(即直流电流)时,由于电流的变化率为 0,故电压等于 0,因此电感元件对直流电流相当于短路。

当电感上电压、电流的参考方向非关联时,伏安关系式中就有个负号,即

$$u = -L \cdot \frac{\mathrm{d}i}{\mathrm{d}t} \tag{1-12}$$

由于实际电路中电感两端的电压总是有限值,由式(1-11)和式(1-12)可知,电流的变化率必然是有限值,也就是说电感元件上的电流必须是时间 t 的连续函数,不能跃变。

对式(1-11)两边积分,可得电感上伏安关系的积分形式

$$i = \frac{1}{L} \int_{-\infty}^{t} u(\xi)\mathrm{d}\xi = \frac{1}{L} \int_{-\infty}^{t_0} u(\xi)\mathrm{d}\xi + \frac{1}{L} \int_{t_0}^{t} u(\xi)\mathrm{d}\xi$$

即

$$i(t) = i(t_0) + \frac{1}{L} \int_{t_0}^{t} u(\xi)\mathrm{d}\xi \tag{1-13}$$

上式表明,电感上的电流与电压的积分成正比。式中 $i(t_0) = \frac{1}{L} \int_{-\infty}^{t_0} u(\xi)\mathrm{d}\xi$,是电感在初始时刻 t_0(一般取 $t_0=0$)的电流,称为初始电流。

由于电感在 t 时刻的电流不仅与 t 时刻的电压有关,还与 t 时刻以前的电压有关,这说明它具有"记忆"电压的作用,因此电感元件是一种"记忆元件"。

3. 电感的功率和储能

当电感上电流和电压的参考方向关联时,它吸收的功率为

$$p = u(t) \cdot i(t) = Li(t) \cdot \frac{\mathrm{d}i(t)}{\mathrm{d}t} \tag{1-14}$$

在 $t_1 \sim t_2$ 时段内,电感吸收的电能为

$$\begin{aligned} w_L(t_1, t_2) &= \int_{t_1}^{t_2} u(\xi)i(\xi)\mathrm{d}\xi = \int_{t_1}^{t_2} Li(\xi)\frac{\mathrm{d}i(\xi)}{\mathrm{d}\xi}\mathrm{d}\xi \\ &= L \int_{i(t_1)}^{i(t_2)} i(\xi)\mathrm{d}i(\xi) = \frac{1}{2}Li^2(t_2) - \frac{1}{2}Li^2(t_1) \end{aligned} \tag{1-15}$$

电感在任何时刻 t 所储存的磁场能量,等于时间从 $-\infty$ 开始到 t 为止,它所吸收的电能量,即

$$w_L(t) = \frac{1}{2}Li^2(t) - \frac{1}{2}Li^2(-\infty)$$

可以认为 $i(-\infty) = 0$,因此

$$w_L = \frac{1}{2}Li^2(t) \tag{1-16}$$

上式表明,无论电感上的电流是正还是负,它所储存的磁能都大于等于 0。式(1-15)表明,电感在 $t_1 \sim t_2$ 时段内吸收的电能等于它在 t_2 时刻的储能与 t_1 时刻的储能之差。当电感上的电流

增大时，它储存的磁能增大，电感从电路吸收能量；当电感上的电流减小时，它储存的磁能就减小，电感向电路释放能量。因此，电感元件是一种储能元件。又因为电感不会释放出多于它吸收或储存的能量，因此它又是一种无源元件。

1.3.3 电容元件

1. 电容的库伏特性

实际的电容器件是用绝缘介质（如云母、聚烯、钽等）将两块金属极板隔开，再在两块极板上各引出一个端子构成的，其主要电磁特性是储存电场能量。因此，理想的电容元件（简称电容）是储存电场能量的二端元件。

线性电容的电路符号如图 1-12a 所示。图中 q 是电容器极板上储存的电量，它与电压 u 的关系为

$$q = C \cdot u \tag{1-17}$$

式中，C 称为电容元件的电容量（简称电容，是一个正实常数），是表征电容元件储存电荷能力的物理量，单位为法拉（F），简称法。如果电容器充上 1 伏（V）电压时，其极板上储存了 1 库（C）的电荷量，则该电容器的电容量就是 1F。由于法拉的单位太大，工程上常采用微法（μF）或皮法（pF）作单位，$1\mu F = 10^{-6}F$，$1pF = 10^{-12}F$。

以电荷量 q 为纵坐标、电压 u 为横坐标，可画出线性电容的库伏特性，如图 1-12b 所示。

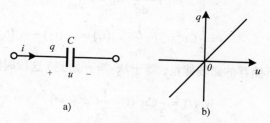

图 1-12 电容的电路符号与库伏特性

2. 电容的伏安关系

当电容元件两极板间的电压 u 变化时，极板上的电荷量 q 随之改变，因而就在电路中产生电流。如果电容上电压、电流的参考方向相关联，则它们之间的关系为

$$i = \frac{\mathrm{d}q}{\mathrm{d}t} = C \cdot \frac{\mathrm{d}u}{\mathrm{d}t} \tag{1-18}$$

即任何时刻流过电容的电流与该时刻电压的变化率成正比。

如果电容上电压、电流的参考方向非关联，则它们之间的关系为

$$i = -C \cdot \frac{\mathrm{d}u}{\mathrm{d}t} \tag{1-19}$$

当电容两端加的是直流电压（即电压的变化率为 0）时，电流等于 0，即电容相当于开路，这说明电容具有隔断直流的作用。

由于实际电路中通过电容的电流总是有限值，因此电压的变化率必为有限值，也就是说电容器两端的电压必须是时间 t 的连续函数，不能跃变。

根据式（1-18），可得电容上伏安关系的积分形式为

$$u = \frac{1}{C}\int_{-\infty}^{t} i(\xi)\mathrm{d}\xi = \frac{1}{C}\int_{-\infty}^{t_0} i(\xi)\mathrm{d}\xi + \frac{1}{C}\int_{t_0}^{t} i(\xi)\mathrm{d}\xi$$

即

$$u(t) = u(t_0) + \frac{1}{C}\int_{t_0}^{t} i(\xi)\mathrm{d}\xi \qquad (1-20)$$

式中，$u(t_0) = \frac{1}{C}\int_{-\infty}^{t_0} i(\xi)\mathrm{d}\xi$ 是初始时刻 t_0（一般取 $t_0=0$）电容上的电压，称为初始电压。

由于 t 时刻电容上的电压不仅与 t 时刻的电流有关，还与 t 时刻以前的电流有关，这说明电容元件具有"记忆"电流的作用，因此电容元件也是一种"记忆元件"。

3. 电容的功率和储能

当电容上电压、电流的参考方向关联时，它吸收的功率为

$$p = u \cdot i = Cu \cdot \frac{\mathrm{d}u}{\mathrm{d}t} \qquad (1-21)$$

在 $t_1 \sim t_2$ 时间段内，电容吸收的电能为

$$\begin{aligned}
w_C(t_1, t_2) &= \int_{t_1}^{t_2} p(\xi)\mathrm{d}\xi = \int_{t_1}^{t_2} u(\xi)i(\xi)\mathrm{d}\xi \\
&= \int_{t_1}^{t_2} Cu(\xi)\frac{\mathrm{d}u(\xi)}{\mathrm{d}\xi}\mathrm{d}\xi = C\int_{u(t_1)}^{u(t_2)} u(\xi)\mathrm{d}u(\xi) \\
&= \frac{1}{2}Cu^2(t_2) - \frac{1}{2}Cu^2(t_1) = w_C(t_2) - w_C(t_1) \qquad (1-22)
\end{aligned}$$

电容在任何时刻 t 所储存的磁场能量，等于从 $-\infty$ 开始到 t 这段时间内它所吸收的电能，即

$$w_C(t) = \frac{1}{2}Cu^2(t) - \frac{1}{2}Cu^2(-\infty)$$

可以认为 $u(-\infty) = 0$，因此

$$w_C(t) = \frac{1}{2}Cu^2(t) \qquad (1-23)$$

上式表明，无论电容上的电压为正还是为负，它所储存的电能都大于等于 0。式（1-22）表明，电容在 $t_1 \sim t_2$ 时间段内吸收的电能，等于它在 t_2 时刻的储能与在 t_1 时刻的储能之差。当电容上的电压增高时，它吸收能量，且全部转变为电场能（这是电容器充电的过程）；当电容上电压降低时，它将储存的电场能释放出来，并转变成电能（这是电容器放电的过程）。可见，电容元件是一种"储能元件"。由于它不会释放出多于它吸收或储存的能量，因此它是一种无源元件。

1.4 电源

实际电路中都需要电源。电源的种类很多，比如干电池、蓄电池、发电机、信号发生器等，但根据它们的主要电磁特性，可以将电源抽象为电压源和电流源两种模型。

1.4.1 独立电源

独立电源是相对于后面介绍的非独立电源（受控源）而言的，有独立电压源（简称电压源）和独立电流源（简称电流源）之分。

1. 电压源

电压源是一种理想的有源二端元件，其特性为：端电压始终保持为定值或给定的时间函数，与通过它的电流无关。

电压源的电路符号如图 1-13a 所示，其中的 "+"、"−" 号为电压源电压的参考极性。如果电压 u_s 为常数 U_s，这种电压源称为直流电压源，可用如图 1-13b 所示的符号（电池符号）表示。当负载在一定范围内变化时，新的干电池可近似看作为直流电压源；供电部门提供的电力则可近似看作电压随时间按正弦规律变化的交流电压源。

电压源具有两个特点：一是其端电压是固定值或者特定时间函数，不会因为外接电路变化而变化；二是其输出电流与外接电路有关，由电压源和外接电路共同决定。直流电压源的伏安特性是一条平行于电流轴的直线，如图 1-13c 所示。

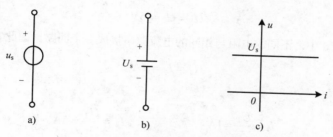

图 1-13 电压源的电路符号与伏安特性

2. 电流源

电流源也是一种理想的有源二端元件，其特性为：通过电流源的电流始终保持为定值或给定的时间函数，与其端电压无关。

电流源的电路符号如图 1-14a 所示，其中箭头所指方向为电流源电流的参考方向。如果电流 i_s 为常数 I_s，则称为直流电流源。

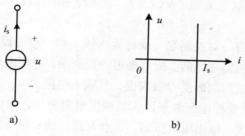

图 1-14 电流源的电路符号与伏安特性

电流源也具有两个特点：一是输出电流是固定值或者特定时间函数，不会因为外接电路变化而变化；二是其端电压与外接电路有关，由电流源和外接电路共同决定。

直流电流源的伏安特性是一条平行于电压轴的直线，如图 1-14b 所示。实际电路中，光电管、光电池等器件的工作特性比较接近电流源。

例1-2　电路如图1-15所示，试求各电路中的电压 U 和电流 I。

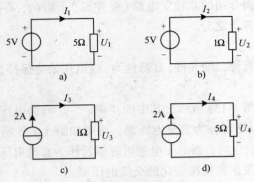

图1-15　例1-2的图

解　在图1-15a、b中，不同电阻的两个端子直接与相同的电压源连接，因此它们的电压相同，即

$$U_1 = U_2 = 5\text{V}$$

而在图1-15c、d中，不同的电阻与相同的电流源串接成一个回路，因此它们的电流相同，即

$$I_3 = I_4 = 2\text{A}$$

根据欧姆定律得

$$I_1 = \frac{U_1}{5} = 1\text{A}, \qquad\qquad I_2 = \frac{U_2}{1} = 5\text{A}$$

$$U_3 = 1\times2 = 2(\text{V}), \qquad\qquad U_4 = 5\times2 = 10(\text{V})$$

1.4.2　受控电源

受控电源（简称受控源）是非独立电源，它们的输出电压或电流受到电路中其他电流或电压的控制，有受控电压源与受控电流源之分。

根据受控电源是电压源还是电流源，以及控制量是电压还是电流，受控源可分为电压控制电压源（VCVS）、电压控制电流源（VCCS）、电流控制电压源（CCVS）和电流控制电流源（CCCS）四种。

受控源是四端网络，有一对控制端（或称输入端）和一对受控端（或称输出端）。理想受控源是指控制端和受控端都是理想的。所谓理想的控制端，对用电压控制的受控源来说，其输入电阻为无穷大；对用电流控制的受控源来说，其输入电阻为0。这样，控制端消耗的功率为0。所谓理想的受控端，对受控电压源来说，其输出电阻为0，输出电压恒定；对受控电流源来说，其输出电阻为无穷大，输出电流恒定。这点与理想独立电压源和电流源相同。四种理想受控源的电路模型分别如图1-16a、b、c、d所示。

图1-16中四种理想受控源的控制特性依次分别为：

$$u_2 = \mu u_1 \tag{1-24}$$

$$i_2 = g u_1 \tag{1-25}$$

$$u_2 = ri_1 \qquad (1\text{-}26)$$

$$i_2 = -\beta i_1 \qquad (1\text{-}27)$$

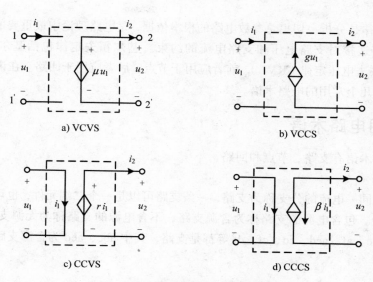

a) VCVS

b) VCCS

c) CCVS

d) CCCS

图 1-16 理想受控源的电路模型

以上各式中，μ 和 β 是无量纲的控制系数，g 是电导量纲的控制系数，r 是电阻量纲的控制系数。当控制系数为常数时，被控制量与控制量成正比，这种受控源为线性受控源。本书只考虑线性受控源的情况，故而常将"线性"二字略去，简称"受控源"。

受控源与独立电源在电路符号上的区别仅在于受控源符号的外形是菱形，而独立源符号的外形是圆形，但独立源与受控源在电路中的作用却有着本质的区别。独立源是给电路输入能量或提供信号的，在电路中起着"激励"的作用，是电路其他部分产生响应的源泉；而受控源通常是表示电子器件中发生的物理现象的一种模型，它的电压或电流是受电路中其他电压或电流控制的，因此受控源具有源性和电阻性双重特性。

例 1-3 电路如图 1-17 所示，求电压 U。

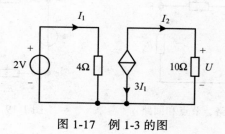

图 1-17 例 1-3 的图

解 先由左边电路求控制电流，得 $I_1 = \dfrac{2}{4} = 0.5(\text{A})$

电流 I_2 的参考方向与受控电流源的方向相反，故

$$I_2 = -3I_1 = -3 \times 0.5 = -1.5(\text{A})$$

因此 $\qquad U = 10I_2 = 10 \times (-1.5) = -15(\text{V})$

1.5 基尔霍夫电流定律和基尔霍夫电压定律

基尔霍夫定律是分析一切集总参数电路的根本依据，是电路理论中最重要的基本定律，它体现元件的相互连接对支路电压和支路电流的约束。基尔霍夫定律包括基尔霍夫电流定律（KCL）和基尔霍夫电压定律（KVL），前者应用于节点，后者应用于回路。在讲述基尔霍夫定律之前，先介绍几个常用的电路术语。

1.5.1 常用电路术语

常用的电路术语有支路、节点和回路。

1. 支路

电路中通过同一电流的分支称为支路，一条支路可以是一个二端元件，也可以是几个二端元件的串联组合。包含电源的支路称为含源支路；不含电源的支路称为无源支路。如图 1-18 所示电路中，abc、af、aed、cd、cf、df 等都是支路，其中 abc、aed 为含源支路，af、cd、cf、df 为无源支路。

2. 节点

电路中三条或三条以上支路的连接点称为节点。图 1-18 所示的电路中，a、c、d、f 是节点，b 和 e 一般不算节点。

3. 回路

电路中由支路构成的闭合路径称为回路。平面电路中，内部不含支路的回路又称为网孔。如图 1-18 所示电路中，abcfa、afcdea、afdea、cdf 等都是回路，其中 abcfa、afdea、cdf 还是网孔。

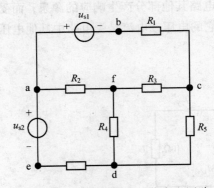

图 1-18 电路中的支路、节点和回路

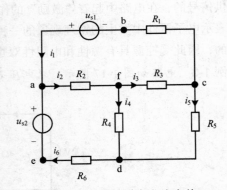

图 1-19 基尔霍夫电流定律

1.5.2 基尔霍夫电流定律

基尔霍夫电流定律（Kirchhoff's Current Law, KCL）指出：在集总参数电路中，对于任一节点来说，任何时刻连接于该节点的所有支路电流的代数和恒等于零。用数学式表示为

$$\sum i = 0 \tag{1-28}$$

这里，"代数和"是指在规定了流入节点的电流前取"+"号（或"−"号），流出节点的电流前

取"－"号（或"＋"号）条件下的和式。所谓"流入"或"流出"节点，都是对电流的参考方向而言的。

例如，对如图 1-18 所示的电路，假定各支路电流的参考方向如图 1-19 所示，并规定流入节点的电流前取"＋"号（因而流出节点的电流前取"－"号），则对于 a 节点，KCL 的表达式为

$$i_1 - i_2 + i_6 = 0 \tag{1-29}$$

若规定流出节点的电流前取"＋"号（因而流入节点的电流前取"－"号），则对于 a 节点，KCL 的表达式为

$$-i_1 + i_2 - i_6 = 0 \tag{1-30}$$

不难看出，式（1-29）和式（1-30）是等价的，这说明不论规定流入节点的电流前取"＋"号，还是规定流出节点的电流前取"＋"号，结果是相同的。但一旦规定了流入节点电流前的正负号，流出节点电流前的符号就要与之相反，这是写 KCL 表达式时需要注意的地方。

式（1-29）或式（1-30）还可改写为

$$i_1 + i_6 = i_2 \tag{1-31}$$

上式说明流入 a 节点的电流等于流出 a 节点的电流。这一结论对任何一个节点都适用，因为在任何时刻，电路中的任何一点，既不能创造电荷，也不能消灭电荷，这是电荷的守恒定律。因此，基尔霍夫电流定律也可用数学式表示为

$$\sum i(\text{流入}) = \sum i(\text{流出}) \tag{1-32}$$

KCL 的应用可以推广到电路中任一假设的包含几个节点的闭合曲面（即所谓广义节点）。如在图 1-20 所示电路中，虚线所示闭合面 S 包围的电路内有 a、b、c 三个节点，若规定流入节点的电流取"＋"号，对 a、b、c 三个节点分别应用 KCL 得

$$i_1 - i_4 - i_6 = 0$$
$$i_2 + i_4 - i_5 = 0$$
$$-i_3 + i_5 + i_6 = 0$$

将以上三式相加，得

$$i_1 + i_2 - i_3 = 0 \tag{1-33}$$

上式说明，流入闭合面 S 的电流之代数和等于 0。由此可以推断，通过一个闭合面的电流之代数和也总是等于零，或者说流出闭合面的电流等于流入该闭合面的电流。

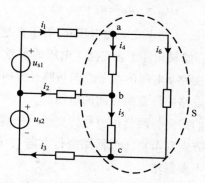

图 1-20　基尔霍夫电流定律的推广

1.5.3 基尔霍夫电压定律

基尔霍夫电压定律（Kirchhoff's Voltage Law, KVL）指出：在集总参数电路中，在任何时刻，沿任一回路的所有支路电压的代数和恒等于零。用数学式表示为

$$\sum u = 0 \tag{1-34}$$

写上式前，需预先设定回路中各支路（或元件）电压的参考方向，并选定回路的绕行方向（可以是顺时针方向也可以是逆时针方向）。如果支路电压的参考方向与绕行方向一致，则该电压前取"+"号；如果支路电压的参考方向与绕行方向相反，则该电压前取"–"号。

例如，在图 1-21 所示电路中，对于回路"1"，KVL 的表达式为

$$u_1 + u_2 + u_{s2} - u_{s1} = 0 \tag{1-35}$$

也可改写为

$$u_1 + u_2 = u_{s1} - u_{s2} \tag{1-36}$$

上式说明，沿回路"1"，电压降的代数和等于电压升的代数和。这一结论适用于任何一个路，是 KVL 的另一种表述。

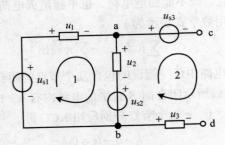

图 1-21　基尔霍夫电压定律

KVL 的应用可以推广到闭合路径。例如，在图 1-21 所示电路中，若用 u_{cd} 表示 c、d 两点之间的电压，对于回路"2"，可用 KVL 写出

$$u_{s3} + u_{cd} - u_3 - u_{s2} - u_2 = 0 \tag{1-37}$$

由上式可知，电压 u_{cd} 的表示式为

$$u_{cd} = -u_{s3} + u_2 + u_{s2} + u_3 \tag{1-38}$$

上式说明，图 1-21 所示电路中 c、d 两点之间的电压 u_{cd} 等于自起始点 c 开始到终点 d，沿路各元件（或支路）电压的代数和。如果元件（或支路）电压的参考方向与路径方向一致，则该电压前取"+"号；如果元件（或支路）电压的参考方向与路径方向相反，则该电压前取"–"号。这一结论适用于任一集总参数电路中任意两点间的电压。

运用 KCL 和 KVL 时，我们需要与两套正负号打交道，一套是表达式中各项前的正负号，决定于电流（或电压）的参考方向对节点（或回路绕行方向）的相对关系；另一套是电流或电压本身数值的正负号。两者不要混淆。

例 1-4　电路如图 1-22a 所示，试求 4Ω 电阻上的电流 I_o。

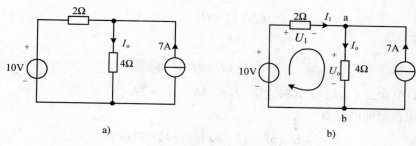

图 1-22　例 1-4 的图

解　假定未知电流 I_1、未知电压 U_1、U_o 的参考方向如图 1-22b 所示，节点分别标记为 a、b，则由欧姆定律得

$$U_1 = 2I_1 , \qquad U_o = 4I_o$$

假定流入节点的电流前取"+"号，对节点 a，根据 KCL 得

$$I_1 - I_o + 7 = 0$$

即

$$I_1 - I_o = -7 \tag{1-39}$$

对左边回路沿顺时针方向绕行，根据 KVL 得

$$U_1 + U_o - 10 = 0$$

即

$$2I_1 + 4I_o = 10 \tag{1-40}$$

联立式（1-39）和式（1-40），并解之得 $I_o = 4\text{A}$ ， $I_1 = -3\text{A}$ 。

例 1-5　电路如图 1-23a 所示，试求电流源的功率 P。

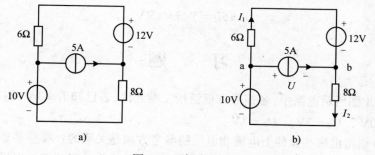

图 1-23　例 1-5 的图

解　我们需要先求电流源的电压，假设电流源的电压 U 和各未知电流的参考方向如图 1-23b 所示。

假定流入节点的电流前取"+"号，对 a 节点，根据 KCL 得

$$-I_1 + I_2 - 5 = 0$$

即

$$-I_1 + I_2 = 5 \tag{1-41}$$

对大回路沿顺时针方向绕行，由 KVL 和欧姆定律得

$$6I_1 + 12 + 8I_2 - 10 = 0$$

即

$$6I_1 + 8I_2 = -2 \tag{1-42}$$

联立式（1-41）和式（1-42），并解之得 $I_1 = -3A$，$I_2 = 2A$。

因而，电流源的电压为

$$U = 6I_1 + 12 = 6 \times (-3) + 12 = -6(V)$$

或

$$U = 10 - 8I_2 = 10 - 8 \times 2 = -6(V)$$

由于电流源的电流方向与其电压参考方向相关联，故其功率为

$$P = 5U = 5 \times (-6) = -30(W)$$

这说明电流源实际上向电路提供 30W 功率。

例 1-6 电路如图 1-24 所示，试求电压 u。

解 这是一个含有受控源的电路，可以选择控制量作为未知量列方程求解，解得控制量后再求电压 u。

对节点 a，由 KCL 得

图 1-24 例 1-6 的图

$$i_2 = i_1 + 2i_1 = 3i_1 \tag{1-43}$$

对大回路，应用 KVL 得

$$16 = i_1 + 5i_2$$

将式（1-43）代入上式得

$$16 = i_1 + 5 \times 3i_1 = 16i_1$$

则

$$i_1 = 16/16 = 1(A)，\quad i_2 = 3i_1 = 3(A)$$

$$u = 5i_2 = 5 \times 3 = 15(V)$$

习　题

1.1 如题 1.1 图所示电路中，各矩形方框泛指二端元件，若已知 $I_1 = 3A$、$I_2 = 4A$、$I_3 = 1A$，$U_1 = 10V$、$U_2 = 3V$、$U_3 = 7V$。

（1）分别指出哪些元件上电流和电压的参考方向是关联的？哪些是非关联的？

（2）求各元件的功率，并指出哪些元件实际吸收功率，哪些元件提供功率？

（3）验证功率平衡原理。

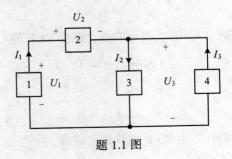

题 1.1 图

1.2 电路如题 1.2 图所示，求各电路中标出的未知电压 u 或电流 i。

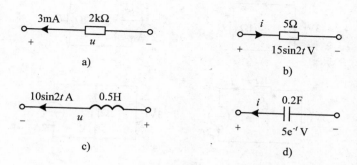

题 1.2 图

1.3 如题 1.3 图 a 所示电路中，假设电流 i 的波形如题 1.3 图 b 所示，求电压 u 的变化规律，并画出其波形；如果电压 u 的波形如题 1.3 图 c 所示，并设 $i(0)=0$，求 $t \geqslant 0$ 时的电流 $i(t)$，并画出其波形。

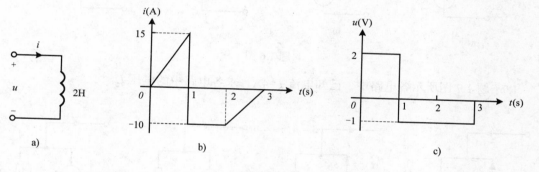

题 1.3 图

1.4 如题 1.4 图 a 所示电路中，假设电压 u 的波形如题 1.4 图 b 所示，求电流 i 的变化规律，并画出其波形；如果电流 i 的波形如题 1.4 图 c 所示，并设 $u(0)=0$，求 $t \geqslant 0$ 时的电压 $u(t)$，并画出其波形。

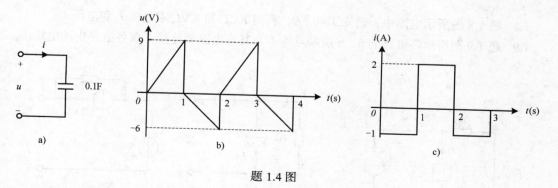

题 1.4 图

1.5 电路如题 1.5 图所示，求各电路中的电压 U 和电流 I。

1.6 题 1.6 图所示各电路中，已知电流均为 $I=3\text{A}$，求各电路中的电压 U。

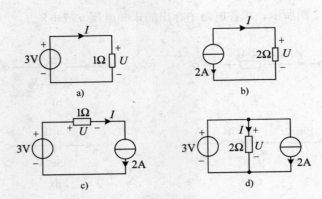

题 1.5 图

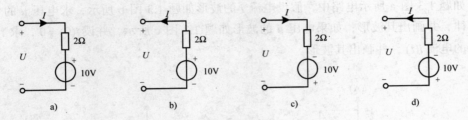

题 1.6 图

1.7 题 1.7 图所示各电路中，已知电流 $I=4A$，求各电路中的电压 U。

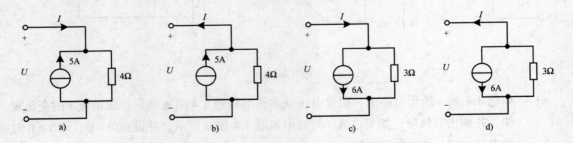

题 1.7 图

1.8 题 1.8 图所示电路中，已知 $I_1=0.5A$，利用 KCL 和 KVL 求电流 I_2 和电压 U。

1.9 题 1.9 图所示各电路的 a、b 两端点均不与其他电路相连接，求各电路中的电压 U_{ab}。

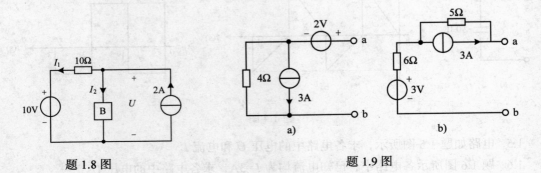

题 1.8 图　　　　　　　　　　　　　　　　题 1.9 图

1.10　电路如题 1.10 图所示，求题 1.10 图 a 中的电压 U 和题 1.10 图 b 中的电流 I。

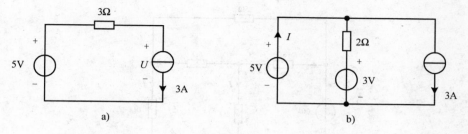

题 1.10 图

1.11　电路如题 1.11 图所示，求各电路中的电流 I 和受控源的功率 P。

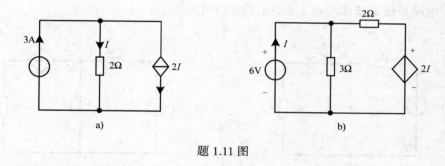

题 1.11 图

1.12　电路如题 1.12 图所示，已知 $I_1=1$A，试求电流源 I_s 的功率 P_I 和负载 N 的功率 P_N。

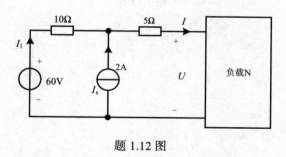

题 1.12 图

1.13　题 1.13 图所示电路的 a、b 两端点不与其他电路相连接，求开路电压 U_{ab}。

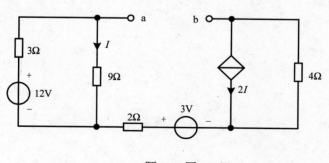

题 1.13 图

1.14　电路如题 1.14 图所示，已知 $I_o = 1A$，求 I_1。

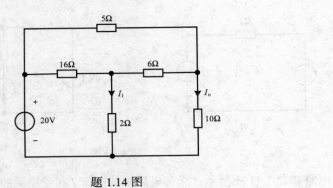

题 1.14 图

1.15　电路如题 1.15 图所示，求各电路中的电压 u。

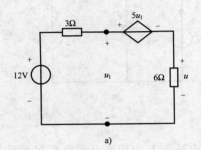 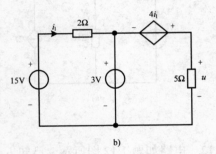

题 1.15 图

第 2 章

电阻电路分析

本章介绍由电阻组成的电路在直流电源作用下的分析方法。由于在直流电源作用下的电感相当于短路，电容相当于开路，因而本章介绍的分析方法适用于一般直流电路。

2.1 线性无源二端网络的等效变换

具有两个引出端子的网络称为二端网络（或一端口网络），图 2-1a、b 所示的是两个由电阻组成的二端网络。为了简便起见，二端网络可以用一个矩形框表示，如图 2-1c 所示。根据 KCL 可知，从二端网络一个端子流进的电流，必定等于由其另一个端子流出的电流。因此，只要在二端网络的一个端子上标注电流的参考方向就可以了。

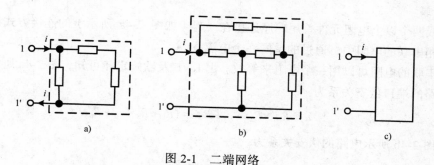

图 2-1　二端网络

2.1.1 等效变换的概念

等效变换是电路分析中经常使用的方法。对于某些复杂电路，通过对其中一部分电路进行等效变换，可以使电路简化，从而给电路分析带来方便。

所谓等效变换，是将整个电路中的一部分电路用结构不同但对外（即引出端子上）电压-电流关系（简称伏安关系）相同的另一部分电路代换。例如，如图 2-2a 所示电路由 A 和 B 两部分组成，为了分析方便，可将 B 部分用结构不同但端口伏安关系相同的 C 替代，如图 2-2b 所示。因为代换部分 C 与被代换部分 B 对外的电压-电流关系相同，所以对没有变换的部分电路 A（简称外电路）而言，它们的影响完全相同。代换部分电路 C 和被代换部分电路 B 互为等效电路，可用图 2-3 表示。

图 2-2　等效的概念

图 2-3　等效电路

需要注意的是,通过等效变换分析电路时,电压和电流仅对等效电路以外部分保持不变(图 2-1 中的 A 部分),代换部分 C 内部的电流(或电压)一般与被代换部分 B 内部的电流(或电压)不相同,即"对外等效,对内不等效"。若需要计算 B 内部的电流(或电压),需先求出端口的电流 i(或电压 u),然后回到原电路去计算内部电流(或电压)。

2.1.2　电阻的串联与并联

本小节介绍电阻的串联、并联和混联。

1.　串联

两个或两个以上电阻元件首尾顺序连接在一起(如图 2-4a 所示)的连接方式称为电阻的串联。互相串联的电阻中,通过的是同一个电流。

互相串联的电阻可以用一个电阻来等效。由 KVL 及欧姆定律可知,图 2-4a 所示的 n 个电阻串联电路的端口伏安关系为

$$u = R_1 i + R_2 i + ... + R_n i = (R_1 + R_2 + ... + R_n)i \tag{2-1}$$

而如图 2-4b 所示电路的伏安关系为

$$u = Ri \tag{2-2}$$

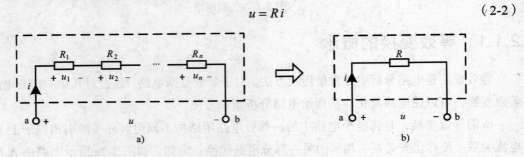

图 2-4　电阻的串联

由式(2-1)和式(2-2)可知,若

$$R = R_1 + R_2 + ... + R_n = \sum_{k=1}^{n} R_k \tag{2-3}$$

则图 2-4 所示的两个二端网络的端口伏安关系相同，即两个网络等效。因此，图 2-4b 中的 R 称为 n 个串联电阻的等效电阻，它们的关系式为式（2-3），即 n 个电阻串联的等效电阻等于相串联的各电阻阻值之和。显然，电阻串联的等效电阻总是大于任何一个串联电阻的。

　　由于通过串联电阻的电流是同一个电流，因而根据欧姆定律，各电阻两端的电压正比于其电阻值。图 2-4a 电路中第 k 个电阻两端的电压为

$$u_k = R_k \cdot i = R_k \cdot \frac{u}{R} = \frac{R_k}{R} \cdot u \tag{2-4}$$

式（2-4）又称为电阻串联电路的分压公式。

2. 并联

　　两个或两个以上电阻元件连接在两个公共节点之间，如图 2-5a 所示，这种连接方式称为电阻的并联。并联电阻元件承受的是同一个电压。

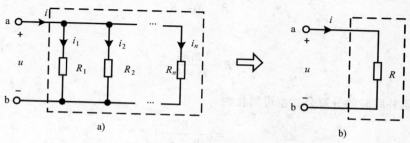

图 2-5　电阻的并联

　　同样，互相并联的电阻也可以用一个电阻来等效。由 KCL 及欧姆定律可知，图 2-5a 所示的 n 个电阻并联电路的端口伏安关系为

$$i = i_1 + i_2 + \cdots + i_n = \left(\frac{1}{R_1} + \frac{1}{R_2} + \cdots + \frac{1}{R_n} \right) \cdot u \tag{2-5}$$

而图 2-5b 电路的伏安关系为

$$i = \frac{u}{R} \tag{2-6}$$

由式（2-5）和式（2-6）可知，若

$$\frac{1}{R} = \frac{1}{R_1} + \frac{1}{R_2} + ... + \frac{1}{R_n} \tag{2-7a}$$

则如图 2-5 所示的两个二端网络的端口伏安关系相同，即两个网络等效。因此，图 2-5b 中的 R 称为 n 个并联电阻的等效电阻，它们的关系式为式（2-7a）。

　　使用电导分析电阻元件的并联电路更为方便，式（2-7a）可改写为

$$G = G_1 + G_2 + ... G_n = \sum_{k=1}^{n} G_k \tag{2-7b}$$

式中，$G = \dfrac{1}{R}$、$G_k = \dfrac{1}{R_k}$ 分别是等效电导和各并联电阻的电导。上式表明：电阻并联时，等效电导等于相并联的各电导之和。显然，电阻并联的等效电导总是大于任何一个并联电导的，或者说电阻并联的等效电阻总是小于任何一个并联电阻的。

由于并联电阻承受着同一个电压，根据欧姆定律，通过各电阻的电流反比于其阻值。在图 2-5a 电路中，通过第 k 个电阻的电流为

$$i_k = \frac{u}{R_k} = G_k \cdot \frac{i}{G} = \frac{G_k}{G} \cdot i \tag{2-8}$$

式（2-8）称为电阻并联电路的分流公式。

在实际电路中，经常会遇到两个电阻并联的情况，如图 2-6a 所示。在这种情况下，等效电阻与各电阻的关系为

$$\frac{1}{R} = \frac{1}{R_1} + \frac{1}{R_2} \tag{2-9}$$

即

$$R = \frac{R_1 R_2}{R_1 + R_2} \tag{2-10}$$

两个电阻并联时的分流公式也可简化为

$$\left. \begin{array}{l} i_1 = i \cdot \dfrac{R_2}{R_1 + R_2} \\[2mm] i_2 = i \cdot \dfrac{R_1}{R_1 + R_2} \end{array} \right\} \tag{2-11}$$

分析电阻并联电路时，为方便起见，通常用符号 "$//$" 表示并联关系。比如，用 "$R_1 // R_2$" 表示 R_1、R_2 并联。

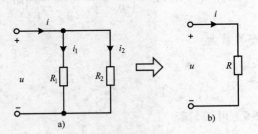

图 2-6　两个电阻并联

3. 混联

电阻元件除了简单的串、并联连接以外，更多的是既有串联又有并联，即电阻混联的情况。分析电阻混联电路的关键是判断它们的串并联关系，判断电阻是串联还是并联关系一般可根据下列几点进行：

① 看电路的结构特点。如果两个或两个以上的电阻元件是首尾相连，而且相连之处别无支路，则这几个电阻是串联关系；如果两个或两个以上的电阻都连接在相同的两个节点之间，

那就是并联关系。

②　看电流或电压是否相同。如果两个或两个以上的电阻中始终流过同一个电流，则是串联关系；如果两个或两个以上的电阻上始终承受同一个电压，则是并联关系。

③　如果第①、②点都不适用，则需要对电路进行变形等效。变形等效一般有扭动变形、将短路线任意缩短或拉长。其中扭动变形可以将左边的支路扭到右边、将上面的支路翻到下面，或者将弯曲的支路拉直等。

分析混联电路时，求等效电阻一般采取逐步等效的方法，即先将容易看出连接关系的两个或两个以上的电阻等效为一个电阻，再根据该等效电阻与其余电阻的连接关系进一步等效，直至简化为一个等效电阻；求电流或电压则采用由总到分的步骤，即求出总等效电阻上的电流或电压，再根据连接关系用分流或分压公式，求分支电流或各电阻（或等效电阻）电压。

例 2-1　求如图 2-7a 所示二端电阻网络的等效电阻 R_{ab} 。

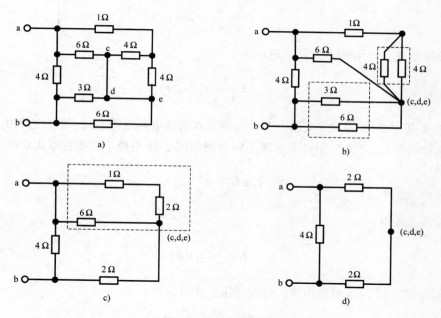

图 2-7　例 2-1 的电路

解　先将短路线缩短，即将 c、d、e 三个点合为一点，如图 2-7b 所示。再将能看出并联关系的两组电阻（图中两个虚线框内）分别用其等效电阻代替，如图 2-7c 所示。然后将图 2-7c 中上部虚线框内的三个电阻用一个等效电阻

$$R = 6 // (1+2) = 6 // 3 = \frac{6 \times 3}{6+3} = 2(\Omega)$$

代替，如图 2-7d 所示，由该图可得

$$R_{ab} = 4 // (2+2) = 4 // 4 = 2(\Omega)$$

例 2-2　求如图 2-8a 所示电路中的电流 I、I_1 和电压 U。

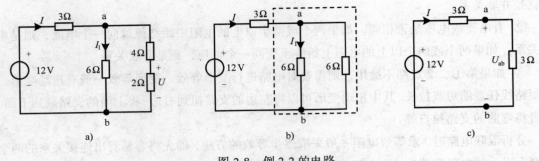

图 2-8　例 2-2 的电路

解　首先，将 4Ω 和 2Ω 电阻的串联用 6Ω 等效电阻代替，如图 2-8b 所示。然后将两个 6Ω 电阻的并联用 3Ω 等效电阻代换，如图 2-8c 所示。这样就将原电路简化成了单回路电路，根据欧姆定律得

$$I = \frac{12}{3+3} = 2(\text{A})$$

根据分压公式，a、b 两点之间的电压为

$$U_{\text{ab}} = \frac{3}{3+3} \times 12 = 6(\text{V})$$

在图 2-8c 和图 2-8b 所示的电路中，a、b 两点右边的电路结构不同，但左边的电路没有变化，因此端口电压 U_{ab} 不变，但计算电流 I_1 需要回到图 2-8b 电路中。根据欧姆定律得

$$I_1 = \frac{U_{\text{ab}}}{6} = \frac{6}{6} = 1(\text{A})$$

或者根据分流公式得

$$I_1 = \frac{1}{2} I = 1(\text{A})$$

同样，电压 U 需在图 2-8a 电路中求，根据分压公式得

$$U = \frac{2}{2+4} \times U_{\text{ab}} = \frac{1}{3} \times 6 = 2(\text{V})$$

2.1.3　电阻的丫形联结与△形联结的等效变换

实际电路中，有时电阻的连接既非串联又非并联，如图 2-9a 所示，这就无法直接通过串并联等效求 a、b 两端之间的等效电阻。如果能将图 2-9a 中虚线框内的部分电路等效变换为图 2-9b 所示，那就可以用串并联等效求等效电阻了。

图 2-9a、b 中虚线框内电阻的连接方式分别称为△形（或三角形）和丫形（或星形）联结。下面根据电路等效变换的条件，推导这两种连接方式中电阻之间的变换关系。

设两种方式中对应端钮间的电压相同，都为 u_{12}、u_{23}、u_{31}，流入对应端钮的电流分别表示为 i_1、i_2、i_3 和 i_1'、i_2'、i_3'，如图 2-10 所示。

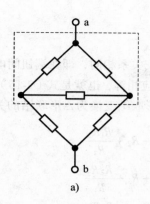

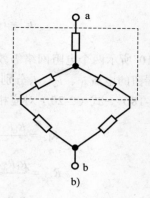

图 2-9　二端电阻网络

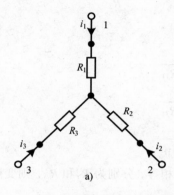

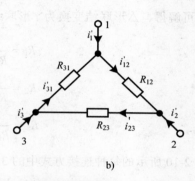

图 2-10　电阻的丫形联结与△形联结的等效变换

在图 2-10a 所示的丫形电路中，由 KVL 得

$$u_{12} = R_1 i_1 - R_2 i_2 \tag{2-12}$$

$$u_{23} = R_2 i_2 - R_3 i_3 \tag{2-13}$$

由 KCL 得

$$i_1 + i_2 + i_3 = 0 \tag{2-14}$$

联立式（2-12）~式（2-14），解得

$$i_1 = \frac{R_3}{R_1 R_2 + R_2 R_3 + R_3 R_1} u_{12} - \frac{R_2}{R_1 R_2 + R_2 R_3 + R_3 R_1} u_{31} \tag{2-15}$$

$$i_2 = \frac{R_1}{R_1 R_2 + R_2 R_3 + R_3 R_1} u_{23} - \frac{R_3}{R_1 R_2 + R_2 R_3 + R_3 R_1} u_{12} \tag{2-16}$$

$$i_3 = \frac{R_2}{R_1 R_2 + R_2 R_3 + R_3 R_1} u_{31} - \frac{R_1}{R_1 R_2 + R_2 R_3 + R_3 R_1} u_{23} \tag{2-17}$$

在图 2-10b 所示△形电路中，流入各端钮的电流分别为

$$i_1{}' = i_{12}{}' - i_{31}{}' = \frac{u_{12}}{R_{12}} - \frac{u_{31}}{R_{31}} \tag{2-18}$$

$$i_2{}' = i_{23}{}' - i_{12}{}' = \frac{u_{23}}{R_{23}} - \frac{u_{12}}{R_{12}} \tag{2-19}$$

$$i_3' = i_{31}' - i_{23}' = \frac{u_{31}}{R_{31}} - \frac{u_{23}}{R_{23}} \tag{2-20}$$

如图 2-10 所示两个电阻网络等效变换的条件是伏安关系相同，即在端钮间电压相同的条件下，流入端钮的电流 i_1、i_2、i_3 分别与 i_1'、i_2'、i_3' 对应相等，也就是式（2-15）～式（2-17）分别与式（2-18）～式（2-20）对应相等，由此得到丫形联结变换为△形联结的关系式为

$$R_{12} = \frac{R_1 R_2 + R_2 R_3 + R_3 R_1}{R_3} = R_1 + R_2 + \frac{R_1 R_2}{R_3} \tag{2-21}$$

$$R_{23} = \frac{R_1 R_2 + R_2 R_3 + R_3 R_1}{R_1} = R_2 + R_3 + \frac{R_2 R_3}{R_1} \tag{2-22}$$

$$R_{31} = \frac{R_1 R_2 + R_2 R_3 + R_3 R_1}{R_2} = R_3 + R_1 + \frac{R_3 R_1}{R_2} \tag{2-23}$$

由以上三式可解得，△形联结变换为丫形联结的关系式

$$R_1 = \frac{R_{31} R_{12}}{R_{12} + R_{23} + R_{31}} \tag{2-24}$$

$$R_2 = \frac{R_{12} R_{23}}{R_{12} + R_{23} + R_{31}} \tag{2-25}$$

$$R_3 = \frac{R_{23} R_{31}}{R_{12} + R_{23} + R_{31}} \tag{2-26}$$

若如图 2-10 所示的每种连接方式中的 3 个电阻都相等，分别为 R_Y 和 $R_\triangle$，则变换关系可以简化为

$$R_\triangle = 3 R_Y \text{ 或 } R_Y = \frac{1}{3} R_\triangle \tag{2-27}$$

2.1.4 线性无源二端网络的输入电阻

不包含独立电源，仅由线性电阻和线性受控源组成的二端网络称为线性无源二端网络。

1. 输入电阻的概念

根据齐次性定理（见第 3.1 节），无源线性二端网络的端口电压与电流成比例关系，这个比值就定义为该无源线性二端网络的输入电阻。在端口电压和电流的参考方向相互关联的情况下，如图 2-11a 所示，无源线性二端网络的输入电阻为

$$R_i = \frac{u}{i} \tag{2-28}$$

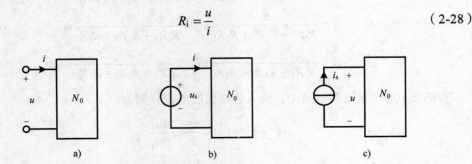

图 2-11　无源二端网络的输入电阻

2．输入电阻的求法

对于仅由线性电阻组成的二端网络（称为纯电阻二端网络），其输入电阻就是其等效电阻，应用电阻的串、并联化简和丫–△变换等方法，就可以求得它们的输入电阻。但当二端网络内部含有受控源时，其输入电阻就无法用同样的方法去求，一般需采用外加电源法求解，即在端口外加电压源 u_s，如图 2-11b 所示，然后求得端口电流 i；或者在端口外加电流源 i_s，如图 2-11c 所示，然后求得端口电压 u。根据式（2-28）可知，输入电阻 $R_i = \dfrac{u_s}{i}$，或 $R_i = \dfrac{u}{i_s}$。

例 2-3 求如图 2-12a 所示含受控源二端网络的输入电阻。

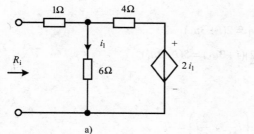 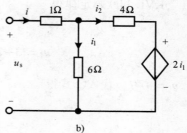

a)　　　　　　　　　　　　　b)

图 2-12　例 2-3 的电路

解 假设在端口外加电压 u_s，由此在电路中产生的电流分别为 i、i_1、i_2，如图 2-12b 所示。由 KCL 得

$$i_2 = i - i_1$$

由 KVL 和欧姆定律得

$$u_s = i + 4i_2 + 2i_1$$
$$u_s = i + 6i_1$$

由前两个式子，得

$$u_s = i + 4(i - i_1) + 2i_1 = 5i - 2i_1$$

即

$$i_1 = \frac{1}{2}(5i - u_s)$$

所以

$$u_s = i + 6 \times \frac{1}{2}(5i - u_s) = 16i - 3u_s$$

即

$$u_s = 4i$$

因此，输入电阻为

$$R_i = \frac{u_s}{i} = \frac{4i}{i} = 4\Omega$$

例 2-4 求如图 2-13a 所示含受控源二端网络的输入电阻。

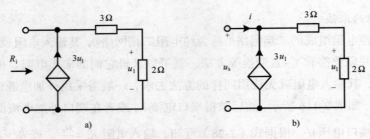

图 2-13　例 2-4 的电路

解　假设在端口外加电压 u_s ，由此产生的电流为 i ，如图 2-13b 所示。

由 KCL、KVL 和欧姆定律得

$$u_1 = 2(i + 3u_1) \qquad ①$$

$$u_s = (3 + 2)(i + 3u_1) = 5(i + 3u_1) \qquad ②$$

由①式得， $u_1 = -\dfrac{2}{5}i$ ，代入②式得

$$u_s = 5\left(i - 3 \times \frac{2}{5}i\right) = -i$$

因此，输入电阻为

$$R_i = \frac{u_s}{i} = \frac{-i}{i} = -1\Omega$$

上式表明，如图 2-13a 所示含受控源二端网络的输入电阻为负值，这说明该电路实际上向外电路提供功率，体现了受控源的电源性。

2.2　实际电源的模型及其等效变换

2.2.1　电源的串联与并联

电压源两端的电压始终保持定值（或一定时间函数），因此只有电压数值相等，且极性一致的电压源才允许并联，并联后的输出电压仍为各电压源的电压，电流则平均分配。同样，由于电流源的输出电流始终都保持定值（或一定时间函数），因此只有电流数值相等，且方向一致的电流源才允许串联，串联后的输出电流仍为各电流源的电流，电压则平均分配。另外，电压源不能被短路，电流源不能被开路，否则有损坏电源的可能。在实际电路中通常遇到的是电压源的串联和电流源的并联，下面讨论电压源串联、电流源并联时对外电路呈现的特性。

1．电压源串联

如果 n 个电压源串联（如图 2-14a 所示），则对外电路来说，它们可等效为一个电压源，如图 2-14b 所示，其源电压等于各电压源电压的代数和，即

$$u_s = u_{s1} + u_{s2} + ... + u_{sn} = \sum_{k=1}^{n} u_{sk} \qquad （2-29）$$

对串联的电压源进行等效时，需要注意各电压源电压的极性，如果电压源电压的极性不一致，则选择一个极性方向为正，相反的方向就为负，这就是"代数和"的含义。两个电压极性

相反的电压源的串联等效如图 2-15 所示。

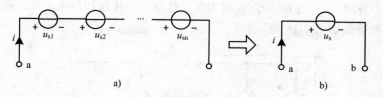

图 2-14 电压源的串联等效

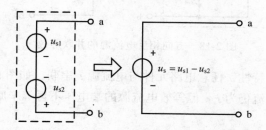

图 2-15 相反极性电压源的串联等效

另外，根据电压源的特性，任意电路元件与电压源 u_s 并联，如图 2-16a 所示，对外均可等效为一个电压源，其源电压仍为 u_s，但等效电压源中的电流不再等于原电压源中的电流，即对内不等效。

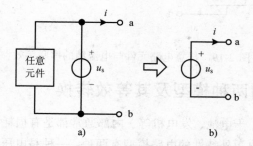

图 2-16 任意电路元件与电压源并联的等效

2. 电流源并联

如果 n 个电流源并联（如图 2-17a 所示），则对外电路来说，它们可等效为一个电流源，如图 2-17b 所示，其源电流等于各电流源电流的代数和，即

$$i_s = i_{s1} + i_{s2} + \cdots + i_{sn} = \sum_{k=1}^{n} i_{sk} \tag{2-30}$$

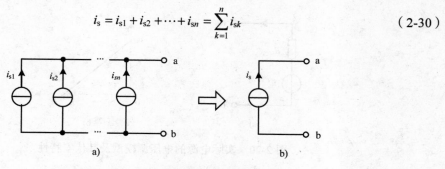

图 2-17 电流源的并联等效

对并联的电流源进行等效时，需要注意各电流源电流的方向，如果电流源电流的方向不一致，则选择一个方向为正，相反的方向就为负，这就是"代数和"的含义。两个电流方向相反的电流源的并联等效如图 2-18 所示。

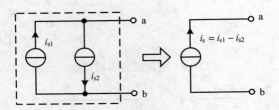

图 2-18　方向相反电流源的并联等效

另外，根据电流源的特性，任意电路元件与电流源 i_s 串联，如图 2-19a 所示，对外均可等效为一个电流源，其源电流仍为 i_s，但等效电流源的端电压不再等于原电流源的端电压，即对内不等效。

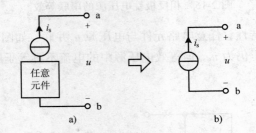

图 2-19　任意电路元件与电流源的串联等效

2.2.2　实际电源的两种模型及其等效转换

实际电源（如蓄电池、干电池、发电机等）内部通常都是有损耗的，它们的外特性可以由实验测绘出来。描述实际电源外特性的电路模型有两种，一种是电压源模型，另一种是电流源模型，这两种模型之间可以进行等效转换。

1.　实际电源的电压源模型

实际电源的电压源模型为理想电压源 u_s 与内电阻 R_s（简称内阻）的串联组合，如图 2-20a 所示，其中的内阻反映了实际电源的内部损耗。

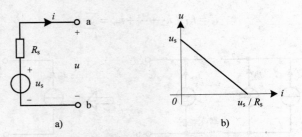

图 2-20　实际电源的电压源模型及其伏安特性

根据电路定律，容易得出电压源模型的伏安关系为

$$u = u_s - R_s i \qquad\qquad （2\text{-}31）$$

上式表明，当实际电源向外接电路供电时，其端电压 u 在一定范围内随着输出电流 i 的增大而减小，当输出电流为 0（即电源开路，不对外供电）时，端电压等于 u_s（也称源电压），如图 2-20b 所示。

2. 实际电源的电流源模型

实际电源的电流源模型为理想电流源 i_s 与内阻 R_s 的并联组合，如图 2-21a 所示，其中的内阻反映了实际电源的内部损耗。

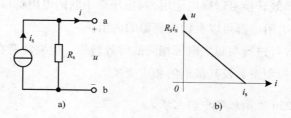

图 2-21　实际电源的电流源模型及其伏安特性

根据电路定律，容易得出电流源模型的伏安关系为

$$i = i_s - \frac{u}{R_s} \qquad\qquad （2\text{-}32）$$

上式表明，当实际电源向外接电路供电时，其输出电流 i 在一定范围内随着端电压 u 的增大而减小，当输出电压为 0（即电源短路）时，输出电流等于 i_s（也称源电流），如图 2-21b 所示。

3. 两种电源模型间的等效转换

一个实际电源可以用两种电路模型来描述，这两种模型之间可以等效转换，如图 2-22 所示。式（2-32）可变换为

$$u = R_s i_s - R_s i$$

根据"等效"的条件，将上式与式（2-31）比较，可得到两种电源模型之间的等效转换条件为

$$u_s = R_s i_s \qquad 或 \qquad i_s = \frac{u_s}{R_s} \qquad\qquad （2\text{-}33）$$

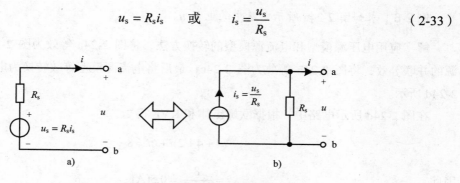

图 2-22　两种电源模型的等效转换

分析多电源电路时，应用两种电源模型之间的等效转换，以及电源的串并联等效和电阻的

串并联等效，可以使分析过程简化。

进行两种电源模型的等效转换时，应注意下面几点：

① "等效"只对除了电源以外的电路（即图 2-22 中接于 a、b 两端的其他电路）成立，对内部电路不成立。比如，R_s 上的电压或电流就不相同。

② 转换时要注意源电流 i_s 的方向与源电压 u_s 的极性之间的关系（i_s 的方向由 u_s 的负极指向正极）。

③ 只有具有内阻的实际电源模型才可以等效转换，理想电压源与理想电流源之间不能等效转换。但电源模型的等效转换可以推广运用，与电压源串联的电阻都可以看做电压源的内阻；同样，与电流源并联的电阻也都可以看做电流源的内阻。

④ 对于受控电源，可进行与独立电源相同的等效转换，但要注意在转换过程中保持控制量不被改变，并且注意控制系数及其量纲的相应变换。

例 2-5 求如图 2-23a 所示电路中的电流 I。

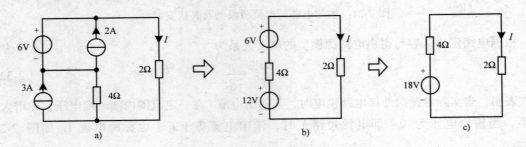

图 2-23　例 2-5 的电路

解 应用"任意元件与理想电压源并联等效为该电压源"，及电流源模型转换为电压源模型的方法，可将图 2-23a 等效为图 2-23b；再运用电压源的串联等效，将图 2-23b 等效为图 2-23c。

在图 2-23c 中，根据欧姆定律得

$$I = \frac{18}{4+2} = 3(\text{A})$$

例 2-6 求如图 2-24a 所示电路中的电压 u。

解 应用电压源模型和电流源模型的转换方法，将图 2-24a 等效为图 2-24b；再应用电流源的并联等效，将图 2-24b 等效为图 2-24c；最后将电流源模型等效转换为电压源模型，如图 2-24d 所示。

在图 2-24d 所示电路中，根据欧姆定律和 KVL 得

$$(4+4+2)i + 6i = 8$$

因此

$$i = \frac{8}{10+6} = 0.5(\text{A})$$

$$u = 4i = 4 \times 0.5 = 2(\text{V})$$

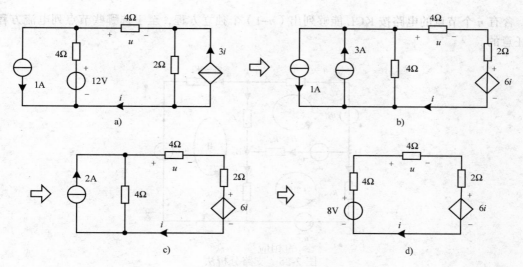

图 2-24　例 2-6 的电路

2.3　支路分析法

实际电路的结构形式很多，分析电路的方法也有多种，前面介绍了等效变换法，下面介绍几种分析电路的一般方法，这些方法的计算步骤有一定规律，便于编制计算机程序，而且对于任何线性电路都适合。

一般分析法中，比较典型的有支路分析法、回路分析法和节点分析法等，本节介绍支路分析法。

1. 支路分析法

支路分析法是以支路电流作为待求变量的分析方法，也称支路电流法。由于同一条支路中的各个元件通过的是同一个电流，而支路两端的电压等于该支路上相串联各元件电压的代数和，因此如果知道各支路的电流，根据电路元件的伏安关系可计算得任意元件的电压，从而计算出电路中任意两点之间的电压以及任意元件的功率。所以，支路电流是完备变量。

根据线性代数中的结论：当未知变量与独立方程的数目相等时，未知变量才可能有唯一解。因此，为了计算给定电路的各支路电流，需根据电路元件的伏安关系，以及 KCL 和 KVL，建立数目等于支路数且相互独立的方程组。

如图 2-25 所示电路有 4 个节点、6 条支路，假设各支路电流分别为 i_1、i_2、i_3、i_4、i_5、i_6，其参考方向如图中所标。为了求得这 6 个未知的支路电流，需要找到包含它们的 6 个独立的方程。

根据 KCL，分别对节点 A、B、C、D 建立电流方程。设流出节点的电流取正号，有

$$-i_1 + i_2 + i_5 = 0 \qquad (2\text{-}34)$$

$$-i_4 - i_5 + i_6 = 0 \qquad (2\text{-}35)$$

$$-i_2 - i_3 - i_6 = 0 \qquad (2\text{-}36)$$

$$i_1 + i_3 + i_4 = 0 \qquad (2\text{-}37)$$

不难发现，如果将式（2-34）~式（2-36）方程相加，再乘以（-1）就得到式（2-37），因此这 4 个方程不是相互独立的。但如果去掉一个方程，其余 3 个方程就是相互独立的。一般来

说，含有 n 个节点的电路按 KCL 能够列出（$n-1$）个独立方程，至于选哪些节点列电流方程则是任意的。

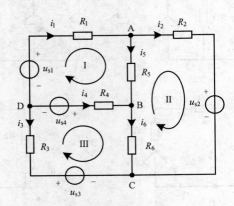

图 2-25　支路分析法

再根据 KVL 列回路电压方程，为保证所列方程是独立的，需选独立回路列写电压方程。独立回路的选取原则是：每个回路至少包含一条其他回路不包含的支路。对于平面电路，网孔就是相互独立的回路。所谓网孔是指：平面电路中，内部不包含支路的回路。在图 2-25 所示的电路中，回路 ABDA、BCDB、ACBA 是网孔，而回路 ACDA、ABCDA 不是网孔。所谓平面电路是指：平铺在平面上不发生支路交叉的电路，如图 2-25 所示的电路就属于平面电路。

按图 2-25 标出的绕行方向，对回路 I 、II 、III 列方程得

$$R_1 i_1 + R_5 i_5 - R_4 i_4 = u_{s1} - u_{s4} \tag{2-38}$$

$$R_2 i_2 - R_5 i_5 - R_6 i_6 = -u_{s2} \tag{2-39}$$

$$-R_3 i_3 + R_4 i_4 + R_6 i_6 = u_{s3} + u_{s4} \tag{2-40}$$

上述三个独立方程加上式（2-34）～式（2-37）中的任意 3 个，可联立成 6 个独立方程组成的方程组，这就能够解得 6 个支路电流了。

一个包含 n 个节点、b 条支路的电路，其独立回路的数目恒等于（$b-n+1$），因此，任一电路按 KCL 和 KVL 可列出 b 个独立方程，刚好等于未知支路电流的数目，因此可以求得唯一的一组支路电流。

2. 支路分析法的一般步骤

① 假设各支路电流，标明其参考方向；

② 任取（$n-1$）个独立节点，依 KCL 列节点电流方程；

③ 选取（$b-n+1$）个独立回路（平面电路一般选网孔），依 KVL 列电压方程；

④ 求解前②、③两步列写的联立方程组，得出各支路电流；

⑤ 根据需要，由各元件的伏安关系可求得各支路电压，还可进一步求得电路中任意两点间的电压，以及任意元件的功率。

如果电路中包含受控电源，可以先将受控源如同独立源一样处理，然后再将控制量用支路电流表示。

例 2-7　计算如图 2-26 所示电路中的各支路电流。

解　电路中有 2 个节点、3 条支路，可以列出 1 个独立电流方程和 2 个独立电压方程。因

为支路电流 i_2 由电流源确定，即

$$i_2 = 3A$$

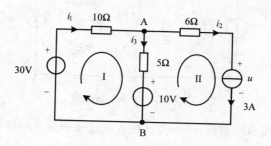

图 2-26　例 2-7 的电路

所以只要列得 2 个独立方程就行了。如图 2-26 所示，分别选节点 A 和回路 I 列电流和电压方程，可得

$$\begin{cases} -i_1 + i_2 + i_3 = 0 \\ 10i_1 + 5i_3 = -10 + 30 \end{cases}$$

将 $i_2 = 3A$ 代入，并整理得

$$\begin{cases} -i_1 + i_3 = -3 \\ 10i_1 + 5i_3 = 20 \end{cases}$$

解得

$$\begin{cases} i_1 = 2\dfrac{1}{3}A \\ i_3 = -\dfrac{2}{3}A \end{cases}$$

此例中，电流源是没有电阻与之并联的理想源，它两端的电压也是未知的，因此一般不选它所在的回路列电压方程。如果要选理想电流源所在回路列电压方程，则需将电流源的端电压 u 设为未知量。在本例中，若以 i_1、i_3 和 u 作为未知量，对节点 A 和回路 I、II 可列得方程组

$$\begin{cases} -i_1 + i_3 = -3 \\ 10i_1 + 5i_3 = 20 \\ 6i_2 - 5i_3 + u = 10 \end{cases}$$

解之可得各支路电流和电流源的端电压 u。

例 2-8　在如图 2-27 所示电路中，已知 $u_{s1} = 49V$，$u_{s2} = 20V$，$R_1 = 10\Omega$，$R_2 = 20\Omega$，$R_3 = 5\Omega$，求各支路电流。

解　这是一个包含受控电压源的电路。设各支路电流的参考方向如图 2-27 所示，选节点 A 为独立节点，两个网孔为独立回路。先将受控源视为独立源，列方程可得

$$\begin{cases} -i_1 + i_2 + i_3 = 0 \\ R_1 i_1 + R_3 i_3 = u_{s1} - 2u_1 \\ R_2 i_2 - R_3 i_3 = -u_{s2} + 2u_1 \end{cases}$$

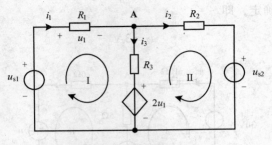

图 2-27　例 2-8 的电路

然后用支路电流 i_1 表示控制量 $u_1 = R_1 i_1$，代入上述方程组并整理得

$$\begin{cases} -i_1 + i_2 + i_3 = 0 \\ 3R_1 i_1 + R_3 i_3 = u_{s1} \\ -2R_1 i_1 + R_2 i_2 - R_3 i_3 = -u_{s2} \end{cases}$$

代入已知参数，得

$$\begin{cases} -i_1 + i_2 + i_3 = 0 \\ 30 i_1 + 5 i_3 = 49 \\ -20 i_1 + 20 i_2 - 5 i_3 = -20 \end{cases}$$

解得

$$\begin{cases} i_1 = 1.5 \text{A} \\ i_2 = 0.7 \text{A} \\ i_3 = 0.8 \text{A} \end{cases}$$

2.4　回路分析法

　　第 2.3 节介绍的支路分析法理论上可以分析任何线性电路，但随着支路数目的增多，联立求解的方程数目也随之增加，因此对于支路数较多的复杂电路，计算起来比较繁琐。本节介绍回路分析法，这种方法以独立回路的电流为变量，由于电路的独立回路数比支路数少得多，因而联立求解的方程数目也就少得多，这使得求解方程的工作量大大减少。

　　当选择网孔作为独立回路时，回路分析法称为网孔分析法。本节着重介绍网孔分析法。

1. 网孔电流

　　网孔分析法是以网孔电流作为待求电路变量来建立方程的分析方法。设想在电路的每个网孔里，沿着构成网孔的各支路循环流动着假想电流，即网孔电流，如图 2-28 所示电路中的 i_a、i_b 和 i_c。

　　网孔电流是完备的电路变量。由网孔电流可以求得电路中任何一条支路的电流，进而就可以求得电路中任意两点之间的电压以及任意元件的功率。任何一条支路一定属于一个或者两个网孔，若某条支路只属于一个网孔，则该支路的电流就等于该网孔的电流（在两者参考方向相反时，要加 "–" 号）。在如图 2-28 所示电路中，$i_1 = i_a$，$i_3 = -i_b$，$i_4 = i_c$。若某条支路同时属于两个网孔，则该支路上的电流等于流经该支路的两个网孔电流的代数和，与支流电流参考方向一致的网孔电流前取 "+" 号，反之取 "–" 号。在如图 2-28 所示电路中，有

$$i_2 = -i_a + i_b$$

$$i_5 = i_b - i_c$$

$$i_6 = -i_a + i_c$$

网孔电流是相互独立的电路变量。例如，在如图 2-28 所示电路的 3 个网孔电流中，已知任意两个都不能求出第三个。这是因为每个网孔电流在流入某个节点的同时又流出该节点，自动满足 KCL，所以不能通过节点的 KCL 方程建立各网孔电流之间的关系，这也说明了网孔电流是相互独立的变量。

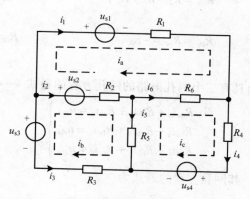

图 2-28　网孔分析法

2. 网孔方程

以网孔电流为变量，根据 KVL 对每一个网孔可以写出一个方程，联立所有网孔方程就可解出网孔电流，进而求出各支路电流、电压、功率等参数，这种求解电路的方法称为网孔分析法，简称网孔法。

网孔分析法的关键是如何简便、正确地列写网孔方程，下面通过对如图 2-28 所示电路列写网孔的 KVL 方程，归纳出列写网孔方程的简便方法。

在如图 2-28 所示电路中，以网孔电流的参考方向作为列写 KVL 方程的巡行方向，则按网孔列出的方程如下。

网孔 a：$R_1 i_a - R_6(-i_a + i_c) - R_2(-i_a + i_b) + u_{s1} - u_{s2} = 0$

网孔 b：$R_2(-i_a + i_b) + R_5(i_b - i_c) + R_3 i_b + u_{s2} - u_{s3} = 0$

网孔 c：$R_6(-i_a + i_c) + R_4 i_c - R_5(i_b - i_c) + u_{s4} = 0$

将上述方程按未知量顺序排列，同时将激励源移至等式右边，并加以整理得

$$(R_1 + R_2 + R_6)i_a - R_2 i_b - R_6 i_c = -u_{s1} + u_{s2} \tag{2-41}$$

$$-R_2 i_a + (R_2 + R_3 + R_5)i_b - R_5 i_c = -u_{s2} + u_{s3} \tag{2-42}$$

$$-R_6 i_a - R_5 i_b + (R_4 + R_5 + R_6)i_c = -u_{s4} \tag{2-43}$$

上述整理过程并不简便，但如果仔细观察，可以发现它们是有规律的。例如，通过观察式（2-41）可以看出：i_a 前的系数恰好是网孔 a 中所有电阻之和，称为网孔 a 的自电阻，可用符号 R_{aa} 表示；i_b 前的系数则是网孔 a 与网孔 b 公共支路上的电阻，称为网孔 a 与网孔 b 的互电阻，可用符号 R_{ab} 表示，由于流过 R_2 的网孔电流 i_a 和 i_b 方向相反，因此 R_2 前为 "−" 号；同样，i_c 前的系数是网孔 a 与网孔 c 公共支路上的电阻，称为网孔 a 与网孔 c 的互电阻，可用符号 R_{ac} 表示，由于流过 R_6 的网孔电流 i_a、i_c 方向也相反，因此 R_6 前也为 "−" 号；等式右边是网孔 a 中，沿 i_a

方向巡行时，电压源电位升的代数和，称为网孔 a 的等效电压源，可用符号 u_{saa} 表示，计算 u_{saa} 时各电压源的取号法则为：在巡行过程中先遇到电压源的 "+" 极时取 "–" 号，反之则取 "+" 号。

根据以上定义，可以得出式（2-41）～式（2-43）的自电阻、互电阻和电压源电位升，分别为

$$R_{aa} = R_1 + R_2 + R_6 , \qquad R_{ab} = -R_2 , \qquad R_{ac} = -R_6$$
$$u_{saa} = -u_{s1} + u_{s2}$$
$$R_{ba} = R_{ab} = -R_2 , \qquad R_{bb} = R_2 + R_3 + R_5 , \qquad R_{bc} = -R_5$$
$$u_{sbb} = -u_{s2} + u_{s3}$$
$$R_{ca} = R_{ac} = -R_6 , \qquad R_{cb} = R_{bc} = -R_5 , \qquad R_{cc} = R_4 + R_5 + R_6$$
$$u_{scc} = -u_{s4}$$

由以上分析可以归纳出具有三个网孔电路的网孔方程的通式（一般式）为

$$\left.\begin{array}{l} R_{aa}i_a + R_{ab}i_b + R_{ac}i_c = u_{saa} \\ R_{ba}i_a + R_{bb}i_b + R_{bc}i_c = u_{sbb} \\ R_{ca}i_a + R_{cb}i_b + R_{cc}i_c = u_{scc} \end{array}\right\} \qquad (2\text{-}44)$$

推广到有 m 个网孔的电路，其网孔方程的通式为

$$\left.\begin{array}{l} R_{aa}i_a + R_{ab}i_b + \cdots + R_{am}i_m = u_{saa} \\ R_{ba}i_a + R_{bb}i_b + \cdots + R_{bm}i_m = u_{sbb} \\ \cdots \\ R_{ma}i_a + R_{mb}i_b + \cdots + R_{mm}i_m = u_{smm} \end{array}\right\} \qquad (2\text{-}45)$$

有了网孔方程的通式，只需先假设好网孔电流，求出自电阻、互电阻以及电压源电位升，就可以直接写出电路的网孔方程。网孔的自电阻是网孔中所有电阻之和，恒为正。但两个网孔之间的互电阻有取 "+" 号还是取 "–" 号的问题，如果两个网孔电流通过公共支路时方向一致，则互电阻等于公共支路上电阻相加并取 "+" 号；如果两个网孔电流流经公共支路时方向相反，则互电阻等于公共支路上电阻相加并取 "–" 号。

3. 网孔分析法的一般步骤

① 设定网孔电流的参考方向。为避免发生混乱，一般所有网孔电流的参考方向都设定为相同方向（即要么都为顺时针方向，要么都为逆时针方向）；

② 利用自电阻、互电阻、等效电压源等概念直接写出网孔方程；

③ 联立求解网孔方程组得出各网孔电流；

④ 根据需求计算支路电流、电压、功率等。

例 2-9 用网孔分析法求如图 2-29 所示电路各支路的电流。

解 ① 假设各网孔电流如图 2-29 所示。

② 观察电路，求得各网孔的自电阻、等效电压源，以及网孔之间的互电阻分别为

$$R_{aa} = 11\Omega , \qquad R_{ab} = -6\Omega , \qquad R_{ac} = -2\Omega , \qquad u_{saa} = 6\text{V}$$
$$R_{ba} = R_{ab} = -6\Omega , \qquad R_{bb} = 10\Omega , \qquad R_{bc} = -1\Omega , \qquad u_{sbb} = 19\text{V}$$
$$R_{ca} = R_{ac} = -2\Omega , \qquad R_{cb} = R_{bc} = -1\Omega , \qquad R_{cc} = 5\Omega , \qquad u_{scc} = -12\text{V}$$

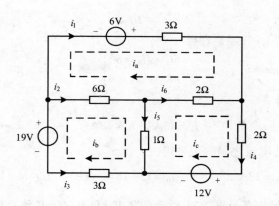

图 2-29 例 2-9 的电路

将以上各式代入式（2-44）得网孔方程为

$$\left.\begin{array}{l} 11i_a - 6i_b - 2i_c = 6 \\ -6i_a + 10i_b - i_c = 19 \\ -2i_a - i_b + 5i_c = -12 \end{array}\right\} \qquad （2\text{-}46）$$

③ 解式（2-46）得各网孔电流为

$$i_a = 2A，\qquad\qquad i_b = 3A，\qquad\qquad i_c = -1A$$

④ 假设各支路电流的参考方向如图 2-29 所示，根据支路电流与网孔电流之间的关系得

$i_1 = i_a = 2A，\qquad\qquad i_2 = -i_a + i_b = -2 + 3 = 1(A)$

$i_3 = -i_b = -3A，\qquad\qquad i_4 = i_c = -1A$

$i_5 = i_b - i_c = 3 - (-1) = 4(A)，\qquad i_6 = -i_a + i_c = -2 - 1 = -3(A)$

例 2-10 用网孔分析法求如图 2-30 所示电路各支路的电流。

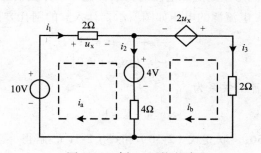

图 2-30 例 2-10 的电路

解 本例电路含有受控电压源。列写网孔方程时，先把受控电压源看成独立电压源，然后再将控制量表示为网孔电流的函数。

假设各网孔电流如图 2-30 所示，通过观察电路求网孔的自电阻、互电阻和等效电压源，并应用网孔方程通式列得基本方程

$$\left.\begin{array}{l} 6i_a - 4i_b = 6 \\ -4i_a + 6i_b = 2u_x + 4 \end{array}\right\} \qquad （2\text{-}47）$$

控制量与网孔电流的关系为

$$u_x = 2i_a \quad\quad\quad (2-48)$$

将上式代入式（2-47），并经整理得

$$\left.\begin{array}{l} 6i_a - 4i_b = 6 \\ -8i_a + 6i_b = 4 \end{array}\right\} \quad\quad\quad (2-49)$$

解方程组（2-49）得

$$i_a = 13\text{A} , \quad i_b = 18\text{A}$$

根据支路电流与网孔电流之间的关系得

$$i_1 = i_a = 13\text{A} , \quad i_2 = i_a - i_b = 13-18 = -5(\text{A}) , \quad i_3 = i_b = 18\text{A}$$

例 2-11　用网孔分析法求如图 2-31 所示电路中 1Ω 电阻消耗的功率。

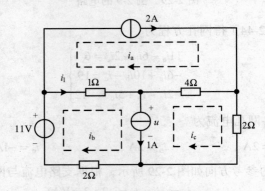

图 2-31　例 2-11 的电路

解　本例电路含有两条独立电流源支路。当电流源位于电路边界时，相应的网孔电流就等于该电流源电流，本例中为 $i_a = 2\text{A}$；当电流源位于电路内部时，需将电流源的电压作为变量列写方程，再根据网孔电流与该电流源电流的关系补充一个方程，以便求解各网孔电流。

假设各网孔电流及 1A 电流源的电压如图所示，计入 u 的网孔方程为

$$\left.\begin{array}{l} -i_a + 3i_b + u = 11 \\ -4i_a + 6i_c - u = 0 \end{array}\right\} \quad\quad\quad (2-50)$$

网孔电流与电流源电流的关系为

$$i_b - i_c = 1 \quad\quad\quad (2-51)$$

将 i_a 的值代入式（2-50），联立式（2-50）和式（2-51），解得

$$i_b = 3\text{A} , \quad\quad\quad i_c = 2\text{A} , \quad\quad\quad u = 4\text{V}$$

假设 1Ω 电阻支路的电流为 i_1，参考方向如图 2-31 所示，则

$$i_1 = -i_a + i_b = -2 + 3 = 1(\text{A})$$

因此，1Ω 电阻消耗的功率为

$$P = i_1^2 \times 1 = 1\text{W}$$

4. 回路分析法

回路分析法是以独立回路电流作为待求电路变量来建立方程的分析方法。独立回路的选择

有较大的灵活性，因而当电路包含电流源时，有可能选择每个电流源电流作为回路电流，从而使回路方程数减少，分析过程简化。另外，网孔分析法只适用于平面电路，而回路分析法对非平面电路也适用。

回路分析法与网孔分析法相似，分析过程中只需用独立回路电流替代网孔电流，但独立回路的选取原则只要求每个回路至少包含一条其他回路不包含的支路，所以一个电路的独立回路集合不是唯一的，实际分析时独立回路的选择还应考虑分析过程是否简便。

例 2-12　用回路分析法求如图 2-32 所示电路中各支路的电流。

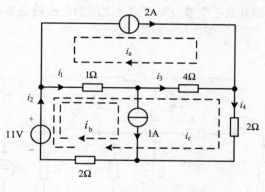

图 2-32　例 2-12 的图

解　为了减少联立方程数目，独立回路的选择使得每个电流源支路只有一个回路电流通过。如果选择如图 2-32 所示的三个独立回路电流 i_a、i_b、i_c，则有两个回路电流成为已知量，即

$$i_a = 2\text{A} \ , \quad i_b = 1\text{A}$$

因此只需列一个回路方程即可求得 i_c，回路 c 的方程为

$$-(1+4)i_a + (1+2)i_b + (1+4+2+2)i_c = 11$$

将 i_a 和 i_b 的值代入上式，解得

$$i_c = \frac{11+10-3}{9} = 2(\text{A})$$

根据支路电流与回路电流之间的关系得

$$i_1 = -i_a + i_b + i_c = -2+1+2 = 1(\text{A}) \ , \qquad i_2 = i_b + i_c = 1+2 = 3(\text{A})$$

$$i_3 = -i_a + i_c = -2+2 = 0 \ , \qquad\qquad i_4 = i_c = 2\text{A}$$

本例中使未知回路电流只有一个的独立回路还有其他选择方法，有兴趣的读者可以另选一组求解。

2.5　节点分析法

节点分析法是以节点电压作为待求电路变量的分析方法。对于支路和回路数目较多、节点数目较少的电路，采用这种分析法比较简便。

1. 节点电压

在电路中任意选定一个节点作为参考点，其余节点与参考点之间的电压称为节点的电压，也称节点电位。

由于电路中任何两点之间的电压，或者任何一条支路上的电流，都可以应用节点电压求出，因此节点电压是完备的电路变量。一个含有 n 个节点的电路，就有 $(n-1)$ 个节点电压，为计算出这 $(n-1)$ 个节点电压，需建立 $(n-1)$ 个相互独立的方程组成的方程组。

例如，如图 2-33 所示电路有 4 个节点，将有 3 个节点电压变量。如果选节点 4 为参考点（图中用接地符号表示），则其余三个节点与节点 4 之间的电压就是节点电压变量，即 $u_1 = u_{14}$，$u_2 = u_{24}$，$u_3 = u_{34}$。

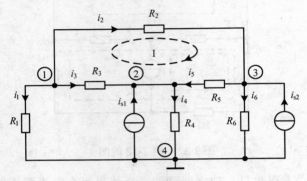

图 2-33 节点分析法

2. 节点电压方程

节点电压自动满足 KVL，因此它们之间的关系无法通过 KVL 联系。在如图 2-33 所示电路中，如果以节点电压为变量对任一回路列写 KVL 方程，回路中所包含的节点电压一定分别以"+"、"−"各出现一次。如对回路 I，由 KVL 列写的方程为

$$u_{13} + u_{32} + u_{21} = 0$$

将上式中各电压改用节点电压表示，则得

$$u_1 - u_3 + u_3 - u_2 + u_2 - u_1 = 0$$

上式说明了节点电压变量 u_1、u_2、u_3 是自动满足 KVL 的，所以无法根据 KVL 列节点电压方程。正因为节点电压 u_1、u_2、u_3 无法通过 KVL 联系，这使得它们任意两两相加减都得不到第三者，所以节点电压变量是相互独立的变量。

以节点电压为变量，将所有支路电流表示为节点电压的函数，则根据 KCL 对每一个节点都可以列出一个方程。但对于一个有 n 个节点的电路，只有其中 $(n-1)$ 个方程是相互独立的，联立这 $(n-1)$ 个独立方程，就可以解出各节点电压。

例如，对如图 2-33 所示电路，先将各支路电流用节点电压表示

$$i_1 = \frac{u_1}{R_1} = G_1 u_1$$

$$i_2 = \frac{u_1 - u_3}{R_2} = G_2(u_1 - u_3)$$

$$i_3 = \frac{u_1 - u_2}{R_3} = G_3(u_1 - u_2)$$

$$i_4 = \frac{u_2}{R_4} = G_4 u_2$$

$$i_5 = \frac{u_3 - u_2}{R_5} = G_5(u_3 - u_2)$$

$$i_6 = \frac{u_3}{R_6} = G_6 u_3$$

对节点①、②、③分别运用 KCL，得

$$\left. \begin{aligned} i_1 + i_2 + i_3 &= 0 \\ -i_3 + i_4 - i_5 &= i_{s1} \\ -i_2 + i_5 + i_6 &= i_{s2} \end{aligned} \right\} \tag{2-52}$$

将上式中各支路电流改用节点电压表示为

$$\left. \begin{aligned} G_1 u_1 + G_2(u_1 - u_3) + G_3(u_1 - u_2) &= 0 \\ -G_3(u_1 - u_2) + G_4 u_2 - G_5(u_3 - u_2) &= i_{s1} \\ -G_2(u_1 - u_3) + G_5(u_3 - u_2) + G_6 u_3 &= i_{s2} \end{aligned} \right\}$$

将上式按未知量顺序排列，并加以整理得

$$\left. \begin{aligned} (G_1 + G_2 + G_3)u_1 - G_3 u_2 - G_2 u_3 &= 0 \\ -G_3 u_1 + (G_3 + G_4 + G_5)u_2 - G_5 u_3 &= i_{s1} \\ -G_2 u_1 - G_5 u_2 + (G_2 + G_5 + G_6)u_3 &= i_{s2} \end{aligned} \right\} \tag{2-53}$$

观察上式可以发现，第一个方程（对应于节点 1）中，变量 u_1 前的系数 $(G_1 + G_2 + G_3)$ 恰好是与节点 1 直接相连的各支路电导之和，称为节点 1 的自电导，用符号 G_{11} 表示。变量 u_2 前的系数 $(-G_3)$ 是节点 1 和节点 2 之间公共支路上电导之和的负值，称为节点 1 与节点 2 的互电导，用符号 G_{12} 表示。变量 u_3 前的系数 $(-G_2)$ 是节点 1 和节点 3 之间公共支路上电导之和的负值，称为节点 1 与节点 3 的互电导，用符号 G_{13} 表示。等式右边则是流入节点 1 的电流源电流的代数和，称为等效电流源，用符号 i_{s11} 表示。同理，我们可以找出上式第二个和第三个方程的自电导、互电导、等效电流源。

通过以上分析，可以归纳出具有 3 个节点电压变量电路的节点电压方程一般式（通式）为

$$\left. \begin{aligned} G_{11}u_1 + G_{12}u_2 + G_{13}u_3 &= i_{s11} \\ G_{21}u_1 + G_{22}u_2 + G_{23}u_3 &= i_{s22} \\ G_{31}u_1 + G_{32}u_2 + G_{33}u_3 &= i_{s33} \end{aligned} \right\} \tag{2-54}$$

由以上分析可见，由独立电流源和线性电阻构成的电路的节点电压方程，其系数很有规律，可以通过观察电路图直接写出。推广到由独立电流源和线性电阻组成的具有 n 个节点的电路，其节点电压方程为

$$\left. \begin{aligned} G_{11}u_1 + G_{12}u_2 + \cdots + G_{1(n-1)}u_{n-1} &= i_{s11} \\ G_{21}u_1 + G_{22}u_2 + \cdots + G_{2(n-1)}u_{n-1} &= i_{s22} \\ \cdots\cdots \\ G_{(n-1)1}u_1 + G_{(n-2)2}u_2 + \cdots + G_{(n-1)(n-1)}u_{n-1} &= i_{s(n-1)(n-1)} \end{aligned} \right\} \tag{2-55}$$

其中，$G_{kk}[k=1,2,\cdots,(n-1)]$ 为节点 k 的自电导，等于直接连接在对应节点上的所有电导的总和。$G_{ik}(i\ne k)$ 为节点之间的互电导，等于两节点之间公有电导的负值。i_{skk} 等于流入各节点的电流源电流的代数和。

对于包含独立电压源的电路，如果有电阻与电压源串联，可以先将它们等效变换为电流源与电阻的并联，再用通式（2-55）建立节点电压方程；如果没有电阻与电压源串联，则需要增加电压源电流为变量来建立节点电压方程。

对于包含受控源的电路，可以先将受控源作为独立源处理，然后再将控制变量用节点电压表示。

3. 节点分析法的一般步骤

① 任选一个节点为参考点，标出其余节点的序号；

② 求出各个节点自电导、互电导、等效电流源电流，直接写出节点电压方程；

③ 求解方程组得出节点电压；

④ 根据题意求其他电量。

例 2-13 用节点分析法求如图 2-34a 所示电路中的电压 u 和电流 i。

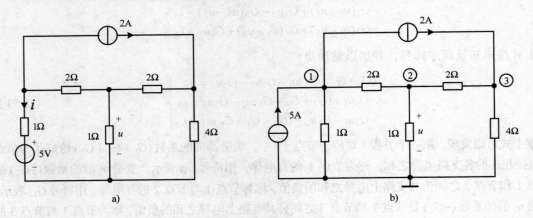

图 2-34 例 2-13 的电路

解 本例中遇到电压源与电阻的串联支路，先将这种支路等效变换为电流源与电阻的并联（但求各支路电流时，应回到原电路计算），然后选一个节点为参考点，并给其余各节点编号，如图 2-34b 所示。

对节点①，因为

$$G_{11}=1+\frac{1}{2}=1.5\text{S}$$

$$G_{12}=G_{21}=-\frac{1}{2}=-0.5\text{S}$$

$$G_{13}=G_{31}=0$$

$$i_{s11}=5-2=3\text{A}$$

所以，节点电压方程为

$$1.5u_1-0.5u_2=3 \tag{2-56}$$

同理，对节点②、③分别可得

$$-0.5u_1 + 2u_2 - 0.5u_3 = 0 \qquad (2-57)$$

$$-0.5u_2 + 0.75u_3 = 2 \qquad (2-58)$$

联立式（2-56）~式（2-58），并解之得

$$\begin{cases} u_1 = \dfrac{68}{27}\text{V} \\[2mm] u_2 = \dfrac{14}{9}\text{V} \\[2mm] u_3 = \dfrac{100}{27}\text{V} \end{cases}$$

题意要求的电压 u 就是节点 2 的电压，即

$$u = u_2 = \frac{14}{9}\text{V} \approx 1.56\text{V}$$

电流 i 需根据图 2-34a 电路求解，为

$$i = \frac{u_1 - 5}{1} = \frac{68}{27} - 5 \approx -2.48(\text{A})$$

例 2-14 用节点分析法求图 2-35 所示电路中各节点的电压。

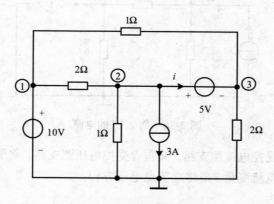

图 2-35 例 2-14 的电路

解 本例中遇到两个理想电压源支路，其中一个电压源的一端为参考点，因此其另一端的节点电压为已知，即 $u_1 = 10\text{V}$。这样，尽管电路有 4 个节点，但只需求 2 个节点电压，因此不必对节点 1 列方程。

由于电压源的电流不只与它的电压有关，因此需增加 5V 电压源的电流 i 为变量，并设定其参考方向，对节点②、③列电压方程时需记入该电流变量。对某个节点列电压方程时，在 i 写在方程左边的情况下，如果电流 i 流出该节点，前面取"+"号，反之则取"–"号。

对节点②、③列写的电压方程分别为

$$-\frac{1}{2}u_1 + \left(\frac{1}{2} + 1\right)u_2 + i = -3 \qquad (2-59)$$

$$-u_1 + \left(1+\frac{1}{2}\right)u_3 - i = 0 \qquad (2\text{-}60)$$

补充节点②、③之间的电压关系

$$u_2 - u_3 = 5 \qquad (2\text{-}61)$$

联立式（2-59）～式（2-61），代入 $u_1 = 10\text{V}$，并整理得

$$\begin{cases} 1.5u_2 + i = 2 \\ 1.5u_3 - i = 10 \\ u_2 - u_3 = 5 \end{cases}$$

解之得

$$\begin{cases} u_2 = 6.5\text{V} \\ u_3 = 1.5\text{V} \\ i = -7.75\text{A} \end{cases}$$

例 2-15　列出如图 2-36 所示电路的节点电压方程。

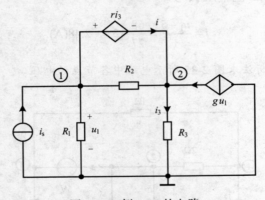

图 2-36　例 2-15 的电路

解　本例中既包含受控电流源支路，又包含受控电压源支路。将受控电流源按独立电流源处理，增加受控电压源电流变量 i 来建立节点电压方程。

节点①的电压方程为

$$(G_1 + G_2)u_1 - G_2 u_2 + i = i_s \qquad (2\text{-}62)$$

节点②的电压方程为

$$-G_2 u_1 + (G_2 + G_3)u_2 - i = g u_1 \qquad (2\text{-}63)$$

补充两个节点电压之间的关系

$$u_1 - u_2 = r i_3 = r G_3 u_2 \qquad (2\text{-}64)$$

联立式（2-62）～式（2-64），就可解得各节点电压和电流 i。

4. 弥尔曼定理

当电路只有两个节点，而支路数较多时（如图 2-37a 所示），只需列出一个节点方程，就

可求出节点电压。

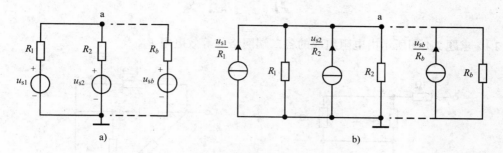

图 2-37 弥尔曼定理

图 2-37a 电路可以等效变换为图 2-37b，对节点 a 列电压方程得

$$(G_1 + G_2 + \cdots + G_b)u_a = G_1 u_{s1} + G_2 u_{s2} \cdots + G_b u_{sb}$$

所以

$$u_a = \frac{G_1 u_{s1} + G_2 u_{s2} + \ldots + G_b u_{sb}}{G_1 + G_2 + \ldots + G_b} = \frac{\sum G_k u_{sk}}{\sum G_k} \qquad (2\text{-}65)$$

需要注意的是，上式右边分数的分子一般应是代数和，如果某条支路上电压源电压的极性与图 2-37a 相反，则对应源电压前的符号应取 "–" 号。如果某条支路上没有电压源，则说明源电压为 0。

例 2-16 求如图 2-38 所示电路中 2Ω 电阻的功率 P_2。

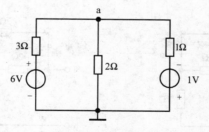

图 2-38 例 2-16 的电路

解 本例电路有 2 个节点和 3 条支路，可以先应用弥尔曼定理求得 a 点电压，之后就容易求 2Ω 电阻的功率了。

注意到有一条支路上没有电压源，还有一条支路上电压源的极性与图 2-37a 相反，于是得到

$$u_a = \frac{\dfrac{6}{3} - 1}{\dfrac{1}{3} + \dfrac{1}{2} + 1} = \frac{6}{11} (\text{V})$$

因此，2Ω 电阻的功率为

$$P_2 = \frac{u_a^2}{2} = \frac{\left(\dfrac{6}{11}\right)^2}{2} = \frac{18}{121} (\text{W})$$

习　题

2.1　求题 2.1 图所示由电阻组成的各二端网络的等效电阻 R_{ab}。

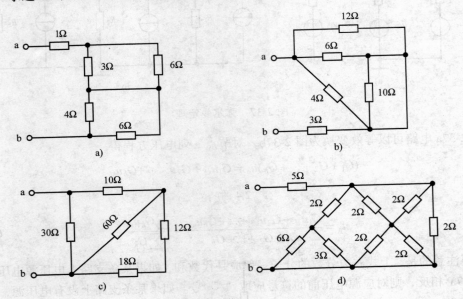

题 2.1 图

2.2　求题 2.2 图所示由电阻组成的各二端网络的等效电阻 R_{ab}。

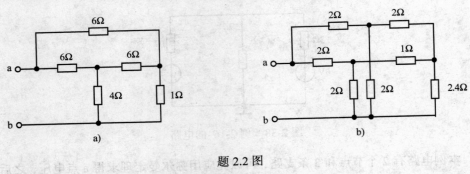

题 2.2 图

2.3　电路如题 2.3 图所示，求图 a 中的电流 I 和图 b 中的电压 U。

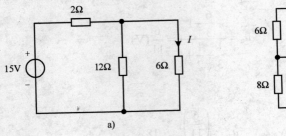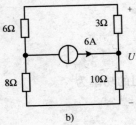

题 2.3 图

2.4 求题 2.4 图所示各无源二端网络的输入电阻 R_i。

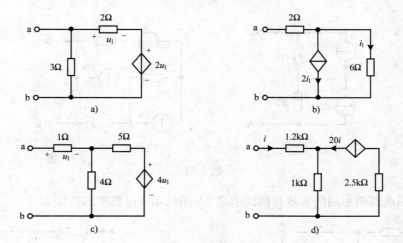

题 2.4 图

2.5 根据电压源和电流源的特性，化简题 2.5 图所示各含源二端网络。

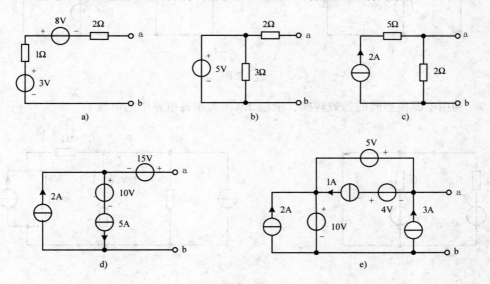

题 2.5 图

2.6 利用电源模型之间的等效转换，将题 2.6 图所示各含源二端网络等效为电压源模型。

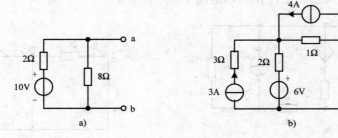

题 2.6 图

2.7　利用电源模型之间的等效转换，将题 2.7 图所示各含源二端网络等效为电流源模型。

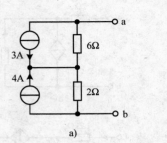

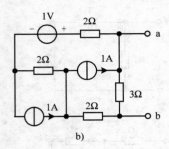

a)　　　　　　　　　　　b)

题 2.7 图

2.8　利用电源模型间的等效转换，求题 2.8 图所示各电路中的电压 U。

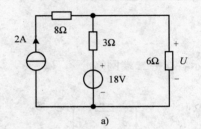

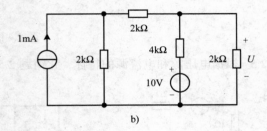

a)　　　　　　　　　　　b)

题 2.8 图

2.9　利用电源模型间的等效转换，求题 2.9 图所示各电路中的电流 I。

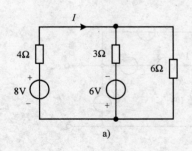

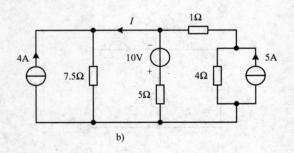

a)　　　　　　　　　　　b)

题 2.9 图

2.10　利用电源模型间的等效转换，求题 2.10 图所示电路中的电压 u。

2.11　用支路分析法求题 2.11 图所示电路中的电流 i_1。

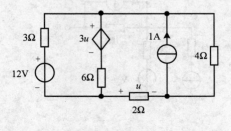

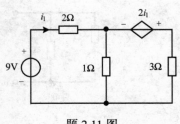

题 2.10 图　　　　　　　　　题 2.11 图

2.12　对题 2.12 图所示电路，列出应用支路分析法求解所需电流的方程。

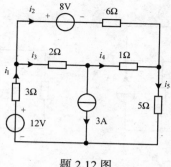

题 2.12 图

2.13　用网孔分析法求题 2.13 图所示电路中的电流 i_1。

2.14　用网孔分析法求题 2.14 图所示电路中的电压 u。

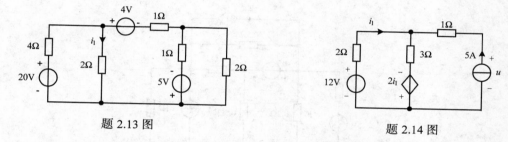

题 2.13 图　　　　　　　　　题 2.14 图

2.15　用节点分析法求题 2.15 图所示各电路中的电压 u。

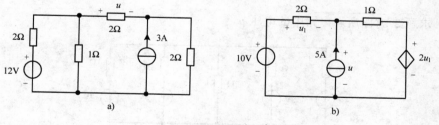

题 2.15 图

2.16　用节点分析法求题 2.16 图所示各电路中的电流 i_1。

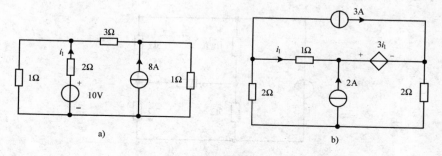

题 2.16 图

2.17 列出题 2.17 图所示各电路的节点电压方程。

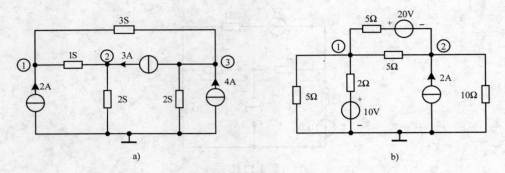

a)   b)

题 2.17 图

2.18 列出题 2.18 图所示电路的节点电压方程。

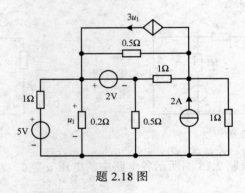

题 2.18 图

2.19 求题 2.19 图所示电路中的电压 u。

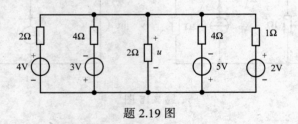

题 2.19 图

2.20 求题 2.20 图所示电路中的电流 i。

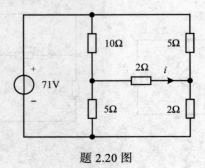

题 2.20 图

第 3 章

电路定理

本章介绍几个重要的电路定理,包括叠加定理(含齐次性定理)、替代定理、戴维宁定理、诺顿定理、互易定理和最大功率传输定理,这些定理是电路理论的重要组成部分。利用这些定理可以揭示电路本身的内在规律,从而简化电路的分析和计算。

3.1 叠加定理

叠加定理是线性电路的重要定理之一,当电路中有多个电源作用时,它为简化电路的分析过程提供了理论依据。所谓线性电路,是指由独立电源与线性元件(包括受控源)组成的电路。

1. 叠加定理

叠加定理的内容为:在线性电路中,任何一条支路上的电流(或任意两点之间的电压)都是电路中各独立电源单独作用时在该支路中产生的电流(或在这两点之间产生的电压)之代数和。

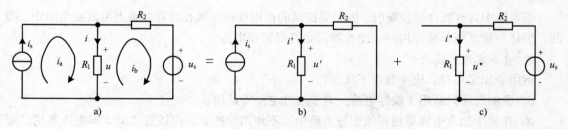

图 3-1 叠加定理说明

下面通过一个简单的例子予以说明。如图 3-1a 所示电路中有两个电源共同作用,如果要求电流 i 和电压 u,可以用网孔分析法。设两个网孔电流分别为 i_a 和 i_b,则 $i_a = i_s$,对右边网孔列出的 KVL 方程为

$$-R_1 i_a + (R_1 + R_2)i_b = -u_s$$

所以

$$i_b = \frac{R_1}{R_1 + R_2} i_a - \frac{u_s}{R_1 + R_2}$$

因此

$$i = i_a - i_b = \frac{R_2}{R_1 + R_2} i_a + \frac{u_s}{R_1 + R_2}$$

将 $i_a = i_s$ 代入，得

$$i = \frac{R_2}{R_1 + R_2} i_s + \frac{u_s}{R_1 + R_2} \qquad (3\text{-}1)$$

根据欧姆定律得

$$u = R_1 i = \frac{R_1 R_2}{R_1 + R_2} i_s + \frac{R_1}{R_1 + R_2} u_s \qquad (3\text{-}2)$$

观察以上两式可以发现，它们的第一项只与电流源电流 i_s 有关，第二项只与电压源电压 u_s 有关。如果令

$$i' = \frac{R_2}{R_1 + R_2} i_s, \qquad\qquad i'' = \frac{u_s}{R_1 + R_2}$$

$$u' = \frac{R_1 R_2}{R_1 + R_2} i_s, \qquad\qquad u'' = \frac{R_1}{R_1 + R_2} u_s$$

则可将电流 i 和电压 u 分别写为

$$i = i' + i''$$

$$u = u' + u''$$

式中，i' 和 u' 可分别看做在电流源 i_s 作用，而电压源 u_s 不作用（短路）时，电阻 R_1 上的电流和电压，如图 3-1b 所示。i'' 和 u'' 可分别看做在电压源 u_s 作用，而电流源 i_s 不作用（开路）时，电阻 R_1 上的电流和电压，如图 3-1c 所示。这个例子说明了叠加定理的成立。

式（3-1）和式（3-2）还显示，支路电流和电压均为各个电压源电压和电流源电流的线性函数。

当电路中含有线性受控源时，由于受控源的作用反映在网孔方程的自电阻或互电阻中，因此，当任一独立源单独作用时，受控源需始终保留在电路中。

2. 叠加定理的运用

运用叠加定理时，应注意以下几点：

① 叠加定理只适用于线性电路，对非线性电路不适用；

② 在某个独立电源单独作用的分电路中，不作用的独立源应该置"0"（即电压源用"短路"替代，电流源用"开路"替代），但电路的连接关系及所有的电阻和受控源均应保持不变；

③ 叠加时要注意各分电路中电流和电压的参考方向是否与原电路一致，一致时分量前取"+"号，不一致时分量前取"−"号；

④ 功率不能用叠加定理直接计算，因为功率是电流或电压的非线性函数（二次函数）。

为了减少计算量，方便时可以把电路中的所有独立电源分成几组，求各组分别作用时的电流或电压，再进行叠加。

例 3-1 运用叠加定理重解例 2-7。

解 例 2-7 的图 2-26 所示电路中有三个独立电源，因此可以分解为三个分电路，如图 3-2 所示。

图 3-2a 所示为 30V 电压源单独作用时的情况，显然有

$$i_2' = 0$$

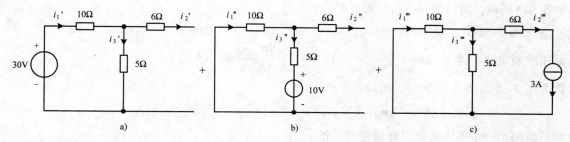

图 3-2　例 3-1 的电路

运用欧姆定律，得
$$i_1' = i_3' = \frac{30}{10+5} = 2(\mathrm{A})$$

图 3-2b 所示为 10V 电压源单独作用时的情况，有

$$i_2'' = 0$$

$$i_1'' = i_3'' = -\frac{10}{10+5} = -\frac{2}{3}(\mathrm{A})$$

图 3-2c 所示为 3A 电流源单独作用时的情况，有

$$i_2''' = 3\mathrm{A}$$

根据分流关系，得
$$i_1''' = \frac{5}{10+5} i_2''' = \frac{1}{3} \times 3 = 1(\mathrm{A})$$

$$i_3''' = -\frac{10}{10+5} i_2''' = -\frac{2}{3} \times 3 = -2(\mathrm{A})$$

或运用 KCL，得

$$i_3''' = i_1''' - i_2''' = 1 - 3 = -2(\mathrm{A})$$

最后将各分电路中的电流分量叠加，得到原电路的各支路电流分别为

$$i_1 = i_1' + i_1'' + i_1''' = 2 + \left(-\frac{2}{3}\right) + 1 = 2\frac{1}{3}(\mathrm{A})$$

$$i_2 = i_2' + i_2'' + i_2''' = 0 + 0 + 3 = 3(\mathrm{A})$$

$$i_3 = i_3' + i_3'' + i_3''' = 2 + \left(-\frac{2}{3}\right) + (-2) = -\frac{2}{3}(\mathrm{A})$$

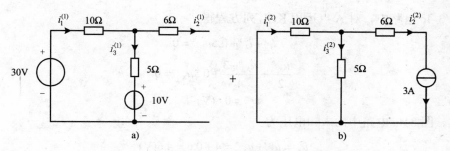

图 3-3　图 2-26 所示电路分解为 2 个电路

观察如图 2-26 所示电路，如果将两个电压源合并成一组，即将三个独立电源分成两组，

如图 3-3 所示，可以简化分析过程。

在图 3-3a 中，显然有 $\qquad i_2^{(1)} = 0$

运用欧姆定律，得 $\qquad i_1^{(1)} = i_3^{(1)} = \dfrac{30-10}{10+5} = 1\dfrac{1}{3}(\text{A})$

因为图 3-3b 与图 3-2c 相同，所以有

$$i_1^{(2)} = i_1''' = 1\text{A}, \qquad i_2^{(2)} = i_2''' = 3\text{A}, \qquad i_3^{(2)} = i_3''' = -2\text{A}$$

然后将两个分电路中的电流分量叠加，得

$$i_1 = i_1^{(1)} + i_1^{(2)} = 1\dfrac{1}{3} + 1 = 2\dfrac{1}{3}(\text{A})$$

$$i_2 = i_2^{(1)} + i_2^{(2)} = 0 + 3 = 3(\text{A})$$

$$i_3 = i_3^{(1)} + i_3^{(2)} = 1\dfrac{1}{3} + (-2) = -\dfrac{2}{3}(\text{A})$$

由以上分析过程可见，将图 2-26 所示电路中的三个独立电源分成两组，可以减少一个分电路的分析量，且各分电路的分析并没有变复杂。

例 3-2 电路如图 3-4a 所示，试用叠加定理求电压 u_x。

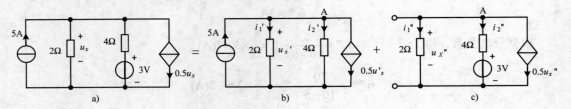

图 3-4 例 3-2 的电路

解 先画出两个独立电源单独作用时的分解电路，如图 3-4b、c 所示，注意保留受控源，并保持控制关系和控制系数不变。

在图 3-4b 电路中，对 A 点运用 KCL 列方程得

$$i_1' + i_2' + 0.5u_x' - 5 = 0$$

即

$$\dfrac{u_x'}{2} + \dfrac{u_x'}{4} + 0.5u_x' = 5$$

解之，得 $\qquad u_x' = 4\text{V}$

在图 3-4c 电路中，对 A 点运用 KCL 列方程得

$$i_1'' + i_2'' + 0.5u_x'' = 0$$

即

$$\dfrac{u_x''}{2} + \dfrac{u_x'' - 3}{4} + 0.5u_x'' = 0$$

解之，得 $\qquad u_x'' = 0.6(\text{V})$

因此，图 3-4a 电路中的未知电压为

$$u_x = u_x' + u_x'' = 4 + 0.6 = 4.6(\text{V})$$

3. 齐次性定理

齐次性定理是指：在线性电路中，如果所有的激励（电压源和电流源）都增大或缩小 K 倍

3.3 戴维宁定理和诺顿定理

第 2 章已经指出：对于外部电路而言，无源线性二端网络可以等效为一个电阻。那么，含有独立源的线性二端网络可以如何简化呢？戴维宁定理和诺顿定理解决了这个问题。

含有独立源的线性二端网络简称有源线性二端网络，或含源线性二端网络。在复杂的线性电路中，如果只需求解某一条支路的电压或电流，该支路之外的电路一般是有源线性二端网络。利用戴维宁定理或诺顿定理，可以简化这种情况下的电路分析和计算。

3.3.1 戴维宁定理

1. 戴维宁定理

任何一个有源线性二端网络 N_S 对外电路来说，都可以等效为一个电压源与电阻相串联的电路（称为戴维宁等效电路），如图 3-9a、b 所示。其中，电压源的电压 u_{oc} 等于二端网络 N_S 的端口开路电压（简称开路电压），如图 3-9c 所示。电阻 R_i 等于二端网络 N_S 内所有独立电源置 0 后的输入电阻（称为戴维宁等效电阻），如图 3-9d 所示。

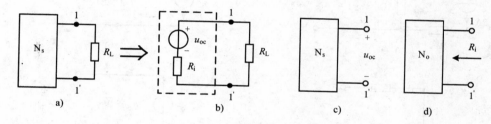

图 3-9　戴维宁定理

戴维宁定理可证明如下：

先在图 3-9a 电路中运用替代定理，用 $i_s = i$ 替代 R_L，如图 3-10a 所示。然后应用叠加定理，将该电路中的所有独立电源分成两组，一组是二端网络 N_S 内的所有独立电源，另一组是电流源 i_s，如图 3-10b、c 所示。在图 3-10b 电路中，1–1'端口的电压为 $u' = u_{oc}$，即端口开路时的电压。图 3-10c 为仅有电流源 i_s 作用时的电路，N_S 内的所有独立电源都应该置 0（用 N_0 表示），而 N_0 对电流源 i_s 来说可以等效为一个电阻 R_i，因此这时 1–1'端口的电压为 $u'' = -R_i i_s = -R_i i$。根据叠加定理，图 3-10a 中 1–1'端口的电压为

$$u = u' + u'' = u_{oc} - R_i i$$

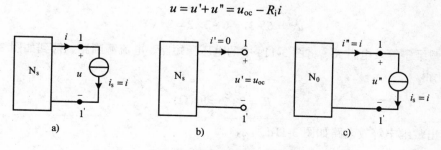

图 3-10　戴维宁定理的证明

由于上式与图 3-9b 中 1–1'端口的伏安关系完全相同，而对 N_S 来说，图 3-10a 与图 3-9a 相互等效，因此图 3-9a 中的 N_S 可用图 3-9b 中的串联等效电路替换。戴维宁定理得证。

2. 戴维宁定理的运用

应用戴维宁定理的关键是求出有源线性二端网络 N_S 的开路电压和戴维宁等效电阻。运用戴维宁定理分析电路时应注意以下几点：

① N_S 内的电阻和受控源都必须是线性的；

② N_S 内的受控源只能受 N_S 内部（包括端口）电压或电流的控制，同时 N_S 内部（不包括端口）的电压或电流也不能控制 N_S 外的受控源；

③ 求戴维宁等效电阻时，受控源保留，电压源短路，电流源断路。

例 3-5 求如图 3-11a 所示有源二端网络的戴维宁等效电路。

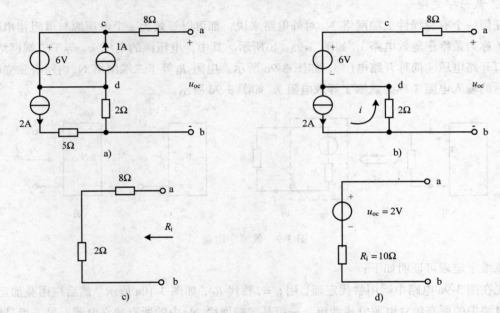

图 3-11 例 3-5 的电路

解 可以分以下三步进行：

① 求开路电压 u_{oc}。根据独立电压源和电流源的特性，图 3-11a 电路可等效为图 3-11b 电路。在图 3-11b 电路中求开路电压时，2Ω 电阻上的电流 $i = 2A$，8Ω 电阻上的电流为 0，因此

$$u_{oc} = 6 - 2i = 6 - 2 \times 2 = 2 \, (V)$$

② 求戴维宁等效电阻 R_i。将图 3-11a 中的电压源短路、电流源断路，得到如图 3-11c 所示电路，由此得

$$R_i = 8 + 2 = 10 \, (\Omega)$$

③ 画出戴维宁等效电路如图 3-11d 所示。

例 3-6 求图 3-12a 所示有源二端网络的戴维宁等效电路。

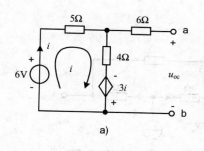 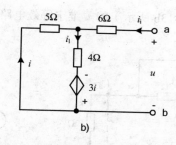 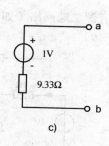

图 3-12 例 3-6 的电路

解 可以分以下三步进行：

① 求开路电压 u_{oc}。在图 3-12a 电路中，对闭合回路列 KVL 方程，得

$$5i + 4i - 3i - 6 = 0$$

由此得

$$i = \frac{6}{5+4-3} = 1\,(\text{A})$$

因此

$$u_{oc} = 4i - 3i = 1\,(\text{V})$$

$$[\text{或}:\quad u_{oc} = -5i + 6 = -5 \times 1 + 6 = 1\,(\text{V})]$$

② 求戴维宁等效电阻 R_i。将图 3-12a 中的电压源短路，得到如图 3-12b 所示电路。由于该电路中包含受控源，需采用外加电源法求其输入电阻。

假设外加电压为 u，由此产生的输入电流为 i_i，并设支路电流为 i_1，如图 3-12b 所示。则由 KCL 得

$$i_i + i = i_1 \qquad\qquad (3\text{-}4)$$

对图 3-12b 中的闭合回路列 KVL 方程，得

$$5i + 4i_1 - 3i = 0$$

由此得

$$i_1 = -\frac{5-3}{4}i = -0.5i$$

将上式代入式（3-4）得

$$i_i = i_1 - i = -0.5i - i = -1.5i$$

即

$$i = -\frac{2}{3}i_i$$

因此

$$u = 6i_i - 5i = 6i_i + 5 \times \frac{2}{3}i_i = 9\frac{1}{3}i_i$$

$$R_i = \frac{u}{i_i} = 9\frac{1}{3}\,\Omega \approx 9.33\,\Omega$$

③ 画出戴维宁等效电路，如图 3-12c 所示。

例 3-7 电路如图 3-13a 所示，试求 2Ω 电阻中的电流 i。

解 本例利用戴维宁定理计算比较方便。从图 3-13a 电路中的 a、b 处断开电路，先求左

边有源二端网络（如图 3-13b 所示）的戴维宁等效电路。

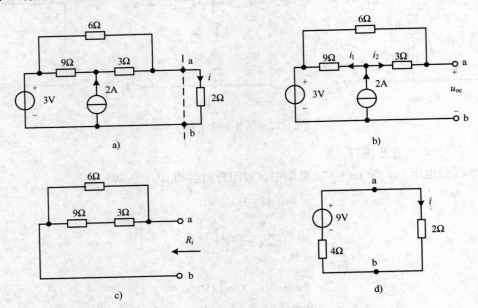

图 3-13   例 3-7 的电路

① 求开路电压 u_{oc}。在如图 3-13b 所示电路中，3Ω 电阻与 6Ω 电阻为串联关系，电流 i_1 和 i_2 由 2 A 电流源分流得到，即

$$i_1 = \frac{3+6}{9+3+6} \times 2 = 1(A) , \qquad i_2 = 2 - i_1 = 1(A)$$

因此

$$u_{oc} = 6i_2 + 3 = 6 \times 1 + 3 = 9(V)$$

$$[或： u_{oc} = -3i_2 + 9i_1 + 3 = -3 \times 1 + 9 \times 1 + 3 = 9(V)]$$

② 求等效电阻 R_i。将图 3-13b 中的电压源短路、电流源断路，得到如图 3-13c 电路。由此得

$$R_i = 6 // (9+3) = \frac{6 \times 12}{6+12} = 4(\Omega)$$

③ 求电流 i。将图 3-13b 所示有源二端网络用戴维宁等效电路替换，得到图 3-13a 的等效电路，如图 3-13d 所示。由此得

$$i = \frac{u_{oc}}{R_i + 2} = \frac{9}{4+2} = 1.5(A)$$

3.3.2   诺顿定理

诺顿定理指出：任何一个有源线性二端网络 N_S，对外电路来说都可以等效为一个电流源与电阻相并联的电路（称为诺顿等效电路），如图 3-14a、b 所示。其中，电流源的电流 i_{sc} 等于二端网络 N_S 的端口短路电流（简称短路电流），如图 3-14c 所示。电阻 R_i 等于二端网络 N_S 内

所有独立电源置 0 后的输入电阻，与戴维宁等效电阻相同。

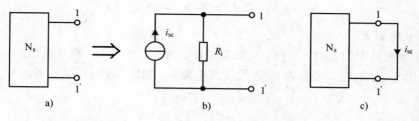

图 3-14 诺顿定理

对于同一个有源线性二端网络，其戴维宁等效电路和诺顿等效电路应该是相互等效的。因此，根据电源模型之间的等效转换关系，容易证明诺顿定理的正确性，并且可以得到开路电压 u_{oc}、短路电流 i_{sc} 和等效电阻 R_i 之间满足关系

$$i_{sc} = \frac{u_{oc}}{R_i} \qquad 或 \qquad u_{oc} = R_i i_{sc} \qquad (3-5)$$

例 3-8 求如图 3-15a 所示有源二端网络的诺顿等效电路。

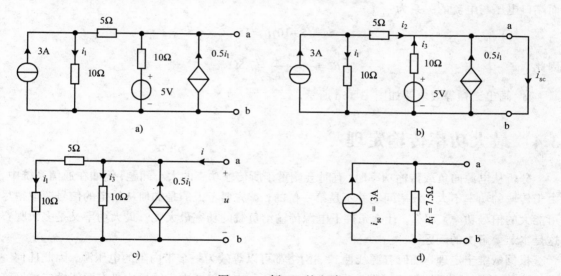

图 3-15 例 3-8 的电路

解 ① 求短路电流 i_{sc}。将图 3-15a 中的 a、b 两点短路，并设支路电流 i_2、i_3，如图 3-15b 所示。如果在该电路中求出电流 i_1、i_2、i_3，就可以根据 KCL 求得 i_{sc}。

在图 3-15b 所示电路中，i_1、i_2 由电流源电流分流得到，即

$$i_1 = \frac{5}{10+5} \times 3 = 1(A) , \qquad i_2 = 3 - i_1 = 2(A)$$

i_3 则可由其所在回路的 KVL 方程求解。根据 KVL，可得

$$-10i_3 + 5 = 0$$

因此

$$i_3 = \frac{5}{10} = 0.5(A)$$

对节点 a，应用 KCL 得

$$i_{sc} = i_2 + i_3 + 0.5i_1 = 2 + 0.5 + 0.5 = 3(\text{A})$$

② 求等效电阻 R_i。

将图 3-15a 电路中的电压源短路、电流源断路，得到如图 3-15c 所示无源二端网络。假设外加电压 u，由此产生的输入电流为 i，并设支路电流 i_3，如图 3-15c 所示。则由 KCL 得

$$i + 0.5i_1 = i_1 + i_3$$

即　　　　　　　　　　　　　$i = 0.5i_1 + i_3$ 　　　　　　　　　　　　（3-6）

对图 3-15 c 中左边的闭合回路列 KVL 方程，得

$$(5+10)i_1 - 10i_3 = 0$$

由此得

$$i_3 = \frac{15}{10}i_1 = 1.5i_1$$

将上式代入式（3-6）得

$$i = 0.5i_1 + 1.5i_1 = 2i_1$$

而端口电压与电流的关系为

$$u = (5+10)i_1 = 15i_1$$

因此

$$R_i = \frac{u}{i} = \frac{15i_1}{2i_1} = 7.5\Omega$$

③ 画出诺顿等效电路如图 3-15d 所示。

3.4　最大功率传输定理

分析从电源向负载传输功率时，有时会侧重于所传输功率的大小问题，例如在通信系统中，由于传输的功率不大，效率问题并不是第一位的，首先要考虑的是如何从给定的信号源取得尽可能大的信号功率。那么，什么条件下电源传输给负载的功率最大呢？最大功率又是多大呢？这是本节要解决的问题。

根据戴维宁定理，任何有源线性二端网络都可以等效为一个带内阻的电压源，因此任何一个线性的功率传输系统都可以等效为如图 3-16b 所示电路，图中虚线框内是有源线性二端网络的戴维宁等效电路，R_L 为负载电阻。下面针对图 3-16b 来讨论最大功率传输问题。

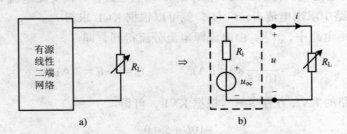

图 3-16　最大功率传输定理

根据欧姆定律，电路中的电流为

$$i = \frac{u_{oc}}{R_i + R_L} \qquad (3\text{-}7)$$

因此，负载电阻 R_L 上得到的功率为

$$p = i^2 R_L = \left(\frac{u_{oc}}{R_i + R_L}\right)^2 R_L$$

若 R_L 可变，令

$$\frac{dp}{dR_L} = \frac{u_{oc}^2 (R_i + R_L)^2 - u_{oc}^2 \cdot 2R_L(R_i + R_L)}{(R_i + R_L)^4} = \frac{u_{oc}^2 (R_i - R_L)}{(R_i + R_L)^3} = 0$$

可得

$$R_L = R_i \qquad (3\text{-}8)$$

容易验证，上式即是 R_L 获得最大功率的条件。也就是说，负载从有源二端网络获得最大功率的条件是：负载电阻 R_L 与该有源二端网络的戴维宁等效电阻 R_i 相等。这通常称为最大功率传输定理。若功率传输系统满足这一条件，则称其负载与电源匹配。此时负载获得的最大功率为

$$P_{max} = \left(\frac{1}{2} u_{oc}\right)^2 / R_L = \frac{u_{oc}^2}{4R_L} \qquad (3\text{-}9)$$

即

$$P_{max} = \frac{u_{oc}^2}{4R_i} \qquad (3\text{-}10)$$

应当指出：最大功率传输定理适用于 R_L 可变、R_i 固定的情况，如果 R_L 固定、R_i 可变则另当别论。此外，由于有源线性二端网络的等效电路只对外等效，因此 R_i 上消耗的功率不等于网络内部电阻消耗的功率，除非该二端网络就是内阻为 R_i 的电压源或电流源。

例 3-9　电路如图 3-17a 所示，如果负载电阻 R_L 可变，试问 R_L 为何值时，可获得最大功率？并求该最大功率。

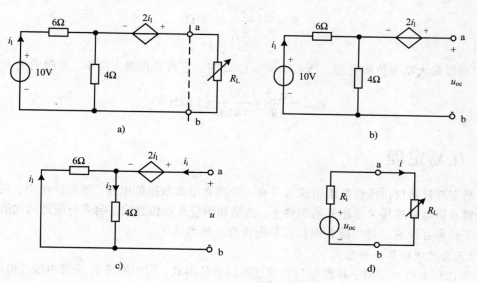

图 3-17　例 3-9 的电路

解　① 在图 3-17a 电路中的 a、b 处断开电路，先求左边有源二端网络（如图 3-17b 所示）的戴维宁等效电路。

在图 3-17b 电路中，闭合回路的电流为

$$i_1 = \frac{10}{6+4} = 1(A)$$

因此，开路电压为

$$u_{oc} = 2i_1 + 4i_1 = 6 \times 1 = 6(V)$$

$$[\text{或：} u_{oc} = 2i_1 - 6i_1 + 10 = -4 \times 1 + 10 = 6(V)]$$

将图 3-17b 中的电压源短路，得到无源网络如图 3-17 c 所示。假设在网络端口加电压 u，输入电流为 i_i。由 KCL，得

$$i_i + i_1 = i_2 \qquad\qquad (3-11)$$

由 KVL，得

$$6i_1 + 4i_2 = 0$$

因此

$$i_1 = -\frac{2}{3}i_2$$

代入式（3-11），得

$$i_i = i_2 - i_1 = i_2 + \frac{2}{3}i_2 = \frac{5}{3}i_2$$

而图 3-17 c 中的端口电压为

$$u = 2i_1 - 6i_1 = -4i_1 = \frac{8}{3}i_2$$

因此，输入电阻为

$$R_i = \frac{u}{i_i} = \frac{\frac{8}{3}i_2}{\frac{5}{3}i_2} = 1.6(\Omega)$$

② 根据最大功率传输定理，当 $R_L = R_i = 1.6\Omega$ 时，它可获得最大功率。此时的最大功率为

$$P_{max} = \frac{u_{oc}^2}{4R_i} = \frac{6^2}{4 \times 1.6} = 5.625(W)$$

3.5　互易定理

互易定理针对仅由线性电阻组成且只有一个独立电源激励的电路。该定理指出：在保持独立电源 0 后电路连接关系不变的条件下，激励和响应互换位置后，响应与激励的比值保持不变。由于这种互换有三种可能，因此互易定理有三种形式。

1. 互易定理的第一种形式

图 3-18a、b 所示是第一种激励与响应互换位置的形式，图中网络 N 全部由线性电阻组成。图 3-18c 是把图 3-18a、b 中的电压源短路后的电路结构。图 3-18b 中，激励与响应互换位置后

的电量冠以"∧"号。根据互易定理，应有

$$\frac{i_2}{u_\mathrm{s}} = \frac{\hat{i}_1}{\hat{u}_\mathrm{s}} \tag{3-12}$$

若 $\hat{u}_\mathrm{s} = u_\mathrm{s}$ ，则 $\hat{i}_1 = i_2$ 。

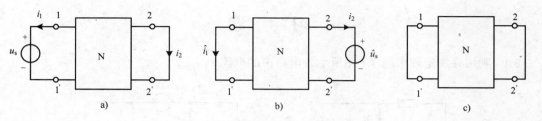

图 3-18　互易定理的第一种形式

2. 互易定理的第二种形式

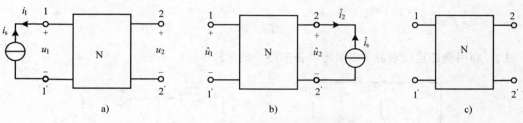

图 3-19　互易定理的第二种形式

图 3-19a、b 所示是第二种激励与响应互换位置的形式。图 3-19c 是把图 3-19a、b 中的电流源断路后的电路结构。图 3-19b 中，激励与响应互换位置后的电量冠以"∧"号。根据互易定理，应有

$$\frac{u_2}{i_\mathrm{s}} = \frac{\hat{u}_1}{\hat{i}_\mathrm{s}} \tag{3-13}$$

若 $\hat{i}_\mathrm{s} = i_\mathrm{s}$ ，则 $\hat{u}_1 = u_2$ 。

3. 互易定理的第三种形式

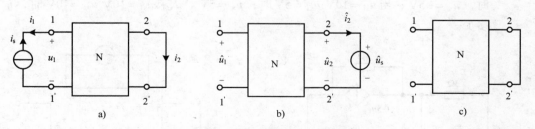

图 3-20　互易定理的第三种形式

图 3-20a、b 所示是第三种激励与响应互换位置的形式。图 3-20c 是将图 3-20 a、b 中的独立电源置 0 后的电路结构。图 3-20b 中，激励与响应互换位置后的电量冠以"∧"号。根据互易定理，应有

$$\frac{i_2}{i_s} = \frac{\hat{u}_1}{\hat{u}_s} \tag{3-14}$$

满足互易定理的网络称为互易网络,其元件称为互易元件,反之称为非互易网络和非互易元件。由于受控源的控制是有方向性的,因此受控源是非互易元件,包含受控源的网络就是非互易网络。

习　题

3.1　利用叠加定理求题 3.1 图所示各电路中的电流 i。

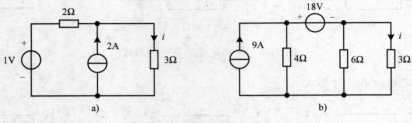

题 3.1 图

3.2　利用叠加定理求题 3.2 图所示各电路中的电压 u。

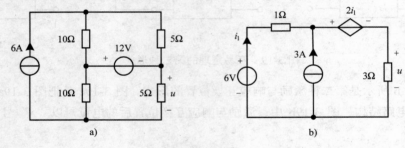

题 3.2 图

3.3　利用叠加定理求题 3.3 图所示电路中 5A 电流源的功率,并说明它是吸收功率还是提供功率。

3.4　题 3.4 图中的 N 为有源线性网络,已知:当 $u_{s1}=0, u_{s2}=0$ 时,$u_x=10V$;当 $u_{s1}=5V, u_{s2}=0$ 时,$u_x=-5V$;当 $u_{s1}=10V, u_{s2}=5V$ 时,$u_x=5V$。试求 $u_{s1}=10V, u_{s2}=10V$ 时,u_x 为多少。

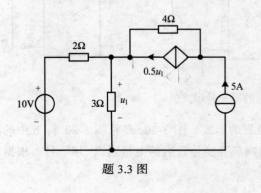

题 3.3 图

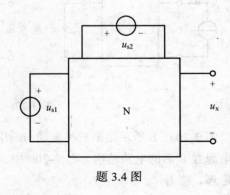

题 3.4 图

3.5 求题 3.5 图所示各有源二端网络的戴维宁等效电路。

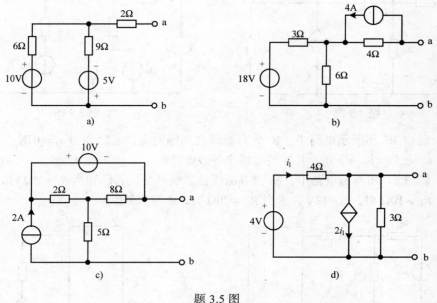

题 3.5 图

3.6 利用戴维宁定理求题 3.6 图所示各电路中的电流 i。

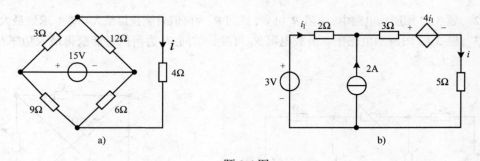

题 3.6 图

3.7 求题 3.7 图所示各有源二端网络的诺顿等效电路。

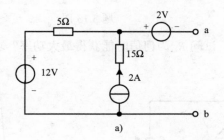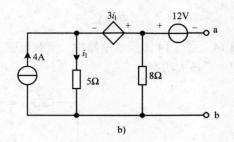

题 3.7 图

3.8 利用诺顿定理求题 3.8 图所示电路中的电压 u。

3.9 题 3.9 图所示电路中，已知当 $R_L = 3\Omega$ 时，电流 $i = 4A$。求当 $R_L = 8\Omega$ 时，i 等于多少？

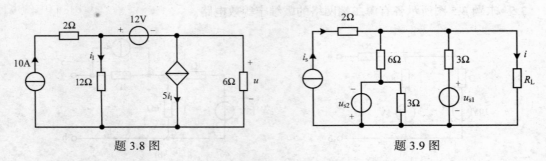

题 3.8 图　　　　　　　　　　　题 3.9 图

3.10　题 3.10 图所示电路中，N 为有源线性二端网络，若已知当 $u_s = 0$ 时，$u = -2V$；$u_s = 15V$ 时，$u = 0$。求 N 的戴维宁等效电路。

3.11　题 3.11 图所示电路中，N 为有源线性二端网络，若已知当 $R_L = 5\Omega$ 时，$u = 8V$；$R_L = 10\Omega$ 时，$u = 12V$。求当 $R_L = 20\Omega$ 时，u 等于多少？

题 3.10 图　　　　　　　　　　　题 3.11 图

3.12　题 3.12 图所示电路中，电阻 R_x 可变，试问 R_x 为何值时能获得最大功率？求该最大功率。

3.13　题 3.13 图所示电路中，负载电阻 R_L 可变，试问 R_L 为何值时能获得最大功率？求该最大功率。

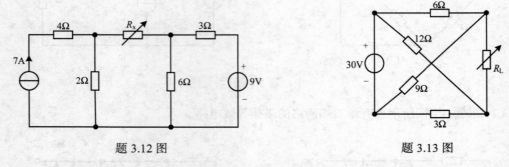

题 3.12 图　　　　　　　　　　　题 3.13 图

3.14　题 3.14 图所示电路中，负载电阻 R_L 可变，试问 R_L 为何值时能获得最大功率？求该最大功率。

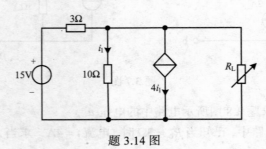

题 3.14 图

3.15 题 3.15 图所示各电路中，N 相同，是由电阻组成的网络。若已知图 a 中的电压 $u_2 = 2V$，求图 b 中的电压 u_1'。

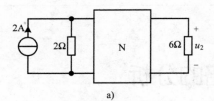 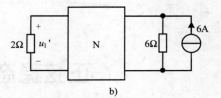

a)   b)

题 3.15 图

3.16 题 3.16 图所示各电路中，N 相同，是由电阻组成的网络。若已知图 a 中的电压 $u_2 = 3V$，求图 b 中的电压 u_1'。

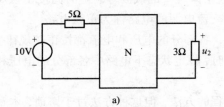 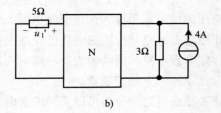

a)   b)

题 3.16 图

第 4 章

正弦稳态电路的分析

在工农业生产和日常生活中，除了用到直流电之外，我们还经常会用到交流电（一般都是正弦交流电），比如电力公司提供的用电以及广播通信系统中的载波等。随时间按正弦规律变化的电压源或电流源称为正弦交流电源，含有正弦交流电源的电路称为正弦电路。

正弦稳态电路是指正弦电路已经进入稳定状态，各部分的电压和电流都按正弦规律变化。当线性定常数电路的激励源为某一频率的正弦电源时，稳定状态下电路中各部分的电压和电流均为与激励同频率的正弦量。

正弦稳态电路的分析可以采用求解电路微分方程的方法，但这种方法过于繁琐，本章主要介绍比较简便的相量法。相量法是用相量表示正弦量，从而将三角函数运算转换为复数运算，将电路的微分方程转换为复数代数方程，这就使得正弦电路的稳态分析大为简化。

本章将首先介绍正弦量的基本概念，然后介绍用于分析线性电路正弦稳态响应的相量分析法以及正弦交流电路功率的计算方法，最后介绍电路的谐振现象和三相电路的分析方法。

4.1 正弦量及其描述

所谓正弦量，是指随着时间按正弦规律变化的电量，如电流和电压等。常用函数表达式和波形图表示。由于正弦量随时间变化，故用小写字母表示，如 $u(t)$，$i(t)$，也可简写为 u，i。

4.1.1 正弦量的时域表示

1. 正弦量的波形

正弦量随时间变化的图形称为正弦波，图 4-1 所示为正弦电流 i 的波形。

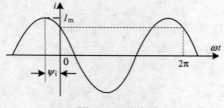

图 4-1 正弦波

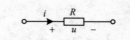

图 4-2 一段正弦交流电路

2. 正弦量的函数形式及其三要素

描述正弦量可以采用 sine 函数，也可以用 cosine 函数，但两者不能同时混用。本书采用

cosine 函数形式描述。在图 4-2 所示的一段正弦交流电路中，设正弦电流 i 在图示参考方向下的数学表达式为

$$i = I_\mathrm{m}\cos(\omega t + \psi_\mathrm{i})\tag{4-1}$$

式中，i 称为瞬时值，即任一时刻 t 时的电流值；I_m 为正弦电流 i 的最大值或振幅；ω 为正弦电流 i 的角频率，单位为弧度/秒（rad/s）；$(\omega t + \psi_\mathrm{i})$ 为正弦电流 i 的相位，表示正弦波变化的进程，单位为弧度或度；ψ_i 为时间 $t = 0$ 时正弦电流 i 的相位角，称为初相位（角），简称初相。由于正弦函数具有周期性，一般规定 $|\psi_\mathrm{i}|$ 在主值范围内取值，即 $|\psi_\mathrm{i}| \leqslant \pi$。

从式（4-1）可以看出，对于一个正弦量，只要它的振幅、角频率及初相位确定，它在任一时刻 t 的量值就完全确定。因此，振幅、角频率、初相被称为正弦量的三要素。

3. 正弦量的周期和频率

正弦量是每隔一定时间重复变化的周期信号，其完成一个循环变化所需要的时间称为周期，用 T 表示，单位为秒(s)。周期信号每秒钟内变化的循环个数称为频率，用 f 表示，单位为赫[兹]（Hz）。周期与频率互为倒数，即

$$f = \frac{1}{T}\tag{4-2}$$

我国电力网供给的交流电的频率为 50Hz（相应的周期为 0.02s），称为工频。人耳能听到的音频范围为 20Hz ~ 20kHz。其他技术领域使用着各种不同的频率，比如，收音机中波段的频率是 530kHz ~ 1600kHz，短波段是 2.3MHz ~ 23MHz，调频广播信号的频率则是 88MHz ~ 108MHz 等。

角频率与周期、频率之间的关系为

$$\omega = 2\pi f = \frac{2\pi}{T}\tag{4-3}$$

4. 正弦量的有效值

电量的有效值是用于衡量平均做功能力的量值，用大写字母表示（与表示直流电量的字母一样），如 I、U 分别表示电流、电压的有效值。

以电流为例，若周期电流 i 通过电阻 R 做功的平均效果与直流电流 I 通过同一电阻在相同时间内所做的功相等，则该直流量值 I 就为周期电流 i 的有效值。即有

$$\frac{1}{T}\int_0^T i^2 R\mathrm{d}t = I^2 R$$

或

$$I = \sqrt{\frac{1}{T}\int_0^T i^2 \mathrm{d}t}\tag{4-4}$$

上式表明，周期量（正弦电流）的有效值等于其瞬时值的平方在一个周期内积分的平均值再取算术平方根，因此，有效值又称为方均根值。

将 $i(t) = I_\mathrm{m}\cos(\omega t + \psi_\mathrm{i})$ 代入式（4-4），可得正弦电流的有效值为

$$I = \sqrt{\frac{1}{T}\int_0^T I_\mathrm{m}^2\cos^2(\omega t + \psi_\mathrm{i})\mathrm{d}t} = \sqrt{\frac{I_\mathrm{m}^2}{T}\int_0^T\left[\frac{1 + \cos 2(\omega t + \psi_\mathrm{i})}{2}\right]\mathrm{d}t}$$

$$= \sqrt{\frac{I_\mathrm{m}^2}{T}\left[\frac{t}{2} + \frac{\sin 2(\omega t + \psi_\mathrm{i})}{4\omega}\right]_0^T} = \frac{I_\mathrm{m}}{\sqrt{2}} = 0.707 I_\mathrm{m}\tag{4-5}$$

同理可得，正弦电压的有效值为

$$U = \frac{U_{\mathrm{m}}}{\sqrt{2}} = 0.707U_{\mathrm{m}} \tag{4-6}$$

以上分析表明，正弦量最大值与其有效值之间存在 $\sqrt{2}$ 倍的关系。根据这一关系，可将正弦量 u 和 i 的一般表达式改写为如下形式

$$i(t) = \sqrt{2}I\cos(\omega t + \psi_{\mathrm{i}}) \tag{4-7}$$

$$u(t) = \sqrt{2}U\cos(\omega t + \psi_{\mathrm{u}}) \tag{4-8}$$

工程上使用的交流电气设备铭牌上标出的额定电流、电压的数值，以及交流电压表和电流表的刻度都是有效值。一般所讲的正弦电压或电流的大小，比如我国电网供给的 380V 或 220V 交流电压，也都是指有效值。

5. 同频率正弦量的相位差

在同一个线性的正弦交流电路中，各部分电流和电压的频率都是相同的，只是幅值和初相位不一定相同。如图 4-2 所示的一段正弦交流电路中，若已知电流为

$$i(t) = I_{\mathrm{m}}\cos(\omega t + \psi_{\mathrm{i}})$$

可设电压为

$$u(t) = U_{\mathrm{m}}\cos(\omega t + \psi_{\mathrm{u}})$$

则电压与电流之间的相位差为

$$\varphi = (\omega t + \psi_{\mathrm{u}}) - (\omega t + \psi_{\mathrm{i}}) = \psi_{\mathrm{u}} - \psi_{\mathrm{i}}$$

可见，两个相同频率的正弦量的相位差等于它们的初相之差，是一个与时间无关的常数。φ 一般采用的取值也满足 $|\varphi| \leqslant \pi$。

若 $\varphi = \psi_{\mathrm{u}} - \psi_{\mathrm{i}} > 0$，则称电压 u 超前电流 i 一个相角 φ，或者说 i 滞后 u 一个相角 φ，如图 4-3a 所示；

若 $\varphi = \psi_{\mathrm{u}} - \psi_{\mathrm{i}} = 0$，则称电压 u 与电流 i 同相，如图 4-3b 所示；

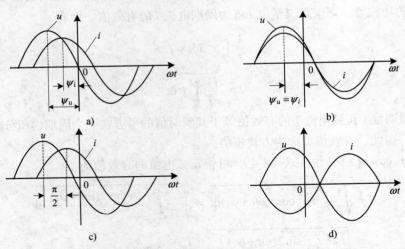

图 4-3　同频率正弦量的相位差

若 $\varphi = \psi_u - \psi_i = \dfrac{\pi}{2}$，则称电压 u 与电流 i 正交，如图 4-3c 所示；

若 $\varphi = \psi_u - \psi_i = \pi$，则称电压 u 与电流 i 反相，如图 4-3d 所示。

4.1.2 正弦量的频域（相量）表示

一个正弦量可以用数学表达式表示，也可以用波形表示，但用这两种表示方法来进行分析运算都很麻烦。例如，要进行两个频率相同但初相不同的正弦量相加运算，若用表达式求解，算式将很冗长；若用波形图求解，既麻烦又不准确。为简化正弦电路的计算，引入了相量法，相量法是线性电路正弦稳态分析的一种简便有效的方法。应用相量法，需要运用复数的运算，因此，本节首先简要地介绍复数的相关知识。

1. 复数

（1）复数的几种形式

一个复数可以有多种表示形式，常用的有：代数形式、三角形式、指数形式、极坐标形式等。

1）代数形式（直角坐标形式）。

复数的代数形式为

$$A = a + jb \tag{4-9}$$

式中，$j = \sqrt{-1}$ 称为虚数单位，不用 i 表示是避免与电流符号 i 相混；a 称为复数 A 的实部，b 称为复数 A 的虚部，两者均为实数。

复数 A 可在复平面上，用一条从原点 O 指向 A 对应坐标点的有向线段表示，称为复矢量，如图 4-4 所示。因此，a、b 分别是复矢量在实轴和虚轴上的投影。

2）三角函数形式。

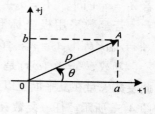

图 4-4 复数的表示

在图 4-4 中，"复矢量"的长度 ρ 称为复数 A 的模（$\rho > 0$）；复矢量与实轴的夹角 θ 称为复数 A 的辐角，单位是弧度或度。由图可得复数 A 的三角函数形式为

$$A = a + jb = \rho\cos\theta + j\rho\sin\theta$$

即

$$A = \rho(\cos\theta + j\sin\theta) \tag{4-10}$$

三角函数形式与代数形式的关系为

$$\begin{cases} a = \rho\cos\theta \\ b = \rho\sin\theta \end{cases} \tag{4-11}$$

或

$$\begin{cases} \rho = \sqrt{a^2 + b^2} \\ \theta = \arctan\dfrac{b}{a} \end{cases} \tag{4-12}$$

应当注意是，θ 的大小应结合 a、b 的正负号和 $\dfrac{b}{a}$ 的数值来决定。

3）指数形式。

利用欧拉公式：$\mathrm{e}^{\mathrm{j}\theta} = \cos\theta + \mathrm{j}\sin\theta$，可将复数的三角函数形式转换为指数形式

$$A = \rho\,\mathrm{e}^{\mathrm{j}\theta} \tag{4-13}$$

4）极坐标形式。

将复数的指数形式简化记为

$$A = \rho\angle\theta \tag{4-14}$$

即为复数的极坐标形式。

（2）复数的运算

复数的加、减运算宜用代数形式。例如，若 $A = a_1 + \mathrm{j}b_1$，$B = a_2 + \mathrm{j}b_2$，则

$$A \pm B = (a_1 \pm a_2) + \mathrm{j}(b_1 \pm b_2) \tag{4-15}$$

而复数之间的乘、除运算宜采用极坐标（或指数）形式。例如，若 $A = \rho_1\angle\theta_1$，$B = \rho_2\angle\theta_2$，则

$$AB = \rho_1\rho_2\angle(\theta_1 + \theta_2) \tag{4-16}$$

$$\frac{A}{B} = \frac{\rho_1}{\rho_2}\angle(\theta_1 - \theta_2) \tag{4-17}$$

若复数采用代数形式表示，则当两个复数的实部和虚部分别相等时，该两复数相等。例如，若 $A_1 = a_1 + \mathrm{j}b_1$，$A_2 = a_2 + \mathrm{j}b_2$，则当 $a_1 = a_2$，$b_1 = b_2$ 时，$A_1 = A_2$。

若复数采用极坐标形式表示，则当它们的模相等，辐角相等时，该两复数相等。即 $A_1 = A_{m1}\angle\theta_1$，$A_2 = A_{m2}\angle\theta_2$，则当 $A_{m1} = A_{m2}$，$\theta_1 = \theta_2$ 时，$A_1 = A_2$。

复数 $\mathrm{e}^{\mathrm{j}\omega t} = 1\angle(\omega t)$ 是一个模为 1，辐角为 ωt 的复数。因其辐角 ωt 随时间 t 增大而增大，此复数矢量在复平面上以角速度 ω 逆时针旋转，而模值始终为 1 不变，故称之为旋转因子，如图 4-5a 所示。任一复数 $A = |A|\,\mathrm{e}^{\mathrm{j}\theta_a}$ 乘以 $\mathrm{e}^{\mathrm{j}\omega t}$ 等于把复数 A 逆时针旋转一个角度 ωt，而 A 的模值不变，如图 4-5c 所示。

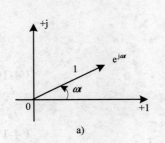 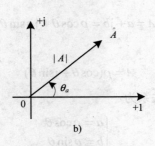 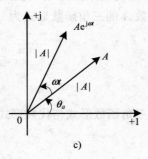

图 4-5　旋转因子

根据欧拉公式可得

$$\mathrm{e}^{\mathrm{j}\frac{\pi}{2}} = \cos\frac{\pi}{2} + \mathrm{j}\sin\frac{\pi}{2} = \mathrm{j},\qquad \mathrm{e}^{-\mathrm{j}\frac{\pi}{2}} = -\mathrm{j},\qquad \mathrm{e}^{\pm\mathrm{j}\pi} = -1$$

即

$$1\angle\pm 90° = \pm\mathrm{j},\quad 1\angle\pm 180° = -1$$

以上结果表明，j、–j、–1 是特殊角度旋转因子，分别表示逆时针旋转 90°、–90° 和 180°（或 –180°）。

　　2. 正弦量的相量表示及其运算

　　下面以正弦电流 $i(t) = I_m \cos(\omega t + \psi_i)$ 为例来进行讨论。

　　（1）正弦量与复指数函数的关系

　　在欧拉公式 $e^{j\theta} = \cos\theta + j\sin\theta$ 中，令 $\theta = \omega t + \psi_i$ 得

$$e^{j(\omega t + \psi_i)} = \cos(\omega t + \psi_i) + j\sin(\omega t + \psi_i)$$

将上式两边同乘以 I_m，得

$$I_m e^{j(\omega t + \psi_i)} = I_m \cos(\omega t + \psi_i) + jI_m \sin(\omega t + \psi_i)$$

显然，上式的实部恰好是正弦电流 $i(t)$，即

$$i(t) = \text{Re}[I_m e^{j(\omega t + \psi_i)}] \tag{4-18}$$

这样，我们就把正弦交流电与复指数函数联系起来，为用复数表示正弦交流电找到了途径。

　　式（4-18）中括号内的复指数函数可用复平面上的向量来表示，且该向量以原点为中心，循逆时针方向按角速率 ω 旋转，所以也称之旋转向量，如图 4-6a 所示。该旋转向量任何时刻在实轴上的投影正好等于该时刻电流的瞬时值，如图 4-6b 所示。

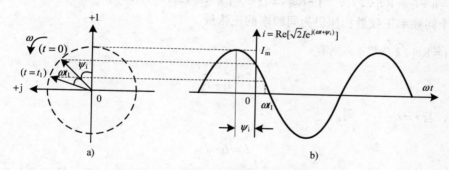

图 4-6　正弦量的旋转向量表示

　　（2）正弦量的相量表示

　　我们知道，振幅、频率和初相位三个要素决定一个正弦量，而在单一频率正弦电源激励的线性电路中，各部分的响应电流和电压都是与激励频率相同的正弦量。因此，在分析电路的正弦稳态响应时，只需要确定它们的幅值和初相位两个要素。

　　在式（4-18）中，我们把复函数（$I_m e^{j\omega t} e^{j\psi_i}$）去掉相同项（$\sqrt{2}e^{j\omega t}$）后的复数 $I e^{j\psi_i}$ 称为正弦量 i 的相量，记为 $\dot{I}$（大写字母 I 上打"•"，是为了与有效值及一般复数区分），即

$$\dot{I} = I e^{j\psi_i} = I \angle \psi_i \tag{4-19}$$

　　上述相量是按正弦量的有效值定义的，称为"有效值"相量。若改用振幅表示，则对应的相量记为

$$\dot{I}_m = I_m e^{j\psi_i} = I_m \angle \psi_i \tag{4-20}$$

式中，$\dot{I}_m$ 称为正弦量电流 i 的"振幅"相量，也称为"最大值"相量。

定义了相量以后，正弦量 i 可表示为

$$i = \text{Re}[\sqrt{2}\,\dot{I}\,e^{j\omega t}] \tag{4-21}$$

需要注意的是，相量只是表示正弦量，而不是等于正弦量。另外，用相量表示正弦量只能表示其大小（幅值或有效值）和初相两个要素，另一个要素 ω 由旋转因子 $e^{j\omega t}$ 反映。

（3）相量图

用有向线段在复平面上表示相量的图形，称为相量图，如图 4-7 所示。在相量图上可直观地看出各同频正弦量的大小和相互间的相位关系。要注意的是，只有同频率的正弦量才能画在同一相量图上，不同频率的相量画在同一复平面上是没有意义的。

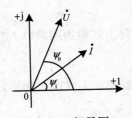

图 4-7　相量图

（4）同频率正弦量的相量运算

正弦量的加减和微分积分运算都可以用对应的相量来进行。

1）加减运算。

设 $i_1(t) = \sqrt{2}I_1\cos(\omega t + \psi_1)$，$i_2(t) = \sqrt{2}I_2\cos(\omega t + \psi_2)$，求 $i = i_1 + i_2$。

因为　　$i_1 = \text{Re}[\sqrt{2}\,\dot{I}_1\,e^{j\omega t}]$，$i_2 = \text{Re}[\sqrt{2}\,\dot{I}_2\,e^{j\omega t}]$

所以　　$i = i_1 + i_2 = \text{Re}[\sqrt{2}\,\dot{I}_1\,e^{j\omega t}] + \text{Re}[\sqrt{2}\,\dot{I}_2\,e^{j\omega t}] = \text{Re}[\sqrt{2}(\dot{I}_1 + \dot{I}_2)e^{j\omega t}]$

可见，两个同频率正弦量相加仍为同频率的正弦量。

若令 $i = \text{Re}[\sqrt{2}\,\dot{I}\,e^{j\omega t}]$，则有

$$\dot{I} = \dot{I}_1 + \dot{I}_2 \tag{4-22}$$

同理，若 $i = i_1 - i_2$，则

$$\dot{I} = \dot{I}_1 - \dot{I}_2 \tag{4-23}$$

以上两式表明：正弦量的加（减）运算对应为其相量间的加（减）运算，这就将复杂的三角函数运算转成了复数的代数运算，从而大大简化了运算过程。

2）微、积分运算。

设 $i(t) = \sqrt{2}I\cos(\omega t + \psi_i)$，则

$$\frac{\mathrm{d}i}{\mathrm{d}t} = \frac{\mathrm{d}[\sqrt{2}I\cos(\omega t + \psi_i)]}{\mathrm{d}t} = \frac{\mathrm{d}}{\mathrm{d}t}\text{Re}[\sqrt{2}\,\dot{I}\,e^{j\omega t}]$$

$$= \text{Re}[\frac{\mathrm{d}}{\mathrm{d}t}(\sqrt{2}\,\dot{I}\,e^{j\omega t})] = \text{Re}[\sqrt{2}(j\omega\dot{I})e^{j\omega t}]$$

即 $\dfrac{\mathrm{d}i}{\mathrm{d}t}$ 的相量为 $j\omega\dot{I} = \omega I\angle\psi_i + 90°$

类似地，$\int i\mathrm{d}t$ 的相量为 $\dfrac{1}{j\omega}\dot{I} = \dfrac{I}{\omega}\angle\psi_i - 90°$

（5）相量分析法

相量分析法实际上是一种数学变换的方法，其分析思路为：首先将正弦量变换为对应的相量，然后经过复数运算求得欲求正弦量对应的相量，最后再将该相量转换为正弦量。

例 4-1　已知 $i_1 = 70.7\sqrt{2}\cos(\omega t + 45°)\,\text{A}$ ，$i_2 = 42.4\sqrt{2}\cos(\omega t - 30°)\,\text{A}$ ，求 $i = i_1 + i_2$ 。

解　先根据相量的加减运算法则，求 i 对应的相量得

$$
\begin{aligned}
\dot{I} = \dot{I}_1 + \dot{I}_2 &= 70.7\angle 45° + 42.4\angle -30° \\
&= (50 + \text{j}50) + (36.7 - \text{j}21.1) \\
&= 86.7 + \text{j}28.8 = 91.4\angle 18.4°\ (\text{A})
\end{aligned}
$$

再求 $\dot{I}$ 对应的正弦量为

$$
i(t) = 91.4\sqrt{2}\cos(\omega t + 18.4°)\ (\text{A})
$$

4.2　正弦电路中的三种基本无源元件

为了利用相量进行正弦稳态分析，必须要知道正弦电路中的三种无源元件上电压电流的约束关系（又称为伏安关系）。而在正弦电路中，元件的伏安关系包括数值（通常指有效值）关系和相位关系，而伏安关系的相量表示式正好可以反映这两方面关系。本节将导出 R、L、C 三种基本元件伏安关系的相量形式。

4.2.1　电阻元件

如果电阻 R 上电压和电流的参考方向相关联，如图 4-8a 所示，设通过电阻 R 的电流为 $i_R = \sqrt{2}I_R\cos(\omega t + \psi_i)$ ，则根据欧姆定律得

$$
u_R = R i_R = \sqrt{2}R I_R\cos(\omega t + \psi_i)
$$

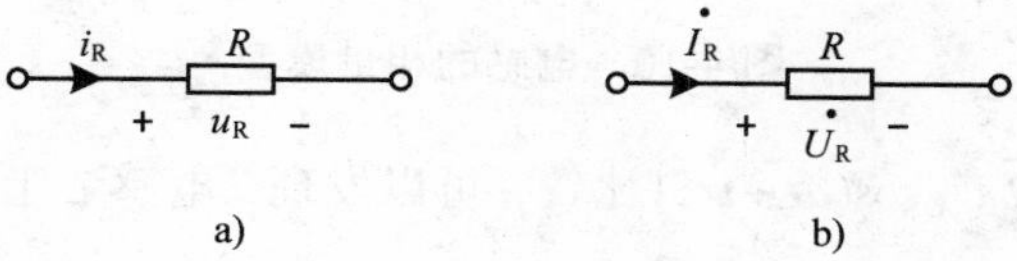

图 4-8　电阻的相量模型

与一般表达式 $u_R = \sqrt{2}U_R\cos(\omega t + \psi_u)$ 相比较，不难发现，电阻 R 上电压与电流的数量关系为

$$
U_R = R I_R \quad \text{或} \quad \frac{U_R}{I_R} = R \tag{4-24}
$$

相位关系为

$$
\psi_u = \psi_i \tag{4-25}
$$

上述结果说明：电阻元件上的电压、电流都是同频率的正弦量，有效值之间的关系仍符合欧姆定律，而相位相等，即电压、电流同相。电流、电压的波形如图 4-9a 所示。

将电压 u_R 和电流 i_R 都用相量表示，则可以得到

$$
\dot{U}_R = R\,\dot{I}_R \tag{4-26}
$$

这就是电阻元件 R 上电压和电流之间的相量关系，也就是欧姆定律的相量表示式。该相量关系

可用如图 4-9b 所示的相量图表示。

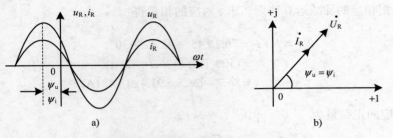

图 4-9　电阻上电压、电流的波形及相量图

图 4-8b 是电阻 R 上电压相量和电流相量的关系示意图，这种直接标注电压相量和电流相量的电路图，称为相量模型。在以后用相量法分析正弦稳态电路时，常采用这种电路图来进行分析。

4.2.2　电感元件

如果电感 L 上的电压和电流的参考方向相关联，如图 4-10a 所示，设电流为 $i_L = \sqrt{2}I_L\cos(\omega t+\psi_i)$，则电感上的电压为

$$u_L = L\frac{\mathrm{d}i_L}{\mathrm{d}t} = -\sqrt{2}\omega LI_L\sin(\omega t+\psi_i) = \sqrt{2}\omega LI_L\cos\left(\omega t+\psi_i+\frac{\pi}{2}\right)$$

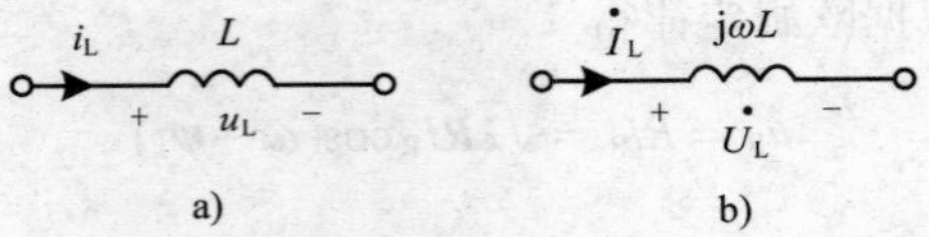

图 4-10　电感的相量模型

与一般表达式 $u_L = \sqrt{2}\,U_L\cos(\omega t+\psi_u)$ 比较，可以发现，电感 L 上电压与电流的数量关系为

$$U_L = \omega LI_L \quad 或 \quad \frac{U_L}{I_L} = \omega L \tag{4-27}$$

相位关系为

$$\psi_u = \psi_i + \frac{\pi}{2} \tag{4-28}$$

因而，两者之间的相量关系为

$$\dot{U}_L = \mathrm{j}\omega L\,\dot{I}_L \tag{4-29}$$

上述结果说明：电感元件上的电压、电流都是同频率的正弦量，电压超前电流 90° 相位，有效值之间的关系类似于欧姆定律，但与角频率 ω 有关。电感的相量模型如图 4-10b 所示。电流、电压的波形和相量图分别如图 4-11a、b 所示。

令 $X_L = \omega L$，则电感上电压相量与电流相量的关系可写成

$$\dot{U}_L = \mathrm{j}X_L\,\dot{I}_L \tag{4-30}$$

式中，X_L 称为电感的感抗（因为它对电流起阻碍作用），具有电阻的量纲。当电感量 L 的单位为 H，角频率 ω 的单位为 rad/s 时，感抗 X_L 的单位为 Ω。感抗 X_L 与电感量 L 和频率 f 均成正比，频率越高电感呈现的感抗越大，这是因为电流的频率越高，变化就越快，则感应电动势就越大。对直流信号（$\omega = 0$），$X_L = 0$，即电感相当于短路。

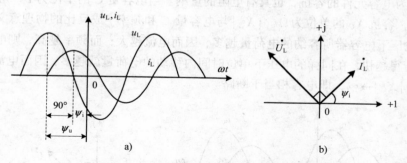

图 4-11　电感元件电压、电流波形及相量图

4.2.3　电容元件

如果电容 C 上的电压和电流的参考方向相关联，如图 4-12a 所示，设电压为 $u_C = \sqrt{2}U_C\cos(\omega t + \psi_u)$，则流过电容的电流为

$$i_C = C\frac{\mathrm{d}u_C}{\mathrm{d}t} = -\sqrt{2}\omega C U_C\sin(\omega t + \psi_u) = \sqrt{2}\omega C U_C\cos(\omega t + \psi_u + 90°)$$

图 4-12　电容的相量模型

与一般表达式 $i_C = \sqrt{2}I_C\cos(\omega t + \psi_i)$ 比较可以发现，电容 C 上电压与电流的数量关系为

$$I_C = \omega C U_C \quad \text{或} \quad \frac{I_C}{U_C} = \omega C \tag{4-31}$$

相位关系为

$$\psi_i = \psi_u + \frac{\pi}{2} \tag{4-32}$$

因而，两者之间的相量关系为

$$\dot{I}_C = \mathrm{j}\omega C\dot{U}_C \quad \text{或} \quad \dot{U}_C = \frac{\dot{I}_C}{\mathrm{j}\omega C} = -\mathrm{j}\frac{1}{\omega C}\dot{I}_C \tag{4-33}$$

上述结果说明：电容元件上的电压、电流都是同频率的正弦量，电流超前电压 90° 相位（或者电压滞后电流 90° 相位），有效值之间的关系类似于欧姆定律，也与角频率 ω 有关。电容的相量模型如图 4-12b 所示。电压、电流的波形和相量图分别如图 4-13a、b 所示。

令 $X_C = -\dfrac{1}{\omega C}$，则电容上电压相量与电流相量的关系可写成

$$\dot{U}_C = jX_C \dot{I}_C \tag{4-34}$$

式中，X_C 称为电容元件的容抗，也具有电阻的量纲。当电容量 C 的单位为 F，角频率 ω 的单位为 rad/s 时，容抗 X_C 的单位为 Ω。$|X_C|$ 与电容量 C 和频率 f 成反比的物理意义为电容量越大，在同样电压下电容器所容纳的电荷量越多，因而电流越大；而频率越高，则电容器的充电与放电就进行得越快，在同样的电压下单位时间内移动的电荷量就越多，因而电流越大。对直流（$\omega = 0$），$|X_C| \to \infty$，即电容相当于断路。

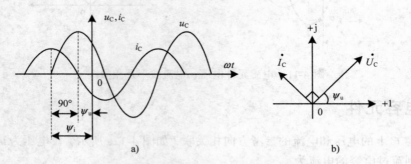

图 4-13 电容上电压、电流的波形及相量图

例 4-2 假设有一正弦电流 $i = 2\sqrt{2}\cos(100\pi t + 30°)$ A 流过线圈，已知该线圈的等效电阻 $R = 1\Omega$，电感 $L = 10\text{mH}$。求该线圈两端的电压 u。

解 应用相量法，利用式（4-26）和式（4-30）求电压相量，并注意到线圈的电路模型是电阻与电感的串联。

$$\dot{I} = 2\angle 30° \text{ A}$$

$$\dot{U}_R = R\dot{I} = 1 \times 2\angle 30° = 2\angle 30°(\text{V})$$

$$\dot{U}_L = j\omega L\dot{I} = j314 \times 10 \times 10^{-3} \times 2\angle 30° = 6.28\angle 120° \text{ (V)}$$

$$\dot{U} = \dot{U}_R + \dot{U}_L = 2\angle 30° + 2\angle 120° = 2\sqrt{2}\angle 75°(\text{V})$$

所以　　　　　　　　　$u = 4\cos(100\pi t + 75°)\text{V}$

例 4-3 已知一电容器的电容量为 $2\mu\text{F}$，加在电容器两端的电压为 10V，初相为 $60°$，角频率为 $10^6\text{rad}/\text{s}$，电路如图 4-14 所示。试求流过电容器的电流，写出其瞬时值表达式，并画出相量图。

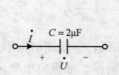

图 4-14 例 4-3 的电路图

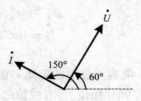

图 4-15 例 4-3 相量图

解 $\because \dot{U} = 10\angle 60° \text{ V}$

$\therefore \dot{I} = \dfrac{\dot{U}}{\mathrm{j}X_{\mathrm{C}}} = \mathrm{j}\omega C\dot{U} = \mathrm{j}\times 10^{6}\times 2\times 10^{-6}\times 10\angle 60° = 20\angle 150° \text{ (A)}$

$\therefore i = 20\sqrt{2}\cos(10^{6}t + 150°) \text{ A}$

电路的相量图如图 4-15 所示。

4.3 电路定律的相量形式及阻抗、导纳

4.3.1 基尔霍夫定律的相量形式

由于在正弦稳态电路中，各部分电流和电压都是同频率正弦量，所以可以将基尔霍夫定律转换为相量形式。

1. KCL 的相量形式

对电路中的任一节点，根据 KCL，有 $\sum i = 0$，于是得 KCL 的相量形式

$$\sum \dot{I} = 0 \tag{4-35}$$

上式表明，在正弦稳态电路中，流出（或流入）任意节点的所有支路的电流相量的代数和恒等于 0。

2. KVL 的相量形式

对电路中的任一回路，根据 KVL，有 $\sum u = 0$，于是得 KVL 的相量形式

$$\sum \dot{U} = 0 \tag{4-36}$$

上式表明，在正弦稳态电路的任一闭合回路中，所有支路的电压相量的代数和恒等于 0。

4.3.2 阻抗、导纳及其等效变换

1. 欧姆定律的相量形式

（1）阻抗的定义

对于图 4-16a 所示的线性无源二端（或称一端口）网络 N_0，正弦稳态情况下，端口电压相量 $\dot{U}$ 与电流相量 $\dot{I}$ 之比定义为 N_0 的复阻抗（简称阻抗），用大写字母 Z 表示，即

$$Z = \dfrac{\dot{U}}{\dot{I}} \tag{4-37}$$

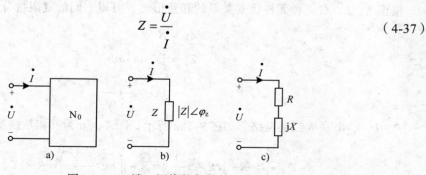

图 4-16 一端口网络的复阻抗

一般情况下，阻抗 Z 是一个复数，单位为欧[姆]（Ω）。其电路符号如图 4-16b 所示。

（2）欧姆定律的相量形式

引入复阻抗的概念后，在正弦稳态情况下，线性无源二端网络的端口电压与电流之间的相量关系为

$$\dot{U} = Z \dot{I} \qquad (4\text{-}38)$$

上式与直流电路欧姆定律的形式相同，故称为欧姆定律的相量形式。

（3）阻抗的表示形式

1）极坐标形式。

通过复数运算，可将阻抗定义式写成极坐标形式

$$Z = \frac{\dot{U}}{\dot{I}} = \frac{U \angle \psi_\mathrm{u}}{I \angle \psi_\mathrm{i}} = \frac{U}{I} \angle (\psi_\mathrm{u} - \psi_\mathrm{i}) = |Z| \angle \varphi_z$$

上式表明，复阻抗的模 $|Z|$ 表示一端口电路电压与电流的有效值之比，辐角 φ_z（也称阻抗角）表示电压与电流的相位差。

2）代数形式。

$$Z = R + \mathrm{j}X \qquad (4\text{-}39)$$

式中，实部 R 为电阻，虚部 X 称为电抗，两者为串联关系，如图 4-16c 所示。

当 $X = 0$ 时，$Z = R$，网络为纯电阻性，电压 $\dot{U}$ 与电流 $\dot{I}$ 同相；当 $X > 0$ 时，$\varphi_z > 0$，电压相量 $\dot{U}$ 超前于电流相量 $\dot{I}$，网络呈电感性；当 $X < 0$ 时，$\varphi_z < 0$，电压滞后于电流，网络呈电容性。

3）阻抗三角形。

复阻抗的模 $|Z|$ 与其实部 R 和虚部 X 三者的大小符合直角三角形关系，如图 4-17 所示，称为阻抗三角形。不难看出参数之间具有如下关系

图 4-17　阻抗三角形

$$R = |Z| \cos \varphi_z , \quad X = |Z| \sin \varphi_z \qquad (4\text{-}40)$$

$$|Z| = \sqrt{R^2 + X^2} , \quad \varphi_z = \arctan \frac{X}{R} \qquad (4\text{-}41)$$

（4）RLC 串联电路的阻抗

根据 R、L、C 三种元件伏安关系的相量形式，可得它们的复阻抗分别为

$$Z_\mathrm{R} = R \qquad (4\text{-}42)$$

$$Z_\mathrm{L} = \mathrm{j}X_\mathrm{L} = \mathrm{j}\omega L \qquad (4\text{-}43)$$

$$Z_\mathrm{C} = \mathrm{j}X_\mathrm{C} = -\mathrm{j}\frac{1}{\omega C} \qquad (4\text{-}44)$$

R、L、C 串联成二端网络，如图 4-18a 所示，图 4-18b 为其相量模型，则其总的复阻抗为

$$Z = \frac{\dot{U}}{\dot{I}} = R + \mathrm{j}\omega L - \mathrm{j}\frac{1}{\omega C} = R + \mathrm{j}\left(\omega L - \frac{1}{\omega C}\right) = R + \mathrm{j}X \qquad (4\text{-}45)$$

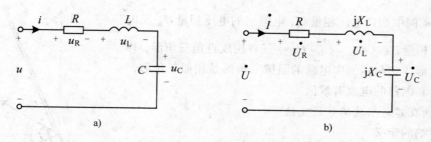

图 4-18　R、L、C 串联电路

例 4-4　已知 R、L、C 串联电路如图 4-18a 所示，其中 $R=15\Omega$，$L=12\text{mH}$，$C=5\mu\text{F}$，端电压 $u=100\sqrt{2}\cos(5000t+30°)\text{V}$。试求电路中的电流 i 和各元件上的电压的瞬时值表达式，并画出电路的相量图。

解　用相量法求解。首先求出已知电压的相量，设定待求相量 $\dot{I}$、$\dot{U}_R$、$\dot{U}_L$ 和 $\dot{U}_C$，然后求出各元件的阻抗和总阻抗，再根据元件 VCR 的相量关系和电路定律求各相量，最后求各瞬时值、画相量图。

已知电压的相量为　　　$\dot{U}=100\angle30°\text{V}$

电感的感抗为　　　　$X_L=\omega L=5\times10^3\times12\times10^{-3}=60(\Omega)$

电容的容抗为　　　　$X_C=-\dfrac{1}{\omega C}=-\dfrac{1}{5\times10^3\times5\times10^{-6}}=-40(\Omega)$

电路的总阻抗为　　　$Z=R+\text{j}(X_L+X_C)=R+\text{j}\left(\omega L-\dfrac{1}{\omega C}\right)$

$$=15+\text{j}(60-40)=(15+\text{j}20)\Omega=25\angle53.1°(\Omega)$$

电流相量及各元件上的电压相量分别为

$$\dot{I}=\frac{\dot{U}}{Z}=\frac{100\angle30°}{25\angle53.1°}=4\angle-23.1°(\text{A})$$

$$\dot{U}_R=R\dot{I}=15\times4\angle-23.1°=60\angle-23.1°(\text{V})$$

$$\dot{U}_L=\text{j}X_L\dot{I}=\text{j}60\times4\angle-23.1°=240\angle(90°-23.1°)=240\angle66.9°(\text{V})$$

$$\dot{U}_C=\text{j}X_C\dot{I}=-\text{j}40\times4\angle-23.1°=160\angle(-90°-23.1°)=160\angle-113.1°(\text{V})$$

各电量的瞬时表达式分别为

$$i=4\sqrt{2}\cos(5000t-23.1°)\,\text{A}$$

$$u_R=60\sqrt{2}\cos(5000t-23.1°)\,\text{V}$$

$$u_L=240\sqrt{2}\cos(5000t+66.9°)\,\text{V}$$

$$u_C=160\sqrt{2}\cos(5000t-113.1°)\,\text{V}$$

从上述各电压瞬时表达式可见，电感和电容上电压的有效值均高于电源电压的有效值。这是因为在 KVL 的相量形式 $\dot{U}=\dot{U}_R+\dot{U}_L+\dot{U}_C$ 中，各电压不一定同相，因而电压关系不再满足直流电路中简单的代数相加。电路的相量图如图 4-19 所示。

此外，本例中端口电压相量 $\dot{U}$、电阻上的电压相量 $\dot{U}_R$ 及电抗上的电压相量 $\dot{U}_X$（$\dot{U}_X = \dot{U}_L + \dot{U}_C$）三者构成直角三角形，称为电压三角形。它与本例中电路的阻抗三角形是相似三角形，相似比为串联电路的电流有效值 I。

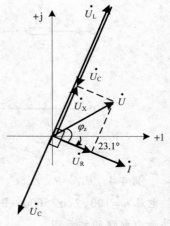

图 4-19　例 4-4 的相量图

2. 导纳及其与阻抗的等效变换

（1）导纳的定义

图 4-16a 所示线性无源二端网络 N_0 的复导纳定义为正弦稳态情况下，电流相量 $\dot{I}$ 与端口电压相量 $\dot{U}$ 之比，用大写字母 Y 表示，即

$$Y = \frac{\dot{I}}{\dot{U}} \qquad (4\text{-}46)$$

复导纳简称为导纳，单位为西[门子]（S），电路符号如图 4-20a 所示。

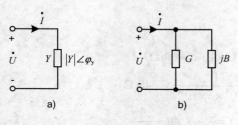

图 4-20　复导纳

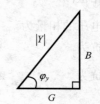

图 4-21　导纳三角形

同样，复导纳也有极坐标形式和代数形式两种表示形式。

极坐标形式为

$$Y = |Y| \angle \varphi_y$$

复导纳的模 $|Y|$ 表示一端口电路电流与电压的有效值之比，辐角 φ_y（也称导纳角）表示电流与电压的相位差。

复导纳的代数形式为

$$Y = G + jB \qquad (4\text{-}47)$$

式中，实部 G 为电导，虚部 B 称为电纳，两者为并联关系，如图 4-20b 所示。

复导纳的模 $|Y|$ 与其实部 G 和虚部 B 三者的大小也符合直角三角形关系，如图 4-21 所示，称为导纳三角形。参数之间具有如下关系

$$G = |Y|\cos\varphi_y , \qquad B = |Y|\sin\varphi_y \qquad (4\text{-}48)$$

$$|Y| = \sqrt{G^2 + B^2} , \qquad \varphi_y = \arctan\frac{B}{G} \qquad (4\text{-}49)$$

（2）RLC 并联电路的复导纳

根据复阻抗和复导纳的定义，可知单个电阻、电感和电容元件的复导纳分别为

$$Y_R = 1/R = G \tag{4-50}$$

$$Y_L = -j\frac{1}{\omega L} = -j\frac{1}{X_L} = jB_L \tag{4-51}$$

$$Y_C = j\omega C = -j\frac{1}{X_C} = jB_C \tag{4-52}$$

以上各式中，B_L 为电感的电纳，简称为感纳；B_C 为电容的电纳，简称为容纳。单位均为西门子（S）。

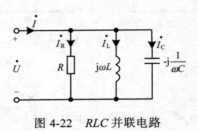

图 4-22　RLC 并联电路

在图 4-22 所示的 RLC 并联电路中，有

$$\dot{I}_R = G\dot{U}, \qquad \dot{I}_L = jB_L\dot{U}, \qquad \dot{I}_C = jB_C\dot{U}$$

由 KCL，得

$$\dot{I} = \dot{I}_R + \dot{I}_L + \dot{I}_C = [G + j(B_L + B_C)]\dot{U}$$

所以，RLC 并联电路的复导纳为

$$Y = \frac{\dot{I}}{\dot{U}} = [G + j(B_L + B_C)] = G + jB$$

当 $B > 0$ 时，$B_L + B_C > 0$ 即 $\omega C > \dfrac{1}{\omega L}$，电流相量 $\dot{I}$ 超前于电压相量 $\dot{U}$，网络呈容性；反之，则呈感性。

（3）阻抗与导纳的等效变换

同一线性无源二端网络的电特性既可以用复阻抗 Z 表示，也可以用复导纳 Y 表示。因此，两者之间必存在一定的等效关系。那么，它们之间存在怎样的关系呢？

由复阻抗和复导纳的定义式，可得它们之间的转换关系为

$$Y = \frac{1}{Z} = \frac{1}{|Z|}\angle -\varphi_z \qquad 或 \qquad Z = \frac{1}{Y} = \frac{1}{|Y|}\angle -\varphi_y \tag{4-53}$$

已知某线性无源二端网络的复阻抗为 $Z = R + jX$，如图 4-23a 所示，若要求该网络的复导纳 Y，如图 4-23b 所示，则

$$Y = \frac{1}{Z} = \frac{1}{R + jX} = \frac{(R - jX)}{(R + jX)(R - jX)}$$

$$= \frac{R}{R^2 + X^2} + j\frac{-X}{R^2 + X^2}$$

即电导和电纳分别为

$$G = \frac{R}{R^2 + X^2} \;, \quad B = \frac{-X}{R^2 + X^2} \tag{4-54}$$

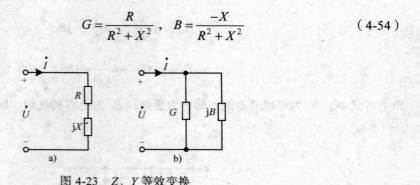

图 4-23　Z、Y 等效变换

若已知 $Y = G + jB$，则复阻抗

$$Z = \frac{1}{Y} = \frac{1}{G + jB} = \frac{(G - jB)}{(G + jB)(G - jB)} = \frac{G}{G^2 + B^2} + j\frac{-B}{G^2 + B^2}$$

即电阻和电抗分别为

$$R = \frac{G}{G^2 + B^2} \;, \quad X = \frac{-B}{G^2 + B^2} \tag{4-55}$$

需要注意的是，一般情况下，$R \neq \dfrac{1}{G}$（除非 $B = 0$）；$X \neq -\dfrac{1}{B}$（除非 $G = 0$）。此外，同一网络的阻抗三角形和导纳三角形为相似三角形，因为阻抗角和导纳角的绝对值相等。

3. 阻抗（导纳）的串联和并联

在正弦稳态电路中，当有多个阻抗（或导纳）串联或者并联时，可以像直流电路中电阻的串联或并联一样，应用串联或者并联的等效来简化电路。

（1）阻抗串联

n 个阻抗串联，其等效阻抗为

$$Z = Z_1 + Z_2 + \cdots + Z_n = \sum_{k=1}^{n} R_k + j\sum_{k=1}^{n} X_k \tag{4-56}$$

各阻抗的分压为

$$\dot{U}_k = \frac{Z_k}{Z}\dot{U} \quad (k = 1, 2, \cdots n) \tag{4-57}$$

（2）导纳并联

n 个导纳并联，其等效导纳为

$$Y = Y_1 + Y_2 + \cdots + Y_n = \sum_{k=1}^{n} G_k + j\sum_{k=1}^{n} B_k \tag{4-58}$$

各导纳的电流分配为

$$\dot{I}_k = \frac{Y_k}{Y}\dot{I} \quad (k = 1, 2, \cdots n) \tag{4-59}$$

如果是两个阻抗 Z_1 和 Z_2 并联，如图 4-24 所示，则其等效阻抗为

$$Z = \frac{Z_1 Z_2}{Z_1 + Z_2} \tag{4-60}$$

两支路的分流公式为

$$\dot{I}_1 = \frac{Z_2}{Z_1 + Z_2} \dot{I}, \quad \dot{I}_2 = \frac{Z_1}{Z_1 + Z_2} \dot{I} \tag{4-61}$$

例 4-5　如图 4-25 所示的电路中，已知三个电压表的读数分别为 $U = 112\mathrm{V}$、$U_1 = 80\mathrm{V}$、$U_2 = 40\mathrm{V}$，$R_1 = 25\,\Omega$，电源频率 $f = 50\mathrm{Hz}$。试求 R 与 L 的值。

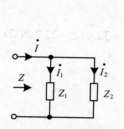

图 4-24　两个复阻抗并联

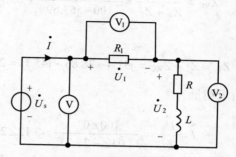

图 4-25　例 4-5 的电路图

解　交流电压表测得的是正弦交流电压的有效值。

首先根据 R_1 的电压、电流关系，可求得电流的有效值为

$$I = \frac{U_1}{R_1} = \frac{80}{25} = 3.2(\mathrm{A})$$

根据串联电路的阻抗关系，可得下列方程

$$\begin{cases} \sqrt{R^2 + (\omega L)^2} = \dfrac{U_2}{I} = \dfrac{40}{3.2} = 12.5 \\[2mm] \sqrt{(R + R_1)^2 + (\omega L)^2} = \dfrac{U}{I} = \dfrac{112}{3.2} = 35 \end{cases}$$

而

$$\omega = 2\pi f = 100\pi\,\mathrm{rad/s}$$

联立方程，代入已知数，可解得 $R = 8.875\Omega$ 与 $L = 28.02\mathrm{mH}$。

例 4-6　图 4-26a 所示电路中，已知 $u_\mathrm{S} = 100\sqrt{2}\cos 314t\,\mathrm{V}$，$L = 0.1\mathrm{H}$，$R = 100\Omega$，$C = 50\mu\mathrm{F}$。求支路电流 i_1、i_2 和电压 u_1。

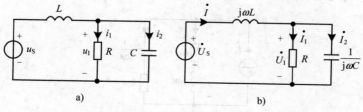

图 4-26　例 4-6 的电路图

解　图 4-26a 电路的相量模型如图 4-26b 所示，设各支路电流相量分别为 $\dot{I}$、$\dot{I}_1$ 和 $\dot{I}_2$。则

$$\dot{U}_S = 100\angle 0°\text{V}$$

$$Z_L = j\omega L = j31.4\ \Omega$$

$$Z_R = 100\ \Omega$$

$$Z_C = \frac{1}{j\omega C} = -j63.69\ \Omega$$

RC 并联电路的等效阻抗为

$$Z_{RC} = \frac{Z_R Z_C}{Z_R + Z_C} = \frac{100\ (-j63.69)}{100 - j63.69} = 53.72\angle -57.51° = 28.86 - j45.31\ (\Omega)$$

总阻抗为

$$Z_总 = Z_L + Z_{RC} = j31.4 + 28.86 - j45.31 = 28.86 - j13.91 = 32.04\angle -25.73°(\Omega)$$

因此，各所求相量为

$$\dot{I} = \frac{\dot{U}_S}{Z_总} = \frac{100\angle 0°}{32.04\angle -25.73°} = 3.12\angle 25.73°(\text{A})$$

$$\dot{U}_1 = Z_{RC}\dot{I} = 53.72\angle -57.51°\times 3.12\angle 25.73° = 167.61\angle -31.78°(\text{V})$$

$$\dot{I}_1 = \frac{\dot{U}_1}{Z_R} = \frac{167.61\angle -31.78°}{100} = 1.68\angle -31.78°(\text{A})$$

$$\dot{I}_2 = \frac{\dot{U}_1}{Z_C} = \frac{167.61\angle -31.78°}{-j63.69} = 2.63\angle 58.22°(\text{A})$$

（或由 KCL 得 $\dot{I}_2 = \dot{I} - \dot{I}_1 = 2.48\angle 54.07°\text{A}$。两种方法计算结果之间的误差，是因计算中间量时的近似引起的。）

所以，支路电流 i_1、i_2 和电压 u_1 的瞬时值表达式为

$$i_1 = 1.68\sqrt{2}\cos(314t - 31.78°)\,\text{A}$$

$$i_2 = 2.63\sqrt{2}\cos(314t + 58.22°)\,\text{A}$$

$$u_1 = 167.61\sqrt{2}\cos(314t - 31.78°)\,\text{V}$$

例 4-7 电路如图 4-27 所示，已知 $\dot{I}_S = 2\angle 0°\text{A}$，$R_1 = 5\Omega$，$L = 0.1\text{H}$，$R_2 = 2\Omega$，$C = 0.025\text{F}$，$\omega = 100\text{rad}/\text{s}$。求支路电流 $\dot{I}_1$ 和 $\dot{I}_2$。

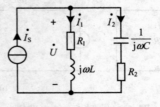

图 4-27　例 4-7 的电路图

解　由给定参数可分别求得支路 1 和 2 的阻抗分别为

$$Z_1 = R_1 + j\omega L = 5 + j10(\Omega)$$

$$Z_2 = R_2 - j\frac{1}{\omega C} = 2 - j\frac{1}{100 \times 0.025} = 2 - j0.4(\Omega)$$

由分流公式，得

$$\dot{I}_1 = \frac{Z_2}{Z_1 + Z_2}\dot{I}_S = \frac{2 - j0.4}{7 + j9.6} \times 2\angle 0° = 0.34\angle 65.21°(A)$$

$$\dot{I}_2 = \frac{Z_1}{Z_1 + Z_2}\dot{I}_S = \frac{5 + j10}{7 + j9.6} \times 2\angle 0° = 1.88\angle 9.53°(A)（也可由 KCL 求得）$$

4.4　正弦稳态电路的分析

　　线性电路的正弦稳态分析非常重要，因为许多电气、电子设备的设计和性能指标都是按正弦稳态考虑的。电工和电子技术中的非正弦信号，则可以分解为正弦函数的无穷级数，因而也可以应用正弦稳态分析方法来处理，具体内容将在第 6 章介绍。

　　简单电路的正弦稳态分析，可以通过欧姆定律、KCL 和 KVL，以及在这些定律的基础上得到的阻抗串并联、分压及分流公式来进行分析和计算。但对于较为复杂的正弦交流电路，单纯地运用这些公式就不能解决问题了。

4.4.1　一般分析法

　　前面几节在引入了相量法以后，获得了电路基本定律的相量形式，并应用相量法分析了一些实例。通过这些可以看出，相量法与线性电阻电路的分析方法不仅在形式上非常相似，而且在方法上也完全一样。因此，用相量法分析时，线性电阻电路的各种分析方法和电路定理均可推广到正弦稳态电路中来，差别仅在于电路方程和定理中的电压和电流都以相量形式表示，而计算则为复数运算。下面通过例题加以说明。

　　例 4-8　电路如图 4-28a 所示，已知电源电压 $u_S = 6\cos 3000t\,V$，其他参数如图 4-28 所示，试用网孔分析法求电流 i_1 和 i_2。

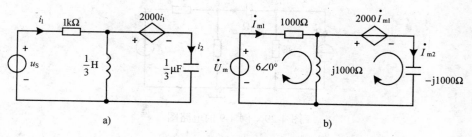

a)　　　　　　　　　　　　　　　　b)

图 4-28　例 4-8 的电路图

　　解　先求电感和电容的阻抗

$$Z_L = j\omega L = j3000 \times \frac{1}{3} = j1000(\Omega)$$

$$Z_C = -j\frac{1}{\omega C} = -j\frac{1}{3000 \times \frac{1}{3} \times 10^{-6}} = -j1000(\Omega)$$

画出原电路的相量模型如图 4-28b 所示。

这里，由于电源电压的瞬时值表达式适合采用最大值相量形式，故在下面的分析过程中所有相量均采用最大值相量形式（当然也可用有效值相量形式）。

图 4-28b 电路的回路方程为

$$\begin{cases} (1000 + j1000)\dot{I}_{m1} - j1000\dot{I}_{m2} = 6\angle 0° \\ -j1000\dot{I}_{m1} + (j1000 - j1000)\dot{I}_{m2} = -2000\dot{I}_{m1} \end{cases}$$

解之，得

$$\begin{cases} \dot{I}_{m1} = 0 \\ \dot{I}_{m2} = 6\angle 90°(\text{m A}) \end{cases}$$

因此，有

$$\begin{cases} i_1 = 0 \\ i_2 = 6\cos(3000t + 90°)\,\text{m A} \end{cases}$$

例 4-9 电路如图 4-29 所示，已知 $\dot{U}_S = 20\angle 90°\text{V}$，$\dot{I}_S = 10\angle 0°\text{A}$，$R_1 = 1\Omega$，$R_2 = R_3 = 2\Omega$，$-jX_C = -j\Omega$。求电流 $\dot{I}$。

解 采用节点分析法，取图 4-29 中最下面的节点为参考节点，另外两个节点分别设为①和②，如图所示。

对其列写节点方程为

$$\begin{cases} \left(1 + \dfrac{1}{-j}\right)\dot{U}_1 - \dfrac{1}{-j}\dot{U}_2 = \dot{I}_S \\ -\dfrac{1}{-j}\dot{U}_1 + \left(\dfrac{1}{2} + \dfrac{1}{2} + \dfrac{1}{-j}\right)\dot{U}_2 = \dfrac{\dot{U}_S}{2} \end{cases}$$

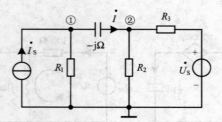

图 4-29 例 4-9 的电路图

解得

$$\begin{cases} \dot{U}_1 = 4 + j2 \\ \dot{U}_2 = 6 + j8 \end{cases}$$

$$\therefore \dot{I} = \frac{\dot{U}_1 - \dot{U}_2}{-j} = \frac{4 + j2 - (6 + j8)}{-j} = 6 - j2 = 6.32\angle -18.4°(\text{A})$$

例 4-10 求图 4-30a 所示有源二端网络的戴维宁等效参数。

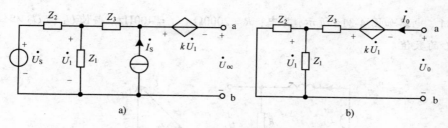

图 4-30 例 4-10 的电路图

解 戴维宁等效电路的开路电压 $\dot{U}_{oc}$ 和等效阻抗 Z_i 的求解方法与电阻电路相似。

先求 $\dot{U}_{oc}$

$$\dot{U}_{oc} = -k\dot{U}_1 + Z_3\dot{I}_S + \dot{U}_1 = Z_3\dot{I}_S + (1-k)\dot{U}_1$$

因为有

$$\left(\dot{I}_S - \frac{\dot{U}_1}{Z_1}\right)Z_2 + \dot{U}_S = \dot{U}_1$$

所以

$$\dot{U}_1 = \frac{(\dot{U}_S + Z_2\dot{I}_S)Z_1}{Z_1 + Z_2}$$

因此

$$\dot{U}_{oc} = Z_3\dot{I}_S + (1-k)\frac{(\dot{U}_S + Z_2\dot{I}_S)Z_1}{Z_1 + Z_2}$$

再求等效阻抗 Z_i，用外加电源法求解，如图 4-30b 所示。由图可列得方程组

$$\begin{cases} \dot{U}_0 = -k\dot{U}_1 + Z_3\dot{I}_0 + \dot{U}_1 \\ \dot{U}_1 = Z_1 \cdot \frac{Z_2}{Z_1 + Z_2}\dot{I}_0 \end{cases}$$

解之，得

$$Z_i = Z_3 + (1-k)\frac{Z_1 Z_2}{Z_1 + Z_2}$$

4.4.2 相量图法

正弦稳态电路的分析中，常可借助电路的相量图这种较为直观的辅助工具。绘制相量图时，首先选择某一相量作为参考相量，然后根据所求相量与参考相量之间的关系（包括模值关系和相位关系，其中相位关系最为重要），确定所求相量。分析串联电路时，因为各电路元件的电流相同，所以一般选电流为参考相量作相量图；分析并联电路时，则取电压为参考相量作相量图较为合适。参考相量的初相一般取为零，也可取其他值，视具体情况而定。

由于同一串联电路的阻抗三角形和电压三角形相似，同一并联电路的导纳三角形和电流三角形相似，借助这些三角形之间的几何关系，可使分析计算得到简化。因此，相量图法又称为

几何解析法。以下是应用相量图法的几个例子。

例 4-11 电路如图 4-31a 所示，其中：$R = 2000\Omega$，$f = 400\text{Hz}$，要使 $\dot{U}_1$ 与 $\dot{U}_2$ 相位差 45°。试求电感 L 的数值。

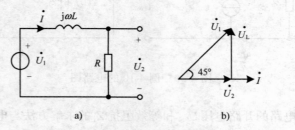

图 4-31 例 4-11 的电路图及相量图

解 以电流 $\dot{I}$ 为参考相量，根据已知条件可画出相量图如图 4-31b 所示。

根据相量图中的几何关系，有

$$U_2 = U_L$$

因而需有

$$R = X = \omega L$$

故

$$L = \frac{R}{\omega} = \frac{R}{2\pi f} = \frac{2000}{2\pi \times 400} = 0.8(\Omega)$$

例 4-12 用相量图法重解例 4-5。

解 由于电路为串联电路，因此取 $\dot{I}$ 为参考相量，由已知条件可画出例 4-5 电路的相量图如图 4-32 所示。

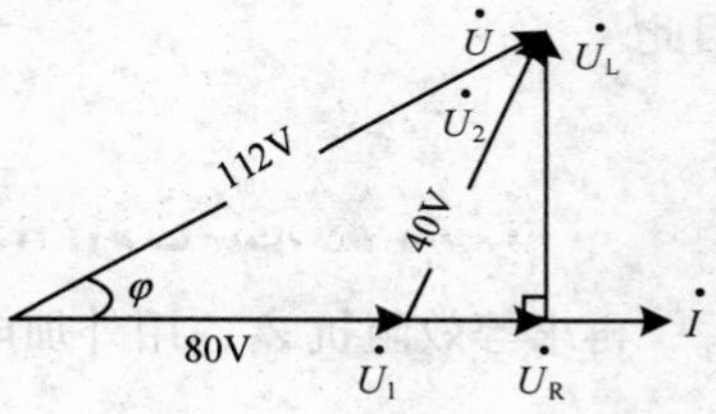

由余弦定理得

$$U_2^2 = U^2 + U_1^2 - 2UU_1\cos\varphi$$

代入数据，求得

$$\cos\varphi = 0.968$$

$$\varphi = 14.57°$$

图 4-32 例 4-5 电路的相量图

由相量图中直角三角形关系，得

$$U_L = U\sin\varphi = 112 \times \sin14.57° = 28.17(\text{V})$$

$$U_R = U\cos\varphi - U_1 = 112 \times 0.968 - 80 = 28.42(\text{V})$$

所以

$$R = \frac{U_R}{I} = \frac{28.42}{3.2} = 8.88(\Omega)$$

$$L = \frac{U_L}{\omega I} = \frac{28.17}{314 \times 3.2} = 28.02(\text{mH})$$

例 4-13 图 4-33a 所示电路中，已知 $i_S(t)$ 为正弦电流源，其频率 $\omega = 1000\text{rad/s}$，调节电容 $C = 1\mu\text{F}$ 时，$i_S(t)$ 与其端电压 $u(t)$ 同相。此时，电压表 V_1 的读数为 30V，V_2 的读数为 40V。求 R 与 L 的值。

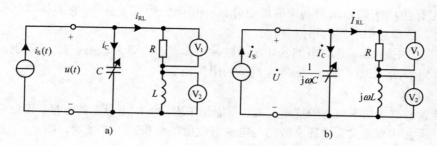

图 4-33　例 4-13 的电路图

解　电路的相量模型如图 4-33b 所示。本例中选取 $\dot{I}_{RL}$ 为参考相量作相量图，如图 4-34 所示。

由相量图中的三角关系，得 $\theta = \arctan\dfrac{40}{30} = 53.13°$

$$U = 50\text{V}$$

对于电容 C 来说，有 $I_C = \omega CU = 1000 \times 1 \times 10^{-6} \times 50 = 50(\text{mA})$

所以

$$I_{RL} = \frac{I_C}{\sin 53.13°} = 62.5\,\text{mA}$$

于是，可得

$$R = \frac{U_R}{I_{RL}} = \frac{30}{62.5 \times 10^{-3}} = 480(\Omega)$$

$$L = \frac{U_L}{\omega I_{RL}} = \frac{40}{1000 \times 62.5 \times 10^{-3}} = 0.64(\text{H})$$

图 4-34　例 4-13 电路的相量图

4.5　正弦稳态电路的功率

4.5.1　功率

1. 任意二端网络的瞬时功率 p

如图 4-35 所示的任意二端网络 N 中，在电压和电流的参考方向相关联的情况下，若设 $u = \sqrt{2}U\cos\omega t$，$i = \sqrt{2}I\cos(\omega t - \varphi)$，则其瞬时（吸收的）功率为

图 4-35　二端网络

$$p = ui = 2UI\cos\omega t \cdot \cos(\omega t - \varphi)$$
$$= UI[\cos\varphi + \cos(2\omega t - \varphi)] \tag{4-62}$$

可见，瞬时功率由恒定分量 $UI\cos\varphi$ 和正弦分量 $UI\cos(2\omega t - \varphi)$ 两部分组成，与时间有关，而且可能为正值，也可能为负值。

2. 平均功率与功率因数

瞬时功率的实际意义不大，而且不便于测量。因此，通常用平均功率来反映网络实际吸收的功率。平均功率又称有功功率，定义为瞬时功率在一个周期内的平均值，用大写字母 P 表示，即

$$P = \frac{1}{T}\int_0^T p\,\mathrm{d}t = \frac{1}{T}\int_0^T UI[\cos\varphi + \cos(2\omega t - \varphi)]\mathrm{d}t = UI\cos\varphi \tag{4-63}$$

上式表明，有功功率就是瞬时功率的恒定分量，其单位为瓦（W）。它不仅与电压和电流的有效值有关，还与它们之间的相位差有关。

式（4-63）中的 $\cos\varphi$ 称为电路的功率因数，用 λ 表示（即 $\lambda = \cos\varphi$），无量纲。φ 称为功率因数角，当 N 为无源网络时，φ 即为网络的阻抗角。

3. 视在功率

由于负载的有功功率与其阻抗角有关，不能用来表示发配电设备的容量，因此引入视在功率的概念。视在功率定义为电压有效值与电流有效值的乘积，用 S 表示，即

$$S = UI \tag{4-64}$$

由定义式（4-62）和式（4-64）可知，视在功率和有功功率具有相同的量纲。为区别起见，S 的单位采用伏·安（V·A）。

引入视在功率以后，有功功率 P、功率因数 λ 可分别表示为

$$P = S\cos\varphi = S\lambda \tag{4-65}$$

$$\lambda = \frac{P}{S} \tag{4-66}$$

上式说明，功率因数 λ 表示电能传输系统中有功功率所占的比例，因此是衡量电能传输效果的一个重要指标。

4. 无功功率

为了反映网络 N 与外电路的能量交换情况，引入无功功率，用 Q 表示，定义为

$$Q = UI\sin\varphi = S\sin\varphi \tag{4-67}$$

这里"无功"的意思是这部分能量在交换过程中没有被消耗掉，因此虽然无功功率也具有功率的量纲，但工程上采用乏（var）作其单位。

由上式可知，无功功率可能为正，也可能为负。当电路为感性时，$\varphi > 0$，故 $Q > 0$，习惯上称电路"吸收"无功功率；当电路为容性时，$\varphi < 0$，故 $Q < 0$，习惯上称电路"发出"无功功率；当电路为纯阻性时，$\varphi = 0$，故 $Q = 0$。

5. 功率三角形

由式（4-63）、式（4-64）和式（4-67）可得

$$S = \sqrt{P^2 + Q^2} \tag{4-68}$$

即视在功率 S、有功功率 P、无功功率 Q 三者组成直角三角形，如图 4-36 所示，称为功率三角形。　　　　　　　　　　　　　　　图 4-36　功率三角形

对于无源二端网络（设其为感性），由于可用如图 4-37（a）所示的等效阻抗替代，则其阻抗三角形、电压三角形和功率三角形均为直角三角形，且均有一锐角为 φ，故三者为相似三角形。

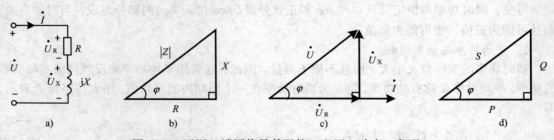

图 4-37　无源二端网络及其阻抗、电压、功率三角形

由于 $P = UI\cos\varphi = U_R I$, $Q = UI\sin\varphi = U_X I$, 故 $\dot{U}_R$ 称为 $\dot{U}$ 的有功分量, $\dot{U}_X$ 称为 $\dot{U}$ 的无功分量。

例 4-14 图 4-38 所示电路为测量电感线圈参数的实验方法之一, 若已知 $\omega = 200 \text{rad/s}$, 并由实验测得电压表的读数为 200V, 电流表的读数为 2A, 功率表的读数为 240W, 试求 R 、 L 的值。

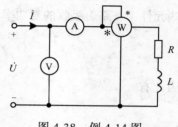

图 4-38 例 4-14 图

解 交流电压表和电流表的读数均为有效值, 功率表的读数为有功功率值。

首先根据电压表和电流表的读数, 可求得电感线圈的阻抗模为

$$|Z| = \frac{U}{I} = \frac{200}{2} = 100(\Omega)$$

再根据有功功率计算式得阻抗角为

$$\varphi = \arccos\frac{P}{UI} = \arccos\frac{240}{200 \times 2} = 53.13°$$

所以
$$Z = 100\angle 53.13°\Omega = (60 + j80)\Omega$$

因此, 电感线圈的参数为

$$R = 60\Omega , \quad L = \frac{X_L}{\omega} = \frac{80}{200} = 0.4H$$

6. 复功率

由式 (4-62) 可知, 正弦电路的瞬时功率为两个同频率正弦量的乘积, 其结果一般情况下是一个非正弦量, 而且它的正弦分量频率也与电压或电流的频率不同, 所以不能用相量法讨论。但是, 有功功率 P、无功功率 Q 和视在功率 S 三者之间是直角三角形关系, 引入"复功率"概念可以把三者联系在一起。

由于有功功率、无功功率和视在功率三者之间的关系与电阻、电抗、阻抗模三者的关系相似, 因此可仿照复阻抗, 将有功功率 P 作为实部、无功功率 Q 作为虚部构成复功率, 即

$$\tilde{S} = P + jQ \tag{4-69}$$

式中符号 "~" 用以区别于视在功率 S, 复功率的单位为伏安 (V·A)。要注意的是, 复功率只是一个辅助计算功率的复数, 不能作为相量看待, 不代表任何正弦量。

复功率的模等于视在功率, 即

$$S = \left|\tilde{S}\right| = \sqrt{P^2 + Q^2}$$

如果某二端网络端口的电压相量为 $\dot{U} = U\angle\psi_u$, 电流为 $\dot{I} = I\angle\psi_i$, 且电压、电流的参考方向关联, 则将式 (4-63) 和式 (4-67) 代入式 (4-69) 得

$$\tilde{S} = UI\cos\varphi + jUI\sin\varphi$$

$$= UI\angle\varphi = UI\angle\psi_u - \psi_i = \dot{U} \cdot \dot{I}^* \tag{4-70}$$

式中，$\overset{\cdot}{I^*}$ 为 $\overset{\cdot}{I}$ 的共轭复数。上式提供了直接由二端网络的端口电压、电流相量计算复功率的途径。

对于一个完整的电路，复功率具有守恒性，即某些元件（支路）发出的复功率恒等于另一些元件（支路）吸收的复功率。设网络共有 b 条支路，且电压、电流取关联参考方向，则有

$$\sum \tilde{S}_k = 0 \qquad 即 \sum_{k=1}^{b} \overset{\cdot}{U}_k \overset{\cdot}{I}_k^* = 0$$

因此有

$$\sum P_k = 0, \quad \sum Q_k = 0 \qquad\qquad (4-71)$$

上式表明，完整电路中，有功功率和无功功率分别具有守恒性。但一般情况下，视在功率并不具有守恒性。

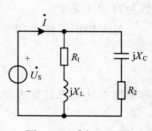

图 4-39　例 4-15 图

例 4-15　电路如图 4-39 所示，已知电源电压 $\overset{\cdot}{U}_S = 10\angle0°\text{V}$，$R_1 = 2\Omega$，$R_2 = 3\Omega$，$X_L = 5\Omega$，$X_C = -4\Omega$。试求：各支路的复功率，并验证复功率的守恒性。

解　两条支路的复阻抗分别为

$$Z_1 = R_1 + jX_L = 2 + j5 = 5.39\angle68.20°(\Omega)$$
$$Z_2 = R_2 + jX_C = 3 - j4 = 5\angle-53.13°(\Omega)$$

支路 1 "吸收" 的复功率

$$\tilde{S}_1 = Y_1^* U_S^2 = \frac{U_S^2}{Z_1^*} = \frac{100}{5.39\angle-68.20°} = 18.55\angle68.20° = 6.89 + j17.22\ (\text{V·A})$$

支路 2 "吸收" 的复功率

$$\tilde{S}_2 = Y_2^* U_S^2 = \frac{U_S^2}{Z_2^*} = \frac{100}{5\angle53.13°} = 20\angle-53.13° = 12 - j16\ (\text{V·A})$$

总电流为

$$\overset{\cdot}{I} = \frac{\overset{\cdot}{U}_S}{Z_1} + \frac{\overset{\cdot}{U}_S}{Z_2} = \frac{10\angle0°}{5.39\angle68.20°} + \frac{10\angle0°}{5\angle-53.13°}$$
$$= 0.69 - j1.72 + 1.2 + j1.6$$
$$= 1.89 - j0.12 = 3.59\angle-3.63°(\text{A})$$

电压源 "供给" 的复功率

$$\tilde{S}_{供} = \overset{\cdot}{U}_S \overset{\cdot}{I^*} = 10\times3.59\angle3.63° = 18.9 + j1.2(\text{V·A})$$

而
$$\tilde{S}_1 + \tilde{S}_2 = 18.89 + j1.22(\text{V·A})$$

上述结果显示，$\tilde{S}_1 + \tilde{S}_2 \approx \tilde{S}_{供}$，误差是由计算过程中的近似引起的。这说明负载吸收的总复功率等于电源发出的复功率，即复功率守恒。

7. 功率因数的提高

由式（4-66）可知，提高功率因数 λ，可提高发配电设备的利用率。另一方面，在有功功率相同的情况下，功率因数越高，电流就可以越小，这样输电线路上的损耗就越小，因此提高

用电设备的功率因数十分必要。

电力系统的负载多为感性负载，因此提高功率因数的途径一般是在感性负载上并联电容器，以电容的无功功率来补偿负载的无功功率，减少负载与电源之间的能量交换，但又不影响负载原有的工作状态。

例 4-16   在图 4-40a 所示的 50Hz，220V 电路中，一感性负载吸收的有功功率 $P=10\text{kW}$，功率因数 $\cos\varphi_1=0.6$。若要使功率因数提高到 0.9，求并接的电容值。

解   方法一：按电流补偿方法计算。

电路中电压、电流的相量图如图 4-40b 所示。并接电容后，感性负载的原有工作状态应当不变，即 $\dot{U}$ 和 $\dot{I}_1$ 都不变，有功功率也不会改变，但由于功率因数的提高，端口上的电流值明显减小了。

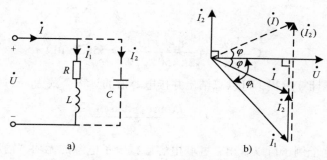

图 4-40   例 4-16 的电路及相量图

并联电容前电路的功率因数 $\cos\varphi_1=0.6$，阻抗角 $\varphi_1=\arccos 0.6=53.13°$。

若使功率因数提高到 $\cos\varphi=0.9$，此时对应的阻抗角 $\varphi=\arccos 0.9=\pm25.84°$。$\varphi=-25.8°$ 时，电流相量 $\dot{I}_2$ 和 $\dot{I}$ 如图 4-40b 中虚线所示。从图中可看出，用此角计算出来的 I_2 值较大，进而使得所求电容值也较大，因而舍去此角。

因为

$$I_1=\frac{P}{U\cos\varphi_1}=\frac{10\times10^3}{220\times0.6}=75.76(\text{A})$$

$$I=\frac{P}{U\cos\varphi}=\frac{10\times10^3}{220\times0.9}=50.51(\text{A})$$

由相量图得

$$I_2=I_1\sin\varphi_1-I\sin\varphi=75.76\sin53.13°-50.51\sin25.84°=38.59(\text{A})$$

所以

$$C=\frac{I_2}{U\omega}=\frac{38.59}{220\times2\pi\times50}=558.34(\mu\text{F})$$

方法二：按补偿无功功率 Q 的思路求解。

并联了电容后，负载从电源吸收的有功功率没变，只是使整个电路从电源"吸收"的无功功率减小了。

补偿前负载的功率因数角为

$$\varphi_1 = \arccos 0.6 = 53.13°$$

负载从电源吸收的无功功率为

$$Q_1 = P \tan \varphi_1 = 13.33 \text{ (kvar)}$$

补偿后的电路功率因数角为

$$\varphi = \arccos 0.9 = 25.84° \text{（负值舍去）}$$

电路从电源吸收的无功功率

$$Q = P \tan \varphi = 4.84 \text{ (kvar)}$$

由电容补偿的无功功率为

$$Q_C = Q_1 - Q = 8.49 \text{ (kvar)}$$

所以

$$C = \frac{Q_C}{\omega U^2} = \frac{8.49 \times 10^3}{2\pi \times 50 \times 220^2} = 558.36 (\mu F)$$

此外，从以上推导计算过程，可以总结出并接电容值的计算公式为

$$C = \frac{P(\tan \varphi_1 - \tan \varphi)}{U^2 \omega} \tag{4-72}$$

通过上面的这个例子可以看出，并联电容后减少了电源的无功"输出"，而且减少了电流的输出，这不仅提高了电源设备的利用率，也减少了传输线上的损耗。但是，并联电容的电容量也应选择适当。过大的电容使成本大大提高，而且功率因数大于 0.9 后，再增加电容值对减小电流的作用也很小了（将功率因数从 0.9 提高到 1，电流只减少 5A，而却需要增加 318μF 的电容）。因此，一般供电要求功率因数达到 0.9 左右即可。

4.5.2　最大功率传输

在实际电路中，有时需要研究负载在什么条件下能从电源获得最大功率。这类问题可归结为有源二端口网络向负载输送功率的问题，如图 4-41a 所示。根据戴维宁定理，电路可简化为图 4-41b 所示的等效电路来进行研究，问题转化为在 $\dot{U}_S$ 和 Z_i 已知的情况下，研究负载 Z_L 吸收到最大功率的条件。

设图 4-41b 所示电路中 $Z_i = R_i + jX_i$，$Z_L = R_L + jX_L$，则

$$I = \frac{U_{oc}}{\sqrt{(R_i + R_L)^2 + (X_i + X_L)^2}}$$

$$P_L = R_L I^2 = \frac{R_L U_{oc}^2}{(R_i + R_L)^2 + (X_i + X_L)^2}$$

首先，由于 U_{oc}、R_i 和 X_i 为已知的确定不变的参数，而 X_L 只在分母上存在，故无论 R_L 为何值，当 $X_L = -X_i$ 时，P_L 达到极大值，即

$$P_L' = \frac{R_L U_{oc}^2}{(R_i + R_L)^2}$$

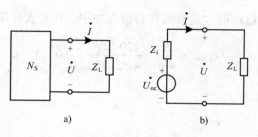

图 4-41　最大功率传输

其次，再令 P_L' 对 R_L 的导数为 0，可得 P_L' 取得最大值的条件，即

$$\frac{\mathrm{d}P_L'}{\mathrm{d}R_L} = \frac{\mathrm{d}}{\mathrm{d}R_L}\left[\frac{R_L U_{oc}^2}{(R_i + R_L)^2}\right] = 0$$

于是，得
$$R_L = R_i$$

因此，在 U_S 和 Z_i 给定的情况下，负载吸收到最大功率的条件为
$$R_L = R_i, \quad X_L = -X_i$$

即
$$Z_L = Z_i^* \tag{4-73}$$

此时，最大功率为

$$P_{Lmax} = \frac{R_i U_{oc}^2}{(2R_i)^2} = \frac{U_{oc}^2}{4R_i} \tag{4-74}$$

不难发现，以上结果与第 3 章讨论的最大功率传输定理十分相似，因此也可以称为正弦稳态电路的最大功率传输定理。

满足式（4-73）的功率传输称为最佳匹配，或者叫共轭匹配。工程上还会遇到其他情况的最大功率传输，例如负载的阻抗角不可变，但模可变（比如负载为纯电阻），则负载获得最大功率的条件是负载阻抗的模与电源内阻抗的模相等（这种匹配称为模匹配）。

例 4-17　电路如图 4-42a 所示，试求 Z_L 为何值时可获得最大功率，并求此最大功率。

解　先求有源二端网络的戴维宁等效电路，如图 4-42b 所示，其中

$$\dot{U}_{oc} = \frac{2}{2+2+j4} \times 20 \times (j4) = 20 + j20 = 20\sqrt{2}\angle 45°\ (V)$$

$$Z_i = \frac{4 \times j4}{4 + j4} = (2 + j2)\ (k\Omega)$$

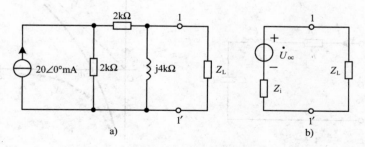

图 4-42　例 4-17 的电路图

因此，当 $Z_L = Z_i^* = 2 - j2 \text{ k}\Omega$ 时，负载可获得最大功率，此最大功率为

$$P_{L\max} = \frac{U_{oc}^2}{4R_i} = \frac{(20\sqrt{2})^2}{4 \times 2 \times 10^3} = 0.1(\text{W})$$

4.6 谐振电路

谐振现象是正弦稳态电路的一种特殊的工作状态，它在通信和电工技术中有很广泛的应用，如收音机及电视机的输入回路、高频放大器等，就常采用谐振回路作为选频网络。但某些场合的谐振可能会影响正常工作，甚至造成设备损坏，因而又要尽可能避免。因此，研究谐振的产生条件和性能特点具有重要的实际意义。

通过前面几节的学习，我们知道，对于内部含电感和电容元件的无源二端网络 N_0，当 N_0 等效阻抗的虚部或等效导纳的虚部为零时，N_0 对外呈电阻性，即端口电压与电流同相，此时 N_0 与外部电路之间没有能量交换。这种现象称为谐振，这时的电路称为谐振电路。按发生谐振的电路不同，可分为串联谐振和并联谐振。下面将分别讨论这两种谐振的条件和特征。

4.6.1 串联谐振电路

1. 串联电路的谐振

图 4-43a 所示的 R、L、C 串联电路，在角频率为 ω 的正弦电源激励下，其复阻抗为

$$Z = R + j(X_L + X_C) = R + j\left(\omega L - \frac{1}{\omega C}\right) = R + jX \tag{4-75}$$

式中，电抗 $X = \omega L - \dfrac{1}{\omega C}$，是电源角频率 ω 的函数，其随频率变化的特性曲线如图 4-43b 所示。

当 $X = 0$ 时，Z 为纯电阻，电流 $\dot{I}$ 与电压 $\dot{U}$ 同相，电路发生谐振现象。如果令谐振时的角频率为 ω_0，则有

$$\omega_0 L - \frac{1}{\omega_0 C} = 0 \tag{4-76}$$

因此，可得到串联谐振的角频率为

$$\omega_0 = \frac{1}{\sqrt{LC}} \tag{4-77a}$$

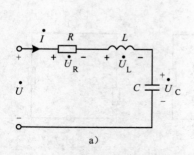

a)

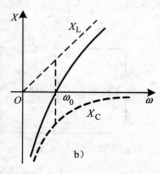

b)

图 4-43 串联谐振电路

或者串联谐振频率为

$$f_0 = \frac{1}{2\pi\sqrt{LC}} \tag{4-77b}$$

由上式可见，电路的谐振频率是由电路的元件参数决定的，因而又称为固有频率。只有当外加激励信号的频率与电路的谐振频率 ω_0 相等时，电路才发生谐振。因此，欲使电路发生谐振，或者消除电路已有的谐振，可以采用两种方法：一是改变激励源的角频率 ω，但保持电路参数不变；另一种是改变电路参数 L 或 C，但激励源的角频率 ω 不变。

2. 串联谐振电路的性能特点

（1）特性阻抗

R、L、C 串联电路发生谐振时的感抗（或容抗的绝对值）称为串联谐振电路的特性阻抗，用 ρ 来表示，即

$$\rho = \omega_0 L = \frac{1}{\omega_0 C} = \frac{L}{\sqrt{LC}} = \sqrt{\frac{L}{C}} \tag{4-78}$$

由上式可见，ρ 也只取决于电路的电感 L 和电容 C，与外电路无关，量纲为欧姆（Ω）。

（2）品质因数

特性阻抗 ρ 与回路电阻 R 的比值，定义为谐振回路的品质因数或谐振系数，用 Q 表示，即

$$Q = \frac{\rho}{R} = \frac{\omega_0 L}{R} = \frac{1}{R\omega_0 C} = \frac{1}{R}\sqrt{\frac{L}{C}} \tag{4-79}$$

品质因数常用于表征电路的谐振性能，无量纲。

（3）串联谐振时的性能特点

R、L、C 串联电路发生谐振时，除了 $X = 0$，对外电路呈电阻性，电流与电压同相以外，还容易看出：在以 ω 为变量的条件下，总阻抗最小，$Z = R + \mathrm{j}X = R$，因而在外加电压 U 一定的条件下，电流的有效值 I 最大。

串联谐振时各元件上的电压分别为

$$\dot{U}_\mathrm{R} = R \cdot \dot{I} = R \cdot \frac{\dot{U}}{R} = \dot{U}$$

$$\dot{U}_\mathrm{L} = \mathrm{j}\omega_0 L \dot{I} = \mathrm{j}\omega_0 L \cdot \frac{\dot{U}}{R} = \mathrm{j}Q\dot{U}$$

$$\dot{U}_\mathrm{C} = -\mathrm{j}\frac{\dot{I}}{\omega_0 C} = -\mathrm{j}\frac{1}{\omega_0 C} \cdot \frac{\dot{U}}{R} = -\mathrm{j}Q\dot{U}$$

显然有

$$\dot{U}_\mathrm{X} = \dot{U}_\mathrm{L} + \dot{U}_\mathrm{C} = 0$$

串联谐振时电路的电流、电压相量图如图 4-44 所示。

以上分析结果表明，谐振时电阻元件上的电压 $\dot{U}_\mathrm{R}$ 与外加电压 $\dot{U}$ 相等；电感和电容元件上的电压大小相等（均为外加电压有效值的 Q 倍），相位相反。如果 Q 值较高，电感或电容上的电压将远大于外加电压，因此串联谐振又称为电压谐振。实验中可以采用测量电容上电压的方法，来获得谐振回路的 Q 值，即

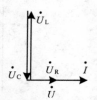

图 4-44　串联谐振时，电流及各电压相量图

$$Q = \frac{U_{C0}}{U} \tag{4-80}$$

若 $Q \gg 1$，当串联电路发生谐振或接近谐振时，由于电感或电容上的电压值将远大于外加电压值，而电力系统中的外加电压已经较大，因此谐振可能会使电感或电容因电压过大而损坏，所以电力系统中应尽量避免谐振的发生。

例 4-18 电路如图 4-43a 所示。已知 $R = 10\Omega$，$L = 200\mu H$，$C = 200pF$，信号源电压 $U_S = 10mV$，求谐振时电路的谐振频率 ω_0、电路的品质因数 Q 值及电压 U_L 和 U_C。

解
$$\omega_0 = \frac{1}{\sqrt{LC}} = \frac{1}{\sqrt{200 \times 10^{-6} \times 200 \times 10^{-12}}} = 5 \times 10^6 (rad/s)$$

$$Q = \frac{1}{R}\sqrt{\frac{L}{C}} = \frac{1}{10}\sqrt{\frac{200 \times 10^{-6}}{200 \times 10^{-12}}} = 100$$

$$U_L = U_C = QU_S = 100 \times 10mV = 1(V)$$

3. 串联电路的频率特性

在 RLC 串联电路中，当外加电压有效值不变，频率改变时，电路中的电流、各电压、阻抗模和阻抗角等随频率变化的关系通称为频率特性。其中模与频率的关系称为幅频特性，相角与频率的关系称为相频特性。电流与频率之间的关系曲线称为谐振曲线。

（1）复阻抗的频率特性

根据式（4-75）可知，RLC 串联电路的阻抗模为

$$|Z(j\omega)| = \sqrt{R^2 + \left(\omega L - \frac{1}{\omega C}\right)^2} \tag{4-81}$$

由上式可画出 RLC 串联电路复阻抗的幅频特性曲线（也称阻抗曲线），如图 4-45a 中实线所示。

RLC 串联电路中电压与电流之间的相位差（即阻抗角）为

$$\varphi = \arctan \frac{\left(\omega L - \frac{1}{\omega C}\right)}{R} \tag{4-82}$$

由上式可画出 RLC 串联电路复阻抗的相频特性曲线，如图 4-45b 所示。

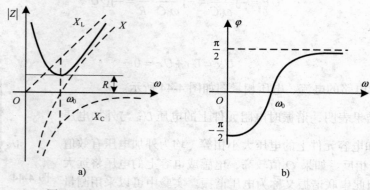

图 4-45 RLC 串联电路的阻抗曲线和相频特性曲线

由以上分析可见，当 $\omega < \omega_0$ 时，RLC 串联电路的 $X_L < |X_C|$，因而总电抗 $X < 0$，阻抗角 $\varphi < 0$，电路呈容性；当 $\omega > \omega_0$ 时，$X_L > |X_C|$，$X > 0$，$\varphi > 0$，电路呈感性；当 $\omega = \omega_0$ 时，$X_L = |X_C|$，$X = 0$，$\varphi = 0$，电路呈纯阻性。

（2）谐振曲线及选择性

RLC 串联电路的谐振曲线是指电流有效值与频率之间的关系曲线。设外加激励电压的初相为 0，则串联电路中的电流

$$\dot{I} = \frac{\dot{U}}{Z} = \frac{\dot{U}}{R + \mathrm{j}\left(\omega L - \dfrac{1}{\omega C}\right)} = I \angle -\varphi \tag{4-83}$$

式中

$$I = \frac{U}{|Z|} = \frac{U}{\sqrt{R^2 + \left(\omega L - \dfrac{1}{\omega C}\right)^2}} \tag{4-84a}$$

$$\varphi = \arctan \frac{\omega L - \dfrac{1}{\omega C}}{R} \tag{4-84b}$$

由式（4-84a）可画出谐振曲线，如图 4-46 所示，而电流的相频特性曲线与复阻抗的相频特性曲线刚好相反。

由图 4-46 所示的谐振曲线可见，电流在谐振频率（$\omega = \omega_0$）处最大，频率偏离谐振频率时电流值下降，这表明串联电路具有选择最接近于谐振频率附近的电流的性能，这种性能称为选择性。容易看出，电路选择性的好坏与谐振曲线在谐振频率附近的尖锐程度有关，谐振曲线越尖锐，则频率稍微偏离谐振频率，电流即急剧下降，电路的选择性就越好。

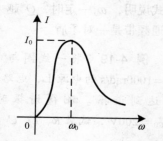

图 4-46　RLC 串联电路的谐振曲线

把图 4-46 所示电流谐振曲线的横坐标改为 $\eta = \omega / \omega_0$（η 表明角频率 ω 偏离谐振角频率 ω_0 的程度），纵坐标改为 I / I_0，则因为

$$\frac{I}{I_0} = \frac{1}{\sqrt{1 + \left(\dfrac{\omega_0 L}{R}\right)^2 \left(\dfrac{\omega}{\omega_0} - \dfrac{\omega_0}{\omega}\right)^2}} = \frac{1}{\sqrt{1 + Q^2 \left(\eta - \dfrac{1}{\eta}\right)^2}} \tag{4-85}$$

式中，I / I_0 称为相对抑制比，表明电路在 ω 偏离谐振频率 ω_0 时，对非谐振电流的抑制能力。由上式可见，相对抑制比与电路的 Q 值有关，对于 Q 值相同的任何 RLC 串联电路，它们的这一关系都是一样的，只有一条曲线与之对应。因此，由该式画出的曲线称为串联电路的通用谐振曲线。图 4-47 画出了不同 Q 值对应的通用谐振曲线，由图可见，Q 值越大，曲线形状越尖锐，选择性就越好；反之，选择性越差。

为了定量说明电路对频率的选择能力，需要引入通频带的概念。在实际工程中，将通用谐振曲线上 $\dfrac{I}{I_0} = \dfrac{1}{\sqrt{2}}$ 对应的两个频率点之间的宽度，称为通频带或带宽，用 BW 表示。即

$$BW = \omega_2 - \omega_1$$

式中，ω_2、ω_1 分别是通频带的两个边界角频率（也称截止频率），在谐振曲线上对应 $\dfrac{I}{I_0} = \dfrac{1}{\sqrt{2}}$ 的两个点，如图 4-48 所示。将 $\dfrac{I}{I_0} = \dfrac{1}{\sqrt{2}}$ 代入式（4-85），可推得

$$BW = \omega_0(\eta_2 - \eta_1) = \frac{\omega_0}{Q} \qquad (4-86)$$

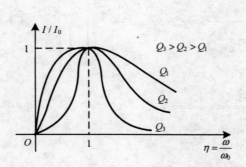

图 4-47　RLC 串联电路的通用谐振曲线

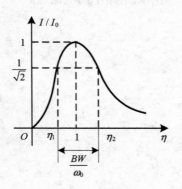

图 4-48　通频带

上式说明，ω_0 一定时，Q 越大，通频带越窄。因此，选择性和通频带是一对矛盾。

例 4-19　将一线圈与电容器串联，接于 $U = 20\text{V}$、$\omega = 1000\text{rad/s}$ 的电源上，电路如图 4-49 所示，调节电容使电路达到谐振。测得谐振时的电流 $I_0 = 1\text{A}$，电容电压 $U_{C0} = 200\text{V}$，试求 R、L、C 之值及回路的品质因数。

解　电路发生谐振时，电阻上的电压等于外加电压，故

$$R = \frac{U}{I_0} = \frac{20}{1} = 20\Omega$$

因为 $U_{C0} = QU$，所以回路的品质因数为

$$Q = \frac{U_{C0}}{U} = \frac{200}{20} = 10$$

根据式（4-79）得

$$L = \frac{QR}{\omega} = \frac{10 \times 20}{1000} = 0.2(\text{H})$$

根据式（4-77a）得

$$C = \frac{1}{\omega^2 L} = \frac{1}{1 \times 10^6 \times 0.2} = 5 \times 10^{-6}(\text{F}) = 5(\mu\text{F})$$

图 4-49　例 4-19 图

4.6.2　并联谐振电路

R、L、C 并联接于电流源，与 R、L、C 串联接于电压源电路互为对偶，因此 R、L、C 并

联电路的谐振条件及特点，可以在上节分析的基础上，根据对偶关系得出。

1. 并联电路的谐振

如图 4-50 所示 R、L、C 并联电路的复导纳为

$$Y = \frac{1}{R} + j\left(\omega C - \frac{1}{\omega L}\right)$$

并联电路发生谐振的条件为

$$\omega_0 C - \frac{1}{\omega_0 L} = 0 \qquad (4\text{-}87)$$

因此，谐振角频率为

$$\omega_0 = \frac{1}{\sqrt{LC}} \qquad (4\text{-}88)$$

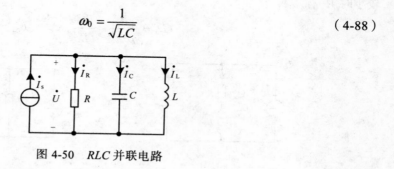

图 4-50　RLC 并联电路

2. 并联谐振时的性能特点

R、L、C 并联电路发生谐振时，复导纳最小，$Y(j\omega_0) = 1/R$，或者说阻抗最大，$Z(j\omega_0) = R$。因此，当外加电流有效值 I 值一定时，端电压有效值 U 最大；电阻上的电流与外加电流相等，而电感和电容支路上的电流有效值均为外加电流有效值的 Q 倍，且两者相位相反，即

$$\dot{I}_L = -\dot{I}_C = -jQ\dot{I}_S \qquad (4\text{-}89)$$

式中，$Q = \dfrac{\omega_0 C}{G} = \dfrac{1}{G\omega_0 L}$。当 Q 较大时，电感或电容上的电流将远大于外加电流，因此并联谐振也称电流谐振。

RLC 并联电路复导纳的频率特性与 RLC 串联电路复阻抗的频率特性相似，因此不难得出 RLC 并联电路复阻抗的频率特性曲线如图 4-51 所示。

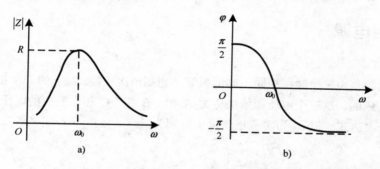

图 4-51　RLC 并联电路复阻抗的频率特性曲线

由图 4-51 可看出，当 $\omega < \omega_0$ 时，RLC 并联电路的阻抗角 $\varphi > 0$，电路呈感性；当 $\omega > \omega_0$ 时，

$\varphi < 0$，电路呈容性；当 $\omega = \omega_0$ 时，$\varphi = 0$，电路呈纯阻性，且阻抗模值最大。

3. 线圈与电容并联电路

实际工程中，常遇到电感线圈（可用电阻 R 和电感 L 的串联组合等效）与电容并联的谐振电路，如图 4-52a 所示。分析时，可应用阻抗变换为导纳的方法，先将 R、L 串联支路等效为并联形式，如图 4-52b 所示，其中的等效电阻和电感分别为

$$R_{eq} = \frac{R^2 + \omega^2 L^2}{R}, \qquad L_{eq} = \frac{R^2 + \omega^2 L^2}{\omega^2 L} \qquad (4\text{-}90)$$

当 $R \ll \sqrt{\dfrac{L}{C}}$（即线圈 Q 值较高，一般情况下都能满足）时，在谐振频率附近（也即失谐较小时），有

$$G_{eq} \approx \frac{R}{\omega^2 L^2} \approx \frac{RC}{L}, \qquad L_{eq} \approx L \qquad (4\text{-}91)$$

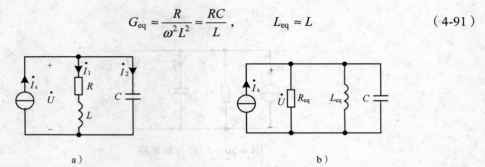

a)　　　　　　　　　　　　　　b)

图 4-52　线圈与电容并联电路及其等效电路

显然，图 4-52b 与图 4-50 所示电路的结构完全一样，因此线圈与电容并联电路的性能特点，就可以套用前面对 RLC 并联电路的分析结果。这里不再赘述。

4.7　三相电路

与单相制相比，三相制具有发电机容量较大，输送相同功率时节省有色金属，对称时瞬时功率之和恒定不变等优点。因此，目前世界上绝大多数国家（包括我国），电力系统中电能的生产、传输和供电方式都采用三相制。三相电力系统一般由三相电源、三相负载和三相输电线路三部分组成，日常生活中使用的单相电源取自三相中的一相。

4.7.1　三相电源

1. 三相电源

对称三相电源是由三个频率相同、幅值相等、初相依次相差 $120°$ 的三个正弦电压源，按一定方式连接而成的。这三个电压源依次称为 A 相、B 相、C 相，它们的电压分别记为 u_A、u_B、u_C，瞬时值表达式（以 u_A 为参考正弦量）分别为

$$u_A = \sqrt{2} U \cos \omega t \qquad (4\text{-}92a)$$

$$u_B = \sqrt{2} U \cos(\omega t - 120°) \qquad (4\text{-}92b)$$

$$u_C = \sqrt{2} U \cos(\omega t - 240°) = \sqrt{2} U \cos(\omega t + 120°) \qquad (4\text{-}92c)$$

它们的相量形式分别为

$$\dot{U}_A = U\angle 0° \tag{4-93a}$$

$$\dot{U}_B = U\angle -120° \tag{4-93b}$$

$$\dot{U}_C = U\angle 120° \tag{4-93c}$$

它们的波形和相量图分别如图 4-53a、b 所示。从相量图不难得出三相电压相量之和为 0，即

$$\dot{U}_A + \dot{U}_B + \dot{U}_C = 0 \tag{4-94a}$$

因此，三相电压的瞬时值之和恒为 0，即

$$u_A + u_B + u_C = 0 \tag{4-94b}$$

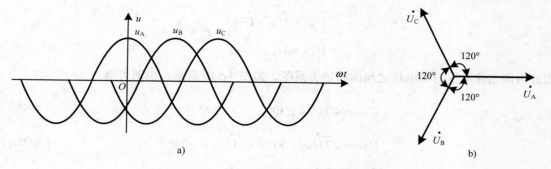

图 4-53　对称三相电源的波形及相量图

三相电源中，各相电压到达最大值的先后次序称为相序。上述三相电源的相序为 A→B→C，称为正序或顺序；如果是 C 相超前 B 相 120°，B 相超前 A 相 120°，即相序为 C→B→A，则称为负序或逆序。在实际工程中，可以通过改变三相电源的相序来改变三相电动机的转动方向。以后如无特殊说明，三相电源都认为是正序。

2. 三相电源的两种联结方式

三相电压源一般有星形（Y 形）和三角形（△形）两种**联结方式**。

（1）星形联结

将三相电压源的负极联在一起，各相电源的正极引出三条线与负载相连，就是三相电压源的星形联结方式，如图 4-54a 所示。各相电源的负极连接点称为三相电源的中点或零点，用 N 表示。由三相电源正极引出的导线称为端线，俗称火线，有时从中点还引出一条线 NN′，称其为中线（或零线）。具有三根端线及一根中线的三相电路称为三相四线制。如果只接三根端线而不接中线，则称为三相三线制。

各相电源的电压称为三相电源的相电压，如图 4-54a 中的 $\dot{U}_{AN}$、$\dot{U}_{BN}$、$\dot{U}_{CN}$，而端线 A、B、C 之间的电压称为线电压，如 $\dot{U}_{AB}$、$\dot{U}_{BC}$、$\dot{U}_{CA}$。流过各相电源的电流称为相电流，流过各端线的电流称为线电流，流过中线的电流称为中线电流。显然，对于星形联结的三相电源，线电流与相电流为同一电流。

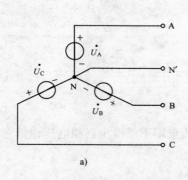
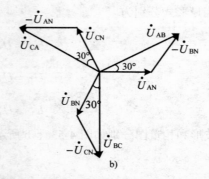

图 4-54　对称三相电源的星形联结及线、相电压相量图

下面讨论对称三相电源星形联结时，线电压与相电压之间的关系。由图 4-54a 可得

$$\dot{U}_{AB} = \dot{U}_{AN} - \dot{U}_{BN}$$

$$\dot{U}_{BC} = \dot{U}_{BN} - \dot{U}_{CN}$$

$$\dot{U}_{CA} = \dot{U}_{CN} - \dot{U}_{AN}$$

由此可画出线电压与相电压之间的相量关系图，如图 4-54b 所示。由图可得

$$\dot{U}_{AB} = \sqrt{3}\,\dot{U}_{AN}\,\angle 30° \tag{4-95a}$$

$$\dot{U}_{BC} = \sqrt{3}\,\dot{U}_{BN}\,\angle 30° = \sqrt{3}\,\dot{U}_{AN}\,\angle -90° \tag{4-95b}$$

$$\dot{U}_{CA} = \sqrt{3}\,\dot{U}_{CN}\,\angle 30° = \sqrt{3}\,\dot{U}_{AN}\,\angle 150° \tag{4-95c}$$

可见，三个线电压 $\dot{U}_{AB}$、$\dot{U}_{BC}$、$\dot{U}_{CA}$ 也是对称的，且其有效值与相电压有效值之间的关系为

$$U_l = \sqrt{3}\,U_p \tag{4-96}$$

式中，U_l、U_p 分别为线电压和相电压的有效值。在相位关系上，$\dot{U}_{AB}$、$\dot{U}_{BC}$、$\dot{U}_{CA}$ 分别超前 $\dot{U}_{AN}$、$\dot{U}_{BN}$、$\dot{U}_{CN}$ 30° 相位。

（2）三角形联结

将三相电压源按 A→B→C 的次序首尾连接，形成一个闭合三角形，从各相正极引出三条端线，就形成三相电源的三角形联结方式，如图 4-55 所示。

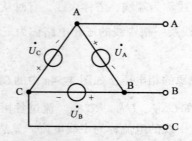

图 4-55　对称三相电源的三角形联结

必须注意，三角形联结时必须按图 4-55 所示的方法进行连接，这样在三相电压源组成的回路中，因为 $\dot{U}_A+\dot{U}_B+\dot{U}_C=0$，所以在不接负载时，回路中电流为 0。如果有一相电源（比如 $\dot{U}_A$）接反，如图 4-56a 所示，则回路电压之和不再为 0，而是

$$-\dot{U}_A+\dot{U}_B+\dot{U}_C=-2\dot{U}_A$$

相应的相量图如图 4-56b 所示，由于电源内部阻抗很小，这将在电源内部产生很大环流，使电源损坏。

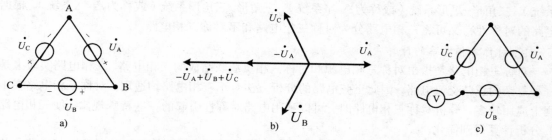

图 4-56　不正确的三角形联结及判断方法

检测三角形联结是否正确，可采用图 4-56c 所示的简易方法判断，若电压表指示为 0，说明连接顺序正确；若电压表指示为一相电压值的两倍，则说明有一相接反了。

对于三角形联结的三相电源，显然其线电压等于对应的相电压，即有

$$U_l = U_p \tag{4-97}$$

但线电流不等于相电流。由于三角形联结方式没有中点和中线，所以只有三相三线制接法。

4.7.2　三相负载及其联结

1. 三相负载

由三相电源供电的负载称为三相负载。通常可将三相负载划分为两类，一类是三个单相负载（如电灯、电炉等）各自作为一相；另一类是负载本身是三相的，如三相电动机等。

2. 三相负载的两种联结方式

三相负载也有星形和三角形两种联结方式，分别如图 4-57a、b 所示。

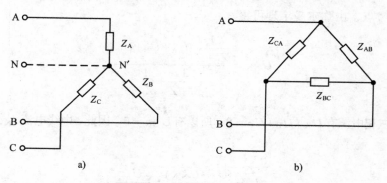

图 4-57　三相负载及其联结

与三相电源一样，图 4-57a 所示的星形联结方式有中点，因此可以有中线。三相负载的线电压、相电压、线电流、相电流的定义与三相电源中的有关定义相同，它们之间的关系也和电源端相同。

若每相负载的阻抗相等，即 $Z_A = Z_B = Z_C$，$Z_{AB} = Z_{BC} = Z_{CA}$，则称为对称三相负载。

4.7.3　三相电路的分析

三相电路是指由三相电源和三相负载联结成的电路。根据电源及负载的联结方式的不同，可以组成多种类型，如：星形-星形系统（或称为Y-Y系统）、星形-三角形系统（或称为Y-△系统）、三角形-星形系统（或称为△-Y系统）、三角形-三角形系统（或称为△-△系统）。根据电路的对称性，又可将三相电路分为对称三相电路和不对称三相电路。

1. 对称三相电路的计算

对称三相电路是指由对称三相电源和对称三相负载联结成的三相电路。三相电路实质上是一种复杂的正弦交流电路，因此正弦电路的分析方法对于三相电路均适用。对称三相电路在工程上应用较多，分析对称三相电路时，可以利用电路对称性引起的一些特殊规律，使三相电路的分析计算得到简化。

下面讨论对称三相四线制Y-Y系统和对称△-△系统，其他连接方式的对称三相电路，均可根据△-Y等效转换，化为这两种系统来进行分析。

（1）对称三相四线制电路（Y-Y系统）

对称三相四线制Y-Y系统如图 4-58 所示。图中，Z 为负载阻抗，Z_l 为端线阻抗，Z_N 为中线阻抗。

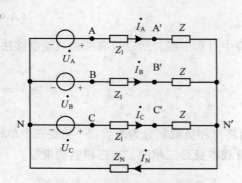

图 4-58　对称三相四线制电路

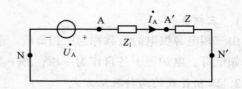

图 4-59　一相计算电路

设 N 为参考点，由弥尔曼定理可得

$$\dot{U}_{N'N} = \frac{\dfrac{1}{Z_l + Z}(\dot{U}_A + \dot{U}_B + \dot{U}_C)}{\dfrac{3}{Z_l + Z} + \dfrac{1}{Z_N}} \tag{4-98}$$

因为对称三相电源有 $\dot{U}_A + \dot{U}_B + \dot{U}_C = 0$，所以有 $\dot{U}_{N'N} = 0$。因此，中线电流 $\dot{I}_N = 0$，各线（相）电流分别为

$$\dot{I}_A = \frac{(\dot{U}_A - \dot{U}_{N'N})}{Z_l + Z} = \frac{\dot{U}_A}{Z_l + Z} \tag{4-99a}$$

$$\dot{I}_{B} = \frac{\dot{U}_{B}}{Z_{1}+Z} = \frac{\dot{U}_{A}\angle-120°}{Z_{1}+Z} = \dot{I}_{A}\angle-120° \qquad (4\text{-}99b)$$

$$\dot{I}_{C} = \frac{\dot{U}_{C}}{Z_{1}+Z} = \frac{\dot{U}_{A}\angle120°}{Z_{1}+Z} = \dot{I}_{A}\angle120° \qquad (4\text{-}99c)$$

由以上各式可见，线电流（相电流）也是对称的。各相负载的电压分别为

$$\dot{U}_{A'N'} = \dot{I}_{A}Z \qquad (4\text{-}100a)$$

$$\dot{U}_{B'N'} = \dot{I}_{B}Z = \dot{I}_{A}Z\angle-120° = \dot{U}_{A'N'}\angle-120° \qquad (4\text{-}100b)$$

$$\dot{U}_{C'N'} = \dot{I}_{C}Z = \dot{I}_{A}Z\angle120° = \dot{U}_{A'N'}\angle120° \qquad (4\text{-}100c)$$

可见，各相负载的电压也是对称的。

以上分析说明：因为 $\dot{U}_{N'N} = 0$，$\dot{I}_{N} = 0$，所以对称三相电路的中线存在与否，以及中线阻抗的大小，对电路的计算没有影响。计算时，可以将中点 N′ 和 N 直接短接起来，这样每相负载的电流和电压仅由该相的电源和阻抗决定，即各相电路的计算具有独立性。因此，只要画出一相的计算电路，一般选取 A 相，如图 4-59 所示。此外，对称三相电路中，三相电流和负载三相电压等都是对称的，求得一相电流和电压后，其余各相的电流和电压可直接写出。

（2）对称△-△三相电路

对称△-△系统如图 4-60 所示。由图可得相电压等于线电压，即 $U_{l} = U_{p}$。

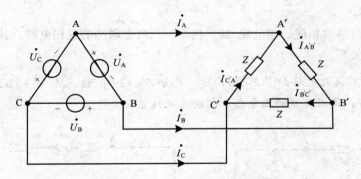

图 4-60　对称△-△三相电路

负载的相电流分别为

$$\dot{I}_{A'B'} = \frac{\dot{U}_{A'B'}}{Z} \qquad (4\text{-}101a)$$

$$\dot{I}_{B'C'} = \frac{\dot{U}_{B'C'}}{Z} = \frac{\dot{U}_{A'B'}\angle-120°}{Z} = \dot{I}_{A'B'}\angle-120° \qquad (4\text{-}101b)$$

$$\dot{I}_{C'A'} = \frac{\dot{U}_{C'A'}}{Z} = \frac{\dot{U}_{A'B'}\angle120°}{Z} = \dot{I}_{A'B'}\angle120° \qquad (4\text{-}101c)$$

线电流分别为

$$\dot{I}_A = \dot{I}_{A'B'} - \dot{I}_{C'A'} = \dot{I}_{A'B'} - \dot{I}_{A'B'} \angle 120° = \sqrt{3}\,\dot{I}_{A'B'} \angle -30° \tag{4-102a}$$

$$\dot{I}_B = \dot{I}_{B'C'} - \dot{I}_{A'B'} = \dot{I}_{B'C'} - \dot{I}_{B'C'} \angle 120° = \sqrt{3}\,\dot{I}_{B'C'} \angle -30° = \sqrt{3}\,\dot{I}_{A'B'} \angle -150° \tag{4-102b}$$

$$\dot{I}_C = \dot{I}_{C'A'} - \dot{I}_{B'C'} = \dot{I}_{C'A'} - \dot{I}_{C'A'} \angle 120° = \sqrt{3}\,\dot{I}_{C'A'} \angle -30° = \sqrt{3}\,\dot{I}_{A'B'} \angle 90° \tag{4-102c}$$

可见，在三角形联结时，当相电流对称时，线电流也是对称的。负载上相电流与线电流的相量关系如图 4-61 所示。

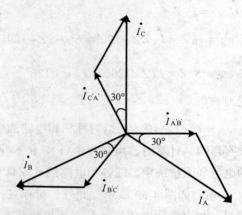

图 4-61　对称三角形负载上线、相电流相量图

负载上线电流与相电流有效值之间的关系为

$$I_l = \sqrt{3}\,I_p \tag{4-103}$$

在相位上，线电流落后相应的相电流 30° 相角。三角形联结的三相电源，其线电流与相电流之间也有类似的关系。

例 4-20　对称三相电路如图 4-62a 所示。已知 $Z = 12 + j15\Omega$，$Z_1 = 1 + j2\Omega$，对称三相电源的线电压为 380V，试求负载的相电压、相电流及线电流。

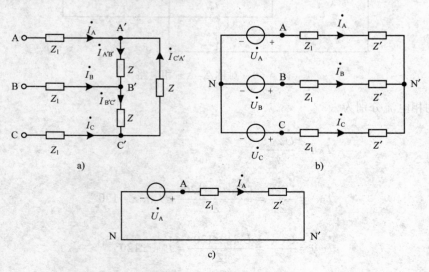

图 4-62　例 4-20 图

解　可通过△-丫等效变换将原电路化为对称的丫-丫系统，如图 4-62b 所示。其中

$$Z' = \frac{Z}{3} = \frac{12 + j15}{3} = 4 + j5\Omega$$

然后将三相电路变为单相来进行求解，可画出 A 相电路，如图 4-62c 所示。

根据星形接法中的相电压与线电压之间的关系，可得 A 相电源的电压相量（设初相为 0）为

$$\dot{U}_A = \frac{380}{\sqrt{3}} \angle 0° = 220 \angle 0° (V)$$

因此，线电流为

$$\dot{I}_A = \frac{\dot{U}_A}{Z' + Z_1} = \frac{220 \angle 0°}{4 + j5 + 1 + j2} = 25.57 \angle -54.46° (A)$$

由对称性可知，其余各线电流分别为

$$\dot{I}_B = 25.57 \angle -174.46° A$$

$$\dot{I}_C = 25.57 \angle 65.54° A$$

根据三角形负载的相电流与线电流之间的关系，可得相电流为

$$\dot{I}_{A'B'} = \frac{\dot{I}_A}{\sqrt{3} \angle -30°} = \frac{25.57 \angle -54.46°}{\sqrt{3} \angle -30°} = 14.76 \angle -24.46° (A)$$

因此，负载的相电压为

$$\dot{U}_{A'B'} = \dot{I}_{A'B'} Z = 14.76 \angle -24.46° \times (12 + j15) = 283.53 \angle +26.88° (V)$$

其他各相电流和相电压可根据对称关系直接得出，这里不再一一列出。

2. 不对称三相电路的概念

在三相电路中，只要在电源、负载、连接线三个组成部分中，有一部分不对称就称为不对称三相电路。例如，在对称三相电路中，某一条端线断开，或某一相负载发生断路或开路，就使电路失去了原来的对称性。又如，实际生活中的单相照明负载，由于各相负载阻抗的不同，构成的三相电路就不对称。

对于不对称三相电路，不能引用上述对称电路的分析结果，只能运用各种分析复杂电路的方法进行分析。

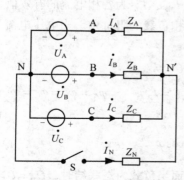

图 4-63　不对称三相丫-丫电路

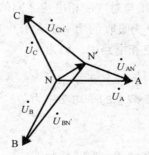

图 4-64　中性点位移

图 4-63 所示电路是一个负载不对称的丫-丫系统。先讨论当 S 断开时（即不接中线时）的情况，应用节点法可得

$$\dot{U}_{\text{N'N}} = \frac{\dfrac{\dot{U}_{\text{A}}}{Z_{\text{A}}} + \dfrac{\dot{U}_{\text{B}}}{Z_{\text{B}}} + \dfrac{\dot{U}_{\text{C}}}{Z_{\text{C}}}}{\dfrac{1}{Z_{\text{A}}} + \dfrac{1}{Z_{\text{B}}} + \dfrac{1}{Z_{\text{C}}}} \tag{4-104}$$

由于 Z_{A}、Z_{B}、Z_{C} 三者不相等，一般情况下 $\dot{U}_{\text{N'N}} \neq 0$。即中点 N′ 和 N 电位不再相等了。由 KVL 得

$$\dot{U}_{\text{AN'}} = \dot{U}_{\text{A}} - \dot{U}_{\text{N'N}} \qquad \dot{U}_{\text{BN'}} = \dot{U}_{\text{B}} - \dot{U}_{\text{N'N}} \qquad \dot{U}_{\text{CN'}} = \dot{U}_{\text{C}} - \dot{U}_{\text{N'N}}$$

由于 $\dot{U}_{\text{A}}$、$\dot{U}_{\text{B}}$、$\dot{U}_{\text{C}}$ 是对称的，分别减去同一个电压相量 $\dot{U}_{\text{N'N}}$，结果必然不对称。相量图如图 4-64 所示。由图可见，N′ 点和 N 点不重合，这一现象称为中心点位移。在电源对称的情况下，可以根据中点位移的情况判断负载端不对称的程度。由于中点的位移使得负载端各相电压大小不同，有的高（可能超出额定值，而使该相负载损坏），有的低（可能低于正常值，而使该相负载不能正常工作）。另一方面，中点的位移也会导致各相失去独立性（任一相负载变化都会影响 $\dot{U}_{\text{N'N}}$ 的大小，从而导致各相负载电压变化）。

如果将图 4-63 中的开关 S 合上，并且有 $Z_{\text{N}} \approx 0$，则 $\dot{U}_{\text{N'N}} \approx 0$。这样，尽管各相负载不对称，但可使各相电路保持独立性，从而可以保证各相负载都能正常工作。这说明在不对称的三相丫-丫系统中必须接中线，而且中线阻抗要尽可能小。电器安装工程中规定，中线上不允许接入开关和保险丝，以保证中线不致断开。

中线的接入虽能保证负载相电压基本对称，但由于负载不对称，相电流就会不对称，即 $\dot{I}_{\text{A}} + \dot{I}_{\text{B}} + \dot{I}_{\text{C}} \neq 0$，因此中线电流 $\dot{I}_{\text{N}}$ 一般不为 0。

4.7.4 三相电路的功率

1. 三相电路的功率

三相负载的平均功率等于各相负载平均功率之和，即

$$P = P_{\text{A}} + P_{\text{B}} + P_{\text{C}} = U_{\text{pA}} I_{\text{pA}} \cos\varphi_{\text{A}} + U_{\text{pB}} I_{\text{pB}} \cos\varphi_{\text{B}} + U_{\text{pC}} I_{\text{pC}} \cos\varphi_{\text{c}} \tag{4-105}$$

式中，U_{pA}、U_{pB}、U_{pC} 为各相电压的有效值，I_{pA}、I_{pB}、I_{pC} 为各相电流的有效值，φ_{A}、φ_{B}、φ_{C} 为各相电压与对应的相电流之间的相位差，即各相负载的阻抗角。当电压电流采用关联参考方向时，P 为吸收的功率（大于 0 时实际吸收）。

在对称三相电路中，因为

$$U_{\text{pA}} = U_{\text{pB}} = U_{\text{pC}} = U_{\text{p}} \qquad I_{\text{pA}} = I_{\text{pB}} = I_{\text{pC}} = I_{\text{p}} \qquad \varphi_{\text{A}} = \varphi_{\text{B}} = \varphi_{\text{C}} = \varphi$$

所以，三相负载总的平均功率为

$$P = 3U_{\text{p}} I_{\text{p}} \cos\varphi \tag{4-106}$$

因为当负载为丫形联结时，$U_{\text{p}} = \dfrac{U_{\text{l}}}{\sqrt{3}}$，$I_{\text{p}} = I_{\text{l}}$。而当负载为△联结时，$U_{\text{p}} = U_{\text{l}}$，$I_{\text{p}} = \dfrac{I_{\text{l}}}{\sqrt{3}}$。

所以，不管负载是何种接法，均有

$$P = \sqrt{3} U_1 I_1 \cos\varphi \tag{4-107}$$

式中，φ 仍为各相负载的阻抗角。

三相负载的无功功率等于各相负载无功功率之和，即

$$Q = Q_A + Q_B + Q_C = U_{pA}I_{pA}\sin\varphi_A + U_{pB}I_{pB}\sin\varphi_B + U_{pC}I_{pC}\sin\varphi_C \tag{4-108}$$

同样，在对称三相电路中，无论负载是星形联结还是三角形联结，均有

$$Q = 3U_p I_p \sin\varphi = \sqrt{3} U_1 I_1 \sin\varphi \tag{4-109}$$

视在功率与有功功率及无功功率之间的关系和单相电路相同。

而三相负载总的功率因数为

$$\cos\varphi' = \frac{P}{S} \tag{4-110}$$

在对称电路中，上式中 φ' 与 φ 的意义相同，但在不对称三相电路中，φ' 仅是一个计算量。

以 A 相电压为参考相量，则各相负载的瞬时功率为

$$p_A = u_{pA}i_{pA} = 2U_p I_p \cos\omega t \cdot \cos(\omega t - \varphi) = U_p I_p[\cos\varphi + \cos(2\omega t - \varphi)]$$

$$p_B = u_{pB}i_{pB} = 2U_p I_p \cos(\omega t - 120°) \cdot \cos(\omega t - 120° - \varphi)$$

$$= U_p I_p[\cos\varphi + \cos(2\omega t - \varphi - 240°)]$$

$$p_C = u_{pC}i_{pC} = 2U_p I_p \cos(\omega t + 120°) \cdot \cos(\omega t + 120° - \varphi)$$

$$= U_p I_p[\cos\varphi + \cos(2\omega t - \varphi + 240°)]$$

因为

$$\cos(2\omega t - \varphi) + \cos(2\omega t - \varphi - 240°) + \cos(2\omega t - \varphi + 240°)$$

$$= \cos(2\omega t - \varphi) + \cos(2\omega t - \varphi + 120°) + \cos(2\omega t - \varphi - 120°) = 0$$

所以

$$p = p_A + p_B + p_C = 3U_p I_p \cos\varphi = P \tag{4-111}$$

上式表明，在对称三相电路中，三相负载上的瞬时功率不随时间变化，任何一瞬间都等于平均功率。这种性质称为"瞬时功率平衡"或"平衡制"。对三相电机来说，三相瞬时总功率等于常数意味着机械转矩不随时间变化，这样就避免了电机在运转时因转矩变化而产生的振动，这是三相对称电路的一个优点。

2. 三相功率的测量

对于三相四线制电路，可使用三表法来测量功率，即用三只功率表分别测量三相负载的功率，然后相加得到三相负载总的功率。接线如图 4-65 所示。当负载对称时，则只需要一只功率表测出任一相的功率，再将读数乘以 3 即为三相负载总的功率，此为一表法。

对于三相三线制接法的电路，不论负载对称与否，都可使用两个功率表来测量，称为两表法。具体方法是将两个功率表的电流线圈分别串入任意两端线，功率表电压线圈的无"＊"端都接到第三条端线上，接线如图 4-66 所示，则两个功率表的读数之代数和即为要测量的三相功率。由于这种测量方法中，接线只触及端线而不触及负载或电源，因而与负载及电源的连接方式无关。需要指出的是，两表法中单个功率表的读数没有意义。

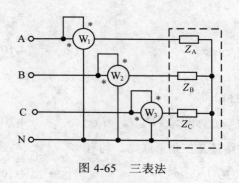

图 4-65　三表法

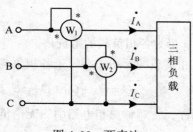

图 4-66　两表法

习　题

4.1　试指出下列各正弦波的有效值、初相、周期及频率。

（1）$5\cos 314t$　　（2）$1.414\sin(t+30°)$　　（3）$-\sqrt{2}\cos(2t-45°)$

4.2　若已知 $u_1=-\cos(10t+30°)\text{V}$，$u_2=4\sin(10t+30°)\text{V}$，$u_3=2\cos(10t+30°)\text{V}$。试求

（1）上述三个电压分别对应的相量形式，并绘出它们的相量图；

（2）u_1 和 u_2，u_1 和 u_3 之间的相位差。

4.3　试计算题 4.3 图所示各周期电压或电流的有效值。

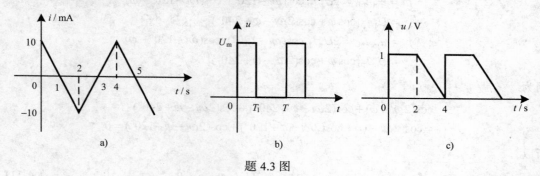

题 4.3 图

4.4　将下列各电压相量化为极坐标形式，并写出其对应的瞬时值表达式。设 $\omega=314\text{rad/s}$。

（1）$\dot{U}_1=(3+\text{j}4)\text{ V}$　　　　　　　　（2）$\dot{U}_2=(3-\text{j}4)\text{ V}$

（3）$\dot{U}_3=(-3+\text{j}4)\text{ V}$　　　　　　　（4）$\dot{U}_4=(-3-\text{j}4)\text{ V}$

4.5　求下列各正弦量对应的相量。

（1）$i_1(t)=[10\sqrt{2}\sin\omega t+20\sqrt{2}\cos(\omega t+30°)]\text{ A}$

（2）$i_2(t)=[\cos 2t-\sin 2t]\text{ A}$

4.6　已知题 4.6 图 a 中电压表 V_1 读数为 3V，V_2 读数为 4V；题 4.6 图 b 中电压表 V_2 读数为 6V，V_3 读数为 14V，V 读数为 10V。（电压表读数为有效值）

求：（1）题 4.6 图 a 中电压表 V 的读数；

　　（2）题 4.6 图 b 中电压表 V_1 的读数。

4.7　已知题 4.7 图所示正弦电路中电流表 A_1 的读数为 5A，A_2 的读数为 20A，A_3 的读数为 25A（电流表读数为有效值）。求：

（1）电流表 A 的读数；

（2）如果维持 A_1 的读数不变，而把电源的频率提高一倍，再求电流表 A 的读数。

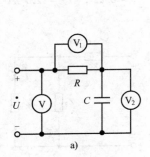

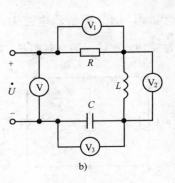

题 4.6 图

4.8　如题 4.8 图所示电路，设电源频率为 f，为使 $\dot{U}_L$ 超前 $\dot{U}_S 30°$，则 R、L 应满足什么关系？

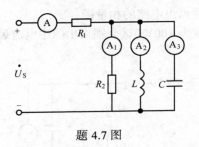

题 4.7 图

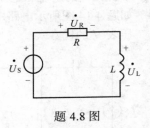

题 4.8 图

4.9　题 4.9 图所示各电路中的 N 均为无源一端口网络，端口电压 u、电流 i 分别如图所示。试求各一端口网络的复阻抗 Z，并求最简单的等效串联组合的元件值。

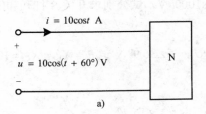

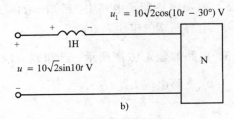

题 4.9 图

4.10　试求题 4.10 图所示各一端口网络的复阻抗 Z。

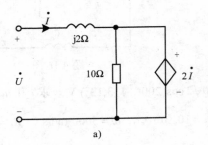

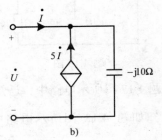

题 4.10 图

4.11 题 4.11 图所示电路中，若已知 $u_S = 10\cos 2t$ V，$R = 5\Omega$，$C = 0.1$F。求 $i(t) = ?$

4.12 已知题 4.12 图所示电路中，$Z_2 = 3 + j4\Omega$，$Z_3 = 25\Omega$，$\dot{I}_3 = 1\angle 0°$ A，外加电压 $\dot{U} = 29\angle 0°$ V。试求复阻抗 $Z_1 = ?$

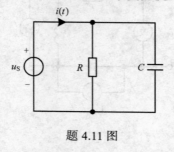
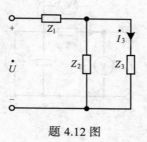

题 4.11 图   题 4.12 图

4.13 题 4.13 图所示电路中，已知 $R = 2\Omega$，$X_L = 5\Omega$，$X_C = -2\Omega$，$\dot{U}_L = 10\angle 45°$ V。试求各元件的电压和电流及电源电压 $\dot{U}_S$，并画出电路的相量图。

4.14 如题 4.14 图所示电路中，电压表 V_1 的读数为 100V。试分别求出图中电流表 A 和电压表 V 的读数。

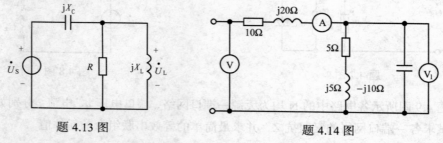

题 4.13 图   题 4.14 图

4.15 题 4.15 图所示电路中，已知 $u_s(t) = 50\sqrt{2}\cos 1000t$ V，试分别求开关 S 打开和闭合时电容两端的电压 $u_C(t) = ?$

4.16 电路如题 4.16 图所示，已知 $\dot{I}_S = 1\angle 0°$ A，$\dot{U}_S = 5\angle 36.9°$ V，$R = X_L = X_C = 1\Omega$。试求支路电流 $\dot{I}_C$。

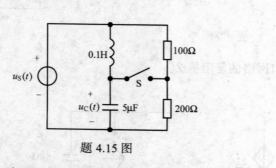
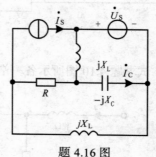

题 4.15 图   题 4.16 图

4.17 如题 4.17 图所示电路中，已知 $u = 10\sqrt{2}\cos(200t + 113.13°)$ V。求 i 和 u_1。

4.18 已知如题 4.18 图所示电路中，$\dot{I}_S = 10\angle 0°$ A，$\omega = 5000$ rad/s，$R_1 = R_2 = 10\Omega$，$C = 10\mu$F，$\beta = 0.5$。求电流 $\dot{I}$。

4.19 求题 4.19 图所示各一端口网络的戴维宁等效电路。

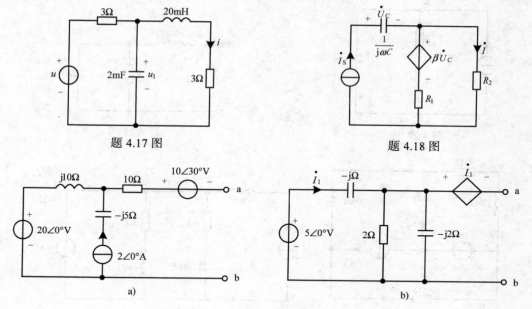

题 4.17 图　　　　　　　　　　　　　题 4.18 图

题 4.19 图

4.20 题 4.20 图所示为测量电感线圈参数的电路，已知 $U_S = 100\text{V}$，$R = 20\Omega$，$R_2 = 6.5\Omega$，当调节触头 c 使 $R_{ac} = 4\Omega$ 时，电压表读数最小，其值为 30V，电源频率 $f = 50\text{ Hz}$。求 r 与 L 的值。

4.21 题 4.21 图所示为相移振荡器的移相电路。试证明：当 $f = \dfrac{1}{2\pi\sqrt{6}RC}$ 时，$\dot{U}_2$ 与 $\dot{U}_1$ 相位差 180°，且 $\dot{U}_2 = -\dot{U}_1/29$。

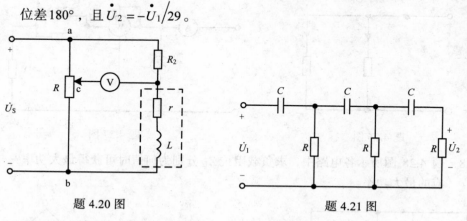

题 4.20 图　　　　　　　　　　　　　题 4.21 图

4.22 电路如题 4.22 图所示，已知 $i_S = \sqrt{2}\cos 10^4 t\ \text{A}$，$R = 10\Omega$，$L = 5\text{mH}$，$C = 2\mu\text{F}$。求各支路吸收的复功率及电路的功率因数，并验证整个电路的复功率守恒。

4.23 电路如题 4.23 图所示，已知 $i_C = 10\sqrt{2}\cos 10^7 t\ \text{mA}$，电路中消耗的功率为 100mW。试求 R 和 $u(t)$。

4.24 电路如题 4.24 图所示。试求 $\dot{I}_R$ 和电压源 $\dot{U}_S$ 发出的复功率。

4.25 电路如题 4.25 图所示，已知 $u_S(t) = 10\sqrt{2}\sin 10^3 t\ \text{V}$，$i_S(t) = 2\sqrt{2}\sin(10^3 t + 30°)\ \text{A}$。试

求电压源、电流源各自发出的有功功率和无功功率。

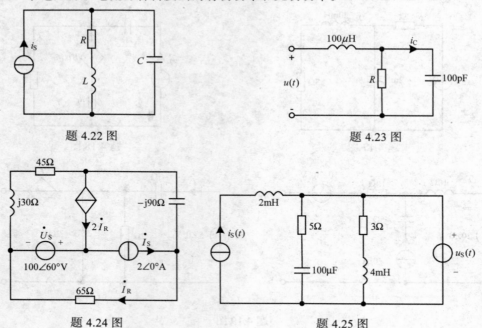

题 4.22 图　　　　　　　　　　　题 4.23 图

题 4.24 图　　　　　　　　　　　题 4.25 图

4.26　题 4.26 图所示电路中，若 $Z_2 = 20\Omega$，$I_1 = 8.93\,\text{A}$，$I_2 = 10\,\text{A}$，$I = 16.1\,\text{A}$。求 Z_1 及其功率 P_1。

4.27　题 4.27 图所示电路中，当 S 闭合时，电压表、电流表、功率表读数分别为 $U = 220\,\text{V}$，$I = 10\,\text{A}, P = 1.1\,\text{kW}$；当 S 打开时，电压表、电流表、功率表读数分别为 $U = 220\,\text{V}$，$I = 12\,\text{A}, P = 1.87\,\text{kW}$。求 R_2, X_2, R_1, X_1（假定 $X_1 > 0$）。

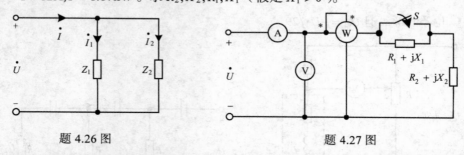

题 4.26 图　　　　　　　　　　　题 4.27 图

4.28　题 4.28 图所示各电路中，求负载阻抗 Z_L 分别为何值时可获得最大功率？并求出相应的最大功率。

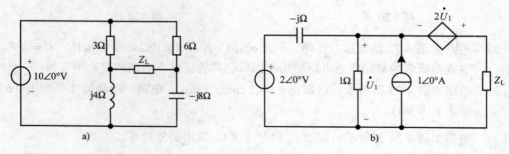

a)　　　　　　　　　　　　　　　b)

题 4.28 图

4.29　RLC 串联谐振电路中，若 $R=10\Omega$，$L=0.4\mathrm{H}$，谐振角频率 $\omega=1000\mathrm{rad/s}$，求电容 C，特性阻抗 ρ，品质因数 Q。当外加电压为 5V，求谐振电流及电感和电容上的电压有效值。

4.30　RLC 并联谐振，$R=5\mathrm{k}\Omega$，$L=8\mathrm{mH}$，$C=0.2\mu\mathrm{F}$，求谐振角频率。若外加电流 $I_S=1\mathrm{A}$，求 I_R、I_L、I_C，端电压 U 及电路的品质因数。

4.31　题 4.31 图所示电路中，信号源电压 $U_S=100\mathrm{V}$，谐振时角频率 $\omega_0=1000\mathrm{rad/s}$，其他参数如图所示。求电路中的电感 L 值和电压 U_L。

4.32　题 4.32 图所示电路中，$R=1\Omega$，$L=10\mathrm{mH}$，$C=1\mu\mathrm{F}$，若 $I_S=5\mathrm{mA}$。求电路的谐振频率 f_0 及谐振时的电压 U。

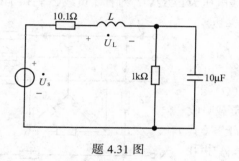
题 4.31 图

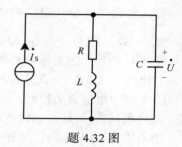
题 4.32 图

4.33　题 4.33 图所示电路中，$U=2\mathrm{V}$，$L=20\mathrm{mH}$，$C=2\mu\mathrm{F}$，R_1，R_2 未知，电路谐振时，求电流表的读数。

4.34　题 4.34 图所示电路中，已知 $\dot{I}_S=4\angle0°\mathrm{A}$，电流表读数为零。试求 $\dot{U}_{ac}$，$\dot{U}_{bc}$，$\dot{I}_C$。

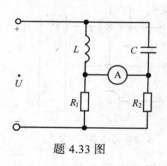
题 4.33 图

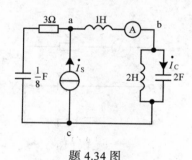
题 4.34 图

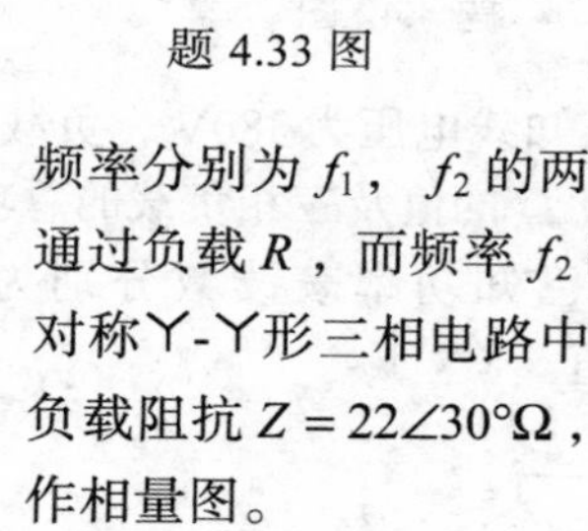

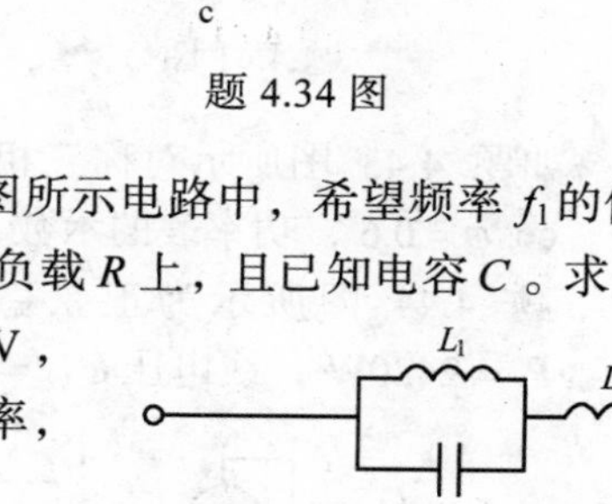

4.35　频率分别为 f_1，f_2 的两个信号加在题 4.35 图所示电路中，希望频率 f_1 的信号不能通过负载 R，而频率 f_2 的信号不衰减地加在负载 R 上，且已知电容 C。求 L_1，L_2。

4.36　对称丫-丫形三相电路中，已知线电压为 380V，负载阻抗 $Z=22\angle30°\Omega$，求线电流和三相功率，作相量图。

4.37　若将上题中电路改为△-△联结方式，其他数据同上，再求线电流和三相总功率。

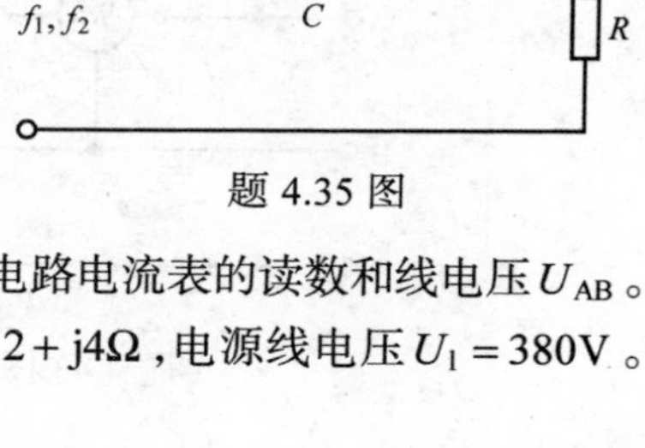

4.38　题 4.38 图为丫-丫三相电路，电压表的读数为 1143.16V，$Z_1=(1+\mathrm{j}2)\Omega$，$Z=(15+\mathrm{j}15\sqrt{3})\Omega$，求图示电路电流表的读数和线电压 U_{AB}。

4.39　如题 4.39 图所示三相对称电路中，已知 $R=3\Omega$，$Z=2+\mathrm{j}4\Omega$，电源线电压 $U_1=380\mathrm{V}$。

题 4.35 图

求三相电源供给的总功率 $P_总$ 及电路吸收的总无功功率 $Q_总$。

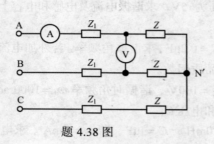

题 4.38 图

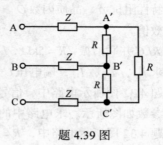

题 4.39 图

4.40 如题 4.40 图所示三相电路中，对称线电压为 $17.32V$，对称丫负载 $Z_1 = 3 + j4\Omega$，对称△负载 $Z_2 = 6 + j6\Omega$，中线阻抗 $Z_N = 2\Omega$，$Z_A = 8\Omega$，求 $\dot{I}_{A1}$，$\dot{I}_{A2}$，$\dot{I}_{A3}$，$\dot{I}_A$，$\dot{I}_{AB2}$。

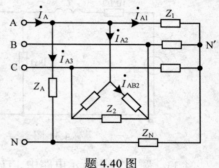

题 4.40 图

4.41 题 4.41 图所示为对称的丫-丫三相电路，电源相电压为 220V，负载阻抗 $Z = 30 + j20\Omega$，求：（1）图中电流表的读数；（2）三相负载吸收的功率；（3）如果 A 相的负载阻抗等于零（其他不变），再求（1）、（2）；（4）如果 A 相开路（其他不变），再求（1）、（2）。

4.42 题 4.42 图所示对称三相电路中，$\dot{U}_{AB} = 380\angle 0°V$，$\dot{I}_A = 2\angle -60°A$。求各功率表的读数及三相负载吸收的总功率。

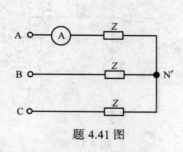

题 4.41 图

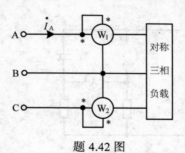

题 4.42 图

4.43 如题 4.43 图所示对称三相感性负载电路中，已知线电压为 380V，负载功率因数 $\cos\varphi = 0.6$，功率表的示数 $P_1 = 275W$。求线电流 I_A 的值及三相负载的总功率 $P_总$。

4.44 题 4.44 图所示为正弦稳态三相对称电路，已知功率表读数分别为 $P_1 = 0$，$P_2 = 2420W$，线电压 $U_线 = 380V$。求阻抗 Z 的值。

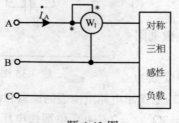

题 4.43 图

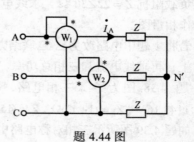

题 4.44 图

4.45　对称三相电路如题 4.45 图所示。对称三相电源线电压为 380V，对称三相负载阻抗 $Z = 20 + j20 \ \Omega$。三相电动机功率为 1.7kW，功率因数 $\cos\varphi = 0.82$。

（1）求线电流 $\dot{I}_A$，$\dot{I}_B$ 和 $\dot{I}_C$；

（2）求三相电源发出的总功率；

（3）若用两表法测三相总功率，试画出两只功率表的接线图。

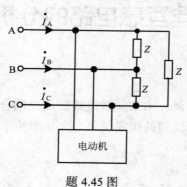

题 4.45 图

第 5 章

含互感电路的分析

互感线圈在工程上应用广泛，本章从载流线圈的磁耦合现象、互感、耦合系数和同名端等基本概念开始，讨论互感线圈的伏安关系、含互感的正弦电路的分析方法以及变压器的基本特性。

5.1 互感线圈的伏安关系

5.1.1 互感

由第 1 章我们知道，当有电流通过一个线圈时，在它周围会产生磁场，这种由线圈自身电流产生的磁场称为自感磁场，表示自感磁通链与电流之间关系的参数称为自感系数，简称电感（量）。体现线圈这种电磁特性的电路元件称为电感元件，也称自感元件。如果两个线圈相互靠近，以致两个线圈中的磁场相互影响，即一个线圈的部分自感磁通穿过另一个线圈，如图 5-1 所示。则称两个线圈之间形成了磁耦合，这两个线圈称为互感线圈，或耦合线圈。

图 5-1 是电流 $i_1 \neq 0, i_2 = 0$ 时，两互感线圈的示意图。图中，产生磁场的电流 i_1、i_2 称为施感电流。由电流 i_1 产生、穿过线圈 1 的磁通 Φ_{11} 称为自感磁通，穿过线圈 2 的磁通 Φ_{21} 称为互感磁通（显然，$\Phi_{21} \leqslant \Phi_{11}$）。如果 $i_2 \neq 0$，则线圈 2 中的电流 i_2 也会产生穿过线圈 2 的自感磁通 Φ_{22} 和穿过线圈 1 的互感磁通 Φ_{12}，这就是彼此耦合的情况。

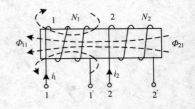

图 5-1 互感线圈示意图

线圈 1 对线圈 2 的互感磁通链为

$$\psi_{21} = N_2 \Phi_{21} \tag{5-1a}$$

式中，N_2 为线圈 2 的匝数。线圈 2 对线圈 1 的互感磁通链为

$$\psi_{12} = N_1 \Phi_{12} \tag{5-1b}$$

式中，N_1 为线圈 1 的匝数。

1. 互感系数 M

当线圈周围没有铁磁物质时，互感磁通链与施感电流成正比。因此，将互感磁通链与施感电流的比例系数定义为互感系数，简称互感，用 M 表示。即线圈 1 对线圈 2 的互感系数为

$$M_{21} = \frac{\psi_{21}}{i_1} = \frac{N_2 \Phi_{21}}{i_1} \tag{5-2a}$$

线圈 2 对线圈 1 的互感系数为

$$M_{12} = \frac{\psi_{12}}{i_2} = \frac{N_1 \Phi_{12}}{i_2} \qquad (5\text{-}2b)$$

互感系数为不小于 0 的常数，它的单位与电感一样，为亨（H）。可以证明 $M_{21} = M_{12}$，表明互感具有互易性，所以当只有两个线圈耦合时，可以略去下标，即令

$$M = M_{21} = M_{12} \qquad (5\text{-}3)$$

2. 耦合系数 k

为了定量描述两个线圈之间耦合的紧密程度，引入耦合系数 k，定义为

$$k = \frac{M}{\sqrt{L_1 L_2}} \qquad (5\text{-}4)$$

耦合系数 k 越大，说明耦合越紧密，可以证明 $k \leqslant 1$。k 的大小与线圈的结构、两线圈的相对位置以及周围磁介质有关。$k = 0$ 表明线圈间没有磁耦合，例如互相屏蔽、相隔很远或相互垂直等情况。$k = 1$ 时，每个线圈产生的磁通全部穿过另一个线圈，例如两个线圈靠得很近或密绕在一起，这种情况称为全耦合。

耦合系数 k 的取值根据不同使用场合而定，如果为了避免线圈间相互干扰，则要求 k 值尽可能小；而为了有效地传输功率或信号，则总是采用极紧密的耦合，甚至采用铁磁性材料制成的心子，使 k 尽可能接近于 1。

5.1.2 互感电压与同名端

1. 互感电压

如果施感电流 i_1 发生变化，根据法拉第电磁感应定律，除了自感磁通 Φ_{11} 的变化在线圈 1 中产生自感电压以外，互感磁通 Φ_{21} 的变化还会在线圈 2 中产生感应电压，这个电压称为互感电压，用 u_{21} 表示。如果根据线圈 2 绕向，选择互感电压 u_{21} 与互感磁通 Φ_{21} 的参考方向符合右手螺旋定则关系，则有

$$u_{21} = \frac{\mathrm{d}\psi_{21}(t)}{\mathrm{d}t} \qquad (5\text{-}5a)$$

同理，如果施感电流 i_2 发生变化，互感磁通 Φ_{12} 的变化也会在线圈 1 中产生感应电压 u_{12}，按右手螺旋定则规定 u_{12} 和 Φ_{12} 的参考方向时，有

$$u_{12} = \frac{\mathrm{d}\psi_{12}(t)}{\mathrm{d}t} \qquad (5\text{-}5b)$$

根据式（5-2a）、式（5-2b）和式（5-3），可得

$$\psi_{21} = M_{21} i_1 = M \cdot i_1 \qquad (5\text{-}6a)$$

$$\psi_{12} = M_{12} i_2 = M \cdot i_2 \qquad (5\text{-}6b)$$

将以上两式分别代入式（5-5a）和式（5-5b），可得到互感电压与施感电流的关系分别为

$$u_{21} = M \frac{\mathrm{d}i_1}{\mathrm{d}t} \qquad (5\text{-}7a)$$

$$u_{12} = M \frac{\mathrm{d}i_2}{\mathrm{d}t} \qquad (5\text{-}7\mathrm{b})$$

如果互感电压与互感磁通的参考方向不满足右手螺旋定则，则互感电压表达式前要加"−"号[即式（5-7a）或者式（5-7b）的右边要加"−"号]。

2. 同名端

由于互感电压前面的正负号与它自身的参考方向、线圈绕向和互感磁通的参考方向有关，而互感磁通的参考方向又与施感电流的参考方向和另一个线圈的绕向有关，分析时需要画出两个线圈的绕向，像图 5-1 那样。但是，如果分析含互感电路都要画出两个（或两个以上）线圈的绕向，就会感到很不方便，采用标记同名端的方法可以简化分析过程。

单个线圈中的磁通链，是各施感电流独立产生的磁通链的叠加，也就是自感磁通链和互感磁通链的叠加。互感的作用有两种可能，一种是自感方向的磁场得到增强（增磁），称为同向耦合；另一种可能是自感方向的磁场被削弱，称为反向耦合。工程上，将同向耦合状态下的一对施感电流的流入端（或流出端）定义为一对耦合电感的同名端，并在电路图中用同一符号标出，例如图 5-1 可用图 5-2 所示电路表示，图中用"∗"标出一对同名端 1 和 2（未标记的 1'与 2'也是同名端）。

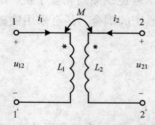

图 5-2　耦合电感的同名端

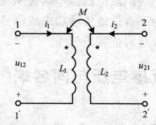

图 5-3　互感电压前取负号的情况

对于标记了同名端的耦合电感，当施感电流从一个线圈的同名端流入，另一个线圈上互感电压的"+"极在同名端一侧时（这种情况称为互感电压与施感电流的参考方向对同名端一致），互感电压的表达式前取"+"号，否则取"−"号。即对于图 5-2 所示电路，互感电压的表达式前取"+"号，即满足式（5-7a）和式（5-7b）。但如果保持同名端及两个施感电流的参考方向不变，而将互感电压的参考方向改变，如图 5-3 所示，则互感电压的表达式前取"−"号，即

$$u_{21} = -M \frac{\mathrm{d}i_1}{\mathrm{d}t} \qquad (5\text{-}8\mathrm{a})$$

$$u_{12} = -M \frac{\mathrm{d}i_2}{\mathrm{d}t} \qquad (5\text{-}8\mathrm{b})$$

在施感电流为正弦量时，互感电压也为正弦量，它们之间的关系可用相量形式表示。当互感电压与施感电流的参考方向对同名端一致时，有

$$\dot{U}_{21} = \mathrm{j}\omega M \dot{I}_1 = \mathrm{j}X_{\mathrm{M}} \dot{I}_1 \qquad (5\text{-}9\mathrm{a})$$

$$\dot{U}_{12} = \mathrm{j}\omega M \dot{I}_2 = \mathrm{j}X_{\mathrm{M}} \dot{I}_2 \qquad (5\text{-}9\mathrm{b})$$

式中，$X_{\mathrm{M}} = \omega M$ 称为互感抗，单位为 Ω。

5.1.3 互感线圈的伏安关系

对于两个具有磁耦合的互感线圈，当它们的电流分别为 i_1、i_2 时，每个线圈上的电压包括三个部分：损耗电阻上的电压、自感电压和互感电压，即

$$u_1 = R_1 i_1 + L_1 \frac{\mathrm{d}i_1}{\mathrm{d}t} \pm M \frac{\mathrm{d}i_2}{\mathrm{d}t} \qquad (5\text{-}10\mathrm{a})$$

$$u_2 = R_2 i_2 + L_2 \frac{\mathrm{d}i_2}{\mathrm{d}t} \pm M \frac{\mathrm{d}i_1}{\mathrm{d}t} \qquad (5\text{-}10\mathrm{b})$$

上两式是在 u_1 与 i_1 以及 u_2 与 i_2 均采用关联参考方向（如图 5-4 所示）时得到的，式中的 R_1 和 R_2 分别表示线圈 1 和 2 的损耗电阻，互感电压前的"+"、"−"号需根据施感电流、同名端及相应电压的参考方向确定。例如，对于图 5-4a，互感电压取"+"号；而对于图 5-4b，互感电压则取"−"。

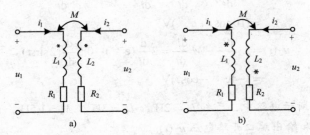

图 5-4 互感线圈中电压、电流的参考方向

当电流为正弦量时，电压也为正弦量，式（5-10）可改写为相量形式：

$$\dot{U}_1 = R_1 \dot{I}_1 + \mathrm{j}\omega L_1 \dot{I}_1 \pm \mathrm{j}\omega M \dot{I}_2 \qquad (5\text{-}11\mathrm{a})$$

$$\dot{U}_2 = R_2 \dot{I}_2 + \mathrm{j}\omega L_2 \dot{I}_2 \pm \mathrm{j}\omega M \dot{I}_1 \qquad (5\text{-}11\mathrm{b})$$

对应的相量模型如图 5-5 所示，图 5-5a 中的互感电压前取"+"号，图 5-5b 中的互感电压前取"−"号。

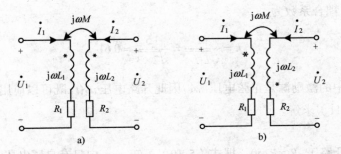

图 5-5 互感线圈的相量模型

例 5-1 图 5-6 所示电路中，已知 $L_1 = 5\mathrm{H}$，$L_2 = 2\mathrm{H}$，$M = 0.5\mathrm{H}$，$i_1 = 2\sin t\,\mathrm{A}$，$i_2 = \mathrm{e}^{-2t}\,\mathrm{A}$，求电压 $u_1(t)$ 和 $u_2(t)$。

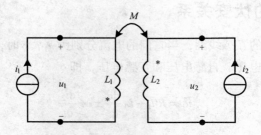

图 5-6　例 5-1 的电路

解　比较图 5-6 与图 5-4 可以发现，前者除了没有电阻之外，其余与图 5-4b 一样，即同一线圈上电压与电流的参考方向关联，但其中的互感电压分量与其施感电流的参考方向对同名端相反。因此，应用式（5-10）时，除了令 $R_1=R_2=0$ 以外，互感电压前应取"$-$"号，即

$$u_1(t) = L_1\frac{\mathrm{d}i_1}{\mathrm{d}t} - M\frac{\mathrm{d}i_2}{\mathrm{d}t} = 5\frac{\mathrm{d}}{\mathrm{d}t}(2\sin t) - 0.5\frac{\mathrm{d}}{\mathrm{d}t}(\mathrm{e}^{-2t})$$

$$= (10\cos t + \mathrm{e}^{-2t})\mathrm{V}$$

$$u_2(t) = L_2\frac{\mathrm{d}i_2}{\mathrm{d}t} - M\frac{\mathrm{d}i_1}{\mathrm{d}t} = 2\frac{\mathrm{d}}{\mathrm{d}t}(\mathrm{e}^{-2t}) - 0.5\frac{\mathrm{d}}{\mathrm{d}t}(2\sin t)$$

$$= (-4\mathrm{e}^{-2t} - \cos t)\mathrm{V}$$

例 5-2　图 5-7a 所示电路中，已知 $L_1=2\mathrm{H}$，$L_2=3\mathrm{H}$，$M=1.5\mathrm{H}$，$u_1=6\sqrt{2}\cos 10t\,\mathrm{V}$，求两线圈的耦合系数 k 和输出端口开路电压 $u_2(t)$。

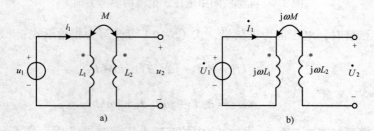

图 5-7　例 5-2 的电路

解　两线圈的耦合系数为

$$k = \frac{M}{\sqrt{L_1L_2}} = \frac{1.5}{\sqrt{2\times 3}} \approx 0.61$$

图 5-7a 电路中的激励源是正弦电压源，因此开路电压 $u_2(t)$ 既可以应用式（5-10）求解，也可以应用式（5-11）求解。

解法一

因为 $i_2=0$（开路）、$R_1=R_2=0$，据式（5-10）可知，u_1 中只有自感电压，u_2 中只有互感电压，注意到该互感电压的参考方向与其施感电流 i_1 的参考方向对同名端一致，因此有

$$u_1(t) = L_1\frac{\mathrm{d}i_1}{\mathrm{d}t} \tag{5-12}$$

$$u_2(t) = M\frac{\mathrm{d}i_1}{\mathrm{d}t} \tag{5-13}$$

由式（5-12）得

$$\frac{\mathrm{d}i_1}{\mathrm{d}t} = \frac{u_1(t)}{L_1} = \frac{6\sqrt{2}\cos 10t}{2} = 3\sqrt{2}\cos 10t\,(\mathrm{V/H})$$

将上式代入式（5-13）得

$$u_2(t) = M\frac{\mathrm{d}i_1}{\mathrm{d}t} = 1.5 \times 3\sqrt{2}\cos 10t = 4.5\sqrt{2}\cos 10t\,(\mathrm{V})$$

解法二

图 5-7a 所示电路的相量模型如图 5-7b 所示。图中，$\dot{U}_1 = 6\angle 0°\mathrm{V}$，$\mathrm{j}\omega L_1 = \mathrm{j}10 \times 2 = \mathrm{j}20\Omega$，$\mathrm{j}\omega L_2 = \mathrm{j}10 \times 3 = \mathrm{j}30\Omega$，$\mathrm{j}\omega M = \mathrm{j}10 \times 1.5 = \mathrm{j}15\Omega$。

因为 $\dot{I}_2 = 0$（开路），$R_1 = R_2 = 0$，根据式（5-11），并注意到 $\dot{U}_2$ 中互感电压的参考方向与其施感电流 $\dot{I}_1$ 的参考方向对同名端一致，因此有

$$\dot{U}_1 = \mathrm{j}\omega L_1 \dot{I}_1 = \mathrm{j}20\dot{I}_1 \tag{5-14}$$

$$\dot{U}_2 = \mathrm{j}\omega M \dot{I}_1 = \mathrm{j}15\dot{I}_1 \tag{5-15}$$

由式（5-14）得

$$\dot{I}_1 = \frac{\dot{U}_1}{\mathrm{j}\omega L_1} = \frac{6}{\mathrm{j}20} = -\mathrm{j}0.3\mathrm{A}$$

将上式代入式（5-15）得

$$\dot{U}_2 = \mathrm{j}\omega M \dot{I}_1 = \mathrm{j}15\dot{I}_1 = \mathrm{j}15 \times (-\mathrm{j}0.3) = 4.5\mathrm{V}$$

显然，电压相量 $\dot{U}_2$ 对应的正弦电压表达式与解法一得到的 u_2 表达式一致。

5.2　含互感正弦电路的稳态分析

分析含有互感的电路时，电路的基本定律 KVL、KCL 仍然适用，但在列写 KVL 的表达式时，要考虑互感电压。互感电压前的"+"、"−"号，要根据施感电流与互感电压的参考方向对同名端是否一致来确定。

对于含互感的正弦稳态电路，可采用相量法分析。如果两个互感线圈串联、并联或者接成三端电路，可以先进行去耦等效，然后再应用第 4 章介绍的正弦稳态电路的分析方法分析。

1.　互感线圈串联

根据同名端的不同，两个互感线圈串联有两种情况：一种是顺向串联，如图 5-8a 所示；另一种是反向串联，如图 5-8b 所示。显然，顺向串联时，电流从两个线圈的同名端流入。但在反向串联时，电流从一个线圈的同名端流入，而从另一个线圈的同名端流出。

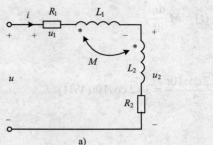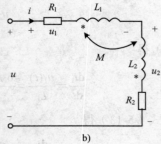

图 5-8　互感线圈的串联

两个串联线圈中通过的是同一电流，它们的端电压分别为

$$u_1 = R_1 i + L_1 \frac{\mathrm{d}i}{\mathrm{d}t} \pm M \frac{\mathrm{d}i}{\mathrm{d}t}$$

$$u_2 = R_2 i + L_2 \frac{\mathrm{d}i}{\mathrm{d}t} \pm M \frac{\mathrm{d}i}{\mathrm{d}t}$$

其中，图 5-8a 所示顺向串联时互感电压前为 "+"，图 5-8b 所示反向串联时互感电压前为 "−"。

根据 KVL，端口总电压为

$$u = u_1 + u_2 = (R_1 + R_2)i + (L_1 + L_2 \pm 2M) \frac{\mathrm{d}i}{\mathrm{d}t} \qquad (5\text{-}16)$$

上式说明两个互感线圈串联时，可以用一个电阻和一个电感的串联组合等效，其中等效电阻 $R = R_1 + R_2$，等效电感为

$$L = L_1 + L_2 \pm 2M \qquad (5\text{-}17)$$

式中，顺向串联时取 "+" 号，反向串联时取 "−" 号。反向串联时，由于互感的反向耦合作用，等效电感比无互感时小，这类似于串联电容的作用，因而称为互感的 "容性" 效应。如果一个线圈的电感小于互感，则该线圈将呈现容性，但整个电路仍然呈感性。

2. 互感线圈并联

根据同名端的不同，两个互感线圈并联也有两种情况：一种是同名端在同一侧，称为同侧并联，如图 5-9a 所示；另一种是同名端不在同一侧，称为异侧并联，如图 5-9b 所示。由于并联时两个线圈通过的电流不同，而互感电压与电流有关，因此其去耦等效过程比较复杂。但应用下面介绍的互感线圈三端接法的去耦等效方法，可以顺利解决。

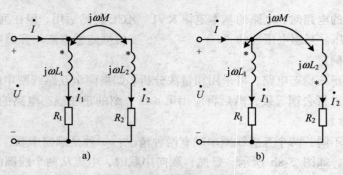

图 5-9　互感线圈的并联

3. 互感线圈的三端接法

上述互感线圈的串联和并联，对外都只有两个引出端，若将不同线圈的两个端钮联在一起作为一个引出端，线圈其余的两个端钮也作为引出端，就有三个引出端，可以分别接于电路的三个节点，称为三端接法。根据同名端的不同，两个互感线圈的三端接法也有两种情况：一种是两个线圈的同名端联在一起作为公共端，称为同名端同侧相联，如图 5-10a 所示；另一种是两个线圈的异名端联在一起作为公共端，称为同名端异侧相联，如图 5-10b 所示。

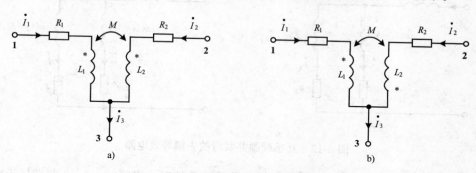

图 5-10　互感线圈的三端接法

对于图 5-10a 所示同名端同侧相联电路，设各引出端的电流分别如图所示，则有

$$\dot{U}_{13} = (R_1 + j\omega L_1)\dot{I}_1 + j\omega M \dot{I}_2 \tag{5-18a}$$

$$\dot{U}_{23} = (R_2 + j\omega L_2)\dot{I}_2 + j\omega M \dot{I}_1 \tag{5-18b}$$

而根据 KCL，可得

$$\dot{I}_2 = \dot{I}_3 - \dot{I}_1$$

或

$$\dot{I}_1 = \dot{I}_3 - \dot{I}_2$$

将它们分别代入式（5-18a）和（5-18b）得

$$\dot{U}_{13} = [R_1 + j\omega(L_1 - M)]\dot{I}_1 + j\omega M \dot{I}_3 \tag{5-19a}$$

$$\dot{U}_{23} = [R_2 + j\omega(L_2 - M)]\dot{I}_2 + j\omega M \dot{I}_3 \tag{5-19b}$$

由以上两个方程可以得到图 5-10a 的等效电路如图 5-11a 所示。其中，0 点是新增加的。

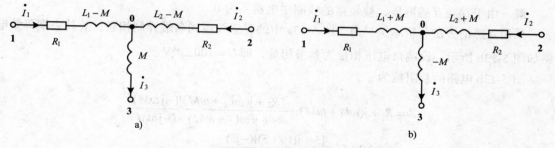

图 5-11　互感线圈三端接法的去耦等效电路

对于图 5-10b 所示同名端异侧相联电路，则相应的等效电路如图 5-11b 所示，图中互感 M 前的符号与同名端同侧相联时相反。

图 5-11 所示电路中各电感之间已没有耦合，故称为去耦等效电路。相应地，把有互感电路变换为无互感电路的处理方法称为互感消去法。

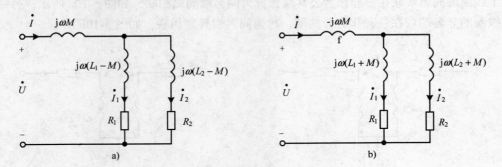

图 5-12 互感线圈并联时的去耦等效电路

互感线圈的串联、并联可以看作为三端接法的特殊情况，串联时，1、2 两端接于电路，3 端悬空；并联时，1、2 两端联在一起为一个引出端，3 端作为另一引出端接于电路。因此，应用互感线圈三端接法电路的去耦等效，可得到图 5-9 所示两互感线圈并联电路的去耦等效电路如图 5-12 所示。

例 5-3 正弦稳态电路如图 5-13a 所示，已知端口电压有效值 $U=100\text{V}$，$R_1=7\Omega$，$R_2=5\Omega$，$\omega L_1=8\Omega$，$\omega L_2=10\Omega$，$\omega M=5\Omega$，求支路电流有效值 I_2。

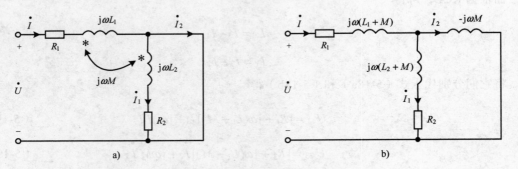

图 5-13 例 5-3 的电路

解 由于存在互感电压，被短路的线圈中电流不为 0。

采用互感消去法分析本例。由于图 5-13a 中的互感线圈同名端异侧相联，故其去耦等效电路如图 5-13b 所示。设端口电压相量为参考相量，即 $\dot{U}=100\angle0°\text{V}$。

图 5-13b 电路的总阻抗为

$$Z = R_1 + j(\omega L_1 + \omega M) + \frac{[R_2 + j(\omega L_2 + \omega M)](-j\omega M)}{R_2 + j(\omega L_2 + \omega M) + (-j\omega M)}$$

$$= 7 + j(8+5) + \frac{[5+j(10+5)](-j5)}{5+j10}$$

$$= 7 + \text{j}13 + \frac{5(3-\text{j})}{1+\text{j}2} = 7 + 1 + \text{j}(13-7) = 10\angle 36.9°\Omega$$

因此

$$\dot{I} = \frac{\dot{U}}{Z} = \frac{100}{10\angle 36.9°} = 10\angle -36.9°\text{A}$$

$$\dot{I}_2 = \frac{R_2 + \text{j}(\omega L_2 + \omega M)}{R_2 + \text{j}(\omega L_2 + \omega M) + (-\text{j}\omega M)} \cdot \dot{I}$$

$$= \frac{5+\text{j}15}{5+\text{j}10} \times 10\angle -36.9° \approx 14.14\angle -28.8°(\text{A})$$

所以　　　　　　　　$I_2 \approx 14.14\text{A}$

4. 含互感正弦电路的一般分析法

用相量法分析含有互感的正弦稳态电路时，在考虑互感电压的前提下，第 4 章介绍的除节点分析法以外的各种分析方法及网络定理都可以运用。但由于耦合电感支路的电压不仅与本支路的电流有关，还与其相耦合的其他支路电流有关，列方程时要另行处理，不能直接套用一般公式。下面通过例题来说明常用分析方法的运用及需注意的问题。

例 5-4　正弦稳态电路如图 5-14a 所示，已知 $\dot{U}_s = 15\angle 0°\text{V}$，$R_1 = R_2 = R_3 = 6\Omega$，$\omega L_1 = \omega L_2 = 10\Omega$，$\omega M = 5\Omega$。试分别应用支路分析法和戴维宁定理求电流相量 $\dot{I}_3$。

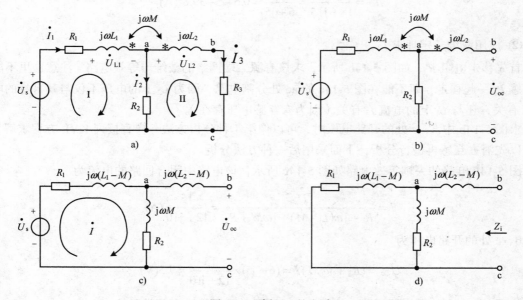

图 5-14　例 5-4 的电路

解　① 用支路分析法求 $\dot{I}_3$。

设各支路电流的参考方向如图（a）所示。对节点 a，由 KCL 得

$$\dot{I}_1 - \dot{I}_2 - \dot{I}_3 = 0 \qquad\qquad （5\text{-}20）$$

图 5-14a 中耦合电感上的电压 $\dot{U}_{L1}$ 和 $\dot{U}_{L2}$ 都包含自感电压和互感电压，分别为

$$\dot{U}_{L1} = j\omega L_1 \dot{I}_1 - j\omega M \dot{I}_3$$

$$\dot{U}_{L2} = j\omega L_2 \dot{I}_3 - j\omega M \dot{I}_1$$

对回路 Ⅰ 和回路 Ⅱ，由 KVL 分别列方程得

$$R_1 \dot{I}_1 + \dot{U}_{L1} + R_2 \dot{I}_2 = \dot{U}_S$$

$$\dot{U}_{L2} + R_3 \dot{I}_3 - R_2 \dot{I}_2 = 0$$

即

$$[R_1 + j\omega L_1]\dot{I}_1 + R_2 \dot{I}_2 - j\omega M \dot{I}_3 = \dot{U}_S$$

$$-j\omega M \dot{I}_1 - R_2 \dot{I}_2 + (R_3 + j\omega L_2)\dot{I}_3 = 0$$

代入已知数得

$$(6 + j10)\dot{I}_1 + 6\dot{I}_2 - j5\dot{I}_3 = 15 \tag{5-21}$$

$$-j5\dot{I}_1 - 6\dot{I}_2 + (6 + j10)\dot{I}_3 = 0 \tag{5-22}$$

由式（5-20）得 $\dot{I}_1 = \dot{I}_2 + \dot{I}_3$，将它代入式（5-22）得 $\dot{I}_2 = \dot{I}_3$。再把这两个结果代入式（5-21），可得

$$\dot{I}_3 = \frac{15}{18 + j15} = \frac{5}{6 + j5} = 0.64\angle -39.8°(A)$$

② 应用戴维宁定理求 $\dot{I}_3$。

首先移走电阻 R_3，如图 5-14b 所示，求该有源二端网络的戴维宁等效电路。注意这里不能连电感 L_2 一起移走，即不能在图 5-14a 的 ac 处分割电路，因为 L_2 上的电压不仅与其自身的电流 $\dot{I}_3$ 有关，还与 L_1 上的电流 $\dot{I}_1$ 有关（因为有互感电压存在）。

求图 5-14b 中 b、c 处的开路电压时，可以像第①种分析方法一样直接列 KVL 方程求解，也可以先消去互感再进行分析，下面采用后一种方法分析。

图 5-14b 电路的去耦等效电路如图 5-14c 所示，该电路中闭合回路的电流为

$$\dot{I} = \frac{\dot{U}_S}{R_1 + j\omega(L_1 - M) + j\omega M + R_2} = \frac{15}{12 + j10}(A)$$

b、c 处的开路电压为

$$\dot{U}_{oc} = (R_2 + j\omega M)\dot{I} = (6 + j5) \times \frac{15}{12 + j10} = 7.5(V)$$

将图 5-14c 中的电压源短路，如图 5-14d 所示，可得戴维宁等效阻抗为

$$Z_i = j\omega(L_2 - M) + [R_1 + j\omega(L_1 - M)] // (R_2 + j\omega M)$$

$$= j5 + (6 + j5) // (6 + j5) = (3 + j7.5)\Omega$$

因此，所求电流相量为

$$\dot{I}_3 = \frac{\dot{U}_{oc}}{Z_i + R_3} = \frac{7.5}{3 + j7.5 + 6} = \frac{5}{6 + j5} = 0.64\angle -39.8°(A)$$

5.3　变压器

变压器是常用的电气设备，它利用互感实现从一个电路向另一个电路进行能量或信号的传输。本节仅对空心变压器和理想变压器的结构和特性作简要介绍。

5.3.1　空心变压器

空心变压器是由两个绕在非铁磁性材料芯子上的互感线圈制成的，其中，一个线圈与电源相联，称为初级线圈或原边；另一个线圈与负载相联，称为次级线圈或副边。空心变压器的电路模型如图 5-15 中虚线框内所示，其中 R_1、L_1 分别表示初级线圈的电阻和电感，R_2、L_2 分别表示次级线圈的电阻和电感，M 为两线圈的互感。由于空心变压器不存在铁心内产生的各种损失，常用于高频电路中。

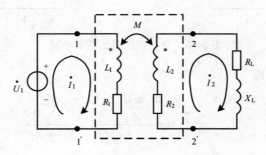

图 5-15　含空心变压器的电路

1. 电压、电流方程

在正弦稳态下，设变压器原、副边回路电流相量的参考方向如图 5-15 所示，则由 KVL 可得原、副边回路的电压方程为

$$\left.\begin{array}{l}(R_1+\mathrm{j}\omega L_1)\dot{I}_1-\mathrm{j}\omega M\dot{I}_2=\dot{U}_1\\-\mathrm{j}\omega M\dot{I}_1+(R_2+\mathrm{j}\omega L_2+R_\mathrm{L}+\mathrm{j}X_\mathrm{L})\dot{I}_2=0\end{array}\right\}$$

令 $Z_{11}=R_1+\mathrm{j}X_{L1}$，称为原边（或初级）回路阻抗；$Z_{22}=(R_2+R_\mathrm{L})+\mathrm{j}(\omega L_2+X_\mathrm{L})$，称为副边（或次级）回路阻抗；$Z_\mathrm{M}=\mathrm{j}\omega M$ 为互阻抗。则上述方程可简写成

$$\left.\begin{array}{l}Z_{11}\dot{I}_1-Z_\mathrm{M}\dot{I}_2=\dot{U}_1\\-Z_\mathrm{M}\dot{I}_1+Z_{22}\dot{I}_2=0\end{array}\right\}\qquad（5\text{-}23）$$

上述方程是由原、副边两个独立回路方程组成的，通过互感联立在一起，是分析变压器性能的依据。

2. 等效电路

分析研究变压器原边（或副边）回路的状态，或者原边回路与副边回路的相互影响时，可以采用不同的等效电路。由式（5-23）可解得

$$\dot{I}_1 = \frac{\dot{U}_1}{Z_{11} + \frac{(\omega M)^2}{Z_{22}}} = \frac{\dot{U}_1}{Z_{11} + Z_1'} \qquad (5\text{-}24)$$

上式表明变压器原边等效电路的输入阻抗可看成由两个阻抗串联而成，其中 $Z_1' = \frac{(\omega M)^2}{Z_{22}}$ 称为引入阻抗，或反映阻抗，它是副边回路阻抗 Z_{22} 通过互感反映到原边的等效阻抗，其性质与 Z_{22} 相反，即感性变容性，容性变感性。由上式可得，变压器原边的等效电路如图 5-16a 所示。

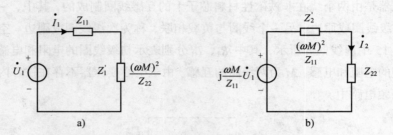

图 5-16　空心变压器的等效电路

由式（5-23）还可解得

$$\dot{I}_2 = \frac{j\frac{\omega M}{Z_{11}}\dot{U}_1}{Z_{22} + \frac{(\omega M)^2}{Z_{11}}} = \frac{\dot{U}_{oc}}{Z_{22} + Z_2'} \qquad (5\text{-}25)$$

式中，等效电源电压 $\dot{U}_{oc} = j\frac{\omega M}{Z_{11}}\dot{U}_1$ 是负载开路时变压器副边上的电压；$Z_2' = \frac{(\omega M)^2}{Z_{11}}$ 是原边回路阻抗通过互感反映到副边的等效阻抗。实际上，上式也是应用戴维宁定理的解答。由上式可得，副边回路的等效电路如图 5-16b 所示。

例 5-5　电路如图 5-15 所示，已知 $u_1 = 100\sqrt{2}\cos\omega t\ \text{V}$，$R_1 = 10\Omega$，$R_2 = 5\Omega$　$\omega L_1 = 30\Omega$，$\omega L_2 = 20\Omega$，$\omega M = 10\Omega$，$Z_L = 5 - j50\Omega$。求原、副边回路的电流 i_1 和 i_2。

解　$\dot{U}_1 = 100\angle 0°\text{V}$
原、副边回路的阻抗分别为

$$Z_{11} = R_1 + j\omega L_1 = (10 + j30)\Omega$$

$$Z_{22} = R_2 + j\omega L_2 + Z_L = 5 + j20 + 5 - j50 = (10 - j30)\Omega$$

由式（5-24）得原边回路的电流相量

$$\dot{I}_1 = \frac{\dot{U}_1}{Z_{11} + \frac{(\omega M)^2}{Z_{22}}} = \frac{100}{10 + j30 + \frac{10^2}{10 - j30}}$$

$$= \frac{10(1 - j3)}{1 + 3^2 + 1} = \frac{10(1 - j3)}{11} \approx 2.9\angle -71.6°(\text{A})$$

由式（5-23）可得副边回路的电流相量

$$\dot{I}_2 = \frac{Z_M \dot{I}_1}{Z_{22}} = \frac{j10}{10 - j30} \times \frac{10(1 - j3)}{11} = j\frac{10}{11} \approx 0.9\angle 90°(A)$$

因此，原、副边回路的电流分别为

$$i_1 = 2.9\sqrt{2}\cos(\omega t - 71.6°)A$$

$$i_2 = 0.9\sqrt{2}\cos(\omega t + 90°)A$$

5.3.2　理想变压器

理想变压器是实际变压器理想化的模型，其理想化条件为：① 无损耗；② 全耦合（即耦合系数 $k=1$）；③ L_1、L_2 和 M 均为无限大。其电路符号如图 5-17 所示，图中的 n 是理想变压器的变比，即两线圈的匝比，$n = \dfrac{N_1}{N_2}$，是理想变压器的唯一参数。

工程上，为了使实际变压器的性能接近理想变压器，一般采用高导磁率的磁性材料作芯子，线圈之间的耦合尽可能紧密，并在保证匝比不变的前提下，尽量增加变压器原、副边的匝数。

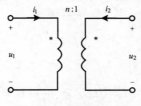

图 5-17　理想变压器

1. 电压变换作用

由理想化条件②可得 $\Phi_{12} = \Phi_{22}$，$\Phi_{21} = \Phi_{11}$，因此

$$\psi_1 = N_1(\Phi_{11} + \Phi_{12}) = N_1(\Phi_{11} + \Phi_{22}) = N_1\Phi$$

$$\psi_2 = N_2(\Phi_{22} + \Phi_{21}) = N_2(\Phi_{22} + \Phi_{11}) = N_2\Phi$$

式中，$\Phi = \Phi_{11} + \Phi_{12}$ 是线圈的总磁通。由于变压器无损耗，故在图 5-17 所示同名端和电压参考极性（图中原、副边电压的 "+" 极是同名端）条件下，有

$$u_1 = \frac{d\psi_1}{dt} = N_1\frac{d\Phi}{dt}$$

$$u_2 = \frac{d\psi_2}{dt} = N_2\frac{d\Phi}{dt}$$

所以

$$\frac{u_1}{u_2} = \frac{N_1}{N_2} = n \quad 即 \quad u_1 = nu_2 \qquad （5-26a）$$

在正弦稳态电路中，可表示为

$$\dot{U}_1 = n\dot{U}_2 \qquad （5-26b）$$

即原、副边线圈的电压之比等于线圈的匝数比，或者说电压与匝数成正比。如果原、副边电压

的参考极性对同名端来说与图 5-17 不同，即原、副边电压的"+"极（或"–"极）不是同名端，则式（5-26）的右边要加"–"号。

由于以上推导过程只用到理想化条件①和②，因此只要是无损耗全耦合变压器，就有式（5-26）电压变换关系成立。

2．电流变换作用

由于理想变压器无损耗，因此在图 5-17 所示同名端及电压、电流参考方向的条件下，其原边电压可表示为

$$u_1 = L_1 \frac{\mathrm{d}i_1}{\mathrm{d}t} + M \frac{\mathrm{d}i_2}{\mathrm{d}t}$$

由此可得

$$\frac{u_1}{L_1} = \frac{\mathrm{d}i_1}{\mathrm{d}t} + \frac{M}{L_1} \frac{\mathrm{d}i_2}{\mathrm{d}t} \tag{5-27}$$

又因为全耦合时有

$$\frac{L_1}{L_2} = \frac{N_1 \Phi_{11}/i_1}{N_2 \Phi_{22}/i_2} = \frac{N_1^2 N_2 \Phi_{21}/i_1}{N_2^2 N_1 \Phi_{12}/i_2} = \frac{N_1^2 M_{21}}{N_2^2 M_{12}} = \frac{N_1^2}{N_2^2} = n^2$$

即

$$\sqrt{\frac{L_1}{L_2}} = n$$

所以

$$M = \sqrt{L_1 L_2} = \sqrt{\frac{L_2}{L_1}} \cdot L_1 = \frac{1}{n} L_1$$

即

$$\frac{M}{L_1} = \frac{1}{n}$$

将它代入式（5-27）得

$$\frac{u_1}{L_1} = \frac{\mathrm{d}i_1}{\mathrm{d}t} + \frac{1}{n} \frac{\mathrm{d}i_2}{\mathrm{d}t}$$

对上式两边积分得

$$\frac{1}{L_1} \int_{-\infty}^{t} u(\xi)\mathrm{d}\xi = \int_0^{i_1} \mathrm{d}i_1 + \frac{1}{n} \int_0^{i_2} \mathrm{d}i_2 = i_1 + \frac{1}{n} i_2$$

当 $L_1 \to \infty$ 时，有

$$i_1 + \frac{1}{n} i_2 = 0$$

即

$$i_1 = -\frac{1}{n} i_2 \tag{5-28a}$$

在正弦稳态电路中，可表示为

$$\dot{I}_1 = -\frac{1}{n} \dot{I}_2 \tag{5-28b}$$

如果原、副边电流的参考方向对同名端来说与图 5-17 不同，即原、副边电流不是都流入（或流出）同名端，则式（5-28）右边的"–"号要去掉。

理想变压器的电压关系方程与电流关系方程是互相独立的，不是联立关系。将式（5-26a）和式（5-28a）两个方程相乘，可得

$$u_1 i_1 + u_2 i_2 = 0$$

这表明，理想变压器的瞬时功率等于 0，也就是说，任一瞬间理想变压器都将从一侧吸收的能量全部传输到另一侧，它既不耗能也不储能，是一个非动态无损耗的磁耦合元件。这点与互感元件不同，互感元件是储能元件。

3. 阻抗变换作用

理想变压器对电压、电流的变换作用，还可以反映到阻抗变换上。在正弦稳态的情况下，当副边接负载 Z_L 时，如图 5-18a 所示，则从原边看进去的输入阻抗为

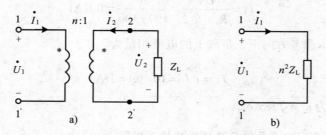

图 5-18 理想变压器的阻抗变换作用

$$Z_i = \frac{\dot{U}_1}{\dot{I}_1} = \frac{n\dot{U}_2}{-\frac{1}{n}\dot{I}_2} = n^2 Z_L \qquad (5-29)$$

即副边负载阻抗 Z_L 经过理想变压器折合到原边为 $n^2 Z_L$，等效电路如图 5-18b 所示。也即在负载阻抗 Z_L 不变的情况下，改变理想变压器的匝比 n，可以在其原边得到不同的输入阻抗。工程上，常用理想变压器的这一性质来实现匹配，使负载获得最大功率。

例 5-6 电路如图 5-19a 所示，已知 $u_s = 20\sqrt{2}\cos\omega t\text{V}$，$R_s = 100\Omega$，$R_L = 1\Omega$。试问理想变压器的变比 n 为多大时，负载电阻 R_L 能获得最大功率，并求此时 R_L 上的功率和电流 i_L。

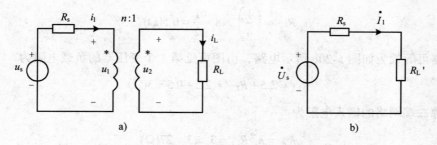

图 5-19 例 5-6 的图

解 将负载 R_L 折合到变压器原边，原边回路的相量模型如图 5-19b 所示，图中

$$\dot{U}_S = 20\angle 0°\text{V}, \qquad R_L' = n^2 R_L$$

根据最大功率传输条件，当 $R_L' = R_s$ 时，R_L' 可获得最大功率。而根据理想变压器的特性，R_L' 上的功率就是负载 R_L 的功率，因此理想变压器的变比应为

$$n = \sqrt{\frac{R_s}{R_L}} = \sqrt{\frac{100}{1}} = 10$$

此时负载 R_L 上的功率为

$$P_L = \frac{U_s^2}{4R_L'} = \frac{20^2}{4 \times 100} = 1(\text{W})$$

由图 5-19b 所示电路可得

$$\dot{I}_1 = \frac{\dot{U}_s}{R_s + R_L'} = \frac{20}{100 + 100} = 0.1(\text{A})$$

在图 5-19a 所示参考方向下，负载上的电流相量为

$$\dot{I}_L = n\dot{I}_1 = 10 \times 0.1 = 1(\text{A})$$

因此，R_L 上的电流为 $i_L = \sqrt{2}\cos\omega t\,\text{A}$。

例 5-7　求图 5-20a 所示无源二端网络的输入电阻 R_i。

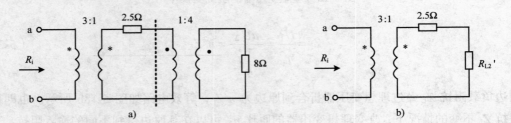

图 5-20　例 5-7 的图

解　第 1 个变压器的变比 $n_1 = 3$，第 2 个变压器的变比 $n_2 = \frac{1}{4}$。设从第 2 个变压器原边向右看的等效电阻为 R_{L2}'，则

$$R_{L2}' = \left(\frac{1}{4}\right)^2 \times 8 = \frac{1}{2} = 0.5(\Omega)$$

原电路可等效为如图 5-20b 所示电路，由图可见第 1 个变压器的负载电阻为

$$R_{L1} = 2.5 + R_{L2}' = 2.5 + 0.5 = 3(\Omega)$$

因此，无源二端网络的输入电阻为

$$R_{ab} = n_1^2 R_{L1} = 3^2 \times 3 = 27(\Omega)$$

习　　题

5.1　题 5.1 图所示各电路中，已知 $L_1=1\text{H}$，$L_2=2\text{H}$，$M=0.5\text{H}$，求各电路中的电压 $u_1(t)$ 和 $u_2(t)$。

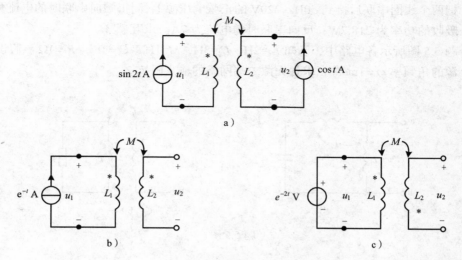

题 5.1 图

5.2 题 5.2a 图所示电路中，已知 L_1=2H，L_2=3H，M =1H，电流 $i_1(t)$ 和 $i_2(t)$ 的波形如图 b 所示，试画出电压 $u_1(t)$ 和 $u_2(t)$ 的波形。

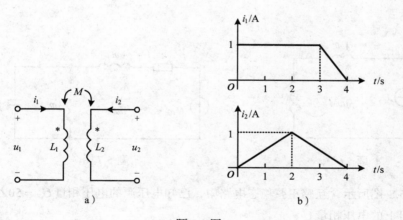

题 5.2 图

5.3 题 5.3 图所示各电路中，已知 L_1=6H，L_2=4H，M =3H，试求从端口 a、b 看进去的等效电感。

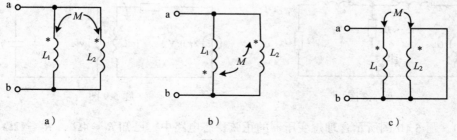

题 5.3 图

5.4 把两个线圈串联后接到 50Hz、220V 的正弦电压源上,测得顺向串联时的电流为 2.7A,吸收的功率为 218.7W;反向串联时的电流为 7A。求互感 M。

5.5 题 5.5 图所示各电路中,已知 L_1=2H,L_2=3H,M=1H,C=1F,R=1Ω。假设正弦源的角频率 ω=1rad/s,求各无源二端网络的输入阻抗 Z。

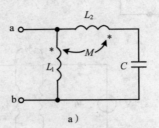 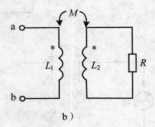

题 5.5 图

5.6 题 5.6 图所示含互感正弦稳态电路中,已知 L_1=3H,L_2=2H,M=1H,正弦电流源的电流相量 $\dot{I}_s = 3\angle 0°\text{A}$,$\omega$=2rad/s。求电流源的端电压相量 $\dot{U}$。

5.7 题 5.7 图所示含互感正弦稳态电路中,已知 R=50Ω,L_1=70mH,L_2=25mH,M=25mH,C=1μF,正弦电压源的电压相量 $\dot{U}_s = 500\angle 0°\text{V}$,$\omega$=$10^4$rad/s。求各支路电流的相量表达式。

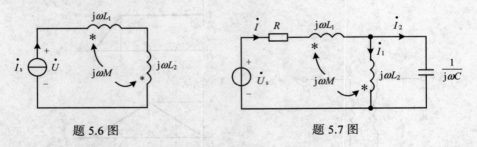

题 5.6 图　　　　　　　　　　题 5.7 图

5.8 题 5.8 图所示含互感正弦稳态电路中,已知电压源的电压相量 $\dot{U}_s = 50\angle 0°\text{V}$,求 6Ω 电阻上的电压相量 $\dot{U}$。

5.9 题 5.9 图所示含互感正弦稳态电路中,已知 R=1Ω,ωL_1=2Ω,ωL_2=32Ω,$\frac{1}{\omega C}$=32Ω,耦合因数 k=1。求电流相量 $\dot{I}_1$ 和电压相量 $\dot{U}_2$。

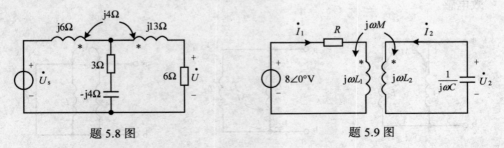

题 5.8 图　　　　　　　　　　题 5.9 图

5.10 题 5.10 图所示含理想变压器的正弦稳态电路中,已知 R_1=4Ω,R_2=12Ω,电压源的电压相量 $\dot{U}_s = 16\angle 0°\text{V}$,求电流相量 $\dot{I}_2$。

5.11 题 5.11 图所示含理想变压器的正弦稳态电路中，若电压源的电压相量 $\dot{U}_s = 6\angle0°\text{V}$，求开路电压相量 $\dot{U}$。

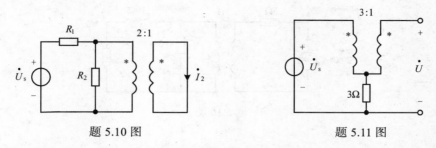

题 5.10 图　　　　　　　　　　题 5.11 图

5.12 题 5.12 图所示含理想变压器的正弦稳态电路中，已知电流表的读数为 2A，求端口电压的有效值 U。

5.13 题 5.13 图所示含理想变压器的正弦稳态电路中，已知电压源的电压相量 $\dot{U}_s = 10\angle0°\text{V}$，求电容上的电压相量 $\dot{U}_c$。

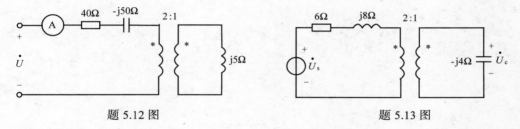

题 5.12 图　　　　　　　　　　题 5.13 图

5.14 题 5.14 图所示电路中，已知 $R_1 = 100\Omega$，$R_2 = 25\Omega$，$R_L = 3\Omega$，正弦电压源的电压相量 $\dot{U}_s = 250\angle0°\text{V}$。求负载电阻 R_L 上的功率 P_L。

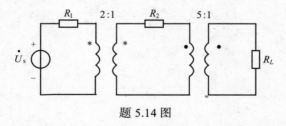

题 5.14 图

5.15 含理想变压器的正弦稳态电路如题 5.15 图所示，求自 a、b 两端往右看的输入阻抗 Z_{ab}，以及负载电阻 R_L 吸收的功率 P_L。

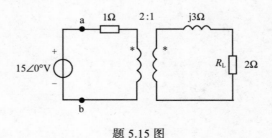

题 5.15 图

5.16 题 5.16 图所示含理想变压器的正弦稳态电路中，Z_L 可以任意变化，试问 Z_L 等于多少时其上可获得最大功率，并求出最大功率 P_{Lmax}。

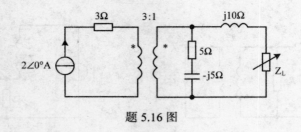

题 5.16 图

第 6 章

非正弦周期电流电路的稳态分析

在实际生产实践和科学实验中，除了前几章介绍的直流电路和正弦交流电路以外，还常常会遇到非正弦交流电路，就是说电路中含有按非正弦规律变化的电量。非正弦信号又可分为周期的和非周期的两种，本章主要讨论非正弦周期信号作用下线性电路的稳态分析。

电路中的非正弦周期电量主要由两方面因素产生的。一方面是由于电源本身是非正弦信号。例如，实际交流发电机产生的电压波形与正弦波形或多或少会有些差别，严格讲是非正弦周期波形。收音机、电视机等接收设备收到的信号都是非正弦信号。数字电路中广泛应用的也都是非正弦信号等。另一方面是由于电路参数的非线性造成的，在非线性电路中，即使激励源发出的是正弦信号，其响应也会按非正弦规律变化。图 6-1 所示是几种常见的非正弦周期波形。

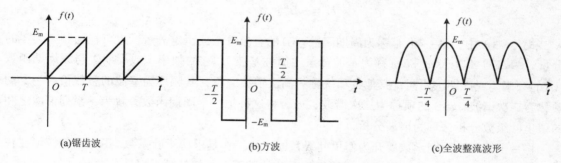

| (a)锯齿波 | (b)方波 | (c)全波整流波形 |

图 6-1　常见非正弦周期信号

6.1　非正弦周期电量及其有效值

6.1.1　非正弦周期电量及其表示式

任一周期电量（电压或电流等）都可以用一个周期函数表示为

$$f(t) = f(t+kT) \quad (k = 0,1,2,\cdots)$$

式中，T 为周期函数 $f(t)$ 的周期。只要给定的周期函数 $f(t)$ 在任一周期内连续或者只有有限个第一类间断点，而且具有极大值和极小值，就可以展开为傅里叶级数。实际电路中所遇到的非正弦周期函数，通常都可利用傅里叶级数展开法分解为一系列不同频率的正弦量之和。即

$$f(t) = a_0 + \sum_{k=1}^{\infty} (a_k \cos k\omega t + b_k \sin k\omega t) \tag{6-1}$$

式中，$\omega = \dfrac{2\pi}{T}$；a_0、a_k、b_k 称为傅里叶系数。利用三角函数的正交性，可导出这些系数的计算公式为

$$\left.\begin{array}{l} a_0 = \dfrac{1}{T} \int_0^T f(t)\mathrm{d}t \\[2mm] a_k = \dfrac{2}{T} \int_0^T f(t)\cos k\omega t\mathrm{d}t = \dfrac{1}{\pi} \int_0^{2\pi} f(t)\cos k\omega t\mathrm{d}(\omega t) \\[2mm] b_k = \dfrac{2}{T} \int_0^T f(t)\sin k\omega t\mathrm{d}t = \dfrac{1}{\pi} \int_0^{2\pi} f(t)\sin k\omega t\mathrm{d}(\omega t) \end{array}\right\} \tag{6-2}$$

上式中的积分区间也可取（$-T/2$，$T/2$）和（$-\pi$，π）。

将展开式中频率相同的正弦项和余弦项合并，可以得到

$$f(t) = A_0 + \sum_{k=1}^{\infty} A_{km}\cos(k\omega t + \psi_k) \tag{6-3}$$

应用相量运算，不难得出式（6-1）和式（6-3）中各系数之间的关系为

$$\left.\begin{array}{l} A_0 = a_0 \\[1mm] A_{km} = \sqrt{a_k^2 + b_k^2} \\[1mm] \tan\psi_k = -b_k / a_k \\[1mm] a_k = A_{km}\cos\psi_k \\[1mm] b_k = -A_{km}\sin\psi_k \end{array}\right\} \tag{6-4}$$

式（6-3）中，第一项 A_0 称为周期函数 $f(t)$ 的直流分量或恒定分量，也可视为频率为零的分量；第二项 $A_{1m}(\cos\omega t + \psi_1)$ 称为基波分量（简称基波），它的频率（或周期）与原周期函数 $f(t)$ 的频率（或周期）相同；其他各项统称为高次谐波分量，其频率为基波的整数倍。$k=2$ 的项称为二次谐波；$k=3$ 的项称为三次谐波；……将这种把一个周期函数分解为一系列谐波之和的傅里叶级数分析法称为谐波分析。

将一个非正弦周期函数展开为傅里叶级数的主要工作是求傅里叶系数。工程上的波形往往具有某些对称性，利用这些对称性与傅里叶系数的关系，可使计算得以简化。

奇函数具有原点对称的性质，其傅里叶展开式中只含有各次正弦谐波分量；偶函数波形对称于纵轴，其傅里叶展开式中只含有各次余弦谐波和直流分量；而奇谐波函数有镜对称性质，其波形移动半个周期后与原波形对称于横轴，因此又称为半波对称，具有这种对称性的函数的傅里叶展开式中只含有奇次谐波分量；偶谐波函数的展开式中只含有偶次谐波分量和直流分量。

根据上述性质可知，图 6-1 所示三种非正弦周期信号的傅里叶展开式分别为

对于 6-1a 图所示锯齿波，有

$$f(t) = \frac{E_m}{2} - \frac{E_m}{\pi}\left(\sin\omega t + \frac{1}{2}\sin 2\omega t + \frac{1}{3}\sin 3\omega t + \cdots\right)$$

对于 6-1b 图所示方波，有

$$f(t) = \frac{4E_m}{\pi}\left(\sin\omega t + \frac{1}{3}\sin 3\omega t + \frac{1}{5}\sin 5\omega t + \cdots\right)$$

对于 6-1c 图所示全波整流波形，有

$$f(t) = \frac{4E_{\mathrm{m}}}{\pi}\left(\frac{1}{2} + \frac{1}{3}\sin 2\omega t - \frac{1}{15}\sin 4\omega t + \cdots\right)$$

应该指出，在原周期函数波形一定的情况下，式（6-3）中系数 A_{km} 与计时起点的选择无关，这是因为构成非正弦周期函数的各谐波的振幅，以及各次谐波对该函数波形的相对位置总是一定的，并不会因计时起点的变动而变动。计时起点的改变只会使各次谐波的初相位 ψ_k 作相应的改变，而系数 a_k 和 b_k 与初相 ψ_k 有关，因此 a_k 和 b_k 随计时起点的不同而不同。

由于 a_k 和 b_k 与计时起点的选择有关，所以函数是否为奇函数或偶函数可能与计时起点有关。例如，若将图 6-2a 波形的计时点提前 $T/4$，即变为如图 6-2b 所示波形，原来的偶函数就变成了奇函数。但是，函数是否为奇谐波函数与计时起点无关。适当选择计时起点，可使计算简化。

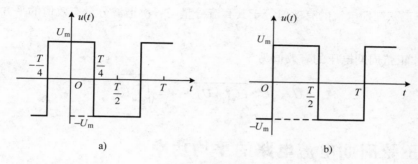

图 6-2　周期性方波

傅里叶级数是一个无穷级数，因此把一个非正弦周期函数分解为傅里叶级数后，理论上讲，必须取无穷多项才能准确的表示原函数。由于级数的收敛性，在实际分析运算时，一般只需取级数的前面若干项即可在一定的精度上近似地表示原周期函数。当然，谐波次数取得越多，合成曲线越接近原波形。

6.1.2　非正弦周期电量的有效值

第 4 章已得出，任一正弦电流的有效值等于其方均根值。下面讨论非正弦周期电量的有效值与各次谐波有效值的关系。

设非正弦周期电流 i 的傅里叶展开式为

$$i(t) = I_0 + \sum_{k=1}^{\infty} I_{km}(\cos k\omega_1 t + \psi_k)$$

将它代入式（4-4），得

$$I = \sqrt{\frac{1}{T}\int_0^T [I_0 + \sum_{k=1}^{\infty} I_{km}\cos(k\omega_1 t + \psi_k)]^2 \mathrm{d}t}$$

将上式积分号内的直流分量与各次谐波之和的平方展开，然后分别求每项在一个周期内的平均值。所有展开项的平均值可分为如下四类：

$$\frac{1}{T}\int_0^T I_0^2 \mathrm{d}t = I_0^2$$

$$\frac{1}{T}\int_0^T I_{km}^2 \cos^2(k\omega_1 t+\psi_k)\mathrm{d}t = \frac{I_{km}^2}{2}=I_k^2$$

$$\frac{1}{T}\int_0^T I_0 I_{km}\cos(k\omega_1 t+\psi_k)\mathrm{d}t = 0$$

$$\frac{1}{T}\int_0^T I_{km}I_{qm}\cos(k\omega_1 t+\psi_k)\cos(q\omega_1 t+\psi_q)\mathrm{d}t=0\,(q\neq k)$$

可见，同频率相乘积项在一个周期内的积分不为 0，而不同频率相乘积项在一个周期内的积分为 0。因此，非正弦周期电流的有效值为

$$I=\sqrt{I_0^2+I_1^2+I_2^2+\cdots}=\sqrt{\sum_{k=0}^{\infty}I_k^2}\qquad(6\text{-}5)$$

上式表明，非正弦周期电流的有效值等于其直流分量与各次谐波分量有效值的平方之和的算术平方根。

同理，非正弦周期电压的有效值为

$$U=\sqrt{U_0^2+U_1^2+U_2^2+\cdots}=\sqrt{\sum_{k=0}^{\infty}U_k^2}\qquad(6\text{-}6)$$

6.2 非正弦周期电流电路的平均功率

设二端网络的电压 u 和电流 i 采用关联参考方向，则它的平均功率应为

$$P=\frac{1}{T}\int_0^T p\,\mathrm{d}t=\frac{1}{T}\int_0^T ui\,\mathrm{d}t$$

若非周期电压、电流用傅里叶级数表示，则平均功率为

$$P=\frac{1}{T}\int_0^T\left[U_0+\sum_{k=1}^{\infty}U_{km}\cos(k\omega_1 t+\psi_{ku})\right]\times\left[I_0+\sum_{k=1}^{\infty}I_{km}\cos(k\omega_1 t+\psi_{ki})\right]\mathrm{d}t$$

将上式积分号内两个级数的乘积展开，然后分别计算各展开项的平均值，则有以下 5 种类型的项

$$\frac{1}{T}\int_0^T U_0 I_0\mathrm{d}t=U_0 I_0$$

$$\frac{1}{T}\int_0^T U_{km}I_{km}\cos(k\omega_1 t+\psi_{ku})\cos(k\omega_1 t+\psi_{ki})\mathrm{d}t=\frac{1}{2}U_{km}I_{km}\cos(\psi_{ku}-\psi_{ki})=U_k I_k\cos\varphi_k$$

$$\frac{1}{T}\int_0^T U_0 I_{km}\cos(k\omega_1 t+\psi_{ki})\mathrm{d}t=0$$

$$\frac{1}{T}\int_0^T I_0 U_{km}\cos(k\omega_1 t+\psi_{ku})\mathrm{d}t=0$$

$$\frac{1}{T}\int_0^T U_{km}I_{qm}\cos(k\omega_1 t+\psi_{ku})\cos(q\omega_1 t+\psi_{qi})\mathrm{d}t=0\quad(q\neq k)$$

可见，由于三角函数的正交性，只有频率相同的电压和电流谐波才能构成平均功率，而不同频率的电压和电流之乘积在一个周期内的积分为零，即不产生平均功率。因此二端网络的平

均功率为

$$P = U_0 I_0 + U_1 I_1 \cos\varphi_1 + U_2 I_2 \cos\varphi_2 + \cdots = U_0 I_0 + \sum_{k=1}^{\infty} U_k I_k \cos\varphi_k \qquad (6\text{-}7)$$

上式说明，在非正弦周期电量作用下，二端网络的平均功率等于直流分量构成的功率与各次谐波的平均功率之和。

例6-1　图 6-3 所示二端网络的电压、电流分别为

$$u = 1.5 + 10\sin\omega t + 5\sin 2\omega t - 4\cos 3\omega t \ \text{V}$$

$$i = 0.8 + 1.414\sin(\omega t + 19.3°) + 0.94\sin(3\omega t - 35.4°) \ \text{A}$$

求电压、电流的有效值以及二端网络的平均功率。

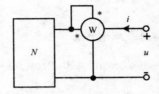

图 6-3　例 6-1 图

解　先将电压变换为正弦函数之和

$$u = 1.5 + 10\sin\omega t + 5\sin 2\omega t + 4\sin(3\omega t - 90°) \ \text{V}$$

则电压、电流各次谐波的有效值及其相位差分别为

$$U_0 = 1.5\text{V}, \quad I_0 = 0.8\text{A}$$

$$U_1 = \frac{10}{\sqrt{2}}\text{V}, \quad I_1 = \frac{1.414}{\sqrt{2}}\text{A}, \quad \varphi_1 = -19.3°$$

$$U_2 = \frac{5}{\sqrt{2}}\text{V}, \quad I_2 = 0$$

$$U_3 = \frac{4}{\sqrt{2}}\text{V}, \quad I_3 = \frac{0.94}{\sqrt{2}}\text{A}, \quad \varphi_3 = -90° + 35.4° = -54.6°$$

因此，电压、电流的有效值分别为

$$U = \sqrt{1.5^2 + \frac{10^2}{2} + \frac{5^2}{2} + \frac{4^2}{2}} = 8.53(\text{V})$$

$$I = \sqrt{0.8^2 + \frac{1.414^2}{2} + \frac{0.94^2}{2}} = 1.44(\text{A})$$

二端网络的平均功率则为

$$P = U_0 I_0 + U_1 I_1 \cos\varphi_1 + U_3 I_3 \cos\varphi_3$$

$$= 1.5 \times 0.8 + \frac{10 \times 1.414}{2}\cos(-19.3°) + \frac{4 \times 0.94}{2}\cos(-54.6°) = 8.96(\text{W})$$

6.3 非正弦周期电流电路的稳态分析

由于任一非正弦周期电量均可分解为一系列不同频率的谐波分量之和,因此,非正弦周期信号激励下的线性电路的稳态响应等于各谐波分量单独作用于电路的稳态响应之和。所以,可采用谐波分析法进行分析,具体分析步骤为:

① 将给定的非正弦周期激励信号展开为傅里叶级数,并根据计算精度要求,取前面的若干项;

② 分别求出激励源的直流分量和各次谐波分量单独作用时的响应。并注意:直流分量作用时,将电容看作断路,电感看作短路,采用电阻电路的分析方法;各次谐波作用时,采用相量法求解,不同谐波作用下的同一电感或电容的阻抗不同;

③ 应用叠加定理,将上一步得到的直流响应和各次谐波响应的瞬时值相加,即得所求稳态响应。

例6-2 已知图 6-4a 所示电路的激励电压为

$$u(t) = 5 + 10\sqrt{2}\cos\omega t + 20\sqrt{2}\cos(3\omega t - 45°) \text{ V}$$

且已知 $R_1 = 15\Omega$, $\omega L_1 = 20\Omega$, $\omega L_2 = 10\Omega$, $\dfrac{1}{\omega C} = 90\Omega$ 。

求:电压 $u_k(t)$ 。

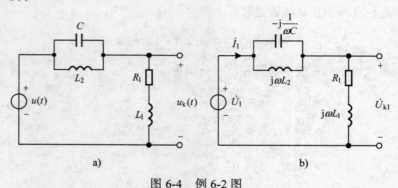

图 6-4 例 6-2 图

解 电路中的按非正弦规律变化的激励电压已分解为傅里叶级数形式,因而可直接对各次谐波分量进行计算。

① 直流分量单独作用时,电感相当于短路,电容相当于开路,因此所求电压的直流分量为

$$U_{k0} = U_0 = 5\text{V}$$

② 基波分量单独作用时的相量模型如图 6-4b 所示。电压源电压相量为

$$\dot{U}_1 = 10\angle 0°\text{V}$$

C、L_2 并联后的等效阻抗为

$$Z_2 = \frac{j\omega L_2\left(-j\dfrac{1}{\omega C}\right)}{j\omega L_2 - j\dfrac{1}{\omega C}} = j11.25\Omega$$

因此，电路中的电流相量为

$$\dot{I}_1 = \frac{\dot{U}_1}{R_1 + \mathrm{j}\omega L_1 + Z_2} = \frac{10\angle 0°}{15 + \mathrm{j}20 + \mathrm{j}11.25}$$

$$= \frac{10\angle 0°}{15 + \mathrm{j}31.25} = 0.29\angle -64.36°\mathrm{A}$$

所求电压的基波分量为

$$\dot{U}_{\mathrm{k}1} = (R_1 + j\omega L_1)\dot{I}_1 = 25\angle 53.13° \times 0.29\angle -64.36°$$

$$= 7.25\angle -11.23°\mathrm{V}$$

瞬时值表达式为

$$u_{\mathrm{k}1}(t) = 7.25\sqrt{2}\cos(\omega t - 11.23°)\ \mathrm{V}$$

③ 三次谐波分量单独作用时，因为 $\mathrm{j}3\omega L_2 = \mathrm{j}30 = \mathrm{j}\dfrac{1}{3\omega C}$，$C$、$L_2$ 并联部分发生并联谐振，相当于开路。所以

$$u_{\mathrm{k}3}(t) = 0$$

④ 将各分量相加，得所求电压

$$u_{\mathrm{k}}(t) = U_{\mathrm{k}0} + u_{\mathrm{k}1}(t) + u_{\mathrm{k}3}(t) = 5 + 7.25\sqrt{2}\cos(\omega t - 11.23°)\ \mathrm{V}$$

例 6-3　图 6-5a 所示为 RC 低通电路，已知 $R = 100\Omega$，$C = 20\mu\mathrm{F}$，外加电压为图 6-2a 所示方波，其周期 $T = 0.02\mathrm{s}$，幅值 $U_{\mathrm{m}} = 10\mathrm{V}$。试求：电容两端电压 $u_{\mathrm{o}}(t)$ 的各次谐波分量的幅值。

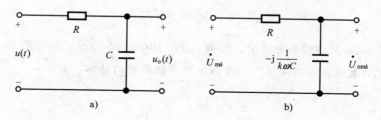

图 6-5　例 6-3 图

解　① 将外加方波电压表示为傅里叶级数形式，得

$$u(t) = \frac{4U_{\mathrm{m}}}{\pi}\left(\cos\omega t - \frac{1}{3}\cos 3\omega t + \frac{1}{5}\cos 5\omega t - \frac{1}{7}\cos 7\omega t + \cdots\right)$$

将 $\omega = \dfrac{2\pi}{T} = 314\mathrm{rad/s}$ 及 $U_{\mathrm{m}} = 10\mathrm{V}$ 代入上式，得

$$u(t) = 12.73\cos 314t - 4.24\cos(3\times 314t) + 2.55\cos(5\times 314t) - 1.82\cos(7\times 314t) + \cdots$$

② 用相量法分别计算各次谐波分量单独作用时的响应，电路的相量模型如图 6-5b 所示。所求电压相量的一般表达式为

$$\dot{U}_{\mathrm{om}k} = \frac{-\mathrm{j}\dfrac{1}{k\omega C}}{R - \mathrm{j}\dfrac{1}{k\omega C}}\dot{U}_{\mathrm{m}k} \qquad (k=1,2,3,4,\cdots)$$

代入数据进行计算，得各次谐波作用下所求电压的幅值分别为

$$U_{om1} = 10.78V \ , \quad U_{om3} = 1.99V \ , \quad U_{om5} = 0.77V \ , \quad U_{om7} = 0.40V \ , \quad \cdots$$

同时，可得 $\dfrac{U_{om1}}{U_{m1}} = 0.85$ ，$\dfrac{U_{om3}}{U_{m3}} = 0.47$ ，$\cdots$。可见，电源电压和电容两端电压的各次谐波的振幅的比值与 k 成反比。该结果说明：只有频率低的信号能较容易通过这个电路，因此，将此电路称为低通电路。将 RC 电路中的电阻和电容互换位置，即将电阻两端电压作为输出电压时，情况则相反，称之为高通电路。由于感抗与频率成正比，容抗的绝对值与频率成反比，实际工程利用这种性质组成了含有电感和电容的各种不同电路。利用这些电路可以让某些所需频率分量顺利通过而其他不需要的分量被抑制，这种电路称为滤波器。图 6-6 所示是几种简单的滤波器。其中，a、b 为低通滤波器，c、d 为高通滤波器。

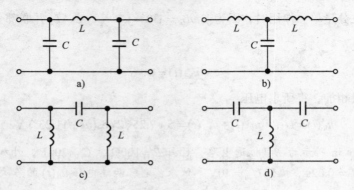

图 6-6　几种简单滤波器

例 6-4　图 6-7a 所示稳态电路中，已知 $u_S(t) = 10\cos t + 5\sqrt{2}\cos(2t + 90°)$ V。求稳态时 1Ω 电阻上电压 $u_L(t)$ 的表达式和有效值，以及该电阻消耗的平均功率。

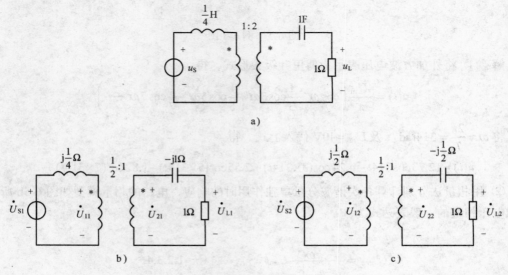

图 6-7　例 6-4 图

解　① 对基波分量 $\dot{U}_{S1}=5\sqrt{2}\angle0°\text{V}$，原电路的相量模型如图 6-7b 所示。

变压器副边回路的反映阻抗为

$$Z_{L1}'=\left(\frac{1}{2}\right)^2(1-j)=0.25(1-j)(\Omega)$$

因此，原边电压相量为

$$\dot{U}_{11}=\dot{U}_{S1}\cdot\frac{Z_{L1}'}{j0.25+Z_{L1}'}=5\sqrt{2}(1-j)(\text{V})$$

副边电压相量为

$$\dot{U}_{21}=2\dot{U}_{11}=10\sqrt{2}(1-j)(\text{V})$$

电阻上的电压相量为

$$\dot{U}_{L1}=\dot{U}_{21}\cdot\frac{1}{1-j}=10\sqrt{2}(\text{V})$$

所以

$$u_{L1}(t)=20\cos t(\text{V})$$

② 对二次谐波分量 $\dot{U}_{S2}=5\angle90°\text{V}$，原电路的相量模型如 6-7c 所示。

变压器副边回路的反映阻抗为

$$Z_{L2}'=\left(\frac{1}{2}\right)^2(1-j0.5)=(0.25-j0.125)(\Omega)$$

因此，原边电压相量为

$$\dot{U}_{12}=\dot{U}_{S2}\cdot\frac{Z_{L2}'}{j0.5+Z_{L2}'}=j5\times\frac{0.25-j0.125}{j0.5+0.25-j0.125}=\frac{5(1+j2)}{2+j3}(\text{V})$$

副边电压相量为

$$\dot{U}_{22}=2\dot{U}_{12}=\frac{10(1+j2)}{2+j3}(\text{V})$$

电阻上的电压相量为

$$\dot{U}_{L2}=\dot{U}_{22}\cdot\frac{1}{1-j0.5}=\frac{10(1+j2)}{(2+j3)(1-j0.5)}=\frac{10(1+j2)}{3.5+j2}\approx5.56\angle33.7°(\text{V})$$

所以

$$u_{L2}(t)=5.56\sqrt{2}\cos(2t+33.7°)(\text{V})$$
$$u_L(t)=20\cos t+5.56\sqrt{2}\cos(2t+33.7°)(\text{V})$$

③ 电阻上电压的有效值为

$$U_L=\sqrt{U^2{}_{L1}+U^2{}_{L2}}=\sqrt{(10\sqrt{2})^2+5.56^2}\approx15.2(\text{V})$$

电阻消耗的平均功率为

$$P_L=\frac{U^2{}_{L1}}{R_L}+\frac{U^2{}_{L2}}{R_L}=\frac{U^2{}_L}{R_L}\approx15.2^2\approx231(\text{W})$$

习　题

6.1　试将题 6.1 图所示各波形展开成傅里叶级数。

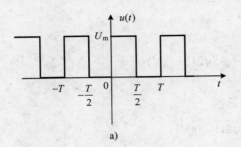
a)

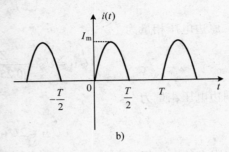
b)

题 6.1 图

6.2　题 6.2 图所示电路中，已知电压 $u(t) = 10 + 20\sqrt{2}\cos(\omega t + 30°) + 5\sqrt{2}\cos 3\omega t$ V，$R = 5\Omega$，

$\omega L = 2\Omega$，$\dfrac{1}{\omega C} = 18\Omega$。

试求：（1）电流 i；

（2）电流表、电压表及功率表的读数（电表指示为有效值）。

6.3　题 6.3 图所示电路中，已知 $R = 2.5\Omega$，$L = 2\text{mH}$，$C = 100\mu\text{F}$，电流源

$$i_S(t) = 5 + 10\cos 10^3 t - 4\sin(2\times 10^3 t - 30°)\text{ A}。$$

试求：（1）电阻吸收的功率；

（2）电流 $i_1(t)$ 及其有效值；

（3）电流源端电压 $u(t)$。

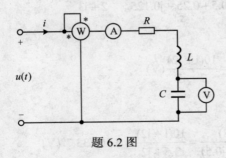

题 6.2 图

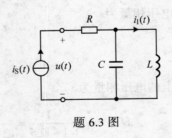

题 6.3 图

6.4　求题 6.4 图所示电路中的电压 $u(t)$。

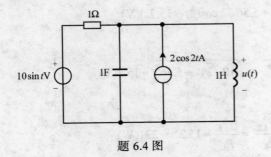

题 6.4 图

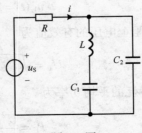

题 6.5 图

6.5　题 6.5 图所示电路中，已知 $C_1 = 100\mu\text{F}$ ，电压源 $u_\text{S} = 10 + 14.1\cos(1000t + 30°) + 8\cos(2000t + 45°)$ V ，电路中电流 $i = 1.41\cos(1000t + 30°)$ A 。试求 R ， L 和 C_2 。

6.6　题 6.6a 图所示为一正弦电压全波整流的滤波电路，其中电感 $L = 5\text{H}$ ，电容 $C = 10\mu\text{F}$ ，负载电阻 $R = 2\text{k}\Omega$ 。设施加在滤波电路上的电压波形如图 6.6b 所示。求负载两端电压的各谐波分量的幅值。设 $\omega = 314\text{rad/s}$ ， $U_\text{m} = 157\text{V}$ 。

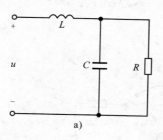 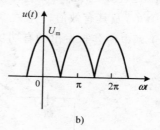

题 6.6　图

6.7　题 6.7 图所示电路中，已知 $u(t) = 100\cos\omega t + 50\sqrt{2}\cos(3\omega t + 30°)$ V ，基波频率 $f = 500\text{Hz}$ ， $R_1 = 10\Omega$ ， $R_2 = 20\Omega$ ， $L_1 = 2\text{mH}$ ， $L_2 = 10\text{mH}$ 。当基波电压单独作用时，电流表 A_1 读数为零；三次谐波电压单独作用时，电流表 A_2 读数为零。求电容 C_1 ， C_2 和电容 C_1 两端的电压 u_1 （电流表内阻视为零）。

6.8　题 6.8 图所示电路中，已知电压源电压 $u_{\text{S}1}(t) = 15 + 3\sqrt{2}\sin(2t + 90°)$ V ，电流源电流 $i_{\text{S}2}(t) = 2\sqrt{2}\sin 2.5t$ A 。求电压 $u_\text{R}(t)$ 和电压源发出的功率。

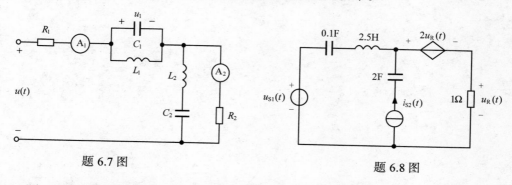

题 6.7 图　　　　　　　　　　　　　题 6.8 图

6.9　题 6.9 图所示电路中，已知电流源电流 $i_\text{S} = 5 + 10\cos(t - 20°) + 15\cos(3t + 60°)$ A ， $R_1 = 1\Omega$ ， $R_2 = 2\Omega$ ， $L_1 = 1\text{H}$ ， $L_2 = 2\text{H}$ ， $M = 0.5\text{H}$ 。求电流源发出的平均功率及负载 R_2 得到的功率。

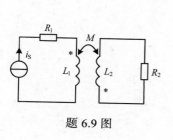 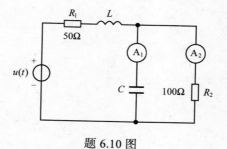

题 6.9 图　　　　　　　　　　　　題 6.10 图

6.10　题6.10图所示电路中，电源电压含有直流分量和角频率为ω的正弦分量。已知$\omega L = 70\Omega$，$\dfrac{1}{\omega C} = 100\Omega$，在稳态下$A_1$读数为1A，$A_2$读数为1.5A。求电源电压$u(t)$。

6.11　题6.11图所示电路中，已知$R = 4\Omega$，$C_1 = \dfrac{1}{6}\text{F}$，$C_2 = \dfrac{1}{3}\text{F}$，$L_1 = 6\text{H}$，$L_2 = 4\text{H}$，$M = 3\text{H}$，

$u_S(t) = 18\sqrt{2}\cos t + 9\sqrt{2}\cos(2t + 30°)\ \text{V}$，　$i_S = 5\sqrt{2}\cos t\ \text{A}$。

求：（1）$i(t)$及其有效值；

（2）两电源各自发出的有功功率。

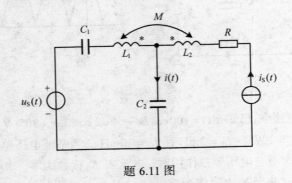

题 6.11 图

第 7 章

线性动态电路的时域分析

通过第 3 章的学习可知，描述纯电阻电路的方程是代数方程。如果要描述含有电容或（和）电感等储能元件的电路，因电容（或电感）的伏安关系涉及对电压（或电流）的导数，故描述这类电路的方程将是微分方程。当这类电路中的无源元件都是线性和非时变时，描述它们的方程就是线性常系数微分方程。本章将用以时间 t 为自变量，采用直接求解微分方程的方法（称为时域分析法）讨论这类电路，主要讨论最常见的一阶动态电路，并对典型的二阶动态电路进行简单分析。

7.1 动态电路的方程及初始条件

7.1.1 基本概念

1. 动态电路及其方程

由于电容（或电感）的电流（或电压）与其电压（或电流）的导数成正比，即只有当电容（或电感）的电压（或电流）有变动的时候，其电流（或电压）才不为 0，故电容和电感被称为动态元件。

含有动态元件的电路称为动态电路。当线性电路中含有一个独立的动态元件（指不可以合并简化的动态元件）时，描述它的是一个一阶的常系数微分方程，故这种电路称为一阶动态电路。对于含有两个独立动态元件的线性电路，要用一个二阶的常系数微分方程来描述，故这种电路称为二阶动态电路。一般情况下，当电路中含有 n 个独立的动态元件时，描述它的方程便为 n 阶常系数微分方程，相应的电路被称为 n 阶动态电路。

描述动态电路的微分方程是根据电路元件的伏安关系以及基尔霍夫定律得出的。如对图 7-1 所示的一阶电路，开关 S 打在 b 位置时，根据电阻和电容的伏安关系以及 KVL 可得

$$u_R(t) = Ri$$
$$i = C\frac{du_C}{dt}$$
$$u_R(t) + u_C(t) = 0$$

若以电容电压 $u_C(t)$ 为变量，则由上面三式可以推得

$$RC\frac{du_C(t)}{dt} + u_C(t) = 0 \tag{7-1}$$

上式即为描述图 7-1 所示一阶电路（开关 S 打在 b 位置）的微分方程。

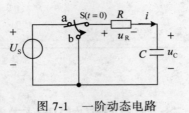

图 7-1　一阶动态电路

2. 过渡过程

当电路中的电压和电流都为定值或时间的周期函数（例如前面章节讨论过的直流或正弦交流）时，电路被认为处于稳定状态。当动态电路的电路结构或元件参数发生变化（例如图 7-1 中开关发生动作）时，电路会从一种稳定状态转变为另外一种稳定状态。由于动态元件的伏安关系为微分或积分的关系，因此这种转变需要一个时间过程，这个时间过程被称为过渡过程（或暂态过程）。

3. 换路

电路结构的改变或元件参数的改变称为换路。为了分析方便，一般设定换路在 $t=0$ 时刻发生，并将换路前的一瞬间记为 $t=0_-$，换路后的一瞬间记为 $t=0_+$，这样换路经历的时间为 0_- 到 0_+。

例如在图 7-1 所示电路中，当 $t<0$ 时，开关 S 打在 a 位置，电压源对电容 C 充电，只要时间足够长，最终电容两端电压 $u_C=U_S$，电路达到一种稳定状态；如果 S 在 $t=0$ 时刻打到 b 位置，则电容 C 就会通过电阻 R 放电，直至放电完毕（$u_C=0$），电路进入另一种稳定状态。这里，开关 S 从 a 切换到 b 称为换路，S 在 a 位置时，称为换路前；S 在 b 位置时，称为换路后。可以看到，S 从 a 切换到 b 后，欲使电容上的电压 u_C 由 U_S 变为零，需要一定时间，这个过程就是过渡过程。

7.1.2　动态电路的初始条件

n 阶线性动态电路可以用常系数的 n 阶微分方程描述，若要求解 n 阶微分方程 $a_1f^{(n)}(t)+a_2f^{(n-1)}(t)+\cdots+a_{n-1}f(t)+a_n=b$，得出电路的响应（即电路中某一电压或电流），则必须知道 $f(0),\ f'(0),\ \cdots,\ f^{n-1}(0)$，这些值就是初始条件。对于一阶动态电路，初始条件就是欲求电量的初始值[$u(0_+)$ 或 $i(0_+)$]。下面就讨论一阶动态电路初始条件的求解方法。

1. 换路定律

（1）电容电压

由式（1-20）可知，在关联参考方向下，线性电容在任意时刻的电压可表示为

$$u_C(t)=u_C(t_0)+\frac{1}{C}\int_{t_0}^{t}i_C(\xi)\mathrm{d}\xi \tag{7-2}$$

若令 $t_0=0_-$，$t=0_+$，则由上式可得

$$u_C(0_+)=u_C(0_-)+\frac{1}{C}\int_{0_-}^{0_+}i_C(\xi)\mathrm{d}\xi$$

如果换路前后 i_C 为有限值，必然有 $\dfrac{1}{C}\displaystyle\int_{0_-}^{0_+}i_C(\xi)\mathrm{d}\xi=0$，因此得

$$u_C(0_+)=u_C(0_-) \tag{7-3}$$

上式表明，换路前后电容上的电压不会跃变（以换路瞬间电容上的电流是有限值为前提）。

（2）电感电流

由式（1-13）可知，在关联参考方向下，线性电感在任意时刻的电流可表示为

$$i_L(t) = i_L(t_0) + \frac{1}{L}\int_{t_0}^{t} u_L(\xi)\mathrm{d}\xi \tag{7-4}$$

若令 $t_0 = 0_-$，$t = 0_+$，则由上式可得

$$i_L(0_+) = i_L(0_-) + \frac{1}{L}\int_{0_-}^{0_+} u_L(\xi)\mathrm{d}\xi$$

如果换路前后 u_L 为有限值，必然有 $\frac{1}{L}\int_{0_-}^{0_+} u_L(\xi)\mathrm{d}\xi = 0$，因此得

$$i_L(0_+) = i_L(0_-) \tag{7-5}$$

上式表明，换路前后电感上的电流不会跃变（以换路瞬间电感上的电压是有限值为前提）。

式（7-3）和（7-5）就是动态电路的换路定律。

2. 一阶电路初始条件的求解

由换路定律可知，欲求换路后电容电压的初始值 $u_C(0_+)$ 或电感电流的初始值 $i_L(0_+)$，可以根据它们在 0_- 时刻的值 $u_C(0_-)$ 或 $i_L(0_-)$ 来确定。在求解 $u_C(0_-)$ 或 $i_L(0_-)$ 时，若电路为直流稳态电路，则 0_- 时刻电路中的电感相当于短路，电容相当于断路。

对于电路中其他电压、电流换路后的初始值（如电阻上的电压和电流、电容上的电流、电感的电压等），可根据已求得的 $u_C(0_+)$ 和 $i_L(0_+)$，在 0_+ 时刻的等效电路中求得。0_+ 时刻等效电路的获取方法为在换路后的电路中，电容 C 用电压值为 $u_C(0_+)$ 的电压源代替，电感 L 用电流值为 $i_L(0_+)$ 的电流源代替，其余部分不变。这样就得到一个不包含电容和电感的纯电阻电路，利用电阻电路的分析方法就可以求出待求的初始电压和电流了。

例 7-1 如图 7-2a 所示电路中，$t < 0$ 时开关 S 闭合，电路已达稳态，$t = 0$ 时开关 S 断开。试求 $u_C(0_+)$ 和 $i_C(0_+)$。

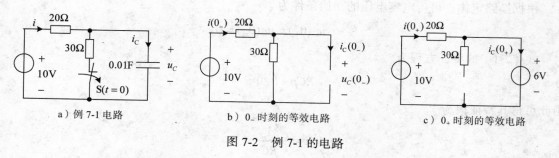

a）例 7-1 电路　　　　b）0_- 时刻的等效电路　　　　c）0_+ 时刻的等效电路

图 7-2　例 7-1 的电路

解　0_- 时刻的等效电路如图 7-2b 所示（由于电路已达稳态，故电容 C 相当于开路）。由此可得

$$i(0_-) = \frac{10}{20+30} = 0.2(\mathrm{A})$$

$$u_C(0_-) = \frac{10}{20+30} \times 30 = 6(\mathrm{V})$$

$$i_C(0_-) = 0A$$

由换路定律可得电容电压的初始值为

$$u_C(0_+) = u_C(0_-) = 6V$$

电容上电流的初始值 $i_C(0_+)$ 需在 0_+ 时刻的等效电路中求解。将电容用 6V 电压源代替，可得 0_+ 时刻的等效电路如图 7-2c 所示。由此可得

$$i_C(0_+) = \frac{10 - u_C(0_+)}{20} = 0.2A$$

由上述计算结果可见，在换路瞬间电容上的电流发生了跃变，从 0 跃变为 0.2A。

7.2 一阶动态电路的时域分析

7.2.1 一阶动态电路的零输入响应

动态电路中含有动态元件电容或（和）电感，它们都具有储能作用，若在换路前动态元件的初始储能不为零，那么即使换路后电路中无独立电源存在，电路中仍将有电压和电流。这种在无外加电源输入（也称激励）的情况下，由动态元件的初始储能引起的电压或电流，称为电路的零输入响应。

一阶动态电路有两种形式：一种是电阻 R 和电容 C 组成的 RC 电路，另一种是电阻 R 和电感 L 组成的 RL 电路。下面分别讨论这两种电路的零输入响应。

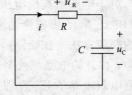

图 7-3 零输入一阶 RC 电路

1. RC 电路的零输入响应

图 7-3 所示为图 7-1 换路后的电路，其中不含电源，因此电路中的电压和电流即为零输入响应，描述该电路的微分方程即为（7-1）式。

根据换路定律，可得电容电压的初始条件为

$$u_C(0_+) = u_C(0_-) = U_S \tag{7-6}$$

式（7-1）的特征方程为

$$RCp + 1 = 0$$

由此可得其特征根为

$$p = -\frac{1}{RC}$$

因此方程（7-1）的通解为

$$u_C(t) = Ke^{pt} = Ke^{-\frac{t}{RC}} \ (t \geqslant 0) \tag{7-7}$$

其中 K 为待定系数，由初始条件确定。在式（7-7）中，令 $t = 0_+$，并将式（7-6）代入，可得 $K = u_C(0_+) = U_S$。

因此，电容电压的表达式为

$$u_C(t) = U_S e^{-\frac{1}{RC}t} \quad (t \geqslant 0) \tag{7-8}$$

流过电容的电流为

$$i(t) = C\frac{\mathrm{d}u_C}{\mathrm{d}t} = -\frac{U_S}{R} e^{-\frac{1}{RC}t} \quad (t \geqslant 0) \tag{7-9}$$

电阻的电压为

$$u_R(t) = -u_C(t) = Ri(t) = -U_S e^{-\frac{1}{RC}t} \quad (t \geqslant 0) \tag{7-10}$$

$u_C(t)$、$i(t)$、$u_R(t)$ 的波形如图 7-4 所示。

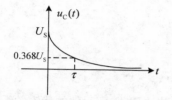

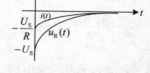

a）RC 电路零输入时 $u_C(t)$ 的变化曲线　　　　　b）RC 电路零输入时 $i(t)$、$u_R(t)$ 的变化曲线

图 7-4　一阶 RC 电路的零输入响应

由以上分析可见，RC 电路在零输入时的电压和电流都是随时间衰减的指数函数，且指数项的指数都相同，为 $-\dfrac{t}{RC}$。令 $\tau = RC$，称为 RC 电路的时间常数。当 R 的单位为 Ω，C 的单位为 F 时，τ 的单位为 s。τ 的大小决定了电压和电流衰减的快慢，τ 越小，电压和电流衰减得越快。以电容电压为例，当 $t = \tau$ 时，$u_C(\tau) = 0.368U_S$，当 $t = 4\tau$ 时，$u_C(4\tau) = 0.018U_S$。理论上，$u_C(\infty) = 0$，即 $t \to \infty$，电容放电完毕，但因为 $t = 4\tau$ 时电容的电压已衰减到了初始值的 0.018 倍，所以工程上通常认为 t 经历 4τ 后，电容已放电完毕，过渡过程结束（根据近似程度不同，过程时间可在 $3\tau \sim 5\tau$ 间选取），电路进入新的稳定状态。

例 7-2　电路如图 7-5a 所示，已知 $R_1 = 2\mathrm{k}\Omega, R_2 = 3\mathrm{k}\Omega, R_3 = 6\mathrm{k}\Omega, C = 5\mu\mathrm{F}$，开关 S 闭合前电容已充电至 24V，求开关闭合后的 $u_C(t)$ 和 $i(t)$。

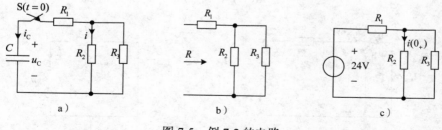

图 7-5　例 7-2 的电路

解　① 由题意可知 $u_C(0_+) = 24\mathrm{V}$，换路后自电容两端看，电路其余部分如图 7-5b 所示，其等效电阻为

$$R = R_1 + \frac{R_2 R_3}{R_2 + R_3} = 2 + \frac{3 \times 6}{3 + 6} = 4(\mathrm{k}\Omega)$$

因此，电路的时间常数为

$$\tau = RC = 4 \times 10^3 \times 5 \times 10^{-6} = 0.02(\text{s})$$

电容电压零输入响应的表达式为

$$u_C(t) = U_0 \mathrm{e}^{-\frac{t}{\tau}} = 24\mathrm{e}^{-50t}\text{V} \quad (t \geq 0)$$

② 电流 $i(t)$ 的求解方法通常有两种，下面分别介绍。

方法一：根据前面的讨论可知，$i(t) = i(0_+)\mathrm{e}^{-\frac{t}{\tau}}$ $(t \geq 0)$。所以只要求出电流的初始值便可得出电流 $i(t)$ 的表达式（τ 前面已求出）。

由图 7-5c 所示的 0_+ 时刻的等效电路，可得

$$i(0_+) = \frac{24}{4} \times \frac{6}{3+6} = 4(\text{mA})$$

因此电流 $i(t)$ 的表达式为

$$i(t) = 4\mathrm{e}^{-50t}\text{mA} \quad (t \geq 0)$$

方法二：电容的电压求出后，电路中其他的电压电流可根据电路中元件的伏安关系和基尔霍夫定律推导求解。本例中有

$$i(t) = -i_C(t) \cdot \frac{R_3}{R_2 + R_3} = -C\frac{\mathrm{d}u_C}{\mathrm{d}t} \cdot \frac{R_3}{R_2 + R_3}$$

$$= -5 \times 10^{-6} \times 24 \times (-50)\mathrm{e}^{-50t} \times \frac{2}{3} = 4\mathrm{e}^{-50t}(\text{mA}) \quad (t \geq 0)$$

2. *RL* 电路的零输入响应

RL 电路的零输入响应的分析方法与 *RC* 电路非常相似。

如图 7-6a 所示 *RL* 电路中，$t=0$ 时刻开关 S 由 a 打到 b，图 7-6b 为换路后的电路，在图 7-6b 所示的电压和电流参考方向下，对该电路进行数学分析。

在图 7-6b 电路中，根据电阻和电容的伏安关系以及 KVL，可得

$$u_R(t) = Ri_L, \quad u_L = L\frac{\mathrm{d}i_L}{\mathrm{d}t}$$

$$u_R(t) = -u_L(t)$$

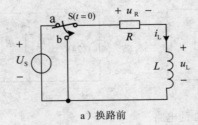
a）换路前

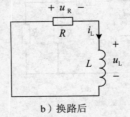
b）换路后

图 7-6 零输入一阶 *RL* 电路

若取电感的电流为求解变量，则由上面三式可以推得

$$\frac{L}{R}\frac{\mathrm{d}i_L(t)}{\mathrm{d}t} + i_L(t) = 0 \tag{7-11}$$

由于换路前电路已达到稳态，电感相当于短路，因此可得 $i_L(0_-) = \dfrac{U_S}{R}$。由换路定律可得

$$i_L(0_+) = i_L(0_-) = \frac{U_S}{R} \tag{7-12}$$

式（7-11）也是一个一阶的常系数齐次微分方程，解之可得电感电流的表达式为

$$i_L(t) = \frac{U_S}{R} e^{-\frac{R}{L}t} \quad (t \geqslant 0) \tag{7-13}$$

若令 $\tau = \dfrac{L}{R}$（为 RL 电路的时间常数），$I_0 = \dfrac{U_S}{R}$（为电感电流的初始条件），则电感电流可以写为

$$i_L(t) = I_0 e^{-\frac{t}{\tau}} \quad (t \geqslant 0) \tag{7-14}$$

电感两端的电压为

$$u_L(t) = L\frac{\mathrm{d}i_L}{\mathrm{d}t} = LI_0(-\frac{R}{L})e^{-\frac{t}{\tau}} = -I_0R \cdot e^{-\frac{t}{\tau}} \quad (t \geqslant 0) \tag{7-15}$$

图 7-7 为 $i_L(t)$ 和 $u_L(t)$ 的变化曲线。由图可以看出，RL 电路的零输入响应与 RC 电路的零输入响应相似，都是随着时间按指数规律衰减的。电路换路后的过渡过程，实质上就是电感把原先储藏的磁场能量，转化为电阻中的热能消耗掉的过程。

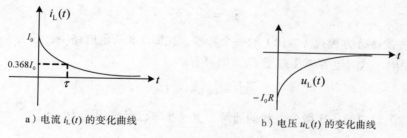

a) 电流 $i_L(t)$ 的变化曲线　　　　b) 电压 $u_L(t)$ 的变化曲线

图 7-7　一阶 RL 电路的零输入响应

通过对 RC 和 RL 电路零输入响应的分析可以看出，一阶电路的零输入响应变化形式相同，均可用以下通式表示

$$f(t) = f(0_+)e^{-\frac{t}{\tau}} \quad (t \geqslant 0) \tag{7-16}$$

式中，$f(0_+)$ 为所求变量的初始值。τ 为一阶动态电路的时间常数，在 RC 电路中，$\tau = RC$；在 RL 电路中，$\tau = \dfrac{L}{R}$。R 均为从动态元件两端看，电路其余部分的戴维宁等效电阻。

反应电路特性的时间常数 τ 实际上等于特征根 p 倒数的负值，即

$$\tau = -\frac{1}{p} \text{ 或 } p = -\frac{1}{\tau} \tag{7-17}$$

特征根 p 具有频率（即时间倒数）的量纲，其数值由电路的结构和参数决定，故称为固有频率。常用来表明电路的固有性质。

7.2.2　一阶动态电路的零状态响应

电路在动态元件初始储能为零的条件下，仅由外加独立电源（也称激励）所引起的响应称为零状态响应。

1. *RC* 电路的零状态响应

如图 7-8 所示电路中，在开关 S 闭合之前，电容上没有电荷，即电路处于零初始状态，$u_C(0_-) = 0$。$t = 0$ 时开关 S 合上，电压源通过电阻向电容充电，时间足够长后，电容的电压达到 U_S，此时电路达到稳态，电容在电路中相当于断路。下面对电路中的电压和电流响应进行定量分析。

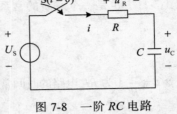

图 7-8　一阶 *RC* 电路

$t \geqslant 0$ 时，由 KVL 得

$$u_R + u_C = U_S$$

把 $u_R = Ri$、$i = C\dfrac{\mathrm{d}u_C}{\mathrm{d}t}$ 代入上式，得到以 $u_C(t)$ 为变量的方程为

$$RC\frac{\mathrm{d}u_C}{\mathrm{d}t} + u_C = U_S \quad (t \geqslant 0) \tag{7-18}$$

这是一个一阶线性非齐次常微分方程，此类方程的解由两个分量组成，即

$$u_C = u_C' + u_C''$$

其中 u_C' 为非齐次微分方程式（7-18）的一个特解。在图 7-8 所示电路中，开关 S 闭合很久后，电容已充电完毕，这时电容电压趋于 U_S，即可有

$$u_C' = u_C(\infty) = U_S$$

u_C'' 为式（7-18）对应的齐次微分方程的通解，上一小节已经求得，为

$$u_C'' = Ke^{-\frac{1}{RC}t} = Ke^{-\frac{t}{\tau}}$$

其中 K 为待定常数，$\tau = RC$ 为一阶 *RC* 电路的时间常数。因此有

$$u_C(t) = U_S + Ke^{-\frac{t}{\tau}}$$

在上式中，令 $t = 0_+$，可得 $u_C(0_+) = U_S + K$，而由题意可得 $u_C(0_+) = u_C(0_-) = 0$，由此可以推得 $K = -U_S$。所以，电容电压的表达式为

$$u_C = U_S - U_Se^{-\frac{t}{\tau}} = U_S(1 - e^{-\frac{t}{\tau}}) \text{ V} \quad (t \geqslant 0) \tag{7-19}$$

在直流信号或周期函数信号激励下，特解 u_C' 一般取电路达到稳定状态时的响应（与激励信号在形式上相同），故特解也称为稳态解或稳定分量。通解 u_C'' 形式与激励信号无关，称为自由分量，与零输入响应具有相同的模式，通常它随着时间的推移而趋于零，也叫暂态解或暂态分量。

在图 7-8 所示参考方向下，电流响应为

$$i(t) = C\frac{\mathrm{d}u_\mathrm{C}}{\mathrm{d}t} = \frac{U_\mathrm{S}}{R}\mathrm{e}^{-\frac{t}{\tau}}\ \mathrm{A}\quad(t \geqslant 0)\tag{7-20}$$

$u_\mathrm{C}(t)$ 和 $i(t)$ 的波形如图 7-9 所示。$u_\mathrm{C}(t)$ 从零值开始按指数规律上升趋向稳态值 U_S。通过计算可得，在 $t = 4\tau$ 时，电容的电压与其稳态值的差仅为稳态值 U_S 的 1.8%，一般可认为已充电完毕。显然，τ 越小，电容电压达到稳态值的时间就越短，即充电越快。开关合上后，由于电容电压不会突变，仍然为零，故电源电压全部加在电路两端，使得电流跃变为 U_S/R，随后电容电压由 0 开始升高，而电阻两端电压减少，故电流也减少，直至为零。

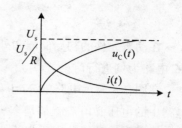

图 7-9　一阶 RC 电路的零状态响应

2. RL 电路的零状态响应

如图 7-10 所示一阶 RL 电路中，开关 S 闭合之前电感中无电流，即 $i_\mathrm{L}(0_-) = 0$，电路处于零状态。当 $t=0$ 时，开关 S 闭合。

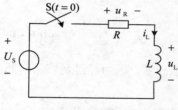

图 7-10　一阶 RL 电路

容易推得描述此电路的微分方程为

$$L\frac{\mathrm{d}i_\mathrm{L}}{\mathrm{d}t} + Ri_\mathrm{L} = U_\mathrm{S}\quad(t \geqslant 0)\tag{7-21}$$

在初始条件为 $i_\mathrm{L}(0_+) = i_\mathrm{L}(0_-) = 0$ 的情况下，解之得

$$i_\mathrm{L}(t) = \frac{U_\mathrm{S}}{R} - \frac{U_\mathrm{S}}{R}\mathrm{e}^{-\frac{t}{\tau}} = \frac{U_\mathrm{S}}{R}\left(1 - \mathrm{e}^{-\frac{t}{\tau}}\right)\ \mathrm{A}\quad(t \geqslant 0)\tag{7-22}$$

因而电感两端的电压为

$$u_\mathrm{L}(t) = L\frac{\mathrm{d}i_\mathrm{L}}{\mathrm{d}t} = U_\mathrm{S}\mathrm{e}^{-\frac{t}{\tau}}\ \mathrm{V}\quad(t \geqslant 0)\tag{7-23}$$

将式（7-22）、（7-23）与式（7-19）、（7-20）比较，可以发现，RL 电路的零状态响应与 RC 电路的零状态响应相似。

通过对 RC、RL 电路的零状态响应的分析可得，电容电压和电感电流的零状态响应可以用以下通式表示

$$f(t) = f(\infty)(1 - \mathrm{e}^{-\frac{t}{\tau}})\quad(t \geqslant 0_+)\tag{7-24}$$

其中 $f(\infty)$ 为电容电压或电感电流在换路后的稳态值，τ 为 RC 或 RL 电路的时间常数。

需要指出的是，在对 RC、RL 电路进行零状态分析时，除了电容电压 $u_\mathrm{C}(t)$ 和电感电流 $i_\mathrm{L}(t)$

外，其他电压和电流的表达式并不一定符合式（7-24）的形式，不能套用。

7.2.3 一阶动态电路的全响应与三要素法

1. 全响应

在动态元件的初始储能和外加独立电源共同作用下的响应称为动态电路的全响应。下面以 RC 电路为例进行讨论。

在图 7-8 所示电路中，$t=0$ 时开关 S 闭合，如果换路前电容的电压 $u_C(0_-)=U_0$，则换路后电路中的电压和电流就都是全响应。下面分析电容上电压的变化情况。

描述电路的微分方程仍为式（7-18），但初始条件变为

$$u_C(0_+) = u_C(0_-) = U_0$$

由此解方程（7-18），可得

$$u_C = u_C' + u_C'' = U_S + (U_0 - U_S)e^{-\frac{t}{\tau}} \quad (t \geqslant 0) \tag{7-25}$$

其中，$u_C' = U_S$ 为强制分量，$u_C'' = (U_0 - U_S)e^{-\frac{t}{\tau}}$ 为自由分量。若从暂态和稳态方面考虑，$(U_0 - U_S)e^{-\frac{t}{\tau}}$ 为暂态响应（或暂态分量，因为经过足够长时间后，其值将衰减为 0），U_S 则为稳态响应（或稳态分量）。

此外，全响应还可以看作是零输入响应和零状态响应之和。例如，图 7-11 所示初始状态不为 0 的 RC 电路，可以分解为图 7-12a 与图 7-12b 所示电路的叠加。其中，图 7-12a 电路中的响应为一阶 RC 电路的零状态响应，因此

$$u_C^1(t) = U_S(1 - e^{-\frac{t}{RC}})$$

图 7-12 b 中的响应为一阶 RC 电路的零输入响应，因此

$$u_C^2(t) = U_0 e^{-\frac{t}{RC}}$$

由叠加定理可得

$$u_C(t) = u_C^1(t) + u_C^2(t) = U_S(1 - e^{-\frac{t}{RC}}) + U_0 e^{-\frac{t}{RC}}$$

可以看出，上式与直接求解微分方程所得到的结果一致。

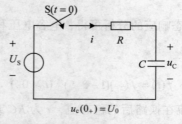

图 7-11 初始状态不为 0 的一阶 RC 电路

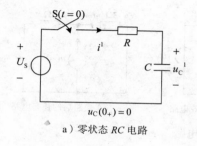
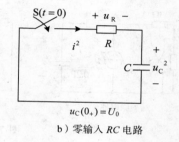

a）零状态 RC 电路　　　　　　　　　　　b）零输入 RC 电路

图 7-12

在实际问题中，往往并不要求将全响应分解为各个分量，下面介绍的三要素法在确定了待求电量的初始值、过渡过程结束后的稳态值、时间常数后，可以直接求得换路后该电量的全响应表达式。

2. 三要素法

描述一阶动态电路的微分方程为

$$a\frac{df(t)}{dt}+bf(t)=g(t)$$

式中，$f(t)$ 为待求响应；a、b 为常数；$g(t)$ 为激励。该方程的通解表达式为

$$f(t)=f_特(t)+Ke^{pt}\qquad (t\geqslant 0)$$

其中 $f_特(t)$ 一般通过换路后达到新稳定状态时的电路求解，即 $f_特(t)=f(\infty)$，代入上式并令 $t=0_+$，得

$$f(0_+)=f(\infty)+K$$

即

$$K=f(0_+)-f(\infty)$$

因此，全响应的一般形式可以写为

$$f(t)=f(\infty)+[f(0_+)-f(\infty)]e^{-\frac{t}{\tau}}\quad (t\geqslant 0_+) \tag{7-26}$$

式中，$f(\infty)$、$f(0_+)$、τ 称为一阶电路的三要素。由上式可见，只要这三个要素确定，全响应的表达式就完全确定。

直流电源作用下，应用三要素法求一阶电路全响应的一般步骤是：

① 根据 7.1.2 小节介绍的方法，求解待求电量的初始值 $f(0_+)$；

② 根据换路后的稳态电路（电容视为断路，电感视为短路），求解待求电量的稳态值 $f(\infty)$；

③ 对换路后的电路求时间常数 τ。对一阶 RC 电路，$\tau=RC$；对一阶 RL 电路，$\tau=\dfrac{L}{R}$。R 均为从动态元件两端看，电路其余部分的戴维宁等效电阻。

④ 将以上 3 步求得的三个要素代入式（7-26），即得待求全响应的表达式。式中，$f(t)$ 可以是一阶电路中的任一电压或电流。

例 7-3　电路如图 7-13a 所示，已知换路前电路已达稳态，开关在 $t=0$ 时闭合。求换路后的 $u(t)$ 和 $i(t)$。

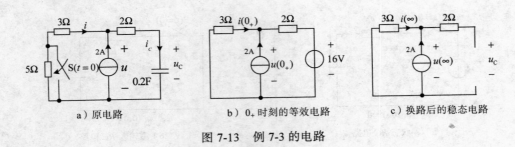

a) 原电路　　　b) 0_+ 时刻的等效电路　　　c) 换路后的稳态电路

图 7-13　例 7-3 的电路

解　① 求 $u(0_+)$ 和 $i(0_+)$。

换路前电路处于稳态，电容相当于断路，因此根据换路定律可得

$$u_C(0_+) = u_C(0_-) = 2 \times (3+5) = 16(\text{V})$$

0_+ 时刻的等效电路如图 7-13b 所示，由此根据叠加定理得

$$i(0_+) = -\frac{16}{3+2} - \frac{2}{3+2} \times 2 = -4(\text{A})$$

$$u(0_+) = -3i(0_+) = -3 \times (-4) = 12(\text{V})$$

② 求 $u(\infty)$ 和 $i(\infty)$。

图 7-13c 所示为换路后的稳态电路，由此可得

$$i(\infty) = -2\text{A}， \quad u(\infty) = 2 \times 3 = 6(\text{V})$$

③ 求 τ。

将换路后电路中的独立源置 0（即将电流源断路），从电容两端看，两个电阻相当于串联，因此

$$R = 2 + 3 = 5(\Omega)$$

$$\tau = RC = 5 \times 0.2 = 1(\text{s})$$

④ 将 u 和 i 各自的三要素代入式（7-26），得

$$u(t) = 6 + [12 - 6]e^{-t} = 6 + 6e^{-t}(\text{V}) \quad (t \geqslant 0)$$

$$i(t) = -2 + [-4 + 2]e^{-t} = -2 - 2e^{-t}(\text{A}) \quad (t \geqslant 0)$$

电路的零输入响应和零状态响应可以认为是全响应的两种特例，因此三要素法也可以用于求一阶电路的零输入响应和零状态响应。

7.3　一阶动态电路的阶跃响应和冲激响应

7.3.1　阶跃函数与阶跃响应

1. 阶跃函数

单位阶跃函数用 $\varepsilon(t)$ 表示，定义为

$$\varepsilon(t) = \begin{cases} 0 & t < 0 \\ 1 & t > 0 \end{cases} \tag{7-27}$$

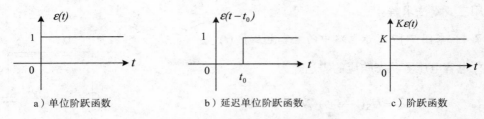

a）单位阶跃函数　　　b）延迟单位阶跃函数　　　c）阶跃函数

图 7-14　几种常用阶跃函数的波形

单位阶跃函数在 $t<0$ 时恒为 0，在 $t=0$ 时刻从 0 跃变为 1，波形如图 7-14a 所示。若跃变的时刻在 t_0，则称为延迟的单位阶跃函数，可用 $\varepsilon(t-t_0)$ 表示，波形如图 7-14b 所示。若跃变的幅度不为 1，而是任意常数 K，则称为阶跃函数，可用 $K\varepsilon(t)$ 表示，波形如图 7-14c 所示。

$$\varepsilon(t-t_0)=\begin{cases}0 & t<t_0\\1 & t>t_0\end{cases}\qquad（7\text{-}28a）$$

$$K\varepsilon(t)=\begin{cases}0 & t<0\\K & t>0\end{cases}\qquad（7\text{-}28b）$$

阶跃函数在电路理论中的应用之一，是描述电路中的某些开关动作。如图 7-15b 所示电路中，激励为 $4\varepsilon(t)\mathrm{V}$ 表示在 $t=0$ 时将电压源接入电路，其作用与 7-15a 所示电路中的开关相同。

a）动态电路　　　　　　　b）阶跃函数激励的电路

图 7-15　用阶跃函数表示直流电源接入

阶跃函数还可以很方便地表示某些分段函数，如矩形脉冲可以用两个阶跃函数的线性叠加来表示。例如，图 7-16a 所示的函数可以看作是由图 7-16b 与 7-16c 所示的阶跃函数的合成，其数学表达式为 $f(t)=\varepsilon(t)-\varepsilon(t-t_0)$。阶跃函数也可以表示任意函数的某一段取值范围，若 $f_1(t)=f(t)[\varepsilon(t)-\varepsilon(t-t_0)]$，则表示 $f_1(t)$ 为 $f(t)$ 在 $[0，t_0]$ 区间上的函数。

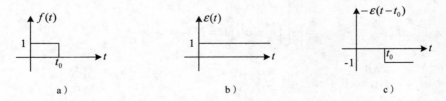

a）　　　　　　　　b）　　　　　　　　c）

图 7-16　用阶跃函数表示矩形脉冲

2. 一阶动态电路的阶跃响应

一阶动态电路在单位阶跃信号激励下所产生的零状态响应，称为一阶动态电路的单位阶跃响应，简称阶跃响应。由于阶跃响应为零状态响应，因此其求解方法与 7.2.2 小节介绍的相同，也可以用三要素法求解。

例7-4   求图 7-17 所示电路中的电容电压 $u_C(t)$。

解   电容电压零状态响应的表达式为

$$u_C = U_S(1 - e^{-\frac{t}{\tau}}) \ \text{V} \qquad (t \geqslant 0)$$

本例电路中，$U_S = 1\text{V}$，$\tau = RC = 0.3\text{s}$，因此

$$u_C = (1 - e^{-\frac{10t}{3}})\varepsilon(t) \ \text{V}$$

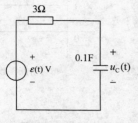

图 7-17   例 7-4 电路

右式中乘了 $\varepsilon(t)$，表明只在 $t \geqslant 0$ 时才有 $u_C = (1 - e^{-\frac{t}{\tau}}) \ \text{V}$。

若激励电压由 $\varepsilon(t)$ 变为 $K\varepsilon(t)$，则电容电压为 $u_C(t) = K(1 - e^{-\frac{t}{\tau}})\varepsilon(t)$，即如果求得（或者已知）了电路的单位阶跃响应，便可求得任意直流激励下的零状态响应，只要把阶跃响应乘以该直流激励的量值便可；若激励由 $\varepsilon(t)$ 变为 $\varepsilon(t-t_0)$，则电容电压为 $u_C(t) = (1 - e^{-\frac{t-t_0}{\tau}})\varepsilon(t-t_0)$，即若激励延迟 t_0 时间，则其响应也延迟 t_0 时间，波形不变。

7.3.2   冲激函数与冲激响应

1. 冲激函数

单位冲激函数用 $\delta(t)$ 表示，定义为

$$\begin{cases} \delta(t) = 0 & t \neq 0 \\ \int_{-\infty}^{+\infty} \delta(t)\mathrm{d}t = 1 \end{cases} \qquad (7\text{-}29)$$

该定义式表明，冲激函数是一个具有无穷大振幅和零持续时间的脉冲，这样的抽象模型类似于点电荷、点质量这样的概念，其严格的数学定义在本书中不做介绍。

单位冲激函数的波形如图 7-18a 所示，图中（1）表示其冲激强度。图 7-18b 所示为延迟单位冲激函数，图 7-18c 所示为冲激强度为任意常数 K 的冲激函数。它们的数学表达式分别为

$$\begin{cases} \delta(t-t_0) = 0 & t \neq t_0 \\ \int_{-\infty}^{+\infty} \delta(t-t_0)\mathrm{d}t = 1 \end{cases} \qquad (7\text{-}30\text{a})$$

$$\begin{cases} \delta(t) = 0 & t \neq 0 \\ \int_{-\infty}^{+\infty} K\delta(t)\mathrm{d}t = K \end{cases} \qquad (7\text{-}30\text{b})$$

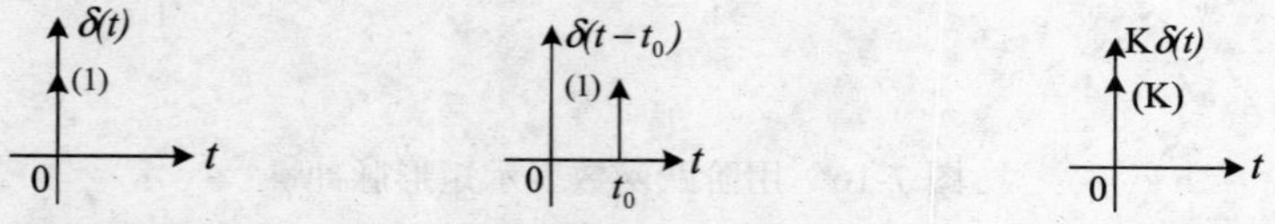

a）单位冲激函数   b）延时单位冲激函数   c）冲激函数

图 7-18   几种常用冲激函数的波形

单位冲激函数有两个重要特性：

① 单位冲激函数 $\delta(t)$ 与单位阶跃函数 $\varepsilon(t)$ 互为微积分关系，即

$$\begin{cases} \int_{-\infty}^{t} \delta(\tau)\mathrm{d}\tau = \varepsilon(t) \\ \dfrac{\mathrm{d}\varepsilon(t)}{\mathrm{d}t} = \delta(t) \end{cases} \tag{7-31}$$

② 单位冲激函数具有筛分特性：

$$f(t)\delta(t) = f(0)\delta(t) \tag{7-32a}$$

$$\int_{-\infty}^{+\infty} f(t)\delta(t)\mathrm{d}t = \int_{-\infty}^{+\infty} f(0)\delta(t)\mathrm{d}t = f(0)\int_{-\infty}^{+\infty}\delta(t)\mathrm{d}t = f(0) \tag{7-32b}$$

$$\int_{-\infty}^{+\infty} f(t)\delta(t-t_0)\mathrm{d}t = \int_{-\infty}^{+\infty} f(t_0)\delta(t-t_0)\mathrm{d}t = f(t_0)\int_{-\infty}^{+\infty}\delta(t-t_0)\mathrm{d}t = f(t_0) \tag{7-32c}$$

实际上，冲激函数本身是电学中的雷击电闪，力学中瞬间作用的冲击力等物理现象中抽象出来的理想模型，在实际中并不存在完全符合定义的物理量。

前面介绍的换路定律 "$u_C(0_+) = u_C(0_-)$、$i_L(0_+) = i_L(0_-)$"，是在电容电流和电感电压为有限值的条件下成立的，当 $i_C(t)$ 或 $u_L(t)$ 为冲激函数（即瞬间为无穷大）时，将不再成立。

对于电容元件，若 $i_C(t) = A\delta(t)$，则

$$u_C(0_+) = u_C(0_-) + \frac{1}{C}\int_{0_-}^{0_+} A\delta(t)\mathrm{d}t = u_C(0_-) + \frac{A}{C}$$

电感元件初始值 $i_L(0_+)$ 的计算可以对偶地得出。

2. 一阶动态电路的冲激响应

零初始状态下，一阶动态电路在单位冲激信号激励下所产生的响应称为其单位冲激响应，简称冲激响应。电路的冲激响应与电路的零输入响应相同，冲激信号实质上为电路建立了一个初始状态。因此，冲激响应的求解除了在初始值计算方面有一定的特殊性之外，其他参数的求解与零输入响应的求解完全相同。

当电路中存在冲激信号源时，其初始值的计算方法是：$u_C(0_+)$ 利用式（7-2）并根据冲激函数的筛分特性求解，冲激电流流过瞬间（如 $t = 0$ 时）电容视为短路；$i_L(0_+)$ 利用式（7-4）并根据冲激函数的筛分特性求解，冲激电压作用瞬间电感视为断路。

例 7-5 电路如图 7-19 所示，已知 $i_L(0_-) = 0$，求 $i_L(0_+)$ 和 $i_L(t)$。

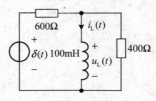

图 7-19 例 7-5 的电路

解 图中电感有冲激电压作用，t 从 0_- 到 0_+ 期间，将电感视为断路，可得作用于电感的冲激电压为

$$u_L(t) = \frac{400}{400 + 600} \times \delta(t) = 0.4\delta(t)\,(\mathrm{V})$$

因此

$$i_L(0_+) = i_L(0_-) + \frac{1}{L}\int_{0-}^{0+} u_L(t)dt = 0 + \frac{1}{100\times10^{-3}}\int_{0-}^{0+} 0.4\delta(t)dt = 4(A)$$

而

$$i_L(\infty) = 0$$

$$\tau = \frac{L}{R} = \frac{L}{R_1 //R_2} = \frac{100\times10^{-3}}{240} = \frac{1}{2400}(s)$$

所以

$$i_L(t) = i_L(\infty) + [i_L(0_+) - i_L(\infty)]e^{-\frac{t}{\tau}} = 0 + [4-0]e^{-2400t} = 4e^{-2400t}\varepsilon(t)\,(A)$$

7.4 二阶动态电路的时域分析

二阶动态电路含有两个独立的动态元件，需用二阶微分方程来描述。二阶动态电路的时域分析仍然是由 KVL、KCL 以及电路元件的 VCR 建立微分方程，再求解该方程得到待求的响应。典型的简单二阶动态电路为 RLC 串联电路和 RLC 并联电路，本节以 RLC 串联电路为例加以分析。二阶动态电路的响应根据电路中激励和初始态是否为零，也可分为零输入响应、零状态响应和全响应。为了简便起见，本节只讨论零输入响应。

如图 7-20 所示电路中，开关在 $t = 0$ 时刻闭合，闭合前电容电压的初始值 $u_C(0_-) = U_0$、电感电流的初始值 $i_L(0_-) = 0$，分析换路后电感电流、电容电压的变化情况。

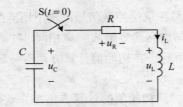

图 7-20 二阶动态电路的零输入响应

在图示各电压、电流的参考方向下，根据各电路元件的伏安关系，可得

$$i_L(t) = -C\frac{du_C(t)}{dt}$$

$$u_R(t) = Ri_L(t) = -RC\frac{du_C(t)}{dt}$$

$$u_L(t) = L\frac{di_L(t)}{dt} = -LC\frac{d^2u_C(t)}{dt^2}$$

由 KVL 得

$$u_C(t) - u_R(t) - u_L(t) = 0$$

将上述四式整理，可得描述该电路的微分方程为

$$LC\frac{d^2u_C(t)}{dt^2} + RC\frac{du_C(t)}{dt} + u_C(t) = 0$$

即

$$\frac{d^2 u_C(t)}{dt^2} + \frac{R}{L}\frac{du_C(t)}{dt} + \frac{1}{LC}u_C(t) = 0 \qquad (7\text{-}33)$$

上式是一个关于 $u_C(t)$ 的二阶线性常系数微分方程。

根据已知条件，可解得初始条件为

$$u_C(0_+) = u_C(0_-) = U_0 \qquad (7\text{-}34a)$$

$$u_C{}'(0_+) = \frac{du_C(t)}{dt}\Big|_{t=0_+} = -\frac{i_L(0_+)}{C} = 0 \qquad (7\text{-}34b)$$

式（7-33）的特征方程为

$$p^2 + \frac{R}{L}p + \frac{1}{LC} = 0 \qquad (7\text{-}35)$$

解之，得

$$p_{1,2} = -\frac{R}{2L} \pm \sqrt{\left(\frac{R}{2L}\right)^2 - \frac{1}{LC}} \qquad (7\text{-}36)$$

式中，$p_{1,2}$ 为特征根，称为电路的固有频率。当 R、L、C 数值不同时，p_1 和 p_2 有三种情况出现：① 两个不等的负实数；① 两个相等的负实数；③ 一对实部为负数的共轭复数。下面分别讨论这三种情况下图 7-20 所示 RLC 串联电路的零输入响应形式。

1. 过阻尼状态

当 $\left(\dfrac{R}{2L}\right)^2 > \dfrac{1}{LC}$（即 $R^2 > \dfrac{4L}{C}$）时，固有频率（特征根）为两不相等的负实数。

此时，电容电压的表达式可写为

$$u_C(t) = K_1 e^{p_1 t} + K_2 e^{p_2 t} \qquad (7\text{-}37)$$

其中，K_1 和 K_2 为待定系数，由初始条件确定。

在式（7-37）中，令 $t = 0_+$，并将式（7-34a）代入，可得

$$K_1 + K_2 = U_0 \qquad (7\text{-}38a)$$

先对式（7-37）求关于 t 的一阶导数，再令其中的 $t = 0_+$，并将式（7-34b）代入，可得

$$K_1 p_1 + K_2 p_2 = 0 \qquad (7\text{-}38b)$$

联立式（7-38a）和式（7-38b），并解之，得

$$K_1 = \frac{p_2 U_0}{p_2 - p_1} \ , \quad K_2 = \frac{p_1 U_0}{p_1 - p_2}$$

将上述结果代入（7-37）式，并整理得

$$u_C(t) = \frac{U_0}{p_2 - p_1}(p_2 e^{p_1 t} - p_1 e^{p_2 t}) \qquad (t \geqslant 0) \qquad (7\text{-}39a)$$

因为 $i_L(t) = -i_C(t) = -C\dfrac{du_C(t)}{dt}$，所以

$$i_L(t) = -\frac{U_0 p_1 p_2 C}{p_2 - p_1} \left(e^{p_1 t} - e^{p_2 t} \right) \text{A} \quad (t \geq 0) \tag{7-39b}$$

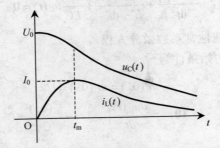

图 7-21　过阻尼情况时电容电压和电感电流的波形

根据式（7-39a）和（7-39b）画出的电容电压和电感电流的波形如图 7-21 所示。由图可以看出，电容的电压一直在衰减，而电感的电流先上升后衰减。若从能量角度解释便为：在 $0 < t < t_m$ 这段时间电容在放电，而电感在充电，电阻则以热能的形式耗电；当 $t > t_m$ 时，电容和电感都放电，能量被电阻转化为热能消耗掉，直至为零。此外，不管 $u_C(t)$ 还是 $i_L(t)$，都是随时间按指数形式变化的，且一直为正值，即电路响应是非振荡性的。由于这种情况是在 R 较大$\left(符合 R^2 > \dfrac{4L}{C}\right)$时发生的，故称为过阻尼状态。

2. 欠阻尼情况

当 $\left(\dfrac{R}{2L}\right)^2 < \dfrac{1}{LC}$ $\left(即 R^2 < \dfrac{4L}{C}\right)$ 时，电路固有频率（特征根）为共轭复数，可表示为

$$p_{1,2} = -\frac{R}{2L} \pm \sqrt{\left(\frac{R}{2L}\right)^2 - \frac{1}{LC}} = -\frac{R}{2L} \pm j\sqrt{\frac{1}{LC} - \left(\frac{R}{2L}\right)^2} = -\alpha \pm j\omega_d$$

其中，$\omega_d = \sqrt{\omega_0^2 - \alpha^2}$，$\alpha = \dfrac{R}{2L}$，$\omega_0 = \dfrac{1}{\sqrt{LC}}$。

在这种情况下，电容电压为

$$u_C(t) = e^{-\alpha t} \left(K_1 \cos \omega_d t + K_2 \sin \omega_d t \right) \tag{7-40a}$$

或

$$u_C(t) = K e^{-\alpha t} \cos(\omega_d t - \varphi) \tag{7-40b}$$

式中，K_1、K_2、K 和 φ 均为待定系数，且有

$$K = \sqrt{K_1^2 + K_2^2} \qquad \varphi = \arctan \frac{K_2}{K_1}$$

根据初始条件，由（7-40a）式可得两个方程

$$K_1 = U_0$$

$$-\alpha K_1 + \omega_d K_2 = 0$$

联立，并解之，得

$$K_1 = U_0, \quad K_2 = \frac{\alpha U_0}{\omega_d}$$

因此，可推得电容电压为

$$u_C(t) = \frac{U_0 \omega_0}{\omega_d} e^{-\alpha t} \cos(\omega_d t - \varphi) \quad (t \geq 0) \tag{7-41a}$$

电感电流为

$$i_L(t) = -C \frac{du_C}{dt} = \frac{C U_0 \omega_0^2}{\omega_d} e^{-\alpha t} \sin(\omega_d t) = \frac{U_0}{\omega_d L} e^{-\alpha t} \sin(\omega_d t) \quad (t \geq 0) \tag{7-41b}$$

　　电容电压和电感电流的波形如图 7-22 所示。由图可以看出，它们的波形呈现衰减振荡的形状，振幅随时间按指数规律衰减。α 为衰减系数，α 越大，衰减越快；ω_d 是衰减振荡的角频率，ω_d 越大，振荡周期越小，振荡越快。在整个过渡过程中，电感与电容周期性地交换能量。由于这种情况是在 R 较小 $\left(符合 R^2 < \dfrac{4L}{C}\right)$ 时发生的，故称为欠阻尼状态。

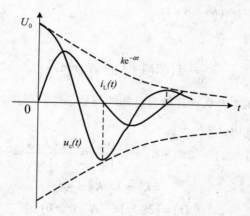

图 7-22　欠阻尼情况下电容电压和电感电流的波形

3. 临界阻尼情况

当 $\left(\dfrac{R}{2L}\right)^2 = \dfrac{1}{LC}$（即 $R^2 = \dfrac{4L}{C}$）时，固有频率（特征根）为相等的负实数，即

$$p_1 = p_2 = -\frac{R}{2L} = -\alpha$$

这种情况下电容电压可表示为

$$u_C(t) = K_1 e^{p_1 t} + K_2 t e^{p_2 t} = (K_1 + K_2 t) e^{-\alpha t} \tag{7-42}$$

其中常数 K_1 和 K_2 为待定系数，由初始条件确定。通过计算（过程从略），可得

$$K_1 = U_0, \quad K_2 = \alpha U_0$$

因此

$$u_C(t) = U_0(1 + \alpha t) e^{-\alpha t} \quad (t \geq 0) \tag{7-43}$$

$$i_L(t) = -i_C(t) = -C\frac{du_C}{dt} = \alpha^2 C\ U_0 te^{-\alpha t} \qquad (t \geqslant 0) \tag{7-44}$$

由式（7-43）、（7-44）可见，电路响应仍为非振荡性质的，但若 R 稍减小一点，则响应将为振荡性质的。因此，当满足 $R^2 = \dfrac{4L}{C}$ 时，响应处于临界振荡状态，这种情况称为临界阻尼状态。

RLC 电路的零状态响应和全响应的分析方法与零输入响应的分析方法类似，先列写微分方程，再解微分方程，最后根据已知的初始条件确定响应中的待定系数便可。本书不再详细讨论。

例 7-6　电路如图 7-23 所示，$R = 4\Omega, L = 1\text{H}, C = \dfrac{1}{4}\text{F}$，$u_C(0_-) = 4\text{V}$，$i_L(0_-) = 2\text{A}$。试求零输入响应 $i_L(t), t \geqslant 0$。

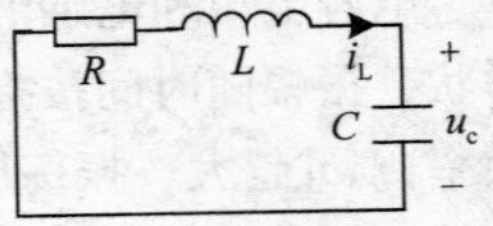

解　因为 $p_{1,2} = -\dfrac{R}{2L} \pm \sqrt{\left(\dfrac{R}{2L}\right)^2 - \dfrac{1}{LC}} = -2$

所以零输入响应呈临界阻尼形式，可表示为

图 7-23　例 7-6 电路

$$i_L(t) = (K_1 + K_2 t)e^{-2t}$$

对上式求一阶导数可得

$$\frac{di_L}{dt} = (-2K_1 + K_2 - 2K_2 t)e^{-2t}$$

令上述两个表达式中的 t 为 0_+，并结合已知的初始条件，可得

$$\begin{cases} i_L(0_+) = K_1 = 2 \\ i_L{}'(0_+) = -2K_1 + K_2 = \dfrac{u_L(0_+)}{L} = \dfrac{-4\times2-4}{1} = -12 \end{cases}$$

解之，得　　　　　　　　　　　　$K_1 = 2,\ K_2 = -8$

因此　　　　　　　　　　　　$i_L(t) = (2-8t)e^{-2t}\text{A} \quad (t \geqslant 0)$。

7.5　状态变量与状态方程

本章前几节介绍的线性动态电路的分析方法是：选取需要研究的单个电路变量，列写它跟输入信号（激励）之间的微分方程，然后求解该微分方程得到待求变量的表达式。这种方法称为"输入–输出法"。因高阶微分方程的求解比较困难，而且这种方法一般每次只能描述一个变量，故用它分析复杂的高阶电路或非线性电路会比较困难。本节介绍的状态变量法对高阶电路或者非线性电路比较适用。

1. 状态与状态变量

在电路中，状态是指任意时刻电路所必须具备的最少量信息集合。若已知某时刻电路的状态及此时电路的输入，就能确定该时刻以及以后任意时刻电路的各个响应。状态变量则为电路的一组独立的动态变量，状态变量在任何时刻的值就组成了该时刻的状态。

电容电压和电感电流均可以作为电路的状态变量。电路中独立状态变量的个数等于该电路微分方程的阶数，一般来说，也就是电路中独立的储能元件个数。当电路中含有纯电容回路或

纯电感割集时，电路中独立变量的个数将不等于电路中储能元件的个数，详细情况请参考相关
参考书。

2. 状态方程与输出方程

状态方程是表示状态变量与激励函数之间关系的一阶微分方程组。下面以 *RLC* 串联电路
为例来介绍。

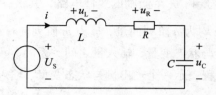

图 7-24　*RLC* 串联电路

对图 7-24 所示 *RLC* 串联电路，若取 u_C、i_L 作为状态变量，则可以列出下列方程

$$C\frac{\mathrm{d}u_C}{\mathrm{d}t} = i_L$$

$$L\frac{\mathrm{d}i_L}{\mathrm{d}t} = U_S - u_C - u_R$$

将以上两个方程整理，可得

$$\frac{\mathrm{d}u_C}{\mathrm{d}t} = \frac{i_L}{C} \qquad\qquad (7\text{-}45\mathrm{a})$$

$$\frac{\mathrm{d}i_L}{\mathrm{d}t} = -\frac{u_C}{L} - \frac{Ri_L}{L} + \frac{U_S}{L} \qquad\qquad (7\text{-}45\mathrm{b})$$

式（7-45a）和（7-45b）组成的方程组即为图 7-24 电路的状态方程，特点是每个方程的左边为
状态变量的一阶导数，右边为各个状态变量和激励函数的代数式。

状态方程还可以写成矩阵的形式

$$\begin{bmatrix} \dfrac{\mathrm{d}u_C}{\mathrm{d}t} \\ \dfrac{\mathrm{d}i_L}{\mathrm{d}t} \end{bmatrix} = \begin{bmatrix} 0 & \dfrac{1}{C} \\ -\dfrac{1}{L} & -\dfrac{R}{L} \end{bmatrix} \begin{bmatrix} u_C \\ i_L \end{bmatrix} + \begin{bmatrix} 0 \\ \dfrac{1}{L} \end{bmatrix} [U_S] \qquad\qquad (7\text{-}46)$$

若令 $x_1 = u_C$，$x_2 = i_L$，$\overset{\bullet}{x_1} = \dfrac{\mathrm{d}u_C}{\mathrm{d}t}$，$\overset{\bullet}{x_2} = \dfrac{\mathrm{d}i_L}{\mathrm{d}t}$，则上述矩阵可写为

$$\begin{bmatrix} \overset{\bullet}{x_1} \\ \overset{\bullet}{x_2} \end{bmatrix} = A \begin{bmatrix} x_1 \\ x_2 \end{bmatrix} + B[U_S] \qquad\qquad (7\text{-}47)$$

其中 $A = \begin{bmatrix} 0 & \dfrac{1}{C} \\ -\dfrac{1}{L} & -\dfrac{R}{L} \end{bmatrix}$，$B = \begin{bmatrix} 0 \\ \dfrac{1}{L} \end{bmatrix}$。

若令 $\dot{x} = \begin{bmatrix} \dot{x_1} & \dot{x_2} \end{bmatrix}^T$，$x = \begin{bmatrix} x_1 & x_2 \end{bmatrix}^T$，$u = [u_\mathrm{S}]$，则有

$$\dot{x} = Ax + Bu \tag{7-48}$$

式（7-48）称为状态方程的标准形式，其中 x 称为状态向量，u 称为输入向量。

对于一个含有 n 个状态变量和 m 个激励的线性电路，其状态方程中的矩阵 A 为 $n \times n$ 阶方阵，B 为 $n \times m$ 阶矩阵，$\dot{x}$ 和 x 均为 n 阶列向量，u 为 m 阶列向量。

输出方程为一组输出变量与状态变量、输入量之间关系的方程。在线性电路中，输出方程是一组线性代数方程，每个方程表示一个输出量与状态变量、输入量的线性关系，其一般的矩阵形式为

$$y = Cx + Du \tag{7-49}$$

式中 y 为输出向量（电路中待求电压或电流构成的列向量），C、D 为由电路结构和参数决定的系数矩阵。例如，在图 7-24 所示电路中，若输出为电感和电阻的电压，则有

$$u_\mathrm{L} = u_\mathrm{S} - u_\mathrm{C} - Ri_\mathrm{L}$$

$$u_\mathrm{R} = Ri_\mathrm{L}$$

改写成矩阵形式为

$$\begin{bmatrix} u_\mathrm{L} \\ u_\mathrm{R} \end{bmatrix} = \begin{bmatrix} -1 & -R \\ 0 & R \end{bmatrix} \begin{bmatrix} u_\mathrm{C} \\ i_\mathrm{L} \end{bmatrix} + \begin{bmatrix} 1 \\ 0 \end{bmatrix} [u_\mathrm{S}]$$

由上式可见，在求得状态变量后，由输出方程就可以方便地求得待求的其余响应。这种先列状态方程和输出方程，然后解状态方程得出状态变量的时间函数式，再将求得的状态变量代入输出方程得到电路响应的方法，叫做状态变量分析法。

3. 直观法列写状态方程

对于简单的线性电路，可以通过观察，直接列写其状态方程和输出方程。一般步骤是选取电容电压和电感电流为状态变量，然后对只含一个电容的节点列 KCL 方程，对只含一个电感的回路列 KVL 方程。这样得到的每个方程都只含某一个状态变量的一阶导数，因而可以简化状态方程的建立过程。

例 7-7 写出图 7-25 所示电路的状态方程。

解 对节点 a 列 KCL 方程：$i_\mathrm{L} = \dfrac{u_\mathrm{C}}{R_2} + C \dfrac{\mathrm{d}u_\mathrm{C}}{\mathrm{d}t}$

对左边回路列 KVL 方程：

$$U_\mathrm{S} = L \frac{\mathrm{d}i_\mathrm{L}}{\mathrm{d}t} + R_1 i_\mathrm{L} + u_\mathrm{C}$$

将以上两式整理，得

$$\frac{\mathrm{d}u_\mathrm{C}}{\mathrm{d}t} = \frac{1}{C} i_\mathrm{L} - \frac{1}{R_2 C} u_\mathrm{C}$$

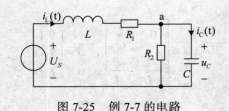

图 7-25　例 7-7 的电路

$$\frac{\mathrm{d}i_L}{\mathrm{d}t} = -\frac{R_1}{L}i_L - \frac{1}{L}u_C + \frac{1}{L}U_S$$

写成标准式

$$\begin{bmatrix} \dot{U}_C \\ \dot{i}_L \end{bmatrix} = \begin{bmatrix} \dfrac{1}{C} & -\dfrac{1}{R_2 C} \\ -\dfrac{R_1}{L} & -\dfrac{1}{L} \end{bmatrix} \begin{bmatrix} i_L \\ u_C \end{bmatrix} + \begin{bmatrix} 0 \\ \dfrac{1}{L} \end{bmatrix} U_S$$

就分析高阶电路而言，状态变量分析法一方面为我们提供了所有动态变量之间的关系，另外也将求解高阶微分方程的问题转化为多次一阶方程的求取。由于写成矩阵形式后可以借助计算机求解，因此状态变量法适用于高阶复杂电路的分析。

习　　题

7.1 电路如题 7.1 图所示，$t=0$ 时，开关 S 闭合，换路前电路已达稳定状态。求各电路换路前瞬间的电流电压值 $i(0_-)$、$u(0_-)$，以及换路后瞬间的电流电压值 $i(0_+)$、$u(0_+)$。

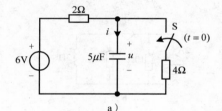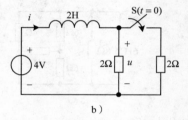

题 7.1 图

7.2 电路如题 7.2 图所示，$t=0$ 时，开关 S 闭合，换路前电路已达稳定状态。求各电路中 $i_C(0_+)$、$i_L(0_+)$、$u_C(0_+)$ 和 $u_L(0_+)$。

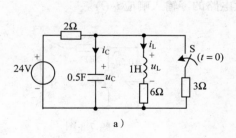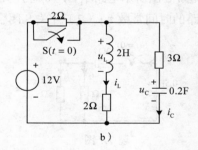

题 7.2 图

7.3 题 7.3 图所示电路中，$t=0$ 时开关 S 断开，换路前电路已处于稳定状态。试求 $u_C(0_+)$ 和 $\left.\dfrac{\mathrm{d}u_C}{\mathrm{d}t}\right|_{0+}$ 分别为多少？

7.4 题 7.4 图所示电路中，$t=0$ 时开关 S 断开，换路前电路已处于稳定状态。试求 $i_L(0_+)$、$u_C(0_+)$ 和 $\left.\dfrac{\mathrm{d}u_C}{\mathrm{d}t}\right|_{0+}$、$\left.\dfrac{\mathrm{d}i_L}{\mathrm{d}t}\right|_{0+}$。

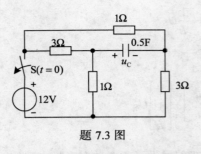

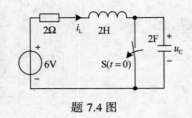

题 7.3 图   题 7.4 图

7.5 试求题 7.5 图所示各电路的时间常数 τ。

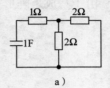

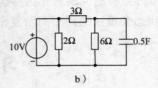

a)   b)

题 7.5 图

7.6 试求题 7.6 图所示各电路的时间常数 τ。

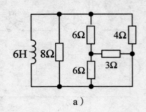

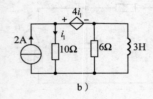

a)   b)

题 7.6 图

7.7 题 7.7 图所示电路中，电容原充有 24V 电压，$t=0$ 时开关 S 闭合。求开关 S 闭合后，电容电压和各支路电流随时间变化的规律。

7.8 题 7.8 图所示电路中，$t=0$ 时开关 S 闭合，$u_C(0_-)=2V$。试求：（1）开关 S 闭合后电路的时间常数 τ；（2）开关 S 闭合后电路的零输入响应 $i_C(t)$。

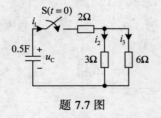

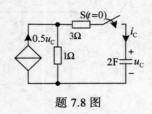

题 7.7 图   题 7.8 图

7.9 题 7.9 图所示电路中，$i_L(0_-)=3A$，试求：$t>0$ 时，电路的零输入响应 $i_L(t)$。

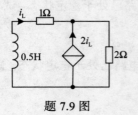

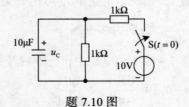

题 7.9 图   题 7.10 图

7.10 题 7.10 图所示电路中，$t=0$ 时开关 S 闭合，开关闭合前电路已处于稳态，试求：$t \geqslant 0$ 时，电路的零状态响应 $u_C(t)$。

7.11 题 7.11 图所示电路中，$t=0$ 时开关 S 闭合，已知闭合前电感储能为零。求 $t \geqslant 0$ 时的电流 $i_L(t)$。

7.12 题 7.12 图所示电路中，$t=0$ 时开关 S 闭合，开关闭合前电路已处于稳态，试用三要素法求开关闭合后的 $i_L(t)$ 和 $u_o(t)$，并说明求得的 $i_L(t)$、$u_o(t)$ 属于零输入响应、零状态响应还是全响应。

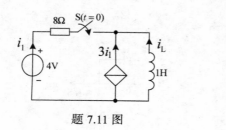

题 7.11 图

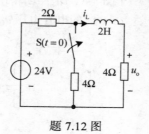

题 7.12 图

7.13 题 7.13 图所示电路中，开关动作前电路已处于稳态，求开关动作后的 $u_C(t)$ 和 $i_C(t)$，并画出它们的波形。

7.14 题 7.14 图所示电路中，$t=0$ 时开关 S 闭合，开关动作前电路已处于稳态。试求 $t \geqslant 0$ 时的电感电流 $i_L(t)$，并画出其波形。

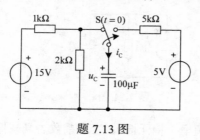

题 7.13 图

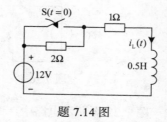

题 7.14 图

7.15 题 7.15 图所示电路中，$t=0$ 时开关 S 闭合，开关动作前电路已处于稳态。试求 $t \geqslant 0$ 时的电感电流 $i_L(t)$。

7.16 题 7.16 图所示电路中，已知 $u_C(0_-)=2V$，$t=0$ 时开关 S 闭合，分别求 $t \geqslant 0$ 时电容电压 $u_C(t)$ 的零输入响应、零状态响应和全响应。

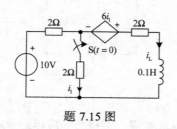

题 7.15 图

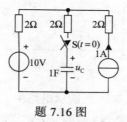

题 7.16 图

7.17 题 7.17 图所示电路中，已知 $u_C(0_-)=12V$，$t=0$ 时，开关 S 闭合，$t=3s$ 时，开关 S 又打开，试求：$t \geqslant 0$ 时的电容电压 $u_C(t)$。

7.18 电路如题 7.18 图所示，$\varepsilon(t)$ 为单位阶跃函数，$i_L(0_-) = 2A$，试求 $i(t)$。

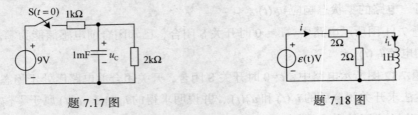

题 7.17 图   题 7.18 图

7.19 题 7.19 图（a）所示电路中，$u_C(0_-) = 2V$，$u_S(t)$ 的波形如题 7.19 图（b）所示，试求：$t \geq 0$ 时的电容电压 $u_C(t)$。

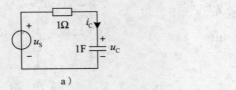

a)   b)

题 7.19 图

7.20 题 7.20 图所示电路中，$i_L(0_-) = 1A$，试求 $i_L(0_+)$。

7.21 电路如题 7.21 图所示，试求：（1）电源 $i_S(t)$ 为单位阶跃时的电路响应 $u_C(t)$；（2）电源 $i_S(t)$ 为单位冲激时的电路响应 $u_C(t)$。

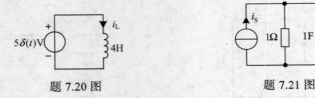

题 7.20 图   题 7.21 图

7.22 题 7.22 图所示电路中，试求电路的固有频率（特征根）、衰减系数、衰减振荡角频率，并判断电路的过渡过程属于那种情况。

7.23 题 7.23 图所示电路中，试求电路的固有频率（特征根），并判断电路的过渡过程属于哪种情况。

题 7.22 图   题 7.23 图

7.24 题 7.24 图所示电路中，$u_S = 10V$、$u_C(0_-) = 1V$、$i_L(0_-) = 1A$，$t = 0$ 时开关 S 闭合。试求 $t > 0$ 时的 $u_C(t)$，并说明 $u_C(t)$ 属于零输入响应、零状态响应还是全响应。

7.25 题 7.25 图所示电路中，电容和电感的初始储能均为零，$t = 0$ 时开关 S 闭合，试求：（1）$t > 0$ 时关于 $u_C(t)$ 的微分方程和初始条件，（2）$t > 0$ 时的 $u_C(t)$。

题 7.24 图　　　　　　　　　　　题 7.25 图

7.26 电路如题 7.26 图所示，电容和电感的初始储能均为零，$t=0$ 时开关 S 闭合，试求电路的固有频率（特征根）及电流响应 $i_L(t)$。

7.27 电路如题 7.27 图所示，试写出其标准形式的状态方程。

题 7.26 图　　　　　　　　　　　题 7.27 图

7.28 电路如题 7.28 图所示，试写出其标准形式的状态方程以及输出方程（以 u_o 为输出量）。

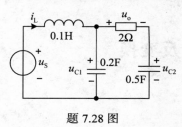

题 7.28 图

7.29 电路如题 7.29 图所示。（1）试列写其状态方程；（2）列写以节点 1 和 2 的节点电压为输出变量的输出方程。

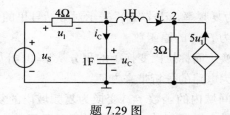

题 7.29 图

第 8 章

线性动态电路的复频域分析

通过第 7 章的讨论可以看出，在时域中分析线性动态电路时，需要根据电路定理和元件的伏安关系建立微分方程，并根据初始条件解微分方程，当电路复杂时，工作量比较大。拉普拉斯变换法是一种数学积分变换法，它把时间函数 $f(t)$ 与复变函数 $F(s)$ 联系起来，把时域问题通过数学积分变换为复频域问题，把时间域的高阶微分方程变换为复频域的代数方程，在求出待求量的复变函数后，再作相反的变换得到待求量的时间函数。由于解复变函数的代数方程比解时域微分方程较有规律且有效，所以拉普拉斯变换在线性电路分析中得到广泛应用。

本章首先介绍拉普拉斯正变换、反变换以及拉普拉斯变换的一些基本性质，然后以此为基础重点讨论线性电路的复频域分析。

8.1 拉普拉斯变换与反变换

8.1.1 拉普拉斯变换

1. 拉普拉斯变换的定义

一个定义域在[0，∞]区间的时间函数 $f(t)$，它的拉普拉斯变换 $F(s)$ 定义为

$$F(s) = L[f(t)] = \int_{0_-}^{\infty} f(t) e^{-st} dt \qquad (8-1)$$

式中，$s = \sigma + j\omega$ 为复数，称为复频率；记号 "$L[]$" 表示对方括号里的函数作拉普拉斯变换。$F(s)$ 称为 $f(t)$ 的象函数，$f(t)$ 称为 $F(s)$ 的原函数。

定义式中，拉普拉斯变换（简称拉氏变换）的积分从 $t = 0_-$ 开始，$f(t)$ 可包含冲激函数和电路动态变量的初始值，这为电路的分析带来方便。

拉普拉斯变换把一个时间域内的函数 $f(t)$ 变换为复频域内的复变函数 $F(s)$。在电路的复频域分析时，通常用小写字母表示原函数，大写字母表示象函数，如电流 $i(t)$ 的象函数用 $I(s)$ 表示。

2. 常用信号的拉普拉斯变换

（1）单位冲激函数 $\delta(t)$

$$F(s) = L[f(t)] = \int_{0_-}^{\infty} \delta(t) e^{-st} dt = \int_{0}^{\infty} \delta(t) e^{-st} dt = e^0 = 1 \qquad (8-2)$$

（2）单位阶跃函数 $\varepsilon(t)$

$$F(s) = L\left[f(t)\right] = \int_{0_-}^{\infty} \varepsilon(t) \mathrm{e}^{-s\,t} \mathrm{d}t = \int_{0}^{\infty} \mathrm{e}^{-s\,t} \mathrm{d}t = \frac{-1}{s} \mathrm{e}^{-s\,t} \Big|_{0}^{\infty} = \frac{1}{s} \qquad (8\text{-}3)$$

（3）指数函数 $\mathrm{e}^{\alpha\,t}\varepsilon(t)$

$$F(s) = L\left[f(t)\right] = \int_{0_-}^{\infty} \mathrm{e}^{\alpha\,t} \mathrm{e}^{-s\,t} \mathrm{d}t = \frac{1}{-(s-\alpha)} \mathrm{e}^{-(s-\alpha)t} \Big|_{0_-}^{\infty} = \frac{1}{s-\alpha} \qquad (8\text{-}4)$$

8.1.2　拉普拉斯变换的性质

拉普拉斯变换建立了函数（或信号）的时域描述与复频域描述之间的联系，当函数在一个域内发生变化时，在另外一个域也会发生变化。拉普拉斯变换有许多重要的性质，下面仅介绍一些在分析线性电路时会用到的基本性质。利用这些基本性质可以求出较复杂函数的象函数，并可将时域内的线性常系数微分方程转换为复频域的线性代数方程。

1. 线性性质

若 $f_1(t)$、$f_2(t)$ 的象函数分别为 $F_1(s)$、$F_2(s)$，K_1、K_2 为两个任意的常数，则

$$L\left[K_1 f_1(t) + K_2 f_2(t)\right] = K_1 L\left[f_1(t)\right] + K_2\left[f_2(t)\right] = K_1 F_1(s) + K_2 F_2(s) \qquad (8\text{-}5)$$

2. 微分性质

若 $L\left[f(t)\right] = F(s)$，$f'(t) = \dfrac{\mathrm{d}f(t)}{\mathrm{d}t}$，则

$$L\left[f'(t)\right] = sF(s) - f(0_-) \qquad (8\text{-}6)$$

若重复应用微分性质，可以推出 $f(t)$ 的 n 阶导数的象函数为

$$L\left[f^n(t)\right] = s^n F(s) - s^{n-1} f(0_-) - s^{n-2} f'(0_-) - \cdots f^{n-1}(0_-) \qquad (8\text{-}7)$$

可见，利用拉普拉斯变换的微分性质可以将时域的微分方程变换为复频域的代数方程。

3. 积分性质

若 $L\left[f(t)\right] = F(s)$，则

$$L\left[\int_{0_-}^{t} f(\xi)\mathrm{d}\xi\right] = \frac{1}{s} F(s) \qquad (8\text{-}8)$$

4. 延迟性质

若 $L\left[f(t)\right] = F[s]$，则

$$L\left[f(t-t_0)\right] = \mathrm{e}^{-s\,t_0} F(s) \qquad (8\text{-}9)$$

5. 卷积定理

若 $L[f_1(t)] = F_1(s)$，$L[f_2(t)] = F_2(s)$ 则

$$L[f_1(t) * f_2(t)] = F_1(s)F_2(s) \qquad (8\text{-}10)$$

例 8-1　求 $\cos\omega t$、$\sin\omega t$ 的象函数。

解　利用拉普拉斯变换的线性性质及欧拉公式，可得

$$L\left[\cos\omega t\right] = L\left[\frac{1}{2}(\mathrm{e}^{\mathrm{j}\omega t} + \mathrm{e}^{-\mathrm{j}\omega t})\right] = \frac{1}{2}\left[\frac{1}{s-\mathrm{j}\omega} + \frac{1}{s+\mathrm{j}\omega}\right] = \frac{s}{s^2+\omega^2}$$

$$L[\sin \omega t] = L\left[\frac{1}{2j}(e^{j\omega t} - e^{-j\omega t})\right] = \frac{1}{2j}\left[\frac{1}{s-j\omega} - \frac{1}{s+j\omega}\right] = \frac{\omega}{s^2 + \omega^2}$$

$\sin \omega t$ 的象函数也可以在求得 $\cos \omega t$ 的象函数后，根据拉普拉斯的微分性质求。

$$L[\sin \omega t] = L\left[-\frac{1}{\omega}\frac{d\cos\omega t}{dt}\right] = -\frac{1}{\omega}\left[s\frac{s}{s^2 + \omega^2} - \cos(0_-)\right] = \frac{\omega}{s^2 + \omega^2}$$

例 8-2　求单位斜坡函数 $f(t) = t\varepsilon(t)$ 的象函数。

解　因为 $t\varepsilon(t) = \int_0^t \varepsilon(\xi)d\xi$，所以根据拉普拉斯变换的积分性质和单位阶跃函数的象函数，可得

$$L[t\varepsilon(t)] = \frac{1}{s}\cdot\frac{1}{s} = \frac{1}{s^2}$$

例 8-3　求图 8-1 所示矩形脉冲的象函数。

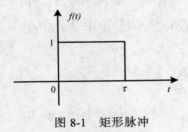

图 8-1　矩形脉冲

解　$f(t) = \varepsilon(t) - \varepsilon(t-\tau)$

因为 $L[\varepsilon(t)] = \dfrac{1}{s}$，所以由延迟性质和线性性质得

$$L[\varepsilon(t-\tau)] = \frac{1}{s}e^{-s\tau}$$

$$L[f(t)] = L[\varepsilon(t) - \varepsilon(t-\tau)] = \frac{1}{s} - \frac{1}{s}e^{-s\tau} = \frac{1}{s}(1 - e^{-s\tau})$$

8.1.3　拉普拉斯反变换

应用拉普拉斯变换分析电路时，求得电路响应的象函数后，需要将象函数反变换为时间函数。由 $F(s)$ 到 $f(t)$ 的变换称为拉普拉斯反变换，它的定义式为

$$f(t) = L^{-1}[F(s)] = \frac{1}{2\pi j}\int_{c-j\infty}^{c+j\infty} F(s)e^{st}ds \tag{8-11}$$

式中，c 为正的有限常数。

求拉普拉斯反变换除了可用定义求以外，常用的方法为部分分式展开法和留数法，这里主要介绍部分分式展开法。

$F(s)$ 一般形式为

$$F(s) = \frac{N(s)}{D(s)} = \frac{a_0 s^m + a_1 s^{m-1} + \dots + a_m}{b_0 s^n + b_1 s^{n-1} + \dots + b_n} \tag{8-12}$$

式中，m、n 为正整数。若 $n > m$ ，则 $F(s)$ 为真分式；若 $n \le m$ ，则需利用长除法将 $F(s)$ 化为 $F(s) = A(s) + \dfrac{N_0'(s)}{D(s)}$ ，其中 $A(s)$ 为 s 的多项式， $\dfrac{N_0'(s)}{D(s)}$ 为真分式。

由于多项式对应的原函数为冲激函数和冲激函数的各阶导数，下面均按 $F(s)$ 为真分式的情况讨论。展开真分式 $F(s)$ 时，需先算出 $D(s) = 0$ 的根，再根据根的不同情况展开。

1. $D(s) = 0$ 有 n 个单根的情况

设 n 个单根分别为 p_1，p_2，$\cdots$ p_n ，则 $F(s)$ 可展开为

$$F(s) = \frac{k_1}{s - p_1} + \frac{k_2}{s - p_2} + \cdots + \frac{k_n}{s - p_n} \qquad (8\text{-}13)$$

式中，k_1，k_2，$\cdots$，k_n 为待定系数。这些系数可按下述方法确定

$$k_i = \left[(s - p_i) F(s) \right]_{s = p_i} \qquad (i = 1, 2, \ldots, n) \qquad (8\text{-}14)$$

待定系数确定后，便可求得原函数为

$$f(t) = L^{-1}[F(s)] = \sum_{i=1}^{n} k_i e^{p_i t} \varepsilon(t) \qquad (8\text{-}15)$$

例 8-4 求 $F(s) = \dfrac{s+1}{s^2 + 5s + 6}$ 的原函数 $f(t)$ 。

解
$$F(s) = \frac{s+1}{s^2 + 5s + 6} = \frac{s+1}{(s+2)(s+3)} = \frac{k_1}{s+2} + \frac{k_2}{s+3}$$

$$k_1 = (s+2) \frac{s+1}{(s+2)(s+3)} \Big|_{s=-2} = -1 \,,$$

$$k_2 = (s+3) \frac{s+1}{(s+2)(s+3)} \Big|_{s=-3} = 2$$

故
$$f(t) = (-e^{-2t} + 2e^{-3t}) \varepsilon(t)$$

若 $D(s) = 0$ 具有一对共轭复根：$p_1 = \alpha + j\omega$，$p_2 = \alpha - j\omega$ ，则 $F(s)$ 可展开为

$$F(s) = \frac{k_1}{s - p_1} + \frac{k_2}{s - p_2}$$

其中 $k_1 = \left[(s - \alpha - j\omega) F(s) \right]_{s = \alpha + j\omega}$ 。

设 $k_1 = |k_1| e^{j\theta_1}$ ，则 $k_2 = |k_1| e^{-j\theta_1}$ ，则有

$$f(t) = k_1 e^{(\alpha + j\omega) t} + k_2 e^{(\alpha - j\omega) t} = |k_1| e^{j\theta_1} e^{(\alpha + j\omega) t} + |k_1| e^{-j\theta_1} e^{(\alpha - j\omega) t}$$

$$= |k_1| e^{\alpha t} \left[e^{j(\omega t + \theta_1)} + e^{-j(\omega t + \theta_1)} \right] = 2|k_1| e^{\alpha t} \cos(\omega t + \theta_1) \qquad (8\text{-}16)$$

例 8-5 求 $F(s) = \dfrac{s+3}{s^2 + 2s + 5}$ 的原函数 $f(t)$ 。

解 $D(s) = s^2 + 2s + 5 = 0$ 的根分别为

$$p_1 = -1 + j2, \qquad p_2 = -1 - j2$$

而

$$k_1 = (s+1-\mathrm{j}2)\frac{s+3}{(s+1-\mathrm{j}2)(s+1+\mathrm{j}2)}\Big|_{s=p_1} = \frac{s+3}{s+1+\mathrm{j}2}\Big|_{s=-1+\mathrm{j}2} = 0.5 - \mathrm{j}0.5 = 0.5\sqrt{2}\ \mathrm{e}^{-\mathrm{j}\frac{\pi}{4}}$$

$$k_2 = 0.5\sqrt{2}\ \mathrm{e}^{\mathrm{j}\frac{\pi}{4}}$$

$$\therefore\ f(t) = 2\left| k_1 \right| \mathrm{e}^{-t} \cos\left(2t - \frac{\pi}{4} \right) = \sqrt{2}\mathrm{e}^{-t} \cos\left(2t - \frac{\pi}{4} \right)\varepsilon(t)$$

2. $D(s)=0$ 有重根的情况

设 $D(S)=0$ 中含有 $(s-p_1)^m$ 的因式，其余为单根，则 $F(s)$ 可展开为

$$F(s) = \frac{k_{1m}}{s-p_1} + \frac{k_{1(m-1)}}{(s-p_1)^2} + \cdots + \frac{k_{11}}{(s-p_1)^m} + \sum_{i=2}^{n'}\frac{k_i}{s-p_i} \qquad (n'=n-m) \qquad (8\text{-}17)$$

式中

$$k_i = \left[(s-p_i)F(s)\right]_{s=p_i} \quad (i=2,3,\cdots,n')$$

$$k_{1j} = \frac{1}{(j-1)!}\cdot\frac{\mathrm{d}^{j-1}}{\mathrm{d}s^{j-1}}\left[(s-p_1)^m F(s)\right]\Big|_{s=p_1} \qquad (j=1,2,\cdots,m) \qquad (8\text{-}18)$$

然后，根据分式 $\dfrac{1}{(s-p_1)^m}$ 所对应的原函数为 $\dfrac{1}{(m-1)!}t^{(m-1)}\mathrm{e}^{p_1 t}$，可求出整个 $F(s)$ 所对应的原函数为

$$f(t) = \left(k_{1m} + k_{1(m-1)}t + \cdots \frac{k_{11}}{(m-1)!}t^{m-1}\right)\mathrm{e}^{p_1 t}\varepsilon(t) + \sum_{i=2}^{n'}k_i\mathrm{e}^{p_i t}\varepsilon(t) \qquad (8\text{-}19)$$

例 8-6 求 $F(s) = \dfrac{1}{(s+1)^2 s}$ 的原函数 $f(t)$。

解 $D(s)=(s+1)^2 s = 0$ 有一个二重根（$p_1=-1$）和一个单根（$p_2=0$），其展开式为

$$F(s) = \frac{k_{12}}{s+1} + \frac{k_{11}}{(s+1)^2} + \frac{k_2}{s}$$

其中

$$k_{11} = \frac{1}{s}\Big|_{s=-1} = -1$$

$$k_{12} = \frac{\mathrm{d}}{\mathrm{d}s}\left(\frac{1}{s}\right)\Big|_{s=-1} = -\frac{1}{s^2}\Big|_{s=-1} = -1$$

$$k_2 = \frac{1}{(s+1)^2}\Big|_{s=0} = 1$$

因此有

$$F(s) = \frac{-1}{s+1} + \frac{-1}{(s+1)^2} + \frac{1}{s}$$

$$f(t) = (-\mathrm{e}^{-t} - t\mathrm{e}^{-t} + 1)\varepsilon(t)$$

总结上述分析过程，可以得出由 $F(s)$ 求 $f(t)$ 的步骤为：

① $n \geqslant m$ 时，将 $F(s)$ 化成真分式和多项式之和；

② 求真分式分母的根，确定分解单元；

③ 将真分式展开成部分分式，求各部分分式的系数；

④ 对每个部分分式和多项式逐项求拉氏反变换。

例 8-7　求 $F(s) = \dfrac{s^2 + 9s + 11}{s^2 + 5s + 6}$ 的原函数 $f(t)$。

解
$$F(s) = 1 + \frac{4s + 5}{s^2 + 5s + 6} = 1 + \frac{-3}{s+2} + \frac{7}{s+3}$$
$$f(t) = \delta(t) + (-3e^{-2t} + 7e^{-3t})\varepsilon(t)$$

8.2　电路定律的复频域形式

分析电路的依据是电路元件的伏安关系和基尔霍夫定律，下面根据它们在时域中的表达式以及拉氏变换的性质推导其复频域表示形式。

8.2.1　基尔霍夫定律的复频域形式

根据拉普拉斯变换的线性性质，由式（1-28）和式（1-34）表示的基尔霍夫电流定律和电压定律的复频域形式分别为

$$\sum I(s) = 0 \qquad\qquad （8\text{-}20）$$
$$\sum U(s) = 0 \qquad\qquad （8\text{-}21）$$

式（8-20）表明，对任一节点，流出（或流入）该节点的象电流的代数和恒等于 0。式（8-21）表明，对任一回路，沿回路各支路象电压代数和恒等于 0。

8.2.2　无源电路元件伏安关系的复频域形式

根据线性非时变电路元件伏安关系的时域形式，由拉氏变换的线性、微分和积分性质，可以推导出各元件伏安关系的复频域形式。

1. 电阻 R 的复频域伏安关系

图 8-2a 所示电路中，根据电阻的伏安关系 $u(t) = R\,i(t)$，对方程两边进行拉氏变换可得

$$U(s) = R\,I(s) \qquad\qquad （8\text{-}22）$$

上式即为电阻复频域形式的伏安关系，由此可画出电阻在复频域的模型如图 8-2b 所示。

a）时域模型　　　　　　　　　　b）复频域模型

图 8-2　电阻的模型

2. 电感 L 的复频域伏安关系

如图 8-3a 所示电感电路中，根据电感的伏安关系 $u(t) = L\dfrac{\mathrm{d}i(t)}{\mathrm{d}t}$，对方程两边进行拉氏变换可得

$$U(s) = sLI(s) - Li(0_-) \quad \text{或} \quad I(s) = \frac{1}{sL}U(s) + \frac{i(0_-)}{s} \quad (8\text{-}23)$$

由上式可画出电感的复频域模型如图 8-3b、c 所示。其中，sL 和 $\frac{1}{sL}$ 分别称为电感 L 的复频域阻抗和复频域导纳，$Li(0_-)$ 和 $\frac{i(0_-)}{s}$ 为反映电感初始值 $i(0_-)$ 作用的附加电压源电压和附加电流源电流。

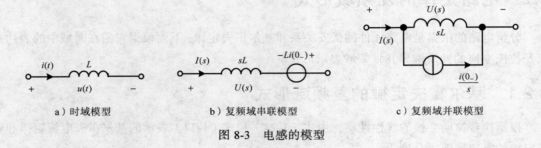

a）时域模型　　　　　　b）复频域串联模型　　　　　c）复频域并联模型

图 8-3　电感的模型

3. 电容 C 的复频域伏安关系

如图 8-4a 所示电容电路中，根据电容的伏安关系 $u(t) = \frac{1}{C}\int_{0_-}^{t} i(\xi)\mathrm{d}\xi + u(0_-)$

对方程两边进行拉普拉斯变换可得

$$U(s) = \frac{1}{sC}I(s) + \frac{1}{s}u(0_-) \text{ 或 } I(s) = sCU(s) - Cu(0_-) \quad (8\text{-}24)$$

由上式可画出电容的复频域模型如图 8-4b、c 所示。其中，$\frac{1}{sC}$ 和 sC 分别称为电容 C 的复频域阻抗和复频域导纳，$\frac{u(0_-)}{s}$ 和 $Cu(0_-)$ 分别为反映电容初始值 $u(0_-)$ 作用的附加电压源电压和附加电流源电流。

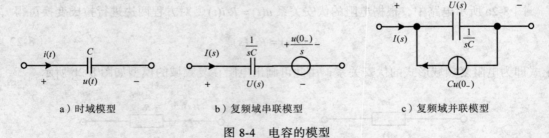

a）时域模型　　　　　　b）复频域串联模型　　　　　c）复频域并联模型

图 8-4　电容的模型

4. 耦合电感的复频域伏安关系

图 8-5a 所示耦合电感电路的时域伏安关系式为

$$\begin{cases} u_1 = L_1 \dfrac{\mathrm{d}i_1}{\mathrm{d}t} + M \dfrac{\mathrm{d}i_2}{\mathrm{d}t} \\ u_2 = L_2 \dfrac{\mathrm{d}i_2}{\mathrm{d}t} + M \dfrac{\mathrm{d}i_1}{\mathrm{d}t} \end{cases} \quad (8\text{-}25)$$

由拉氏变换的线性性质和微分性质，可推出其复频域形式为

$$
\begin{cases}
U_1(s) = sL_1I_1(s) - L_1i_1(0_-) + sMI_2(s) - Mi_2(0_-) \\
U_2(s) = sL_2I_2(s) - L_2i_2(0_-) + sMI_1(S) - Mi_1(0_-)
\end{cases}
\quad (8\text{-}26)
$$

由上式可画出耦合电感的复频域模型如图 8-5b 所示。其中，sM 为复频域互感抗，$Mi_1(0_-)$ 和 $Mi_2(0_-)$ 都是附加电压源，附加电压源的极性与 i_1、i_2 的流入端是否为同名端有关。

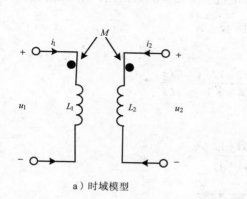
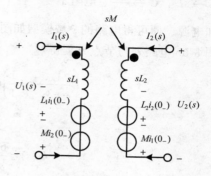

　　　a）时域模型　　　　　　　　　　　　　　　　　b）复频域串联模型

图 8-5　耦合电感的模型

8.3　线性动态电路的复频域分析

　　由于复频域形式的 KCL、KVL 及欧姆定律在形式上与相量形式的 KCL、KVL 及欧姆定律相同，因此关于相量法中的电路分析的各种方法、各种电路定理以及电路的各种等效变换方法与原则，均适用于复频域的电路分析。

　　线性动态电路复频域分析法的一般步骤如下：

　　① 由换路前的稳态电路求出电感的初始电流 $i_L(0_-)$ 和电容的初始电压 $u_C(0_-)$；

　　② 求激励（即独立电源）$f(t)$ 的拉氏变换（即象函数）$F(s)$；

　　③ 画出换路后电路的复频域（s 域）电路模型（注意 $i_L(0_-)$、$u_C(0_-)$ 所引起附加电源）；

　　④ 用 s 域形式的各种分析方法（包括节点法、网孔法、回路法，以及各种等效变换、电路定理等）求出响应的象函数；

　　⑤ 对响应的象函数进行拉氏反变换求出响应的时域表达式，必要时画出响应的波形。

　　下面通过例题说明电路的复频域分析。

　　例 8-8　电路如图 8-6a 所示。电路原来已达稳定状态，$t = 0$ 时刻开关 S 闭合。用复频域分析法求 S 闭合后电压 $u(t)$ 的表达式。

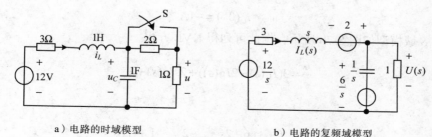

　　　a）电路的时域模型　　　　　　　　　　　　　　b）电路的复频域模型

图 8-6　例 8-8 的电路

解　先求电容电压和电感电流的初始值 $u_c(0-)$、$i_L(0-)$。

$$u_c(0-) = \frac{2+1}{3+2+1} \times 12 = 6(\text{V}) \qquad i_L(0-) = \frac{12}{3+2+1} = 2(\text{A})$$

将 $L \to sL$、$C \to \dfrac{1}{sC}$、电阻不变、各个电压和电流变为相应的象函数，并引进由初始值引起的附加电源，便可得电路的 s 域模型如图 8-6b 所示。

对图 8-6b 电路列写节点方程得

$$\left(\frac{1}{s+3} + s + \frac{1}{1}\right)U(s) = \frac{2+12/s}{s+3} + \frac{6/s}{1/s}$$

解之得

$$U(s) = \frac{6s^2 + 20s + 12}{s(s^2 + 4s + 4)}$$

$$= \frac{3}{s} + \frac{2}{(s+2)^2} + \frac{-3}{s+2}$$

对上式求拉氏反变换得

$$u(t) = (3 + 2te^{-2t} - 3e^{-2t})\varepsilon(t) \ \ \text{V}$$

例 8-9　电路如图 8-7a 所示。电路原已达稳态，$t=0$ 时开关 S 闭合。用复频域分析法求 S 闭合后电流 $i_L(t)$ 的表达式。

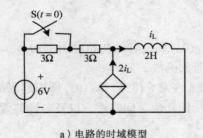

a）电路的时域模型　　　　　　b）电路的时域模型

图 8-7　例 8-9 的电路

解　先求电感电流的初始值 $i_L(0-)$

由

$$\frac{6}{3+3} + 2i_L(0-) = i_L(0-)$$

可得

$$i_L(0-) = -1\text{A}$$

电路的 S 域模型如图 8-7b 所示，据此可列得 KVL 方程

$$\frac{6}{s} = 3(I_L(s) - 2I_L(s)) + 2sI_L(s) + 2$$

因此

$$I_L(s) = \frac{6 - 2s}{s(2s-3)} = \frac{-2}{s} + \frac{1}{s-1.5}$$

$$i_L(t) = (-2 + e^{-1.5t})\varepsilon(t)\text{A}$$

由以上的例题可以看出，应用拉普拉斯变换分析线性电路时，不需要解微分方程，只需求得电路的 s 域模型，然后根据电路分析的各种方法和定理求得响应的象函数，再求得象函数所对应的原函数即可。

8.4　网络函数

网络函数是描述电路本身特性的，只与电路本身的结构和元件参数有关。

8.4.1　网络函数

对于一个线性非时变电路，其网络函数 $H(s)$ 定义为零状态响应的象函数 $Y_f(s)$ 与激励的象函数 $F(s)$ 之比，即

$$H(s) = \frac{Y_f(s)}{F(s)} \qquad (8\text{-}27)$$

在同一个电路中，当激励或响应不同时，网络函数 $H(s)$ 的含义就不同。根据激励和响应所处的端口不同，网络函数可以分为策动点（或驱动点）函数和转移函数两大类。

1. 策动点函数

当响应与激励在同一端口时，如图 8-8a 所示，网络函数称为策动点函数，也称驱动点函数。

（1）策动点阻抗

$$Z_i(s) = \frac{U(s)}{I(s)}$$

（2）策动点导纳

$$Y_i(s) = \frac{I(s)}{U(s)}$$

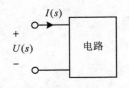
a）响应与激励在同一端口

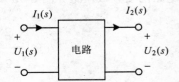
b）响应与激励不在同一端口

图 8-8　网络函数

2. 转移函数

当响应与激励不在同一端口时，如 8-8b 所示，网络函数称为转移函数，也称传递函数。包括以下几种：

（1）转移阻抗

$$Z_{21}(s) = \frac{U_2(s)}{I_1(s)}$$

（2）转移导纳

$$Y_{21}(s) = \frac{I_2(s)}{U_1(s)}$$

（3）转移电压比

$$H(s) = \frac{U_2(s)}{U_1(s)}$$

（4）转移电流比

$$H(s) = \frac{I_2(s)}{I_1(s)}$$

电路的网络函数是由电路本身的结构和参数决定的，根据电路的复频域模型，不难求得指定响应对激励的网络函数。如果已知某电路的网络函数 $H(s)$，则它在某一激励 $F(s)$ 下的零状态响应为

$$Y_f(s) = H(s)F(s)$$

例 8-10   图 8-9a 所示电路中，$i_s(t)$ 为激励，电容电压 $u_C(t)$ 为响应，$u_C(0_-) = 0$，$R = 2\Omega$，$C = 0.5\mathrm{F}$。（1）求其相应的网络函数 $H(s)$；（2）求当 $i_s(t) = \varepsilon(t)\,\mathrm{A}$ 时，$u_C(t)$ 为多少？

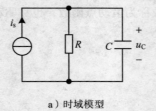
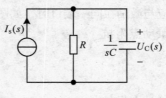

a）时域模型   b）复频域模型

图 8-9   例 8-10 的电路模型

解： ① 电路的复频域模型如图 8-9b 所示，由此可得

$$U_C(s) = \frac{2 \times \dfrac{2}{s}}{2 + \dfrac{2}{s}} I_s(s) = \frac{2}{s+1} I_s(s)$$

因此

$$H(s) = \frac{U_C(s)}{I_s(s)} = \frac{2}{s+1}$$

② 当 $i_s(t) = \varepsilon(t)\,\mathrm{A}$ 时，$I_s(s) = \dfrac{1}{s}$，因此

$$U_C(s) = H(s)I_s(s) = \frac{2}{s+1} \times \frac{1}{s} = \frac{-2}{s+1} + \frac{2}{s}$$

$$u_C(t) = (-2\mathrm{e}^{-t} + 2)\varepsilon(t)\ \mathrm{V}$$

8.4.2   网络函数的极点和零点

描述 n 阶线性非时变电路的网络函数 $H(s)$ 的一般形式为复变量 s 的两个实系数多项式之比，即

$$H(s) = \frac{Y_f(s)}{F(s)} = \frac{b_m s^m + b_{m-1} s^{m-1} + \cdots b_1 s + b_0}{s^n + a_{n-1} s^{n-1} + \cdots a_1 s + a_0} = \frac{N(s)}{D(s)} \tag{8-28}$$

将分子、分母因式分解（设为单根情况），得

$$H(s) = \frac{b_m (s - z_1)(s - z_2) \cdots (s - z_m)}{(s - p_1)(s - p_2) \cdots (s - p_n)} = H_0 \frac{\prod\limits_{i=1}^{m}(s - z_i)}{\prod\limits_{r=1}^{n}(s - p_r)} \tag{8-29}$$

式中，$H_0 = b_m$（分子分母最高次项系数之比）为实常数。分母多项式 $D(s) = 0$ 的根 p_r 称为 $H(s)$ 的极点；分子多项式 $N(s) = 0$ 的根 z_i 称为 $H(s)$ 的零点。网络函数的极点和零点为实数或共轭复数，且可以为重根。

以 s 的实部 σ 为横轴，虚部 $j\omega$ 为纵轴的坐标平面称为复频率平面（或 s 平面），在 s 平面上标出 $H(s)$ 的零点和极点的位置（零点用 "○" 表示，极点用 "×" 表示），称为 $H(s)$ 的零、极点图。

例 8-11   绘制 $H(s) = \dfrac{2(s-1)(s-2)}{(s+1)^2(s^2 + 2s + 2)}$ 的零、极点图。

解 $H(s)$ 有两个零点：$z_1 = 1$，$z_2 = 2$，四个极点：$p_1 = p_2 = -1$，$p_3 = -1 + j$，$p_4 = -1 - j$。$H(s)$ 的零、极点图如图 8-10 所示。

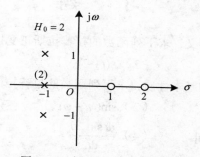

图 8-10   例 8-11 的零极点图

在绘制 $H(s)$ 的零、极点图时，应注意两点：

（1）若 $H_0 \neq 0$，要在零、极点图中将其标出来；

（2）若具有多重的零点或极点时，则应在 "○" 旁或 "×" 旁标出其重数（如图 8-10 中在极点 -1 处标明是 2 重）。

8.4.3   网络函数与系统特性

网络函数反映了电路本身的特性，与电路的冲激响应、频率特性、稳定性有密切的联系。这里只介绍网络函数与电路冲激响应的关系。

当激励 $F(s)=1$[即 $f(t)=\delta(t)$]时，即有响应 $Y(s)=H(s)$，这就是说网络函数的原函数即为电路的冲激响应。若网络函数为真分式且分母具有单根，则网络的冲激响应为

$$h(t)=L^{-1}[H(s)]=L^{-1}\left[\sum_{i=1}^{n}\frac{k_i}{s-p_i}\right]=\sum_{i=1}^{n}k_i\mathrm{e}^{p_it} \tag{8-30}$$

式中，p_i 为 $H(s)$ 的极点。

$H(s)$ 极点的性质（实数、复数、阶数）及极点在复平面上具体的位置决定了 $h(t)$ 的形式。网络函数的极点与冲激响应的关系为：p_i 为负实根时，$h(t)$ 则为衰减的指数函数，当 t 趋于无穷大时，$h(t)$ 趋于零，因此称这种电路是稳定的；p_i 为正实根时，$h(t)$ 则为增长的指数函数，当 t 趋于无穷大时，$h(t)$ 趋于无穷大，称这种电路是不稳定的；p_i 为共轭复根时，则 $h(t)$ 是以指数曲线为包络线的正弦函数，其实部的正负决定了是增长还是衰减；当 p_i 为共轭单虚根时，$h(t)$ 为等幅的正弦函数；p_i 为零时，$h(t)$ 为常数；若 p_i 为重根，则 $h(t)$ 一定为增长的。

根据电路 $H(s)$ 的零、极点图可以判断其稳定性。不管极点是实数还是共轭复数，只要其位于 s 平面的左半边，则 $h(t)$ 随时间的增长而衰减，电路是稳定的。而若极点位于 s 平面的右半边，则 $h(t)$ 随时间的增长而增长，电路是不稳定的。若极点位于虚轴上，则 $h(t)$ 为常数或等幅的正弦振荡，电路是临界稳定。若极点为重根，电路为不稳定。

此外，由于 $H(s)$ 的极点也为系统的特征根（因为 $H(s)$ 的分母多项式 $D(s)=0$ 为电路系统的特征方程，其解为特征根），因此 $H(s)$ 的极点也决定了电路自由响应（固有响应）的形式。也就是说，在一般情况下，冲激响应的特性就是时域响应中自由分量的特性，所以分析网络函数的极点与冲激响应的关系即可得到时域响应的特点。

习　题

8.1　根据拉普拉斯变换定义，求下列函数的拉普拉斯正变换。

（1）$2\delta(t-1)$　　　　　　（2）$\varepsilon(t-2)$　　　　　　（3）$\mathrm{e}^{-2t}\varepsilon(t)$

8.2　利用拉普拉斯变换的基本性质，求下列函数的拉普拉斯正变换。

（1）$(1+\mathrm{e}^{-3t})\varepsilon(t)$　　　　　　（2）$\sin(\omega t+\varphi)$

（3）$\mathrm{e}^{-t}[\varepsilon(t)-\varepsilon(t-2)]$　　　　　　（4）$\dfrac{\mathrm{d}(\sin 2t)}{\mathrm{d}t}$

8.3　求下列各拉普拉斯象函数的原函数。

（1）$F(s)=\dfrac{s}{s+2}$　　　　　　（2）$F(s)=\dfrac{s\mathrm{e}^{-as}}{s+2}$

（3）$\dfrac{s^2+2}{s^2+1}$　　　　　　（4）$F(s)=\dfrac{s-2}{s(s+1)^2}$

8.4　用部分分式展开法求下列各拉普拉斯象函数的原函数。

（1）$\dfrac{7s+2}{s^3+3s^2+2s}$　　　　　　（2）$\dfrac{4}{s^2+5s+6}$

（3）$\dfrac{4}{(s+1)(s^2+s+2)}$　　　　　　（4）$\dfrac{s-1}{s^2+2s+2}$

（5）$\dfrac{3}{(s^2+4s+4)s}$　　　　　（6）$\dfrac{s^2+4s+1}{s(s+1)^2}$

（7）$\dfrac{1}{s^2+3s+2}$　　　　　（8）$\dfrac{e^{-s}+e^{-2s}+1}{s^2+3s+2}$

8.5　已知电路如题 8.5 图所示，电路原已达稳态，$t=0$ 时闭合开关 S，分别画出开关 S 闭合后各电路对应的 s 域模型。

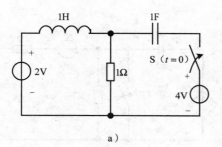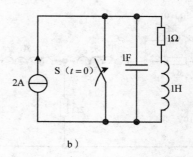

题 8.5 图

8.6　电路如题 8.6 图所示，已知 $C=0.5\text{F}$，$R=2\Omega$，电流源 $i_S(t)=\varepsilon(t)\text{A}$，初始状态 $u_C(0_-)=1\text{V}$。（1）画出系统的 s 域模型；（2）求电容电压 $u_C(t)$。

8.7　电路如题 8.7 图所示，电路原处于零状态，$t=0$ 时开关 S 闭合，试用复频域分析法求 $t>0$ 时电感电流 $i_L(t)$。

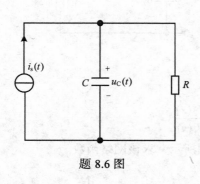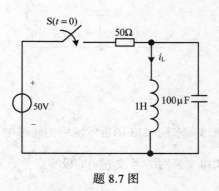

题 8.6 图　　　　　　　　　　　　题 8.7 图

8.8　题 8.8 图所示电路中，开关 S 闭合前电路已处于稳态，电容初始储能为零，在 $t=0$ 时闭合开关 S，试用复频域分析法求 $t>0$ 时的电感电流 $i_L(t)$。

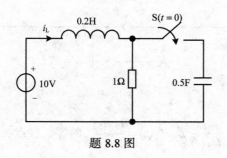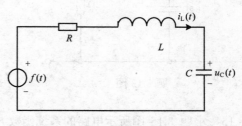

题 8.8 图　　　　　　　　　　　　题 8.9 图

8.9 RLC 电路如题 8.9 图所示，其中 $R = 2\Omega$，$L = 1H$，$C = 0.2F$，$i_L(0_-) = 1A$，$u_C(0_-) = 1V$，激励 $f(t) = t\varepsilon(t)$。（1）画出系统的 s 域模型；（2）求电流 $i_L(t)$。

8.10 电路如题 8.10 图所示，开关 S 原已打开很长时间，$t = 0$ 时开关 S 闭合，试用复频域分析法求 $t > 0$ 时的电流 $i(t)$。

8.11 电路如题 8.11 图所示，$t = 0$ 时开关 S 闭合，闭合前电路已达稳态，试用复频域分析法求 $t > 0$ 时的电流 $i(t)$。

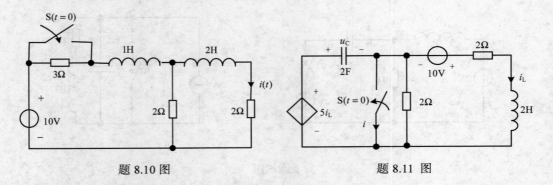

题 8.10 图　　　　　　　　题 8.11 图

8.12 试求题 8.12 图所示各电路的策动点阻抗。

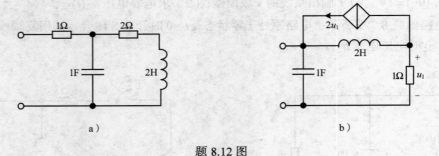

a)　　　　　　　　b)

题 8.12 图

8.13 求题 8.13 图所示网络的转移电压比 $H(s) = \dfrac{U_2(s)}{U_1(s)}$。

8.14 某网络函数 $H(s)$ 的极零点分布图如题 8.14 图所示，求该网络函数。

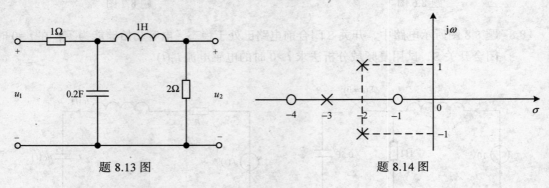

题 8.13 图　　　　　　　　题 8.14 图

8.15 求题 8.15 图所示电路的系统函数 $H_1(s) = \dfrac{I_L(s)}{U_S(s)}$ 及 $H_2(s) = \dfrac{U_C(s)}{U_S(s)}$ 的零、极点，并绘

出其零、极点分布图。

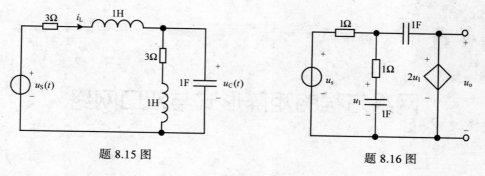

题 8.15 图   题 8.16 图

8.16 求题 8.16 图所示电路的网络函数 $H(s) = \dfrac{U_0(s)}{U_s(s)}$ 和单位冲激响应 $h(t)$。

第 9 章

网络方程的矩阵形式与双口网络

描述网络响应与激励之间关系的方程（简称网络方程）若用矩阵形式表示，可使方程的建立过程更具有规律性和系统性，便于使用计算机进行辅助分析和设计。

本章首先介绍图论的一些基本知识，然后介绍关联矩阵、回路矩阵、割集矩阵，以及用它们来表示的基尔霍夫定律的矩阵形式和节点电压方程的矩阵形式。最后，介绍常见的双口网络及其特性。

9.1 图论的基本知识

网络图论又称为网络拓扑学，简称图论，是应用非常广泛的一门学科。图论可用来对电路的结构及其连接性质进行分析和研究。

9.1.1 图的概念

用一条线段代替网络中的一个元件或某些元件的组合，这种线段称为支路，线段的端点称为节点，这样得到的以线段和点组成的几何结构图称为网络的线图或拓扑图，简称图，用 G 表示。例如，图 9-1a 所示电路的拓扑图如图 9-1b 所示。

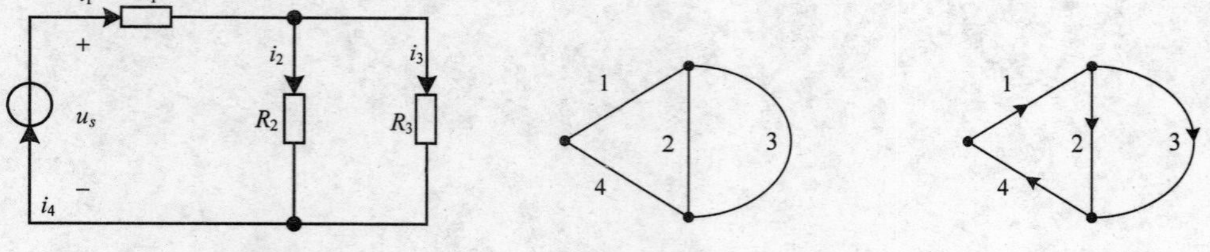

a）电路　　b）无向图　　c）有向图

图 9-1　网络的图

网络的图只与其连接结构有关，而与支路元件的性质无关。对网络中任意一个节点建立电流方程或沿任意回路建立电压方程时，只需对拓扑图分析。

如果对图中的每条支路指定一个方向，就称为有向图，如图 9-1c 所示，否则称为无向图，如图 9-1b 所示。在图中，如果任意两点间至少有一条支路构成的路径，则此图称为连通图，如图 9-1b 所示，否则称为非连通图，如图 9-2a 所示。若图 G_1 的每个节点和支路都是图 G 的节点和支路，则称图 G_1 是图 G 的一个子图。例如，图 9-2b 所示的图可以看作图 9-2a 所示图的一个子图。

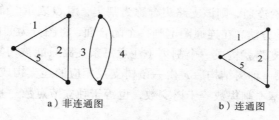

a）非连通图　　　　b）连通图

图 9-2　非连通图和子图

需要注意的是，在图的定义中，节点和支路各自是一个整体，所以允许有孤立节点存在。因此，若把一条支路移去，并不意味着同时把它所连接的节点也移去；反之，如果把一个节点移去，则应当把它连接的全部支路同时移去。

9.1.2　回路、树、割集

1. 回路、树

图 G 中的任一闭合路径称为一个回路，如图 9-3a 所示的图中，支路(1,4,2)、(5,3,2)、(4,5,6)、(1,3,6)、(4,5,3,1)等均构成了回路。从图中可以看出若将支路（1,4,2）与（5,3,2）构成的回路合并，就可得到由支路(4,5,3,1)构成的回路，因此为了讨论图的独立回路数，我们引入"树"的概念。

在连通图 G 中，把所有的节点连通起来，但不包含任一闭合路径的部分线图称为"树"。即一个图如果满足条件：①包含所有节点；②不具有回路；③连通的；④为 G 的子图，就称为树。同一网络的图，其树的结构有很多种。如图 9-3 a 所示的图 G，其树就有 16 种，图 9-3 b、c、d 所示的是其中的三种。

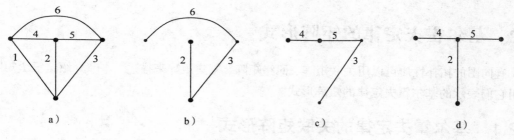

a）　　　　b）　　　　c）　　　　d）

图 9-3　图与树

构成各树的支路称为该树的树支，图中除树支以外的其他支路称为连支，连支的集合称为树余。若一个图有 n 个节点、b 条支路，则由树的定义不难推得树支数 $t = n-1$，连支数 $l = b-n+1$。

在图 G 中选取一棵树后，由一条连支及相应的树支所构成的回路称为该树的基本回路（单连支回路），因此基本回路数等于图中的连支数。不同的树对应于不同的基本回路。基本回路的 KVL 方程相互独立，所以可以用树的知识来确定电路中的独立回路。

2. 割集

如果图 G 中的支路集合同时满足：① 移去该集合时原图成为两个分离部分；② 留下集合中的任一支路时图依然连通，则该支路集合称为割集，用 Q 表示。确定一个图的割集，常采用作闭合面（高斯面）的方法：在连通图上画一个闭合面，将图分为面内、面外两个连通部分，则被闭合面切割的所有支路就构成一个割集（注意每条支路只能被切割一次）。

在连通图 G 中选取一种树结构后，由一条树支及相应的连支构成的割集称为该树的基本割集。因此，一个图的基本割集数等于树支数，也等于独立节点数。基本割集的 KCL 方程互相独立。

同一图的不同树，对应不同的基本割集组。如图 9-4a 所示图 G 中，如果选支路 4、5、2 为树支，则基本割集组为 Q_1（1、4、6）、Q_2（1、2、3）和 Q_3（3、5、6），如图 9-4 b 所示。如果选支路 1、4、5 为树支，则基本割集组为 Q_1（3、5、6）、Q_2（1、2、3）和 Q_3（2、3、4、6），如图 9-4 c 所示。

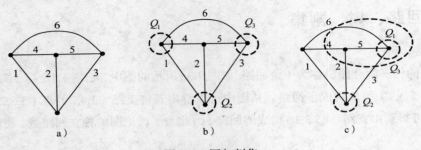

图 9-4　图与割集

根据 KCL 的推广理论可知，构成每个割集支路的电流满足 KCL 方程，即：

$$\sum i_k = 0$$

式中 i_k 为构成割集的第 k 条支路的电流，穿入割集时取"+"，反之取"−"。

9.2　基尔霍夫定律的矩阵形式

有向图的拓扑性质可以用关联矩阵、回路矩阵、割集矩阵来描述，本节介绍这三个矩阵以及用它们表示的基尔霍夫定律的矩阵形式。

9.2.1　基尔霍夫定律的关联矩阵形式

若一条支路连接于某个节点，则称该支路与此节点关联。支路与节点的关联性质可以用关联矩阵来描述。若有向图的节点数为 n，支路数为 b，所有节点与支路均加以编号，则有向图的关联矩阵为一个 $(n \times b)$ 阶矩阵，用 A_a 表示。A_a 的行对应于节点，列对应于支路，构成 A_a 的元素 a_{jk} 定义为

$$\begin{cases} a_{jk} = +1, & \text{支路 } k \text{ 与结点 } j \text{ 关联，支路方向 背离节点} \\ a_{jk} = -1, & \text{支路 } k \text{ 与结点 } j \text{ 关联，支路方向 指向节点} \\ a_{jk} = 0, & \text{支路 } k \text{ 与结点 } j \text{ 无关联} \end{cases}$$

例如图 9-5 所示有向图的关联矩阵为

$$\boldsymbol{A}_a = \begin{array}{c} \\ 1 \\ 2 \\ 3 \\ 4 \end{array}\begin{array}{cccccc} 1 & 2 & 3 & 4 & 5 & 6 \\ \left[\begin{array}{cccccc} +1 & 0 & 0 & +1 & 0 & +1 \\ 0 & +1 & 0 & -1 & -1 & 0 \\ 0 & 0 & +1 & 0 & +1 & -1 \\ -1 & -1 & -1 & 0 & 0 & 0 \end{array}\right] \end{array}$$

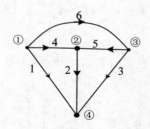

图 9-5　有向图

$\boldsymbol{A}_a$ 每一列对应于一条支路，由于一条支路连接于两个节点，若离开一个节点，则必指向另一个节点，因此每一列中只有两个非零元素，即 +1 和 -1。若把所以行的元素按列相加就得到一行全为零的元素，因此 $\boldsymbol{A}_a$ 的行不是彼此独立的，$\boldsymbol{A}_a$ 的任一行必能从其他 $(n-1)$ 行导出。

若将 $\boldsymbol{A}_a$ 的任一行划出，剩下的 $(n-1) \times b$ 阶矩阵以 $\boldsymbol{A}$ 表示，称为（降阶）关联矩阵，如将上面矩阵 $\boldsymbol{A}_a$ 的第四行划去，就可得式（9-1）所示（降阶）关联矩阵 $\boldsymbol{A}$。这样，矩阵 $\boldsymbol{A}$ 的某些列将只具有一个 +1 或一个 -1，每一个这样的列必对应于划去节点相关联的一条支路，被划去的行所对应的结点可作参考结点。

$$\boldsymbol{A} = \left[\begin{array}{cccccc} +1 & 0 & 0 & +1 & 0 & +1 \\ 0 & +1 & 0 & -1 & -1 & 0 \\ 0 & 0 & +1 & 0 & +1 & -1 \end{array}\right] \tag{9-1}$$

电路中的 b 条支路电流可以用一个 b 阶列向量表示，即 $i = (i_1 \quad i_2 \quad \dots \quad i_b)^{\mathrm{T}}$。矩阵 $\boldsymbol{A}$ 左乘电流向量 $\boldsymbol{i}$，得到一个 $(n-1)$ 阶列向量，按照矩阵相乘的规则可知，它的每一个元素即为关联到对应节点的支路电流的代数和，故有

$$\boldsymbol{A}\boldsymbol{i} = \begin{bmatrix} \text{节点 } 1 \text{ 上的} \sum i \\ \text{节点 } 2 \text{ 上的} \sum i \\ \vdots \\ \text{节点 } (n-1) \text{ 上的} \sum i \end{bmatrix} = 0$$

因此由关联矩阵 $\boldsymbol{A}$ 表示的 KCL 的矩阵形式为

$$\boldsymbol{A}\boldsymbol{i} = 0 \tag{9-2}$$

电路的 b 个支路电压可以用一个 b 阶列向量表示，$u = (u_1 \quad u_2 \quad \dots \quad u_b)^{\mathrm{T}}$。$(n-1)$ 个节点电压可以用一个 $(n-1)$ 阶列向量表示，$u_n = (u_{n1} \quad u_{n2} \quad \dots \quad u_{n(n-1)})^{\mathrm{T}}$。因矩阵 $\boldsymbol{A}$ 的每一列（即矩阵 $\boldsymbol{A}^{\mathrm{T}}$ 的每一行）表示每一条对应支路与节点的关联情况，故有

$$u = \boldsymbol{A}^{\mathrm{T}} u_n \tag{9-3}$$

式（9-3）即为用关联矩阵 A 表示的 KVL 的矩阵形式。该式说明，支路电压可以用与该支路关联的两个节点的节点电压来表示。

对图 9-5 所示的有向图，用矩阵 A 表示的 KCL 矩阵形式为

$$Ai = \begin{bmatrix} +1 & 0 & 0 & +1 & 0 & +1 \\ 0 & +1 & 0 & -1 & -1 & 0 \\ 0 & 0 & +1 & 0 & +1 & -1 \end{bmatrix} \begin{bmatrix} i_1 \\ i_2 \\ i_3 \\ i_4 \\ i_5 \\ i_6 \end{bmatrix} = \begin{bmatrix} +i_1 + i_4 + i_6 \\ +i_2 - i_4 - i_5 \\ +i_3 + i_5 - i_6 \end{bmatrix} = 0$$

图 9-5 所示的有向图用矩阵 A 表示的 KVL 矩阵形式为

$$\begin{bmatrix} u_1 \\ u_2 \\ u_3 \\ u_4 \\ u_5 \\ u_6 \end{bmatrix} = \begin{bmatrix} +1 & 0 & 0 \\ 0 & +1 & 0 \\ 0 & 0 & +1 \\ +1 & -1 & 0 \\ 0 & -1 & +1 \\ +1 & 0 & -1 \end{bmatrix} \begin{bmatrix} u_{n1} \\ u_{n2} \\ u_{n3} \end{bmatrix} = \begin{bmatrix} u_{n1} \\ u_{n2} \\ u_{n3} \\ u_{n1} - u_{n2} \\ -u_{n2} + u_{n3} \\ u_{n1} - u_{n3} \end{bmatrix}$$

9.2.2　基尔霍夫定律的回路矩阵形式

任一个回路都由一些支路组成，组成回路的这些支路与该回路相关联，支路与回路的关联性质可用回路矩阵描述。若有向图的独立回路数为 l，支路数为 b，所有独立回路和支路均加以编号，则回路矩阵是一个 $l \times b$ 阶矩阵，用 B 来表示。B 的行对应于一个独立回路，列对应于支路，构成 B 的元素 b_{jk} 定义为

$$\begin{cases} b_{jk} = +1, & \text{支路 } k \text{ 与回路 } j \text{ 关联，它们的方向 一致} \\ b_{jk} = -1, & \text{支路 } k \text{ 与回路 } j \text{ 关联，它们的方向 相反} \\ b_{jk} = 0, & \text{支路 } k \text{ 与回路 } j \text{ 无关联} \end{cases}$$

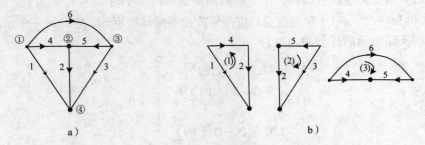

a)　　　　　　　　　　　b)

图 9-6　有向图

例如图 9-6a 所示的图，其独立回路数为 3，若选一组独立回路如图 9-6b 所示，则对应的回路矩阵为

$$B = \begin{array}{c} \\ 1 \\ 2 \\ 3 \end{array} \begin{array}{cccccc} 1 & 2 & 3 & 4 & 5 & 6 \\ \begin{bmatrix} +1 & -1 & 0 & -1 & 0 & 0 \\ 0 & -1 & +1 & 0 & -1 & 0 \\ 0 & 0 & 0 & -1 & +1 & +1 \end{bmatrix} \end{array}$$

若所选的独立回路组是对应于一个树的单连支回路组，这种回路矩阵称为基本回路矩阵，用 $\boldsymbol{B}_\mathrm{f}$ 表示。如果 $\boldsymbol{B}_\mathrm{f}$ 的列次序为：l 条连支依次排列在对应于 $\boldsymbol{B}_\mathrm{f}$ 的第 1 至 l 列，然后再排树支；$\boldsymbol{B}_\mathrm{f}$ 的行次序为：每一单连支回路的序号为对应连支所在列的序号，该连支的方向为对应回路的绕行方向。则 $\boldsymbol{B}_\mathrm{f}$ 中将出现一个 l 阶单位子矩阵 $\boldsymbol{I}_l$，即

$$\boldsymbol{B}_\mathrm{f}=\left[\boldsymbol{I}_l\; \vdots\; \boldsymbol{B}_t\right]$$

式中，下标 l 和 t 分别表示与连支和树支对应的部分。

对于图 9-6a 所示的有向图，若选支路 2、4、5 为树支，1、3、6 为连支，则图 9-6b 所示的回路即为一组单连支回路，对应的基本回路矩阵为

$$\boldsymbol{B}_\mathrm{f}=\begin{matrix}1\\2\\3\end{matrix}\begin{array}{c}\begin{matrix}1&3&6&2&4&5\end{matrix}\\\left[\begin{matrix}+1&0&0&-1&-1&0\\0&+1&0&-1&0&-1\\0&0&+1&0&-1&+1\end{matrix}\right]\end{array}$$

回路矩阵 $\boldsymbol{B}$ 左乘支路电压列向量 $\boldsymbol{u}$，得到一个 l 阶列向量。因矩阵 $\boldsymbol{B}$ 的每一行表示每一对应回路与支路的关联情况，按矩阵的乘法规则可知列向量中每一个元素将对应回路中各支路电压的代数和，即

$$即\;\boldsymbol{Bu}=\begin{bmatrix}回路1中的\sum u\\回路2中的\sum u\\\cdots\cdots\\回路l中的\sum u\end{bmatrix}$$

故有

$$\boldsymbol{Bu}=0 \tag{9-4}$$

式（9-4）即为用回路矩阵 $\boldsymbol{B}$ 表示的 KVL 的矩阵形式。

电路的 b 个支路电流可以用一个 b 阶列向量表示，$\boldsymbol{i}=(i_1\;\;i_2\;\;\dots\;\;i_b)^\mathrm{T}$，$l$ 个独立回路电流可用一个 l 阶列向量来表示，$\boldsymbol{i}_l=(i_{l1}\;\;i_{l2}\;\;\dots\;\;i_{ll})^\mathrm{T}$，矩阵 $\boldsymbol{B}$ 的每一列（即矩阵 $\boldsymbol{B}^T$ 的每一行）表示每一条对应支路与独立回路的关联情况，故有

$$\boldsymbol{i}=\boldsymbol{B}^\mathrm{T}\boldsymbol{i}_l \tag{9-5}$$

式（9-5）即为用回路矩阵 $\boldsymbol{B}$ 表示的 KCL 的矩阵形式。该式说明，电路中各支路电流可以用与该支路关联的所有回路的回路电流来表示。

对图 9-6a 所示的有向图，若选图 9-6b 所示的一组独立回路，则有

$$\boldsymbol{Bu}=\begin{bmatrix}+1&-1&0&-1&0&0\\0&-1&+1&0&-1&0\\0&0&0&-1&+1&+1\end{bmatrix}\begin{bmatrix}u_1\\u_2\\u_3\\u_4\\u_5\\u_6\end{bmatrix}=\begin{bmatrix}+u_1-u_2-u_4\\-u_2+u_3-u_5\\-u_4+u_5+u_6\end{bmatrix}=0$$

$$\begin{bmatrix} i_1 \\ i_2 \\ i_3 \\ i_4 \\ i_5 \\ i_6 \end{bmatrix} = \begin{bmatrix} +1 & 0 & 0 \\ -1 & -1 & 0 \\ 0 & +1 & 0 \\ -1 & 0 & -1 \\ 0 & -1 & +1 \\ 0 & 0 & +1 \end{bmatrix} \begin{bmatrix} i_{l1} \\ i_{l2} \\ i_{l3} \end{bmatrix} = \begin{bmatrix} +i_{l1} \\ -i_{l1} - i_{l2} \\ i_{l2} \\ -i_{l1} - i_{l3} \\ -i_{l2} + i_{l3} \\ i_{l3} \end{bmatrix}$$

9.2.3　基尔霍夫定律的割集矩阵形式

若一个割集是由一些支路组成，则称这些支路与该割集关联。设有向图的结点数为 n，支路数为 b，则该图的独立割集数为 $(n-1)$。对每个割集编号，并指定一个割集方向（树支方向），则会得到一个 $(n-1) \times b$ 的割集矩阵，用 $\boldsymbol{Q}$ 来表示。$\boldsymbol{Q}$ 的行对应于割集，列对应于支路，构成 $\boldsymbol{Q}$ 的元素 q_{ik} 定义为

$$\begin{cases} q_{jk} = +1, & \text{支路 } k \text{ 与割集 } j \text{ 关联，它们的方向相同} \\ q_{jk} = -1, & \text{支路 } k \text{ 与割集 } j \text{ 关联，它们的方向相反} \\ q_{jk} = 0, & \text{支路 } k \text{ 与割集 } j \text{ 无关联} \end{cases}$$

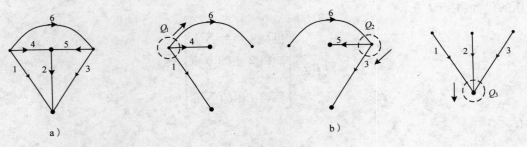

图 9-7　有向图

例如，对于图 9-7a 所示的有向图，若选图 9-7b 所示的一组独立割集，则对应的割集矩阵为

$$\boldsymbol{Q} = \begin{array}{c} \\ 1 \\ 2 \\ 3 \end{array} \begin{array}{c} \begin{array}{cccccc} 1 & 2 & 3 & 4 & 5 & 6 \end{array} \\ \begin{bmatrix} +1 & 0 & 0 & +1 & 0 & +1 \\ 0 & 0 & +1 & 0 & +1 & -1 \\ +1 & +1 & +1 & 0 & 0 & 0 \end{bmatrix} \end{array}$$

如果选一组单树支割集为一组独立割集，则这种割集矩阵称为基本割集矩阵，用 $\boldsymbol{Q}_f$ 表示。如果 $\boldsymbol{Q}_f$ 的行列次序为：$(n-1)$ 条树支依次排列在对应于 $\boldsymbol{Q}_f$ 的第 1 至 $(n-1)$ 列，再排列连支。取每一单树支割集的序号与相应树支所在列的序号相同，且选割集方向与相应树支方向一致，则 $\boldsymbol{Q}_f$ 中将出现一个 t 阶单位子矩阵 $\boldsymbol{I}_t$，即

$$\boldsymbol{Q}_f = [\boldsymbol{I}_t \vdots \boldsymbol{Q}_l]$$

式中，下标 t 和 l 分别表示树支和连支对应部分。

对于图 9-7a 所示的有向图，若选支路 2、4、5 作为树支，则一组单树支割集如图 9-7（b）所示，对应的基本割集矩阵为

$$
Q_f = \begin{array}{c} 1 \\ 2 \\ 3 \end{array} \begin{bmatrix} +1 & 0 & 0 & +1 & +1 & 0 \\ 0 & +1 & 0 & +1 & 0 & +1 \\ 0 & 0 & +1 & 0 & +1 & -1 \end{bmatrix} \begin{array}{c} 2\ \ 4\ \ 5\ \ 1\ \ 3\ \ 6 \end{array}
$$

根据广义 KCL 可知，属于同一割集的所有支路电流的代数和等于零，因此根据割集矩阵的定义和矩阵的乘法规则，不难得出

$$
\boldsymbol{Q} i = 0 \tag{9-6}
$$

式（9-6）即是用割集矩阵 $\boldsymbol{Q}$ 表示的 KCL 的矩阵形式。

对于图 9-7a 所示的有向图，若选 9-7b 所示的一组独立割集，则有

$$
Qi = \begin{bmatrix} +1 & 0 & 0 & +1 & 0 & +1 \\ 0 & 0 & +1 & 0 & +1 & -1 \\ +1 & +1 & +1 & 0 & 0 & 0 \end{bmatrix} \begin{bmatrix} i_1 \\ i_2 \\ i_3 \\ i_4 \\ i_5 \\ i_6 \end{bmatrix} = \begin{bmatrix} +i_1 + i_4 + i_6 \\ +i_3 + i_5 - i_6 \\ +i_1 + i_2 + i_3 \end{bmatrix} = 0
$$

若将 $(n-1)$ 个树支电压用 $(n-1)$ 阶列向量表示，$\boldsymbol{u}_t = \begin{pmatrix} u_{t1} & u_{t2} & \cdots & u_{t(n-1)} \end{pmatrix}^T$，常选单树支割集为独立割集，树支电压可视为对应的割集电压，$\boldsymbol{u}_t$ 又是基本割集组的割集电压列向量，因 $\boldsymbol{Q}_f$ 表示的每一列就是 $\boldsymbol{Q}_f^T$ 的每一行，故

$$
\boldsymbol{u} = \boldsymbol{Q}_f^T \boldsymbol{u}_t \tag{9-7}
$$

式（9-7）即为用割集矩阵 $\boldsymbol{Q}_f$ 表示的 KVL 的矩阵形式。该式说明，支路电压可以用树支电压（割集电压）来表示。

对于图 9-7a 所示的有向图，若选支路 2、4、5 作为树支，则一组单树支割集如图 9-7b 所示，令 $u_{t1}=u_2$、$u_{t2}=u_4$、$u_{t3}=u_5$，可得

$$
\begin{bmatrix} u_2 \\ u_4 \\ u_5 \\ u_1 \\ u_3 \\ u_6 \end{bmatrix} = \begin{bmatrix} +1 & 0 & 0 \\ 0 & +1 & 0 \\ 0 & 0 & +1 \\ +1 & +1 & 0 \\ +1 & 0 & +1 \\ 0 & +1 & -1 \end{bmatrix} \begin{bmatrix} u_{t1} \\ u_{t2} \\ u_{t3} \end{bmatrix} = \begin{bmatrix} u_{t1} \\ u_{t2} \\ u_{t3} \\ u_{t1} + u_{t2} \\ u_{t1} + u_{t3} \\ u_{t2} - u_{t3} \end{bmatrix}
$$

注意：$\boldsymbol{u}$ 列向量的排列序号应与 $\boldsymbol{Q}_f^T$ 的行序号（即支路序号）一致。对某些图来说，有时有 $\boldsymbol{Q}_f = \boldsymbol{A}$。

关联矩阵、回路矩阵和割集矩阵都可以用来表示 KCL 和 KVL，表 9-1 总结了这些表达式。

表 9-1

连通图 G 的矩阵	$\boldsymbol{A}$	$\boldsymbol{B}_f$	$\boldsymbol{Q}_f$
KCL	$\boldsymbol{A}i = 0$	$i = \boldsymbol{B}^T i_l$	$\boldsymbol{Q}_f i = 0$
KVL	$\boldsymbol{u} = \boldsymbol{A}^T \boldsymbol{u}_n$	$\boldsymbol{B}_f \boldsymbol{u} = 0$	$\boldsymbol{u} = \boldsymbol{Q}_f^T \boldsymbol{u}_t$

9.2.4　矩阵 A、B_f、Q_f 之间的关系

对于任一个连通图 G，如果支路的排列顺序相同，则有

$$AB^T = 0 \quad 或 \quad BA^T = 0$$

$$QB^T = 0 \quad 或 \quad BQ^T = 0$$

对于任一个连通图 G，若选择连通图 G 的一个树时，按照先树支，后连支的相同顺序排列，写出 A、B_f、Q_f，即

$$A = [A_t \ \vdots \ A_l], \qquad B_f = [B_t \ \vdots \ I_l], \qquad Q_f = [I_t \ \vdots \ Q_l],$$

则有

$$AB_f^T = [A_t \ \vdots \ A_l] \begin{bmatrix} B_t^T \\ I_l \end{bmatrix} = 0$$

$$Q_f B_f^T = [I_t \ \vdots \ Q_l] \begin{bmatrix} B_t^T \\ I_l \end{bmatrix} = 0$$

上述关系式的详细证明可见相关参考书。

KCL 和 KVL 均可写成矩阵的形式。由前面章节的讨论可知，节电电压方程、网孔电流方程、回路电流方程等都是以 KCL、KVL 和元件的伏安关系为依据推导而得到的，因此结合电路中元件本身的伏安关系，也可以写出节点电压方程、网孔电流方程、回路电流方程等的矩阵形式。下节讨论节点电压方程的矩阵形式，网孔电流方程、回路电流方程的矩阵形式可见相关参考书。

9.3　节点电压方程的矩阵形式

在列写矩阵形式的节点电压方程时，必须有一组支路电流方程，因此需要规定一条支路的结构和内容。本节先介绍复合支路的概念，然后推导这种支路在两种比较简单情况下的电流方程，最后推导出节点电压方程的矩阵形式。

9.3.1　复合支路与支路电流方程

设复合支路如图 9-8 所示，其中下标 k 表示第 k 条支路，$\dot{U}_{sk}$ 和 $\dot{I}_{sk}$ 分别表示独立电压源和独立电流源，$\dot{I}_{dk}$ 表示受控电流源，Y_k（或 Z_k）表示导纳（或阻抗），且规定它只可能是单一的电阻、电感或电容，而不能是它们的组合，即

$$Y_k = \begin{cases} G_k \\ \dfrac{1}{j\omega L_k} \\ j\omega C_k \end{cases}$$

需要说明的是，复合支路只是定义了一条支路最多可以包含的不同元件数及连接方式，允许缺少某些元件。另外，为了写出复合支路的支路方程，还应规定电压和电流的参考方向，本章中采用的电压和电流参考方向如图 9-8 所示。下面分两种情况推导出整个电路的支路方程的矩阵形式。

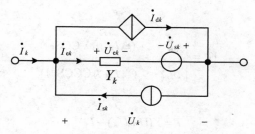

图 9-8 复合支路

① 当电路中无受控电流源（即 $\dot{I}_{dk} = 0$），电感间无耦合时，对第 k 条支路有

$$\dot{I}_k = Y_k \dot{U}_{ek} - \dot{I}_{Sk} = Y_k(\dot{U}_k + \dot{U}_{Sk}) - \dot{I}_{Sk} \qquad (9\text{-}8)$$

设 $\dot{I} = [\dot{I}_1 \quad \dot{I}_2 \quad \cdots \quad \dot{I}_b]^T$，$\dot{U} = [\dot{U}_1 \quad \dot{U}_2 \quad \cdots \quad \dot{U}_b]^T$，$\dot{I}_S = [\dot{I}_{S1} \quad \dot{I}_{S2} \quad \cdots \quad \dot{I}_{Sb}]^T$，$\dot{U}_S = [\dot{U}_{S1} \quad \dot{U}_{S2} \quad \cdots \quad \dot{U}_{Sb}]^T$，则对整个电路有

$$\begin{bmatrix} \dot{I}_1 \\ \dot{I}_2 \\ \vdots \\ \dot{I}_b \end{bmatrix} = \begin{bmatrix} Y_1 & & & \\ & Y_2 & & \\ & & \ddots & \\ & & & Y_b \end{bmatrix} \begin{bmatrix} \dot{U}_1 + \dot{U}_{S1} \\ \dot{U}_2 + \dot{U}_{S2} \\ \vdots \\ \dot{U}_b + \dot{U}_{Sb} \end{bmatrix} - \begin{bmatrix} \dot{I}_{S1} \\ \dot{I}_{S2} \\ \vdots \\ \dot{I}_{Sb} \end{bmatrix}$$

即

$$\dot{I} = Y(\dot{U} + \dot{U}_S) - \dot{I}_S \qquad (9\text{-}9)$$

式中，Y 为支路导纳矩阵对角阵。

② 当电路中含有受控电流源，电感间无耦合时，设第 k 条支路中有受控电流源并受第 j 条支路中无源元件上的电压 $\dot{U}_{ej}$（或电流 $\dot{I}_{ej}$）控制，即 $\dot{I}_{dk} = g_{kj}\dot{U}_{ej}$（或 $\dot{I}_{dk} = \beta_{kj}\dot{I}_{ej}$），则对第 k 支路有

$$\dot{I}_k = Y_k(\dot{U}_k + \dot{U}_{Sk}) + \dot{I}_{dk} - \dot{I}_{Sk} \qquad (9\text{-}10)$$

在受控电流源为 VCCS 的情况下，式中 $\dot{I}_{dk} = g_{kj}(\dot{U}_j + \dot{U}_{Sj})$；在受控电流源为 CCCS 的情况下，则 $\dot{I}_{dk} = \beta_{kj}Y_j(\dot{U}_j + \dot{U}_{sj})$，因此得

$$\begin{bmatrix} \dot{I}_1 \\ \dot{I}_2 \\ \vdots \\ \dot{I}_j \\ \vdots \\ \dot{I}_k \\ \vdots \\ \dot{I}_b \end{bmatrix} = \begin{bmatrix} Y_1 & & & & & & & \\ 0 & Y_2 & & & & & & \\ \vdots & & \ddots & & & & & \\ 0 & & 0 & Y_j & & & & \\ \vdots & \cdots & 0 & 0 & \ddots & & & \\ 0 & & 0 & Y_{kj} & & Y_k & & \\ \vdots & & & & & & \ddots & \\ 0 & \cdots & 0 & 0 & \cdots & \cdots & 0 & Y_b \end{bmatrix} \begin{bmatrix} \dot{U}_1 + \dot{U}_{S1} \\ \dot{U}_2 + \dot{U}_{S2} \\ \vdots \\ \dot{U}_j + \dot{U}_{Sj} \\ \vdots \\ \dot{U}_k + \dot{U}_{Sk} \\ \vdots \\ \dot{U}_b + \dot{U}_{Sb} \end{bmatrix} - \begin{bmatrix} \dot{I}_{S1} \\ \dot{I}_{S2} \\ \vdots \\ \dot{I}_{Sj} \\ \vdots \\ \dot{I}_{Sk} \\ \vdots \\ \dot{I}_{Sb} \end{bmatrix}$$

式中

$$Y_{kj} = \begin{cases} g_{kj} & (\text{当}\dot{I}_{dk}\text{为VCCS时}) \\ \beta_{kj}Y_j & (\text{当}\dot{I}_{dk}\text{为CCCS时}) \end{cases}$$

即

$$\dot{I} = Y(\dot{U}+\dot{U}_s) - \dot{I}_s \qquad (9\text{-}11)$$

上式与情况 1 的（9-9）式相同，只是矩阵 Y 的内容不同而已（应该注意，此时的 Y 不再是对角阵）。当电路中含有耦合电感时，支路方程的形式会更加复杂，有关讨论可参考相关参考书。

9.3.2 节点电压方程的矩阵形式

将式（9-9）所示支路电流方程代入式（9-2）所示的 KCL 可得

$$A[Y(\dot{U}+\dot{U}_s)-\dot{I}_s] = AY\dot{U}+AY\dot{U}_s-A\dot{I}_s = 0$$

再将（9-3）所示的 KVL 代入可得

$$AYA^{\mathrm{T}}\dot{U}_n = A\dot{I}_s - AY\dot{U}_s \qquad (9\text{-}12)$$

上式即为节点电压方程的矩阵形式。由于乘积 AY 的行数和列数分别为（$n-1$）和 b，所以乘积 $(AY)A^{\mathrm{T}}$ 的行数和列数都是（$n-1$），即 AYA^{T} 是一个（$n-1$）阶方阵，因此 $AYA^{\mathrm{T}}\dot{U}_n$ 为（$n-1$）阶列向量。同理，$A\dot{I}_s$ 和 $AY\dot{U}_s$ 都是（$n-1$）阶列向量。

如果设

$$Y_n \stackrel{\mathrm{def}}{=\!=} AYA^{\mathrm{T}}, \qquad \dot{J}_n \stackrel{\mathrm{def}}{=\!=} A\dot{I}_s - AY\dot{U}_s$$

则式（9-12）可改写为

$$Y_n\dot{U}_n = \dot{J}_n \qquad (9\text{-}13)$$

式中，Y_n 称为节点导纳矩阵，它的元素相当于第三章中节点电压方程等号左边的系数；$\dot{J}_n$ 为由独立电源引起的注入节点的电流列向量，它的元素相当于第三章中节点电压方程等号右边的常数项。

列写矩阵形式节点电压方程的一般步骤为：

① 将电路图抽象为有向图；
② 形成有向图的关联矩阵 A；
③ 形成支路导纳矩阵 Y；
④ 形成电压源向量和电流源向量；
⑤ 用矩阵相乘形成节点电压方程。

例 9-1 已知电路如图 9-9a 所示，列写矩阵形式的节点电压方程。

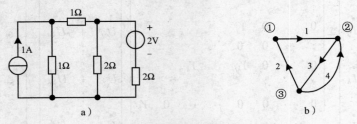

图 9-9 例 9-1 的电路

解： ①电路的图 G 如图 9-9b 所示。

②选择节点③为参考点，则关联矩阵、电压源向量、电流源向量和导纳矩阵分别为

$$A = \begin{bmatrix} -1 & 1 & 0 & 0 \\ 0 & -1 & 1 & -1 \end{bmatrix}$$

$$I_s = \begin{bmatrix} -1 \\ 0 \\ 0 \\ 0 \end{bmatrix}, \qquad U_s = \begin{bmatrix} 0 \\ 0 \\ 0 \\ 2 \end{bmatrix}$$

$$Y = \begin{bmatrix} 1 & 0 & 0 & 0 \\ 0 & 1 & 0 & 0 \\ 0 & 0 & 1/2 & 0 \\ 0 & 0 & 0 & 1/2 \end{bmatrix}$$

③ 因为

$$AY = \begin{bmatrix} -1 & 1 & 0 & 0 \\ 0 & -1 & 1/2 & -1/2 \end{bmatrix}$$

$$Y_n = \begin{bmatrix} 1+1 & -1 \\ -1 & 1+1/2+1/2 \end{bmatrix}, \qquad AI_s = \begin{bmatrix} 1 \\ 0 \end{bmatrix}, \qquad AYU_s = \begin{bmatrix} 0 \\ -1 \end{bmatrix}$$

所以，节点电压方程为

$$\begin{bmatrix} 2 & -1 \\ -1 & 2 \end{bmatrix} \begin{bmatrix} U_{n1} \\ U_{n2} \end{bmatrix} = \begin{bmatrix} 1 \\ 1 \end{bmatrix}$$

9.4 双口网络的方程和参数

9.4.1 双口网络的概念

第 2 章介绍了二端网络，在实际电路中还会遇到两对端子的问题，如变压器和放大器。对于这样的电路我们可以把两对端子之间的电路概括在一个方框内，如图 9-10 所示。一对端子 1—1'通常与外加激励相连（称为输入端子），另一对端子 2—2'通常是需要得到电压或电流响应的端子（称为输出端子）。如果四端网络在任何瞬间从同一端口的一个端子流入的电流必然等于从这一端口另一端子流出的电流，则称该四端网络为双口网络（或二端口网络）。本章只讨论由线性元件组成的无源双口网络（可以含受控源）。

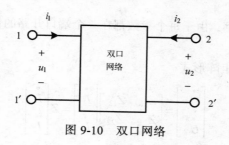

图 9-10 双口网络

9.4.2 双口网络的方程和参数

分析双口网络的方程和参数时，按正弦稳态电路并采用相量法进行。端口电流和电压的参考方向如图 9-11 所示。

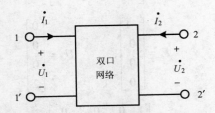

图 9-11 双口网络电流电压的参考方向

为了建立四个端口变量之间的关系，在四个变量 $\dot{U}_1$、$\dot{U}_2$、$\dot{I}_1$、$\dot{I}_2$ 中，可将其中任意两个看作激励量，另外两个为响应量，则共有（$C_4^2 = 6$）六种取法，下面介绍其中四种常用的参数方程。

1. Z 参数方程和 Z 参数

如果选 $\dot{I}_1$、$\dot{I}_2$ 作为激励量，$\dot{U}_1$、$\dot{U}_2$ 作为网络的响应，则根据叠加定理可得线性方程

$$\dot{U}_1 = Z_{11}\dot{I}_1 + Z_{12}\dot{I}_2$$
$$\dot{U}_2 = Z_{21}\dot{I}_1 + Z_{22}\dot{I}_2 \tag{9-14}$$

式（9-14）称为双口网络的 Z 参数方程，其中 Z_{11}、Z_{12}、Z_{21}、Z_{22} 称为双口网络的 Z 参数。

Z 参数是由网络的结构和参数决定的，四个参数的物理意义分别为：

$$Z_{11} = \left.\frac{\dot{U}_1}{\dot{I}_1}\right|_{\dot{I}_2=0}，\text{称为 2—2' 开路时 1—1' 的输入电阻;}$$

$$Z_{21} = \left.\frac{\dot{U}_2}{\dot{I}_1}\right|_{\dot{I}_2=0}，\text{称为 2—2' 开路时的转移电阻;}$$

$$Z_{12} = \left.\frac{\dot{U}_1}{\dot{I}_2}\right|_{\dot{I}_1=0}，\text{称为 1—1' 开路时的转移电阻;}$$

$$Z_{22} = \left.\frac{\dot{U}_2}{\dot{I}_2}\right|_{\dot{I}_1=0}，\text{称为 1—1' 开路时 2—2' 的输入电阻。}$$

可见，Z 参数具有阻抗的量纲，由于每个参数都在一个端口开路的情况下得到，故 Z 参数又称为开路阻抗参数。

Z 参数方程又可以写成矩阵形式

$$\begin{bmatrix} \dot{U}_1 \\ \dot{U}_2 \end{bmatrix} = \begin{bmatrix} Z_{11} & Z_{12} \\ Z_{21} & Z_{22} \end{bmatrix} \begin{bmatrix} \dot{I}_1 \\ \dot{I}_2 \end{bmatrix} = Z \begin{bmatrix} \dot{I}_1 \\ \dot{I}_2 \end{bmatrix} \tag{9-15}$$

其中，$\boldsymbol{Z} = \begin{bmatrix} Z_{11} & Z_{12} \\ Z_{21} & Z_{22} \end{bmatrix}$ 称为二端口网络的 Z 参数矩阵。

求双口网络参数常见的方法有两种，一种方法是根据定义求解，另外一种方法是直接列写四个端口变量之间的关系式，整理成所求参数方程的形式，对应位置上的系数即为网络参数。

例 9-2　求图 9-12a 所示双口网络的 Z 参数。

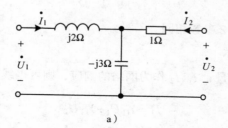

a）

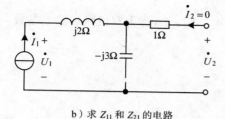

b）求 Z_{11} 和 Z_{21} 的电路　　　　c）求 Z_{12} 和 Z_{22} 的电路

图 9-12　例 9-2 的电路

解　**方法一**：根据 Z 参数的定义求解。

令 $\dot{I}_2 = 0$，将 $\dot{U}_1$ 作为激励，如图 9-12（b）所示，可得

$$Z_{11} = \left. \frac{\dot{U}_1}{\dot{I}_1} \right|_{\dot{I}_2 = 0} = \frac{(\text{j}2 - \text{j}3)\dot{I}_1}{\dot{I}_1} = -\text{j}1\,\Omega$$

$$Z_{21} = \left. \frac{\dot{U}_2}{\dot{I}_1} \right|_{\dot{I}_2 = 0} = \frac{-\text{j}3\dot{I}_1}{\dot{I}_1} = -\text{j}3\,\Omega$$

令 $\dot{I}_1 = 0$，将 $\dot{U}_2$ 作为激励，如图 9-12（c）所示，可得

$$Z_{12} = \left. \frac{\dot{U}_1}{\dot{I}_2} \right|_{\dot{I}_1 = 0} = \frac{-\text{j}3\dot{I}_2}{\dot{I}_2} = -\text{j}3\,\Omega$$

$$Z_{22} = \left. \frac{\dot{U}_2}{\dot{I}_2} \right|_{\dot{I}_1 = 0} = \frac{(1 - \text{j}3)\dot{I}_2}{\dot{I}_2} = 1 - \text{j}3\,\Omega$$

因此　　　　　　　　　　$$Z = \begin{bmatrix} -\text{j}1 & -\text{j}3 \\ -\text{j}3 & 1 - \text{j}3 \end{bmatrix} \Omega$$

方法二：根据 KCL、KVL、元件的伏安关系直接列写端口变量之间的关系式。

对图 9-9（a）所示的电路列写 KVL 方程可得

$$\dot{U}_1 = j2\dot{I}_1 - j3(\dot{I}_1 + \dot{I}_2) = -j\dot{I}_1 - j3\dot{I}_2$$

$$\dot{U}_2 = 1\dot{I}_2 - j3(\dot{I}_1 + \dot{I}_2) = -j3\dot{I}_1 + (1 - j3)\dot{I}_2$$

因此

$$Z = \begin{bmatrix} -j1 & -j3 \\ -j3 & 1-j3 \end{bmatrix} \Omega$$

显然，两种方法所得的 Z 参数相同。

2. Y 参数方程和 Y 参数

如果选 $\dot{U}_1$、$\dot{U}_2$ 作为激励量，$\dot{I}_1$、$\dot{I}_2$ 作为网络的响应，则可得线性方程

$$\dot{I}_1 = Y_{11}\dot{U}_1 + Y_{12}\dot{U}_2 \qquad (9\text{-}16)$$

$$\dot{I}_2 = Y_{21}\dot{U}_1 + Y_{22}\dot{U}_2$$

式（9-16）称为双口网络的 Y 参数方程，其中 Y_{11}、Y_{12}、Y_{21}、Y_{22} 称为双口网络的 Y 参数。

Y 参数的物理意义分别为：

$$Y_{11} = \left.\frac{\dot{I}_1}{\dot{U}_1}\right|_{\dot{U}_2=0}$$，称为 2—2' 短路时端口 1 输入导纳；

$$Y_{21} = \left.\frac{\dot{I}_2}{\dot{U}_1}\right|_{\dot{U}_2=0}$$，称为 2—2' 短路时端口 1 对端口 2 的转移导纳；

$$Y_{12} = \left.\frac{\dot{I}_1}{\dot{U}_2}\right|_{\dot{U}_1=0}$$，称为 1—1' 短路时端口 2 对端口 1 的转移导纳；

$$Y_{22} = \left.\frac{\dot{I}_2}{\dot{U}_2}\right|_{\dot{U}_1=0}$$，称为 1—1' 短路时端口 2 输入导纳。

可见，Y 参数具有导纳的量纲，由于每个参数都在一个端口短路的情况下得到，故 Y 参数又称为短路导纳参数。

Y 参数方程也可写成矩阵形式

$$\begin{bmatrix} \dot{I}_1 \\ \dot{I}_2 \end{bmatrix} = \begin{bmatrix} Y_{11} & Y_{12} \\ Y_{21} & Y_{22} \end{bmatrix} \begin{bmatrix} \dot{U}_1 \\ \dot{U}_2 \end{bmatrix} = Y \begin{bmatrix} \dot{U}_1 \\ \dot{U}_2 \end{bmatrix} \qquad (9\text{-}17)$$

其中，$\boldsymbol{Y} = \begin{bmatrix} Y_{11} & Y_{12} \\ Y_{21} & Y_{22} \end{bmatrix}$ 称为 $\boldsymbol{Y}$ 参数矩阵。

对于同一个双口网络，其 $\boldsymbol{Z}$、$\boldsymbol{Y}$ 参数矩阵的关系是：$\boldsymbol{Y} = \boldsymbol{Z}^{-1}$ 或 $\boldsymbol{Z} = \boldsymbol{Y}^{-1}$。

3. T 参数方程和 T 参数

如果选 $\dot{U}_2$、$-\dot{I}_2$ 作为激励量，$\dot{U}_1$、$\dot{I}_1$ 作为网络的响应，则可得线性方程

$$\begin{cases} \dot{U}_1 = A\dot{U}_2 + B(-\dot{I}_2) \\ \dot{I}_1 = C\dot{U}_2 + D(-\dot{I}_2) \end{cases}$$

（9-18）

式（9-18）称为传输参数方程，简称 T 参数方程，描述一个端口的电流、电压与另一个端口的电流、电压之间的直接关系。其中，A、B、C、D 称为双口网络的 T 参数。

T 参数的物理意义分别为：

$A = \dfrac{\dot{U}_1}{\dot{U}_2}\bigg|_{\dot{I}_2=0}$　，称为开路转移电压比，无量纲；

$B = \dfrac{\dot{U}_1}{-\dot{I}_2}\bigg|_{\dot{U}_2=0}$　，称为短路转移阻抗；

$C = \dfrac{\dot{I}_1}{\dot{U}_2}\bigg|_{\dot{I}_2=0}$　，称为开路转移导纳；

$D = \dfrac{\dot{I}_1}{-\dot{I}_2}\bigg|_{\dot{U}_2=0}$　，称为短路转移电流比，无量纲。

T 参数方程可写成矩阵形式

$$\begin{bmatrix} \dot{U}_1 \\ \dot{I}_1 \end{bmatrix} = \begin{bmatrix} A & B \\ C & D \end{bmatrix} \begin{bmatrix} \dot{U}_2 \\ -\dot{I}_2 \end{bmatrix} = T \begin{bmatrix} \dot{U}_2 \\ -\dot{I}_2 \end{bmatrix}$$

（9-19）

其中，$\boldsymbol{T} = \begin{bmatrix} A & B \\ C & D \end{bmatrix}$ 称为传输矩阵，注意 $\dot{I}_2$ 前的负号。

4. H 参数方程和 H 参数（混合参数）

如果选 $\dot{I}_1$、$\dot{U}_2$ 作为激励量，$\dot{U}_1$、$\dot{I}_2$ 作为网络的响应，则可得线性方程

$$\begin{cases} \dot{U}_1 = H_{11}\dot{I}_1 + H_{12}\dot{U}_2 \\ \dot{I}_2 = H_{21}\dot{I}_1 + H_{22}\dot{U}_2 \end{cases}$$

（9-20）

式（9-20）称为双口网络的混合参数方程，简称 H 参数方程，其中 H_{11}、H_{12}、H_{21}、H_{22} 称为 H 参数。

H 参数的物理意义分别为：

$H_{11} = \dfrac{\dot{U}_1}{\dot{I}_1}\bigg|_{\dot{U}_2=0}$　；　$H_{12} = \dfrac{\dot{U}_1}{\dot{U}_2}\bigg|_{\dot{I}_1=0}$　；　$H_{21} = \dfrac{\dot{I}_2}{\dot{I}_1}\bigg|_{\dot{U}_2=0}$　；　$H_{22} = \dfrac{\dot{I}_2}{\dot{U}_2}\bigg|_{\dot{I}_1=0}$　。

可见，H_{11}、H_{21} 有短路参数的性质；H_{12}、H_{22} 具有开路参数的性质。H_{21} 为电流比，H_{12} 为电压比。

H 参数方程的矩阵形式为

$$\begin{bmatrix} \dot{U}_1 \\ \dot{I}_2 \end{bmatrix} = \begin{bmatrix} H_{11} & H_{12} \\ H_{21} & H_{22} \end{bmatrix} \begin{bmatrix} \dot{I}_1 \\ \dot{U}_2 \end{bmatrix} = H \begin{bmatrix} \dot{I}_1 \\ \dot{U}_2 \end{bmatrix}$$

（9-21）

其中，$\boldsymbol{H} = \begin{bmatrix} H_{11} & H_{12} \\ H_{21} & H_{22} \end{bmatrix}$ 称为 H 参数矩阵。

同一双口网络可用上述四种参数方程描述，因此这几种参数方程是有内在联系的。若已知一个双口网络的其中一种参数方程，通过变量的运算就可推导出该网络的另外几种参数方程，但有的双口网络的某一种或几种网络参数方程可能不存在。

例 9-3　已知一个双口网络的 Y 参数矩阵为 $\boldsymbol{Y} = \begin{bmatrix} 1 & 2 \\ 5 & 8 \end{bmatrix}$，试求其 Z、T 参数矩阵。

解　由已知 Y 参数可得 Y 参数矩阵

$$\dot{I}_2 = 5\dot{U}_1 + 8\dot{U}_2$$

$$\dot{I}_1 = \dot{U}_1 + 2\dot{U}_2$$

由这两个方程可解得

$$\dot{I}_1 = \left(2 - \frac{8}{5}\right)\dot{U}_2 + \frac{1}{5}\dot{I}_2 = 0.4\dot{U}_2 + 0.2\dot{I}_2$$

$$\dot{U}_1 = -\frac{8}{5}\dot{U}_2 + \frac{1}{5}\dot{I}_2 = -1.6\dot{U}_2 + 0.2\dot{I}_2$$

因此，可得

$$\boldsymbol{T} = \begin{bmatrix} -1.6 & -0.2 \\ 0.4 & -0.2 \end{bmatrix}$$

同样的方法可求得 Z，也可以根据 Z 参数矩阵和 Y 参数矩阵之间的关系求 Z，即

$$\boldsymbol{Z} = \boldsymbol{Y}^{-1} = \begin{bmatrix} 1 & 2 \\ 5 & 8 \end{bmatrix}^{-1} = \begin{bmatrix} -4 & 1 \\ 2.5 & -0.5 \end{bmatrix}$$

9.5　双口网络的等效电路与连接

9.5.1　双口网络的等效电路

对于无源线性双口网络，总可以用等效阻抗来表征其外特性，如果是不含受控源的互易网络，可以用一个由三个阻抗组成的简单网络来等效，常用的典型网络有 T 形和Ⅱ形电路。

1. T 形等效电路

T 形等效电路如图 9-13 所示，其中 Z_1、Z_2、Z_3 与 T 参数的关系为

$$Z_1 = \frac{A-1}{C}, \qquad Z_2 = \frac{1}{C}, \qquad Z_3 = \frac{D-1}{C}$$

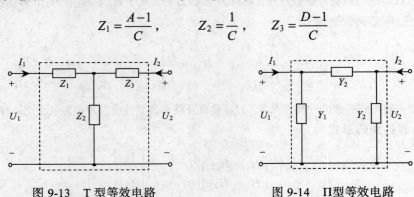

图 9-13　T 型等效电路　　　　　　　　图 9-14　Ⅱ型等效电路

2. Π形等效电路

Π形等效电路如图 9-14 所示，其中 Y_1、Y_2、Y_3 与 T 参数的关系为

$$Y_1 = \frac{D-1}{B}, \qquad Y_2 = \frac{1}{B}, \qquad Y_3 = \frac{A-1}{B}$$

9.5.2　双口网络的连接

实际双口网络的结构通常比较复杂，分析的时候可以把复杂的网络分解为若干个较为简单的双口网络的组合。双口网络的几种常见的连接方式是串联、并联、级联、混联等，下面介绍前三种。

1. 串联

如果两个双口网络 N_a 与 N_b 之间的连接如图 9-15 所示，其特点是输入端口和输出端口的电流分别相同，这种连接方式称为双口网络的串联。

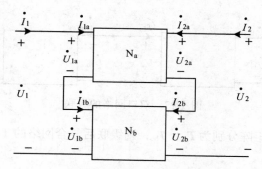

图 9-15　双口网络的串联

串联连接时，若各电压、电流的参考方向如图 9-15 所示，则根据 KVL 可得

$$\begin{bmatrix} \dot{U}_1 \\ \dot{U}_2 \end{bmatrix} = \begin{bmatrix} \dot{U}_{1a} \\ \dot{U}_{2a} \end{bmatrix} + \begin{bmatrix} \dot{U}_{1b} \\ \dot{U}_{2b} \end{bmatrix}$$

根据 KCL，可得

$$\begin{bmatrix} \dot{I}_1 \\ \dot{I}_2 \end{bmatrix} = \begin{bmatrix} \dot{I}_{1a} \\ \dot{I}_{2a} \end{bmatrix} = \begin{bmatrix} \dot{I}_{1b} \\ \dot{I}_{2b} \end{bmatrix}$$

若 N_a 的 Z 参数矩阵为 Z_a，N_b 的 Z 参数矩阵为 Z_b，则可得

$$\begin{bmatrix} \dot{U}_1 \\ \dot{U}_2 \end{bmatrix} = [Z_a + Z_b] \times \begin{bmatrix} \dot{I}_1 \\ \dot{I}_2 \end{bmatrix} = Z \begin{bmatrix} \dot{I}_1 \\ \dot{I}_2 \end{bmatrix}$$

即两个双口网络串联连接后，复合网络的 Z 参数矩阵为 $Z = Z_a + Z_b$。

2. 并联

如果两个双口网络 N_a 与 N_b 之间的连接如图 9-16 所示，其特点是输入端口和输出端口的电压分别相同，这种连接方式称为双口网络的并联。

若 N_a、N_b 的 Y 参数矩阵分别为 Y_a、Y_b，则并联后复合网络的 Y 参数矩阵为 $Y = Y_a + Y_b$。

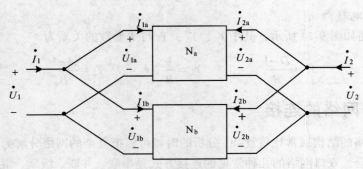

图 9-16 双口网络的并联

3. 级联

如果两个双口网络 N_a 与 N_b 之间的连接如图 9-17 所示，特点是 N_a 输出端口与 N_b 输入端口相连，这种连接方式称为双口网络的级联。

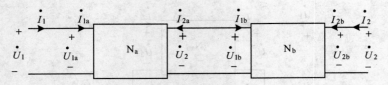

图 9-17 双口网络的级联

若 N_a、N_b 的 T 参数矩阵分别为 $\boldsymbol{T}_a$、$\boldsymbol{T}_b$，则级联后复合网络的 T 参数矩阵为 $\boldsymbol{T} = \boldsymbol{T}_a \boldsymbol{T}_b$。

习　题

9.1　以节点①为参考节点，写出题 9.1 图所示有向图的关联矩阵 $\boldsymbol{A}$。

9.2　如题 9.2 图所示有向图，试以（1，4，7）为树，写出其基本回路矩阵 B_f。

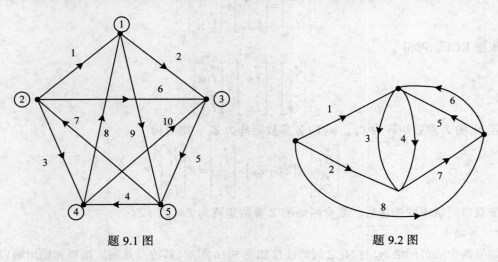

题 9.1 图　　　　　　　　　　题 9.2 图

9.3　如题 9.3 图所示有向图，选支路（1，4，7，9）为树，按此树作基本割集，试写出其基本割集矩阵 Q_f。

9.4　如题 9.4 图所示有向图，试以（4，6，7）为树，写出其基本割集矩阵 Q_f。

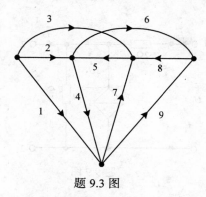

题 9.3 图

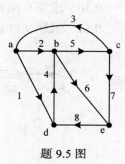

题 9.4 图

9.5　有向连通图如题 9.5 图所示，设节点 e 为参考节点，如果分别选择支路集合（1，2，3，7）和（1，2，3，6）为树，列写基本回路矩阵 B_f 和基本割集矩阵 Q_f。

9.6　电路如题 9.6 图 a 所示，该电路的图 G 如题 9.6 图 b 所示，试写出该电路的支路导纳矩阵。

9.7　电路如题 9.7 图 a 所示，图中元件的下标代表支路编号，题 9.7 图 b 是它的有向图。写出该电路的结点电压方程的矩阵形式。

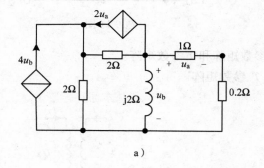

a）

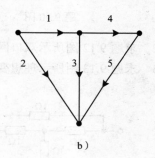

b）

题 9.6 图

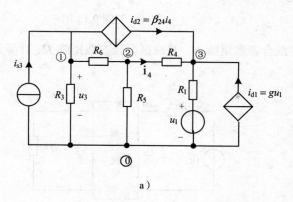

a）

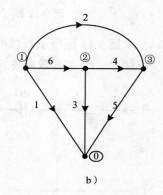

b）

题 9.7 图

9.8 求题 9.8 图所示双口网络的 Z 参数矩阵。

9.9 求题 9.9 图所示双口网络的 Z 参数矩阵。

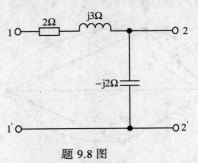

题 9.8 图

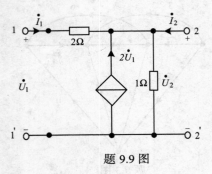

题 9.9 图

9.10 求题 9.10 图所示双口网络的 Y 参数矩阵。

9.11 求题 9.11 图所示双口网络的 Y 参数矩阵。

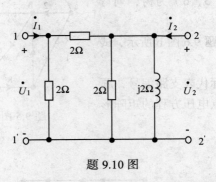

题 9.10 图

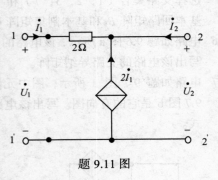

题 9.11 图

9.12 求题 9.12 图所示双口网络的 Z 参数矩阵和 Y 参数矩阵。

9.13 求题 9.13 图所示理想变压器的 T 参数矩阵。

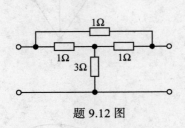

题 9.12 图

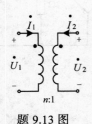

题 9.13 图

9.14 求题 9.14 图所示双口网络的混合参数矩阵 H。并根据混合参数矩阵 H，计算该网络的 Z、Y、T 参数矩阵。

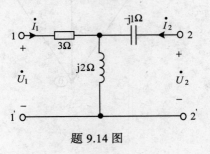

题 9.14 图

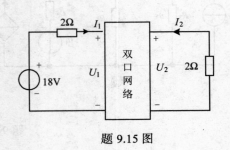

题 9.15 图

9.15　已知题 9.15 图所示双口网络的 Z 参数为 $Z_{11}=5\Omega$，$Z_{12}=Z_{21}=3\Omega$，$Z_{22}=7\Omega$。求电压放大倍数 U_2/U_1 和电流放大倍数 I_2/I_1。

9.16　题 9.16 图所示双口网络的 Y 参数矩阵为 $\begin{pmatrix} 3 & -1 \\ 20 & 2 \end{pmatrix}$，求 U_2 / U_s。

9.17　求题 9.17 图所示复合双口网络的传输参数矩阵 $\boldsymbol{T}$。

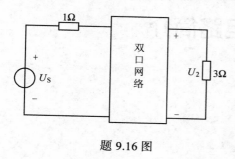

题 9.16 图

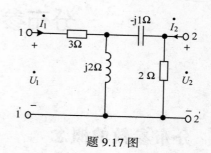

题 9.17 图

第 10 章

分布参数电路简介

10.1 分布参数的概念

10.1.1 集总参数电路与分布参数电路

集总参数电路是指由集总参数元件构成的电路。所谓集总参数元件，就是认为电路中的某一物理现象是集中在一个元件中发生的。例如，电阻元件集中表征某个实际部件（或某段实际电路）的电能损耗，电感元件集中反映磁场的物理现象，电容元件则集中反映电场的物理现象。

显然，前面各章所涉及的电路都属于集总参数电路，但实际电路中发生的电磁现象往往是带有分布性的，必须在一定条件下才能抽象为集总参数电路。从电磁波传输的观点来看，当实际电路的尺寸远小于电磁波的波长时，该电路可视为集中在空间的一个点，即该实际电路可抽象为集总参数电路。如果电路的工作频率为 f，电磁波的传播速度为 v，则相应电磁波的波长 $\lambda = v/f$。假设实际电路各向的最大尺寸为 d，则电路的集总化条件为

$$d \ll \lambda \tag{10-1}$$

上式表明，工作频率越高，电磁波波长越短，符合集总化条件的电路尺寸就越小。或者说，实际电路的尺寸越大，符合集总化条件的工作频率就越低。例如，对于 50Hz 的工作频率来说，如果周围介质是空气，电磁波的速度（光速）为 $3 \times 10^8 \text{m/s}$，电磁波波长 $\lambda = v/f = 6 \times 10^6 \text{m}$，则一段 5km 长的传输线可视为集总参数元件。但对于 50MHz 的甚高频而言，由于电磁波波长 $\lambda = 6\text{m}$，则 5m 长的传输线就不能满足集总化条件，因此不能视为集总参数元件。

由于实际电路中发生的电磁现象都带有分布性，如果实际的电路部件不能满足集总化条件，则可以采用它的分布参数模型进行分析，需要采用分布参数模型分析的电路就是分布参数电路。研究天线、雷达及微波设备中的电路时，广泛使用分布参数模型。本章只介绍传输线分布参数电路。

10.1.2 传输线的分布参数模型

传输线是指两个导体组成的传输系统，如平行双导体传输线和同轴线等。在工作频率较低，满足集总化条件的情况下，传输线上分布参数引起的效应可以忽略不计，因此可认为沿线的电压（或电流）只与时间有关，其幅度和相位均与空间距离无关。但如果工作频率高，不能满足集总化条件，则传输线上的电压、电流不仅是时间的函数，同时也是距离的函数。

以图 10-1a 平行双导体传输线（简称平行双导线）为例，高频信号通过时产生的分布参数效应有：

① 引起导线发热的分布电阻效应；

② 在导线周围产生磁场（用磁感应强度 B 表示）的分布电感效应；

③ 在导线间产生电场（用电场强度 E 表示）的分布电容效应；

④ 因导线周围介质非理想绝缘致使导线间存在漏电流的分布电导效应。

由于传输线上的电场和磁场都是沿线分布的，因此导线中的电流和导线间的电压处处不相同，接近这种物理现象的电路模型应是由无限多个导线上的电阻、电感，以及无限多个导线间的电容、电导组成的分布参数模型，如图 10-1b 所示。

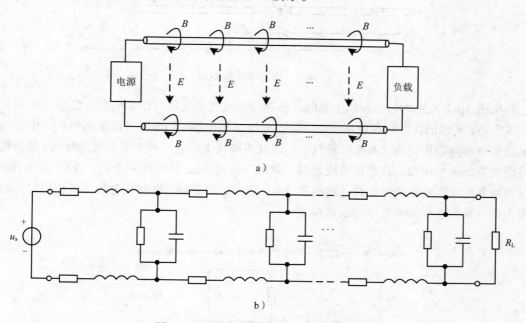

图 10-1　平行双导线及其分布参数模型

10.2　均匀传输线

10.2.1　均匀传输线及其方程

由于电阻、电感、电容和电导分布在传输线上，因此用单位长度上传输线具有的电阻 R_0、电感 L_0、电容 C_0 和电导 G_0 来表示其分布参数的大小。如果传输线的分布参数 R_0、L_0、C_0 和 G_0 沿线均匀分布，不随位置变化，则称这种传输线为均匀传输线。反之，若传输线的分布参数沿线不是均匀分布的，则称为非均匀传输线。实际的传输线不可能是均匀的，以架空输电线为例，即使输电线本身的参数是均匀的，但在架空线的每一跨度之间，由导线自重引起的下垂情况改变了传输线对大地的电容分布均匀性。另外，有支架处与无支架处的漏电情况也不相同。但为了便于分析，通常忽略所有造成不均匀性的因素，把实际的传输线看作均匀传输线。下面的讨论局限于均匀传输线。

图 10-2 所示的均匀传输线电路中，传输线与电源连接的一端称为始端，与负载连接的一端称为终端。两根传输线中，电流参考方向从始端指向终端的一根称为来线，而电流参考方向从终端指向始端的另一根称为回线。

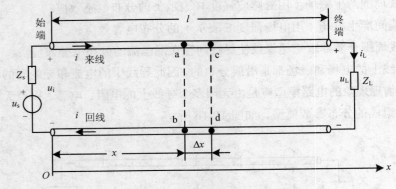

图 10-2　均匀传输线电路

分析图 10-2 所示均匀传输线电路时，选择传输线的始端作为计量距离的起点，并用 x 表示距离变量，x 轴的正方向由始端指向终端，电压 u 和电流 i 的参考方向如图所示。由于均匀传输线的分布参数均匀地分布在传输线上，因此传输线上的电压和电流不仅是时间 t 的函数，还是距离变量 x 的函数。在距传输线始端 x 处取一长度为 Δx 的微段来研究，当 Δx 足够小时，可以忽略其上电路参数的分布性，而用图 10-3 所示的集总参数电路来等效。整个均匀传输线可视为由一系列这样的等效电路级联构成。

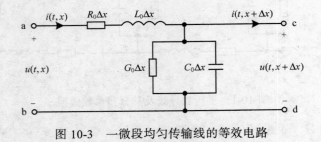

图 10-3　一微段均匀传输线的等效电路

对图 10-3 电路中的回路 acdba 应用 KVL，得

$$u(t,x) - u(t,x+\Delta x) = R_0\Delta x \cdot i(t,x) + L_0\Delta x \frac{\partial i(t,x)}{\partial t}$$

上式两端同时除以 Δx，并取 $\Delta x \to 0$ 的极限，得

$$-\frac{\partial u(t,x)}{\partial x} = R_0 \cdot i(t,x) + L_0 \frac{\partial i(t,x)}{\partial t} \tag{10-2a}$$

对节点 c 应用 KCL，得

$$i(t,x) - i(t,x+\Delta x) = G_0\Delta x \cdot u(t,x+\Delta x) + C_0\Delta x \frac{\partial u(t,x+\Delta x)}{\partial t}$$

上式两端同除以 Δx，并取 $\Delta x \to 0$ 的极限，得

$$-\frac{\partial i(t,x)}{\partial x} = G_0 \cdot u(t,x) + C_0 \frac{\partial u(t,x)}{\partial t} \qquad (10\text{-}2b)$$

式（10-2a）和式（10-2b）就是均匀传输线方程，是一组常系数的线性偏微分方程。在给定的初始条件和边界条件（即始端和终端的情况）下，可以唯一地确定任何时刻 t，线上任意一点 x 处的电压 $u(t,x)$ 和电流 $i(t,x)$。式（10-2a）表明，由于均匀传输线上分布电阻和电感引起电位降，致使线间电压沿线变化；式（10-2b）表明，由于均匀传输线导线间的分布漏电导和电容引起漏电流和位移电流，致使线上电流沿线变化。由此可见，传输线上的电压和电流都是随距离变化的，这是分布参数电路与集总参数电路的一个显著区别。

10.2.2 均匀传输线方程的正弦稳态解

若均匀传输线的激励源是角频率为 ω 的正弦电压源，当电路达到稳定状态时，传输线上各处的电压、电流均为同一频率的正弦时间函数，因此可用相量法分析沿线的电压和电流。正弦电压 $u(t,x)$ 和正弦电流 $i(t,x)$ 的相量表示式分别为

$$u(t,x) = \text{Re}[\sqrt{2}\,\dot{U}(x)\mathrm{e}^{\mathrm{j}\omega t}] \qquad (10\text{-}3a)$$

$$i(t,x) = \text{Re}[\sqrt{2}\,\dot{I}(x)\mathrm{e}^{\mathrm{j}\omega t}] \qquad (10\text{-}3b)$$

其中，$\dot{U}(x)$ 和 $\dot{I}(x)$ 均为 x 的函数，可以简写成 $\dot{U}$ 和 $\dot{I}$，因而式（10-2）和（10-3）所示均匀传输线方程可以写成以下形式：

$$-\frac{\mathrm{d}\dot{U}}{\mathrm{d}x} = (R_0 + \mathrm{j}\omega L_0)\dot{I} = Z_0\dot{I} \qquad (10\text{-}4a)$$

$$-\frac{\mathrm{d}\dot{I}}{\mathrm{d}x} = (G_0 + \mathrm{j}\omega C_0)\dot{U} = Y_0\dot{U} \qquad (10\text{-}4b)$$

式中，$Z_0 = R_0 + \mathrm{j}\omega L_0$ 为均匀传输线单位长度的阻抗；$Y_0 = G_0 + \mathrm{j}\omega C_0$ 则为单位长度的导纳。由于 $\dot{U}$ 和 $\dot{I}$ 仅是 x 的函数，所以原均匀传输线方程中的偏导数可以写成全导数，这样偏微分方程组就成了如式（10-4）所示的常微分方程组。

将式（10-4a）对 x 求导数，并将式（10-4b）代入，得

$$\frac{\mathrm{d}^2\dot{U}}{\mathrm{d}^2x} = Z_0Y_0\dot{U}$$

同理可得

$$\frac{\mathrm{d}^2\dot{I}}{\mathrm{d}^2x} = Z_0Y_0\dot{I}$$

令 $\gamma^2 = Z_0Y_0 = (R_0 + \mathrm{j}\omega L_0)(G_0 + \mathrm{j}\omega C_0)$，则以上两式可写为

$$\frac{\mathrm{d}^2\dot{U}}{\mathrm{d}^2x} = \gamma^2\dot{U} \qquad (10\text{-}5a)$$

$$\frac{d^2 \dot{I}}{d^2 x} = \gamma^2 \dot{I} \tag{10-5b}$$

以上两式均是二阶线性齐次常微分方程，其中（10-5a）的通解为

$$\dot{U} = A_1 e^{-\gamma x} + A_2 e^{\gamma x} \tag{10-6a}$$

将上式代入（10-4a），得

$$\dot{I} = \frac{1}{Z_0}(A_1 \gamma e^{-\gamma x} - A_2 \gamma e^{\gamma x})$$

令 $Z_c = Z_0 / \gamma = \sqrt{Z_0 / Y_0}$ ，则上式可写为

$$\dot{I} = \frac{1}{Z_c}(A_1 e^{-\gamma x} - A_2 e^{\gamma x}) \tag{10-6b}$$

式（10-6a）和式（10-6b）即为均匀传输线方程正弦稳态解的一般表达式，式中的复常数 A_1 和 A_2 需由边界条件来确定。其中，γ 称为均匀传输线的**传播常数**，是一个无量纲的复数，其实部称为衰减常数，虚部称为相位常数，实部和虚部均应为正值。而 Z_c 具有阻抗的量纲，称为传输线的**特性阻抗**或波阻抗。

根据边界条件确定积分常数 A_1 和 A_2，可以分两种情况讨论：

① 已知传输线终端的电压 $\dot{U}_L$ 和电流 $\dot{I}_L$。

设传输线的长度为 l，则由式（10-6a）和（10-6b）得

$$\begin{cases} A_1 e^{-\gamma l} + A_2 e^{\gamma l} = \dot{U}_L \\ \dfrac{1}{Z_c}(A_1 e^{-\gamma l} - A_2 e^{\gamma l}) = \dot{I}_L \end{cases}$$

解之，得

$$\begin{cases} A_1 = \dfrac{1}{2}(\dot{U}_L + Z_c \dot{I}_L) e^{\gamma l} \\ A_2 = \dfrac{1}{2}(\dot{U}_L - Z_c \dot{I}_L) e^{-\gamma l} \end{cases} \tag{10-7}$$

因此，传输线上的电压、电流分别为

$$\left. \begin{array}{l} \dot{U} = \dfrac{1}{2}(\dot{U}_L + Z_c \dot{I}_L) e^{\gamma(l-x)} + \dfrac{1}{2}(\dot{U}_L - Z_c \dot{I}_L) e^{-\gamma(l-x)} \\ \dot{I} = \dfrac{1}{2Z_c}[(\dot{U}_L + Z_c \dot{I}_L) e^{\gamma(l-x)} - (\dot{U}_L - Z_c \dot{I}_L) e^{-\gamma(l-x)}] \end{array} \right\} \tag{10-8}$$

利用双曲线函数

$$\left. \begin{array}{l} \cosh(l-x) = \dfrac{1}{2}(e^{\gamma(l-x)} + e^{-\gamma(l-x)}) \\ \sinh(l-x) = \dfrac{1}{2}(e^{\gamma(l-x)} - e^{-\gamma(l-x)}) \end{array} \right\}$$

式（10-8）可改写为

$$\left.\begin{array}{l} \dot{U} = \dot{U}_L \cosh \gamma (l-x) + Z_c \dot{I}_L \sinh \gamma (l-x) \\ \dot{I} = \dot{I}_L \cosh \gamma (l-x) + \dfrac{\dot{U}_L}{Z_c} \sinh \gamma (l-x) \end{array}\right\} \qquad (10\text{-}9)$$

② 已知传输线始端的电压 $\dot{U}_i$ 和电流 $\dot{I}_i$。

用与①相同的方法，可求得

$$\left\{\begin{array}{l} A_1 = \dfrac{1}{2} (\dot{U}_i + Z_c \dot{I}_i) \\ A_2 = \dfrac{1}{2} (\dot{U}_i - Z_c \dot{I}_i) \end{array}\right. \qquad (10\text{-}10)$$

$$\left.\begin{array}{l} \dot{U} = \dot{U}_i \cosh \gamma x - Z_c \dot{I}_i \sinh \gamma x \\ \dot{I} = \dot{I}_i \cosh \gamma x - \dfrac{\dot{U}_i}{Z_c} \sinh \gamma x \end{array}\right\} \qquad (10\text{-}11)$$

设 $\gamma = \alpha + j\beta$，$Z_c = |Z_c| e^{j\varphi_c}$，$A_1 = |A_1| e^{j\varphi_1}$，$A_2 = |A_2| e^{j\varphi_2}$，并将（10-6a）和（10-6b）两式分别代入式（10-3a）和（10-3b），可得均匀传输线上电压和电流瞬时值的表达式为

$$\left.\begin{array}{l} u(t,x) = \sqrt{2} |A_1| e^{-\alpha x} \cos(\omega t - \beta x + \varphi_1) + \sqrt{2} |A_2| e^{\alpha x} \cos(\omega t + \beta x + \varphi_2) \\ i(t,x) = \dfrac{\sqrt{2}}{|Z_c|} [|A_1| e^{-\alpha x} \cos(\omega t - \beta x + \varphi_1 - \varphi_c) - |A_2| e^{\alpha x} \cos(\omega t + \beta x + \varphi_2 - \varphi_c)] \end{array}\right\} \qquad (10\text{-}12)$$

由上式可见，传输线上的电压和电流均以波的形式传播，线上任一点 x 处的电压、电流都包含两项：第一项可以看作一个随时间增加，向 x 增加方向运动的衰减波，称为入射波或正向行波，它的振幅沿 x 轴方向按指数规律减小；第二项中 αx 与 βx 前面的符号恰好与第一项中的相反，代表由负载向激励源方向传播的行波，称为反射波或回波，它的振幅沿 $-x$ 轴方向按指数规律减小。因此，传输线上任一点的电压、电流通常都是入射波和反射波叠加而成的。

在传输线上，电压（或电流）相位相差 2π 的两个观察点间的距离称为波长，用 λ 表示。即 $\beta \lambda = 2\pi$，因此

$$\lambda = \frac{2\pi}{\beta} \qquad (10\text{-}13)$$

10.3　无损耗传输线

10.3.1　均匀无损耗传输线方程的正弦稳态解

如果传输线的分布电阻 R_0 和导线间分布漏电导 G_0 都等于 0，则称这种传输线为无损耗传输线，简称无损耗线。在高频段，如果满足 $R_0 \ll \omega L_0$、$G_0 \ll \omega C_0$，就可将传输线的损耗略去不计，看作无损耗线进行分析。

在 $R_0 = 0$、$G_0 = 0$ 的情况下，均匀传输线的传播常数和特性阻抗分别为

$$\gamma = \sqrt{Z_0 Y_0} = j\omega \sqrt{L_0 C_0} \qquad (10\text{-}14)$$

$$Z_c = \sqrt{Z_0 / Y_0} = \sqrt{L_0 / C_0} \qquad (10\text{-}15)$$

可见，均匀无损耗传输线的衰减系数 $\alpha = 0$，特性阻抗为一个与频率无关的纯电阻。

当激励源是角频率为 ω 的正弦电压源时，如果已知均匀无损耗传输线终端的电压 $\dot{U}_L$ 和电流 $\dot{I}_L$，则线上任意一点 x 处的电压、电流稳态解为

$$\left. \begin{array}{l} \dot{U} = \dot{U}_L \cos \beta(l-x) + jZ_c \dot{I}_L \sin \beta(l-x) \\[2mm] \dot{I} = \dot{I}_L \cos \beta(l-x) + j\dfrac{\dot{U}_L}{Z_c} \sin \beta(l-x) \end{array} \right\} \qquad (10\text{-}16)$$

如果已知均匀无损耗传输线始端的电压 $\dot{U}_i$ 和电流 $\dot{I}_i$，则线上任意一点 x 处的电压、电流稳态解为

$$\left. \begin{array}{l} \dot{U} = \dot{U}_i \cos \beta x - jZ_c \dot{I}_i \sin \beta x \\[2mm] \dot{I} = \dot{I}_i \cos \beta x - j\dfrac{\dot{U}_i}{Z_c} \sin \beta x \end{array} \right\} \qquad (10\text{-}17)$$

10.3.2　均匀无损耗传输线的几种特殊终端情况

1. 终端阻抗匹配

当均匀传输线的负载阻抗等于传输线的特性阻抗，即 $Z_c = Z_L$ 时，称传输线终端阻抗匹配，此时的负载称为匹配负载。

当 $Z_c = Z_L$ 时，由式（10-7）容易得到 $A_2 = 0$，这说明均匀传输线上只有电压、电流由始端向终端的入射波，没有反射波。

由式（10-16）可得电压、电流的复数表达式为

$$\left. \begin{array}{l} \dot{U} = \dot{U}_L [\cos \beta(l-x) + j\sin \beta(l-x)] = \dot{U}_L \, e^{j\beta(l-x)} \\[2mm] \dot{I} = \dot{I}_L [\cos \beta(l-x) + j\sin \beta(l-x)] = \dot{I}_L \, e^{j\beta(l-x)} \end{array} \right\} \qquad (10\text{-}18)$$

上式说明，均匀无损耗传输线上电压波和电流波都是向 x 轴方向传播的等幅行波，且两者处处同相，振幅比等于 Z_c。

2. 终端开路（空载）

当传输线的终端开路，即 $Z_L \to \infty$ 时，$\dot{I}_L = 0$，由式（10-16）可得电压、电流的复数表达式为

$$\left. \begin{array}{l} \dot{U} = \dot{U}_L \cos \beta(l-x) \\[2mm] \dot{I} = j\dfrac{\dot{U}_L}{Z_c} \sin \beta(l-x) \end{array} \right\} \qquad (10\text{-}19)$$

假设终端电压 $u_L = \sqrt{2}U_L \cos \omega t$，则上式的时间函数表达式为

$$\left. \begin{array}{l} u = \sqrt{2}U_L \cos \beta(l-x) \cos \omega t \\[2mm] i = -\dfrac{\sqrt{2}U_L}{Z_c} \sin \beta(l-x) \sin \omega t \end{array} \right\} \qquad (10\text{-}20)$$

上式表明，沿线电压、电流均随时间作余弦变化，相位相差$\pi/2$；沿线各点电压、电流的振幅分别按余弦和正弦分布，在$(l-x)=0$，$\lambda/2$，λ，$3\lambda/2$，$\cdots$处，$\beta(l-x)=n\pi$　$(n=0,1,2,\cdots)$，此时$\cos\beta(l-x)=\pm1$，$\sin\beta(l-x)=0$，故电压振幅达到极大值，电流振幅值为0，这些位置称为电压的波幅点、电流的波节点。而在$(l-x)=\lambda/4,3\lambda/4,5\lambda/4,\cdots$处，因$\cos\beta(l-x)=0$，$\sin\beta(l-x)=\pm1$，故这些位置是电压的波节点、电流的波幅点。图 10-4 画出了时间$t=0$，$\dfrac{T}{4}$，$\dfrac{T}{2}$，$\dfrac{3T}{4}$等时刻，电压、电流沿线的分布曲线。从图中可以看出，电压、电流的波幅、波节位置是不随时间而变的。这种波幅、波节位置固定不变的波称为**驻波**。

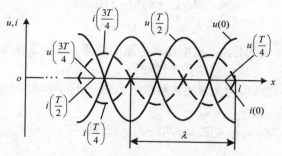

图 10-4　空载无耗传输线的电压和电流分布曲线

由式（10-19）可得空载均匀无损耗传输线上，从x处向终端看去的输入阻抗为

$$Z_{ix}=\frac{\dot{U}}{\dot{I}}=-\mathrm{j}Z_c\cot\beta(l-x)=-\mathrm{j}Z_c\cot\frac{2\pi}{\lambda}(l-x)=\mathrm{j}X_{oc} \qquad （10\text{-}21）$$

上式表明，输入阻抗是一个纯电抗，电抗随频率和距离而变化，以$\lambda/4$为间隔变号。在电压波节（电流波幅）处，$Z_{ix}=0$，相当串联谐振；在电压波幅（电流波节）处，$Z_{ix}\to\infty$，相当并联谐振。如图 10-5 所示。由图可以看出，从开路的终端算起，每隔$\lambda/4$长度，阻抗性质就改变一次，此特性称为传输线的"$\lambda/4$阻抗变换性"；每隔$\lambda/2$长度，阻抗将重复一次，此特性称为传输线的"$\lambda/2$阻抗重复性"。在微波技术中，利用无耗传输线的这两个特性可以设计出不同用途的元器件。

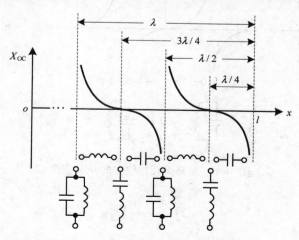

图 10-5　空载无耗传输线的阻抗曲线

3. 终端短路

当传输线的终端短路，即 $Z_L = 0$ 时，$\dot{U}_L = 0$，由式（10-16）可得，电压、电流的复数表达式为

$$\left.\begin{aligned} \dot{U} &= \mathrm{j}Z_c \dot{I}_L \sin\beta(l-x) \\ \dot{I} &= \dot{I}_L \cos\beta(l-x) \end{aligned}\right\} \qquad (10\text{-}22)$$

假设终端电流 $i_L = \sqrt{2}I_L \cos\omega t$，则上式的时间函数表达式为

$$\left.\begin{aligned} u &= -\sqrt{2}I_L Z_c \sin\beta(l-x)\sin\omega t \\ i &= \sqrt{2}I_L \cos\beta(l-x)\cos\omega t \end{aligned}\right\} \qquad (10\text{-}23)$$

传输线上也出现电压、电流的驻波，但电压和电流的波幅、波节位置与终端开路情况的位置不同，都移动了 $\lambda/4$。电压、电流的振幅分布图如图 10-6a 所示。

由式（10-22）可得短路均匀无损耗传输线上，从 x 处向终端看去的输入阻抗为

$$Z_{ix} = \frac{\dot{U}}{\dot{I}} = \mathrm{j}Z_c \tan\beta(l-x) = \mathrm{j}Z_c \tan\frac{2\pi}{\lambda}(l-x) = \mathrm{j}X_{sc} \qquad (10\text{-}24)$$

上式表明，输入阻抗 Z_{ix} 也是一个纯电抗，电抗 X_{sc} 随 x 变化的曲线如图 10-6b 所示。与空载无损耗传输线的阻抗曲线比较，两者仅在长度上有 $\lambda/4$ 的移动。

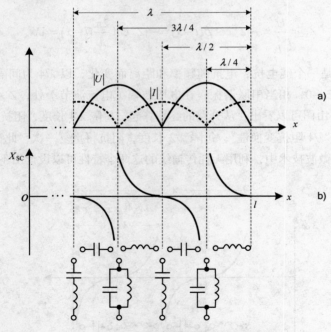

图 10-6 短路无耗传输线的驻波特性

习 题

10.1 一对传输线的参数为 $R_0 = 0.6\Omega/\mathrm{km}$，$L_0 = 4\times10^{-4}\mathrm{H/km}$，$G_0 = 0$，$C_0 = 5\times10^{-10}\mathrm{F/km}$。

试求当工作角频率 $\omega = 2 \times 10^{-3} \, \text{rad} / \text{s}$ 时的特性阻抗 Z_c 和传播常数 γ。

10.2　一对传输线的参数为 $R_0 = 0$，$L_0 = 9 \times 10^{-4} \, \text{H} / \text{km}$，$G_0 = 0$，$C_0 = 10^{-10} \, \text{F} / \text{km}$，当工作频率为 5MHz 时，求特性阻抗 Z_c 和传播常数 γ。

10.3　传输线的长度为 100m，分布参数为 $R_0 = 0$，$L_0 = 10^{-3} \, \text{H} / \text{km}$，$G_0 = 0$，$C_0 = 2.5 \times 10^{-10} \, \text{F} / \text{km}$，当工作频率为 2MHz 时，求匹配负载 Z_L 以及终端短路时始端的输入阻抗 Z_{i0}。

10.4　传输线的长度为 200m，分布参数为 $R_0 = 0$，$L_0 = 2 \times 10^{-4} \, \text{H} / \text{km}$，$G_0 = 0$，$C_0 = 2 \times 10^{-10} \, \text{F} / \text{km}$。在该传输线终端所接负载 $Z_L = Z_c$，已知负载上的电压值 $U_L = 5\text{V}$。试求始端电压 U_i 和电流 I_i。

习 题 答 案

第 1 章

1.1　(2)–30W，9W，28W，–7W；元件 2、3 吸收功率，1、4 提供功率

1.2　(a)–6V；(b)3sin2t A；(c)10cos2t V；(d)e^{-t} A

1.5　(a) 3V，3A；(b) –4V，–2A；(c) 2V，2A；(d) 3V，1.5A

1.6　(a)16V；(b)4V；(c)–4V；(d)–16V

1.7　(a)36V；(b)4V；(c)–30V；(d)–10V

1.8　1.5A，15V

1.9　(a)–10V；(b)18V

1.10　(a)–4V；(b)4A

1.11　(a)1A,，4W；(b)2.5A，2.5W

1.12　–100W，105W

1.13　20V

1.14　2A

1.15　48V，27V

第 2 章

2.1　(a)5.4Ω；(b)15Ω；(c)5Ω；(d)5.8Ω

2.2　(a)4Ω；(b)1.76Ω

2.3　(a)1.67A；(b)8V

2.4　(a)2Ω；(b)4Ω；(c)5Ω；(d)22.2kΩ

2.5　(a)–5V，3Ω；(b)5V，2Ω；(c)–2A，2Ω；(d)–3A；(e)15V

2.6　(a)8V，1.6Ω；(b)6V，3Ω

2.7　(a)–1.25A，8Ω；(b)0.5A，2Ω

2.8　(a) 16V；(b) 3V

2.9　(a)2A；(b)–2.5A

2.10　–0.8V

2.11　4A

2.13　2A

2.14　19V

2.15 −6/7V，8.57V

2.16 (a)3A，(b)−2A

2.19 0.8V

2.20 0.5A

第3章

3.1 (a) $i = 4 - 2 = 2A$ ； (b) $i = \dfrac{1}{5} - \dfrac{4}{5} = 1A$

3.2 (a) $u = 20 - 4 = 16V$ ； (b) $u = 3 + 4.5 = 7.5V$

3.3 $P = -40W$ ，是提供功率

3.4 $u_x = 30V$

3.5 (a)4V，5.6Ω；(b)-4V，6Ω；(c)5.2V，6.6Ω；(d) -12V，12Ω

3.6 (a) $i = \dfrac{6}{6+4} = 0.6A$ ， (b) $i = \dfrac{21}{9+5} = 1.5A$

3.7 (a) 4A，5Ω；(b)1A，4Ω

3.8 $u = 4 \times (2 / / 6) = 6V$

3.9 $i = \dfrac{20}{2+8} = 2A$

3.10 10V，6Ω

3.11 $u = 24 \times \dfrac{20}{10+20} = 16V$

3.12 2Ω， $P_{Lmax} = \dfrac{8^2}{4 \times 4} = 4W$

3.13 6Ω， $P_{Lmax} = \dfrac{12^2}{4 \times 6} = 6W$

3.14 1.2Ω， $P_{Lmax} = \dfrac{6^2}{4 \times 1.2} = 7.5W$

3.15 6V

3.16 5×1.2=6V

第4章 部分习题参考答案

4.1 （1）3.54， 0°， 0.02s, 50Hz

（2）1， −60°， 6.28s, 0.16Hz

（3）1， 135°， 3.14s, 0.32Hz

4.2 （1） $\dot{U}_1 = 0.707\angle -150° \text{ V}$ ， $\dot{U}_2 = 2.828\angle -60° \text{ V}$, $\dot{U}_3 = 1.414\angle 30° \text{ V}$

（2） −90°， −180°

4.3 （a）5.77mA；（b） $U_m\sqrt{\dfrac{T_1}{T}}$ ；（c）0.816V

4.4 （1） $\dot{U}_1 = 5\angle 53.13° \text{ V}$ ， $u_1 = 5\sqrt{2}\cos(314t + 53.13°) \text{ V}$

（2） $\dot{U}_2 = 5\angle -53.13° \text{ V}$ ， $u_2 = 5\sqrt{2}\cos(314t - 53.13°) \text{ V}$

（3）$\dot{U}_3 = 5\angle 126.87°$ V， $u_3 = 5\sqrt{2}\cos(314t + 126.87°)$ V

（4）$\dot{U}_4 = 5\angle -126.87°$ V， $u_4 = 5\sqrt{2}\cos(314t - 126.87°)$ V

4.5 （1）$\dot{I}_1 = 17.32\angle 0°$ A

　　（2）$\dot{I}_2 = 1\angle 45°$ A

4.6 （1）5V ；（2）6V

4.7 （1）7.07A ；（2）40.31A

4.8 $\dfrac{R}{L} = \dfrac{2\pi f}{\sqrt{3}}$

4.9 （a）$Z = 0.5 + j0.866\Omega$， $R = 0.5\Omega$， $L = 0.866$H

　　（b）$Z = 8.66 - j5\Omega$， $R = 8.66\Omega$， $C = 0.02$F

4.10 （a）$Z = 2 + j2\Omega$

　　（b）$Z = -j60\Omega$

4.11 $i = 2\sqrt{2}\cos(2t + 45°)$ A

4.12 $Z_1 = 0.5 + j0.5\Omega$

4.13 $\dot{I}_L = 2\angle -45°$ A， $\dot{I}_R = 5\angle 45°$ A， $\dot{I}_C = 5.39\angle 23.20°$ A

　　$\dot{U}_C = 10.77\angle -66.80°$ V， $\dot{U}_S = 11.66\angle -14.04°$ V

4.14 10A， 282.84V

4.15 $100\sqrt{2}\cos 1000t$ V， $44.72\sqrt{2}\cos(1000t - 26.57°)$ V

4.16 $\dot{I}_C = 7.28\angle 74.05°$ A

4.17 $i = 1.3\sqrt{2}\cos(200t + 32.13°)$A

　　$u_1 = 6.5\sqrt{2}\cos(200t + 85.26°)$V

4.18 $\dot{I} = 5\sqrt{2}\angle -45°$A

4.19 （a）$\dot{U}_{OC} = 18.8\angle 52.91°$V， $R_{eq} = 10 + j10\Omega$

　　（b）$\dot{U}_{OC} = 2.236\angle -26.57°$V， $R_{eq} = 0.8 - j0.4\Omega$

4.20 $r = 3.5\Omega$， $L = 47.75$mH

4.21 证明略

4.22 $\tilde{S}_{RL吸} = 250 + j1250$VA， $\tilde{S}_{C吸} = -j1300$VA， $\tilde{S}_{I_S发} = 250 - j50$VA， $\lambda = 0.98$

4.23 $R = 1$kΩ， $u(t) = 10\sqrt{2}\cos 10^7 t$ V

4.24 $0.75\angle -53.13°$ A，$158.93 + j35.26$ V·A

4.25 -1.32 W，18 var，17.3 W，-2 var

4.26 $Z_1 = 11.35 \pm j19.31\Omega$， $P_1 = 905.1$W

4.27 $11\Omega,-19.05\Omega,1.99\Omega,6.11\Omega$ 或 31.99Ω

4.28 （a）$Z_{:L} = 5.76 + j1.44\Omega$， $P_{max} = 4$W

　　（b）$Z_{:L} = 1.5 + j1.5\Omega$， $P_{max} = 3.75$W

4.29 $C = 2.5\mu$F， $\rho = 400\Omega$， $Q = 40$， $I = 0.5$A， $U_C = U_L = 200$V

4.30 $\omega_0 = 2.5\times 10^4$rad/s， $I_R = 1$A， $I_L = I_C = 25$A， $U = 5$kV， $Q = 25$

4.31 $L = 99$mH， $U_L = 495$V

4.32 $f_0 = 1.59$kHz， $U = 50$V

4.33　0.2A

4.34　$\dot{U}_{ac} = \dot{U}_{bc} = 65.12\angle -79.38°\text{V}$, $\dot{I}_C = 65.12\angle 10.62°\text{A}$

4.35　$L_1 = \dfrac{1}{4\pi^2 f_1^2 C}$, $L_2 = \dfrac{1}{4\pi^2 (f_2^2 - f_1^2)C}$

4.36　10A，5716W

4.37　30A，17148W

4.38　22A，1228V

4.39　17.42kW，23.2kvar

4.40　$\dot{I}_{A1} = 2\angle 53.13°\text{A}, \dot{I}_{A2} = 3.536\angle -45°\text{A}, \dot{I}_{A3} = 1.25\angle 0°\text{A}$,
　　　$\dot{I}_A = 6.43\angle -39.63°\text{A}, \dot{I}_{AB2} = 2.042\angle -15°\text{A}$

4.41　（1）6.10A（2）3350.77W（3）18.31A，6701.54W（4）0A，1675.38W

4.42　$P_{W1} = 380\text{W}$, $P_{W2} = 760\text{W}$, $P_总 = 1140\text{W}$

4.43　$I_A = 6.05\text{A}$, $P_总 = 2389.12\text{W}$

4.44　$Z = 30\angle -60°\Omega$

4.45　（1）$\dot{I}_A = 26.44\angle -43.8°\text{A}, \dot{I}_B = 26.44\angle -163.8°\text{A}, \dot{I}_C = 26.44\angle 76.2°\text{A}$
　　　（2）$P = 12.6\text{kW}$ 。

第 5 章

5.1　(a)　$u_1(t) = (2\cos 2t - 0.5\sin t)\text{V}$, $u_2(t) = (-2\sin t + \cos 2t)\text{V}$;

　　　(b)　$u_1(t) = -e^{-t}\text{V}$, $u_2(t) = -0.5e^{-t}\text{V}$;

　　　(c)　$u_1(t) = e^{-2t}\text{V}$, $u_2(t) = -0.5e^{-2t}\text{V}$

5.3　(a) L_{ab}=3.75H；(b) L_{ab}=0.94H ；(c) L_{ab}= =3.75H

5.4　M=52.86mH

5.5　(a) $Z = j0.5\Omega$, (b) $Z = (0.1 + j1.7)\ \Omega$

5.6　$\dot{U} = 18\angle -0°\text{V}$

5.7　$\dot{I} = \dot{I}_1 = 1.1.4\angle -83.66°\text{A}$, $\dot{I}_2 = 0$

5.8　$\dot{U} = -j20\text{V} = 20\angle -90°\text{V}$

5.9　$\omega M = 8\Omega$, $\dot{I}_1 = -j\text{A}$, $\dot{U}_2 = 32\angle 0°\text{V}$

5.10　$\dot{I}_2 = 8\angle 0°\text{A}$

5.11　$\dot{U} = 2\angle 0°\text{V}$

5.12　U=100V

5.13　$\dot{U}_c = 8\angle -36.9°\text{V}$

5.14　P_L=75W

5.15　$Z_{ab} = (9 + j12)\Omega$, $P_L = 8\text{W}$

5.16　$Z_L = (5 - j5)\Omega$, $P_{Lmax} = 90\text{W}$

第6章

6.1　（a）$u(t) = \dfrac{U_m}{2} + \dfrac{2U_m}{\pi}\left(\sin\omega t + \dfrac{1}{3}\sin 3\omega t + \dfrac{1}{5}\sin 5\omega t + \cdots\right)$ V

　　（b）$i(t) = \dfrac{I_m}{\pi} + \dfrac{U_m}{2}\sin\omega t - \dfrac{2U_m}{\pi}\left(\dfrac{1}{1\times 3}\cos 2\omega t + \dfrac{1}{3\times 5}\cos 4\omega t + \dfrac{1}{5\times 7}\cos 6\omega t + \cdots\right)$ A

6.2　（1）$i(t) = 1.19\sqrt{2}\cos(\omega t + 102.65°) + \sqrt{2}\cos 3\omega t$ A

　　（2）1.55A，24.43V，12.08W

6.3　（1）1.66kW；

　　（2）$i_1(t) = 5 + 12.5\cos 10^3 t + 20\cos(2\times 10^3 t + 60°)$A，$I_1 = 24.11$A；

　　（3）$u(t) = 100 + 201.56\cos(10^3 t + 7.13°) + 113.14\cos(2\times 10^3 t + 105°)$V

6.4　$u(t) = 10\sin t + 0.74\cos(2t - 68.2°)$V

6.5　$R = 1\Omega$，$L = 10$mH，$C_2 = 33.3\mu$F

6.6　$U_0 = 100$V，$U_{1m} = 3.53$V，$U_{2m} = 0.171$V

6.7　$C_1 = 50.71\mu$F，$C_2 = 10.14\mu$F

　　$u_1 = 100\cos\omega t + 4.87\sqrt{2}\cos(3\omega t + 43.23°)$ V

6.8　$u_R(t) = \sqrt{2}\cos 2t + 1.2\cos(2.5t - 36.87°)$ V，$P_{S1} = 3$ W

6.9　$P_S = P_{S0} + P_{S1} + P_{S3} = 25 + 53.13 + 125.16 = 203.29$ W

　　$P_{R_2} = P_{R_20} + P_{R_21} + P_{R_23}' = 0 + 2.57 + 12.66 = 15.23$ W

6.10　$u(t) = 168 + 144.1\sqrt{2}\sin(\omega t - 33.71°)$ V

6.11　（1）$i(t) = 7.81\sqrt{2}\cos(t + 50.2°) + 1.2\sqrt{2}\cos(2t - 60°)$ A，$I = 7.9$ A

　　（2）$P_{u_S} = 0$ W，$P_{i_S} = 99.9$ W

第7章

7.1　(a)$i(0_-) = 0$，$u(0_-) = 6$V，$i(0_+) = -1.5$A，$u(0_+) = 6$V

　　(b)$i(0_-) = 2$A，$u(0_-) = 4$V，$i(0_+) = 2$A，$u(0_+) = 2$V

7.2　(a)$i_C(0_+) = -6$A，$i_L(0_+) = 3$A，$u_C(0_+) = 18$V，$u_L(0_+) = 0$

　　(b)$i_C(0_+) = 2$A，$i_L(0_+) = 3$A，$u_C(0_+) = 6$V，$u_L(0_+) = 6$V

7.3　$u_C(0_+) = -6$V，$\left.\dfrac{du_C}{dt}\right|_{0_+} = 6$V/s

7.4　$i_L(0_+) = 3$A，$u_C(0_+) = 0$，$\left.\dfrac{du_C}{dt}\right|_{0_+} = 1.5$V/s，$\left.\dfrac{di_L}{dt}\right|_{0_+} = 0$

7.5　(a)$\tau = 2$s；(b)$\tau = 1$s

7.6　(a)$\tau = 3$s；(b)$\tau = 1$s

7.7　$u_C(t) = 24e^{-\frac{t}{2}}$V，$i_1(t) = 6e^{-\frac{t}{2}}$A，$i_2(t) = 4e^{-\frac{t}{2}}$A，$i_3(t) = 2e^{-\frac{t}{2}}$A

7.8　$i_C(t) = -\dfrac{1}{4}e^{-\frac{t}{16}}$A

7.9　$i_L(t) \doteq 3e^{-14t}$A

7.10　$u_C(t) = 5(1 - e^{-200t})$V

7.11 $i_L(t) = -2(1-e^{-2t})A$

7.12 $i_L(t) = 3 + e^{-\frac{8}{3}t}A$, $u_0(t) = 12 + 4e^{-\frac{8}{3}t}V$

7.13 $u_C(t) = 5 + 5e^{-2t}V$, $i_C(t) = -e^{-2t}mA$

7.14 $i_L(t) = 12 - 8e^{-2t}A$

7.15 $i_L(t) = \dfrac{10}{3} - \dfrac{5}{6}e^{-60t}A$

7.16 $u_C(t) = 2e^{-\frac{t}{4}}V$, $u_C(t) = 12(1-e^{-\frac{t}{4}})V$, $u_C(t) = 12 - 10e^{-\frac{t}{4}}V$

7.17 $u_C(t) = 6 + 6e^{-\frac{3}{2}t}V(0 \leqslant t \leqslant 3s)$, $u_C(t) = 6.06e^{-\frac{1}{2}t}V(t \geqslant 3s)$

7.18 $i(t) = (\dfrac{1}{2} + \dfrac{3}{4}e^{-t})\varepsilon(t)A$

7.19 $u_C(t) = (1 + e^{-t})\varepsilon(t) - (1 + e^{-(t-1)})\varepsilon(t-1)V$

7.20 $i_L(0_+) = \dfrac{9}{4}A$

7.21 (1) $u_C(t) = (1-e^{-t})\varepsilon(t)V$; (2) $u_C(t) = e^{-t}V$

7.22 $p_{1,2} = -2 \pm j\sqrt{2}$ ，衰减系数 2，振荡角频率为 $\sqrt{2}$，欠阻尼。

7.23 $p_{1,2} = -\dfrac{1}{4} \pm j\sqrt{\dfrac{15}{16}}$，欠阻尼。

7.24 $u_C(t) = e^{-t}(-9\cos t - 7\sin t) + 10V$

7.25 $4\dfrac{du_C^2(t)}{dt^2} + \dfrac{du_C(t)}{dt} + 2u_C(t) = 0$, $u_C(0_+) = 0V$, $u_C{}'(0_+) = 1V/s$

7.26 $p_1 = -12, p_2 = -2$, $i_L(t) = -2e^{-12t} + 2e^{-2t}A$

7.27 $\begin{bmatrix} \dot{i}_L \\ \dot{u}_C \end{bmatrix} = \begin{bmatrix} 0 & -10 \\ 5 & -2.5 \end{bmatrix} \begin{bmatrix} i_L \\ u_C \end{bmatrix} + \begin{bmatrix} 10 \\ 0 \end{bmatrix} u_S$

7.28 $\begin{bmatrix} \dot{i}_L \\ \dot{u}_{C_1} \\ \dot{u}_{C_2} \end{bmatrix} = \begin{bmatrix} 0 & -\dfrac{1}{L} & 0 \\ \dfrac{1}{C_1} & -\dfrac{1}{RC_1} & \dfrac{1}{RC_1} \\ 0 & \dfrac{1}{RC_2} & -\dfrac{1}{RC_2} \end{bmatrix} \begin{bmatrix} i_L \\ u_{C_1} \\ u_{C_2} \end{bmatrix} + \begin{bmatrix} \dfrac{1}{L} \\ 0 \\ 0 \end{bmatrix} u_S = \begin{bmatrix} 0 & -10 & 0 \\ 5 & -2.5 & 2.5 \\ 0 & 1 & -1 \end{bmatrix} \begin{bmatrix} i_L \\ u_{C_1} \\ u_{C_2} \end{bmatrix} + \begin{bmatrix} 10 \\ 0 \\ 0 \end{bmatrix} u_S$

$u_o = \begin{bmatrix} 0 & 1 & -1 \end{bmatrix} \begin{bmatrix} i_L \\ u_{C_1} \\ u_{C_2} \end{bmatrix}$

7.29 $\begin{bmatrix} \dot{i}_L \\ \dot{u}_C \end{bmatrix} = \begin{bmatrix} -\dfrac{3}{L} & \dfrac{16}{L} \\ -\dfrac{1}{C} & -\dfrac{1}{4C} \end{bmatrix} \begin{bmatrix} i_L \\ u_C \end{bmatrix} + \begin{bmatrix} -\dfrac{15}{L} \\ \dfrac{1}{4C} \end{bmatrix} u_S = \begin{bmatrix} -3 & 16 \\ -1 & -0.25 \end{bmatrix} \begin{bmatrix} i_L \\ u_C \end{bmatrix} + \begin{bmatrix} -15 \\ 0.25 \end{bmatrix} u_S$

$\begin{bmatrix} u_1 \\ u_2 \end{bmatrix} = \begin{bmatrix} 0 & 1 \\ 3 & -15 \end{bmatrix} \begin{bmatrix} i_L \\ u_C \end{bmatrix} + \begin{bmatrix} 0 \\ 15 \end{bmatrix} u_S$

第 8 章

8.1 (1) $2e^{-s}$; (2) $\dfrac{1}{s}e^{-2s}$; (3) $\dfrac{1}{s+2}$

8.2 (1) $\dfrac{1}{s}+\dfrac{1}{s+3}$; (2) $\dfrac{\omega\cos\phi}{s^2+\omega^2}-\dfrac{s\sin\phi}{s^2+\omega^2}$; (3) $\dfrac{1}{s+1}-\dfrac{e^{-2s-2}}{s+1}$; (4) $\dfrac{2s}{s^2+4}$

8.3 (1) $\delta(t)-2e^{-2t}\varepsilon(t)$; (2) $\delta(t-2)-2e^{-2(t-2)}\varepsilon(t-2)$; (3) $\delta(t)+\sin t\,\varepsilon(t)$;

  (4) $-2\varepsilon(t)+2e^{-t}\varepsilon(t)+3te^{-t}\varepsilon(t)$

8.4 (1) $\varepsilon(t)-6e^{-2t}\varepsilon(t)+5e^{-t}\varepsilon(t)$; (2) $4e^{-2t}\varepsilon(t)-4e^{-3t}\varepsilon(t)$;

  (3) $2e^{-t}\varepsilon(t)+2e^{-\frac{1}{2}t}\cos(\dfrac{\sqrt{7}}{2}t-20°)\varepsilon(t)$; (4) $\cos t\,e^{-t}\varepsilon(t)-2\sin t\,e^{-t}\varepsilon(t)$;

  (5) $\dfrac{3}{4}\varepsilon(t)-\dfrac{3}{4}e^{-2t}\varepsilon(t)-\dfrac{3}{2}te^{-2t}\varepsilon(t)$; (6) $\varepsilon(t)+2te^{-t}\varepsilon(t)$; (7) $e^{-t}\varepsilon(t)-e^{-2t}\varepsilon(t)$;

  (8) $e^{-t}\varepsilon(t)-e^{-2t}\varepsilon(t)+e^{-(t-1)}\varepsilon(t-1)-e^{-2(t-1)}\varepsilon(t-1)+e^{-(t-2)}\varepsilon(t-2)-e^{-2(t-2)}\varepsilon(t-2)$

8.6 $u_C(t)=2\varepsilon(t)-e^{-t}\varepsilon(t)\,\text{V}$

8.7 $i_L(t)=\varepsilon(t)-100te^{-100t}\varepsilon(t)-e^{-100t}\varepsilon(t)\,\text{A}$

8.8 $i_L(t)=10\varepsilon(t)-\dfrac{50}{3}e^{-t}\cos(3t+90°)\varepsilon(t)\,\text{A}$

8.9 $i_L(t)=\dfrac{1}{5}\varepsilon(t)+2.2e^{-t}\cos(2t+54°)\varepsilon(t)\,\text{A}$

8.10 $i(t)=5\varepsilon(t)+0.77e^{-3.4t}\varepsilon(t)-4.4e^{-0.6t}\varepsilon(t)\,\text{A}$

8.11 $i(t)=[-10\delta(t)-5\varepsilon(t)+27.5e^{-t}\varepsilon(t)]\text{A}$

8.12 (a) $\dfrac{2s^2+4s+3}{2s^2+2s+1}$; (b) $\dfrac{6s+1}{6s^2+s-1}$

8.13 $H(s)=\dfrac{10}{s^2+7s+15}$

8.14 $H(s)=\dfrac{(s+1)(s+4)}{(s+3)(s^2+4s+5)}$

8.15 $H_1(s)=\dfrac{s^2+3s+1}{(s+3)(s^2+3s+2)}$, $H_2(s)=\dfrac{1}{(s^2+3s+2)}$

8.16 $H(s)=\dfrac{2}{s^2+s+1}$, $h(t)=\dfrac{4\sqrt{3}}{3}e^{-\frac{1}{2}t}\cos(\dfrac{\sqrt{3}}{2}t-90°)\varepsilon(t)$

第 9 章

9.1

	1	2	3	4	5	6	7	8	9	10
2	1	0	1	0	0	1	-1	0	0	0
3	0	-1	0	0	1	-1	0	0	0	-1
4	0	0	-1	-1	0	0	0	1	0	1
5	0	0	0	1	-1	0	1	0	-1	0

9.2 2 3 5 6 8 1 4 7

$$
\begin{array}{c}
1 \\ 2 \\ 3 \\ 4 \\ 5
\end{array}
\begin{bmatrix}
1 & 0 & 0 & 0 & 0 & -1 & -1 & 0 \\
0 & 1 & 0 & 0 & 0 & 0 & -1 & 0 \\
0 & 0 & 1 & 0 & 0 & 0 & 1 & 1 \\
0 & 0 & 0 & 1 & 0 & 0 & 1 & 1 \\
0 & 0 & 0 & 0 & 1 & -1 & -1 & -1
\end{bmatrix}
$$

9.3 1 4 7 9 2 3 5 6 8

$$
\begin{array}{c}
1 \\ 2 \\ 3 \\ 4
\end{array}
\begin{bmatrix}
1 & 0 & 0 & 0 & 1 & 1 & 0 & 0 & 0 \\
0 & 1 & 0 & 0 & -1 & 0 & -1 & 1 & 0 \\
0 & 0 & 1 & 0 & 0 & 1 & -1 & 0 & 1 \\
0 & 0 & 0 & 1 & 0 & 0 & 0 & 1 & -1
\end{bmatrix}
$$

9.4 4 6 7 1 2 3 5 8 9

$$
\begin{array}{c}
1 \\ 2 \\ 3
\end{array}
\begin{bmatrix}
1 & 0 & 0 & 1 & 1 & -1 & -1 & 0 & 0 \\
0 & 1 & 0 & 1 & 1 & -1 & 0 & 0 & 1 \\
0 & 0 & 1 & 0 & 0 & 0 & 0 & -1 & -1
\end{bmatrix}
$$

9.5 （1，2，3，7）为树，基本回路矩阵 B_f

  4 5 6 8 1 2 3 7

$$
\begin{array}{c}
1 \\ 2 \\ 3 \\ 4
\end{array}
\begin{bmatrix}
1 & 0 & 0 & 0 & 1 & -1 & 0 & 0 \\
0 & 1 & 0 & 0 & 0 & 1 & 1 & 0 \\
0 & 0 & 1 & 0 & 0 & 1 & 1 & -1 \\
0 & 0 & 0 & 1 & -1 & 0 & -1 & 1
\end{bmatrix}
$$

（1，2，3，7）为树，基本割集矩阵 Q_f

  1 2 3 7 4 5 6 8

$$
\begin{array}{c}
1 \\ 2 \\ 3 \\ 4
\end{array}
\begin{bmatrix}
1 & 0 & 0 & 0 & -1 & 0 & 0 & 1 \\
0 & 1 & 0 & 0 & 1 & -1 & -1 & 0 \\
0 & 0 & 1 & 0 & 0 & -1 & -1 & 1 \\
0 & 0 & 0 & 1 & 0 & 0 & 1 & -1
\end{bmatrix}
$$

9.6

$$
\begin{bmatrix}
\dfrac{1}{2} & 0 & 0 & -2 & 0 \\
0 & \dfrac{1}{2} & -4 & 0 & 0 \\
0 & 0 & -j\dfrac{1}{2} & 0 & 0 \\
0 & 0 & 0 & 1 & 0 \\
0 & 0 & 0 & 0 & 5
\end{bmatrix}
$$

9.7 略

9.8 $\begin{bmatrix} 2+j & -j2 \\ -j2 & -j2 \end{bmatrix}$

9.9 $\begin{bmatrix} -3 & -1 \\ -5 & -1 \end{bmatrix}$

9.10　$\begin{bmatrix} 1 & -\dfrac{1}{2} \\ -\dfrac{1}{2} & 1-\mathrm{j}\dfrac{1}{2} \end{bmatrix}$

9.11　$\begin{bmatrix} \dfrac{1}{2} & -\dfrac{1}{2} \\ -\dfrac{3}{2} & \dfrac{3}{2} \end{bmatrix}$

9.12　$Z = \begin{bmatrix} \dfrac{11}{3} & \dfrac{10}{3} \\ \dfrac{10}{3} & \dfrac{11}{3} \end{bmatrix}$,　$Y = \begin{bmatrix} -\dfrac{10}{7} & \dfrac{11}{7} \\ \dfrac{11}{7} & -\dfrac{10}{7} \end{bmatrix}$

9.13　$T = \begin{bmatrix} n & 0 \\ 0 & \dfrac{1}{n} \end{bmatrix}$

9.14　$H = \begin{bmatrix} 3-\mathrm{j}2 & 2 \\ -2 & -\mathrm{j} \end{bmatrix}$,　$Z = \begin{bmatrix} 3+\mathrm{j}2 & \mathrm{j}2 \\ \mathrm{j}2 & \mathrm{j} \end{bmatrix}$

9.15　$\dfrac{U_2}{U_1} = \dfrac{1}{6}$,　$\dfrac{I_2}{I_1} = -\dfrac{1}{3}$

9.16　$\dfrac{U_2}{U_S} = -\dfrac{15}{22}$

9.17　$\begin{bmatrix} 1-\mathrm{j}\dfrac{3}{2} & 3 \\ -\mathrm{j}\dfrac{1}{2} & 1 \end{bmatrix} \begin{bmatrix} 1-\mathrm{j}\dfrac{1}{2} & -\mathrm{j} \\ \dfrac{1}{2} & 1 \end{bmatrix} = \begin{bmatrix} \dfrac{7}{4}-\mathrm{j}2 & \dfrac{3}{2}-\mathrm{j} \\ \dfrac{1}{4}-\mathrm{j}\dfrac{1}{2} & \dfrac{1}{2} \end{bmatrix}$

第 10 章

10.1　$Z_\mathrm{c} = 10^3 \angle -18.45° \Omega$,　$\gamma = 10^{-3} \angle 71.55°/\mathrm{km} \approx (0.32 + \mathrm{j}0.96) \times 10^{-3}/\mathrm{km}$

10.2　$Z_\mathrm{c} = 3\mathrm{k}\Omega$,　$\gamma = \mathrm{j}9\pi/\mathrm{km}$

10.3　$Z_L = Z_\mathrm{c} = 2\mathrm{k}\Omega$,　$\beta = 2\pi/\mathrm{km}$,　$Z_{i0} = \mathrm{j}Z_\mathrm{c}\tan(2\pi \times 0.1) = \mathrm{j}Z_\mathrm{c}\tan 0.2\pi = \mathrm{j}1.45\mathrm{k}\Omega$

10.4　$Z_\mathrm{c} = 1\mathrm{k}\Omega$,　$U_\mathrm{i} = 5\mathrm{V}$,　$I_\mathrm{i} = 5\mathrm{mA}$